金庸在香港办公室。

金庸在香港寓所书房。

孔子曰：「知之者不如好之者，好之者不如樂之者。」誠哉斯言，請從讀書中求賞心樂事。

金庸

【新修珍藏本】

雪山飛狐

全

金庸

图书在版编目(CIP)数据

雪山飞狐/金庸著. —广州：广州出版社，2009.9（2022.9重印）
ISBN 978-7-5462-0158-0

Ⅰ.雪… Ⅱ.金… Ⅲ.侠义小说－中国－当代 Ⅳ.I247.5

中国版本图书馆CIP数据核字（2009）第127112号

广东省版权局版权合同登记图字：19-2012-018号

朗声图书

本书版权由著作权人授权广州市朗声图书有限公司在中国大陆（不包括香港、澳门、台湾地区）专有使用

版权所有·侵权必究

封面图画选自董培新先生金庸小说国画

雪山飞狐

出版发行	广州出版社
	（地址：广州市天河区天润路87号广建大厦九楼、十楼　邮政编码：510635
	网址：www.gzcbs.com.cn）
策　　划	欧阳群
责任编辑	何　娴　田宇星
责任校对	林春光
内文插画	王司马
封面设计	国　雄
代理发行	广州市朗声图书有限公司（发行专线：020-34297719）
印　　刷	深圳市贤俊龙彩印有限公司
	（地址：深圳宝安区石岩镇水田村石龙大道56号　邮编：518108）
开　　本	900毫米×1280毫米　1/32
字　　数	302千
印　　张	11.125
版　　次	2018年11月第4版
印　　次	2022年9月第6次
书　　号	ISBN 978-7-5462-0158-0
定　　价	68.00元（全一册）

武俠小說雖說是通俗作品，以大眾化、娛樂性強為重點，但對廣大讀者終究是會發生影響的。我希望傳達的主旨是：愛護尊重自己的國家和民族，也尊重別人的國家和民族；和平友好，互相幫助；重視正義和是非，反對虛偽、損己；注重信義，歌頌純真的愛情和友誼；頌奮不顧身的為了正義而奮鬥；推崇新、不會單獨的為個人，輕視爭權奪利、自私可鄙的思想和行為。武俠小說並不鼓勵讀者模仿書中人物，而是讓讀者在閱讀之中幻想自己是個好人，要做各種各樣的好事，想像自己要愛國家、愛社會，幫助別人得到幸福，由於自己做了好事、積極貢獻，得到所愛之人的欣賞和傾心。

⑤

衬页印章／齐白石「吾狐也」。

唐棣作《雪港捕鱼图》：唐棣，元朝人，字子华，浙江吴兴人，幼时曾承赵孟頫指授。该图高峰耸立，积雪森寒。现藏上海博物馆。

广东石湾旧陶像:多年前,作者在古董店中购得这个陶像,由此而构思了《雪山飞狐》中李自成军刀的故事。

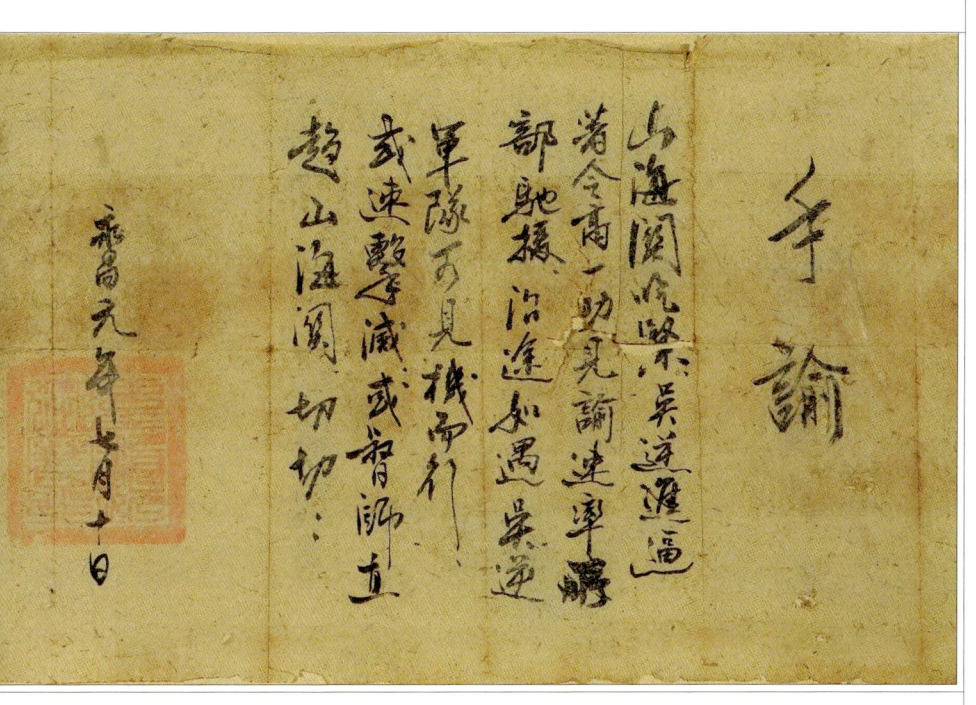

李自成手谕。

FLYING FOX OF SNOW MOUNTAIN
A Novel of the Martial Arts

by Chin Yung
translated by Robin Wu

For those who are not familiar with the term "the world of the martial arts," it is a world peopled by men and women skilled in offensive and defensive combat. Different styles of fighting distinguish the different schools in the martial world. Some may specialize in sword-fighting, others may concentrate on whips or darts, or any other paraphernalia that has the potentiality of inflicting mortal death. Within each school, a fraternity of members (men and women are equals in this world) develops, bound together by loyalty. Terms such as "martial brother" or "martial uncle" do not denote family ties. Rather, they denote respect for skill.

—Robin Wu

Part I

Whisk! An arrow flies from behind a mountain in the east. The shrill sound of the arrow testifies to the strength of the shooter's wrist. The arrow pierces the neck of a swallow in flight and sends it tumbling from the sky to the snow-covered ground below.

From the west, four horsemen ride across the snow. They stop at the sound of the arrow. Marveling at such a feat, they wait to see who the shooter is; but nobody emerges from behind the mountain. One of the four horsemen, a tall, lean and elderly man, sensing the shooter has gone the opposite way, rides forward to check.

The other three follow. When they come to the other side of the mountain, they can only faintly see five horsemen a mile away. "Something is suspicious here," says the elderly man.

Another elderly man, Yin Chi, nods in agreement. He goes over to where the bird has fallen and picks it up with his whip. He examines the arrow and lets out a cry. The other three quickly join him to take a look at the arrow. "They are here." The first elderly man, Yuan Shih-chung, says, "Let's go after them!"

Yuan Shih-chung, nicknamed the "Seven-Star Hand," is a member of the North Faction of the Heaven-Dragon School. The other two, younger horsemen, also belong to this faction. One is its head protector, Tsao Yun-chi. The other, Tsao's martial-brother, is Chou Yun-yang. Yin Chi, the other elderly man, is head protector of the South Faction of the Heaven-Dragon School. He is here at the invitation of the North Faction.

After a distance of seven to eight miles, they once again catch sight of the five horsemen. Tsao shouts to them, "Stop!" The shout is unheeded. "If you don't stop, I'll have to make you stop," Tsao shouts again. One of the five stops this time; the other four keep on going. The loner turns around and points an arrow directly at Tsao, who doesn't take it too seriously, trusting his own skill.

"Martial Tu, I presume?" asks Tsao. "Watch out for the arrow," comes the reply. When the bow is released, there is not one, but three, arrows coming directly at Tsao. Tsao gives his horse a stinging whip. And as the horse rears in pain, Tsao intercepts two of the arrows with his whip. The middle one barely zips through under the horse's belly. The stranger laughs, turns around, and speeds away.

Tsao is for pursuit, but Seven-Star Hand Yuan restrains him, "Be patient. He won't fly away." Yuan picks up the three arrows. They all match the one that shot down the swallow. Yin Chi murmurs, "It's really him." Tsao says spitefully, "Let's see what martial sister has to say now! Where is she? I'm going to take a look."

When Pao Shu first accepted his host's invitation, he had set his mind to active combat, thinking he'd be the only helper. But now upon learning that his host has invited so many others, all of them no strangers to the ear, he regrets his own coming. What is more insulting, neither the host nor his three martial brothers are here to welcome him.

"This Gold-Face Buddha, I know he's a close friend of your master. Obviously, he would want to invite him personally. But why did his martial brothers have to go along too?" Pao Shu asks.

"The other three did not go with master. They went to Peking to invite Martial Fan Pang-chu."

"Martial Fan is coming too? Tell me, by the way, how many helpers does Flying Fox of Snow Mountain have?"

"I heard he does not have anyone. He's coming alone."

Meanwhile, Liu the dartman's mind is occupied elsewhere. He is the only one in the room who knows that Martial Fan has been at odds with the Imperial Court lately. Last month the emperor personally signed the order for his arrest. Eighteen of the court's finest martialmen were assigned the task, and by the latest account, he is in jail. The whole affair was carried out with the utmost secrecy. Only a handful know about it. Liu knows because he was one of the eighteen assigned the task. He wonders why the host's martial brothers did not go to Shansi Province where Fan usually lives and instead went to Peking where he is now. Is it because they know he's in jail there? And if it is, why have they gone there to invite him?

Catching Liu's changing expression at the mention of Martial Fan, Pao Shu asks him, "Does Martial Liu know Martial Fan?"

"Oh no," Liu hurriedly corrects his expression. "Junior here only knows that Martial Fan is one of the best martialmen around and that at one time he slew a tiger barehanded."

Pao Shu turns to Yu, the house guard. "What kind of person is this Flying Fox of Snow Mountain? And what kind of vendetta does your master have against him?"

"Master never mentioned the matter. Humble servant dares not inquire."

Presently dinner and wine are served. Even in this remote hideaway, a sumptuous feast can be commanded. Whatever hidden or open hostility there was quickly melts amidst the steaming dishes and refreshing wines. The Rev. Pao Shu, in particular, seems to enjoy the spirits.

In the midst of this epicurean enjoyment, a fiery explosion shatters the tranquility. A rocket explodes and as the smoke disperses, the image of a flying fox emerges.

"Flying Fox of Snow Mountain has arrived!" cries Pao Shu.

"There's no need to fear as long as I am here. You may invite him up."

"There's something humble servant dares not say."

"You have my permission."

"Flying Fox, despite his skill, cannot possibly come up this steep hill by himself. Humble servant's wish is to have Rev. Pao Shu go down and inform him that master is not at home."

"You bring him up. I can handle him."

"That's not what humble serv[ant] fears. What he fears is that Fly[ing] Fox's presence will disturb the pe[ace] of master's mother. Humble serv[ant] will not know how to face ma[ster] when he comes back."

"Are you trying to imply tha[t I] cannot handle him?"

"Oh no! Humble servant dares no[t.] Well, then, bring him up!"

The guard has no other recou[rse] than to give instructions to the Flying Fox up and to t[ake] precautionary measures to insure continuing peace of the domain of master's mother.

以上四图录自 *Bridge* 双月刊，该刊在纽约出版，自第一卷第四期起连载《雪山飞狐》英文译文。其插画为西洋风格，另有意趣。

"Guest is here!" informs the guard. All eyes are riveted to the door. As swings open, there come into view o young boys. They are of the same ight, age about twelve or thirteen, aring white mink jackets, and each orting a small pigtail on top of his ad. Each carries a long sword apped behind his back. They are tremely handsome and it is hard to one from the other except that one on the right carries his sword hind his right shoulder and the one the left carries it behind his left oulder and holds a ceremonial box.

the two boys advance into the om, two pearls, each the size of a umb, can be seen on each side of ir heads.

Observing that Pao Shu has the ntral position in the group, the two ys give him a respectful bow, one iding high the ceremonial box as he ws. Yu, the house guard, takes the x, opens it, and hands it to Pao Shu. It contains a red slip of paper, on ich is written the following words in ack black ink: "Junior Flying Fox ys his respects. He will be at the eeting on Snow Mountain today at oon."

"Has your master arrived?" asks Pao u.

"Master says he will be here exactly noon," replies one boy. "He's afraid host here is waiting impatiently, so has sent this message along first."

Pao Shu, like everyone else, is taken the innocent good looks of these o boys. He asks, "Are you two rins?"

"Yes," they answer, as they bow, again and begin to take leave. "Won't you stay to have something to eat?" offers Yu.

"No, thank you. Without our master's permission, we dare not stay." Jade-Face Tien takes some fruits from the fruit basket and offers them to the boys.

"Here. Take some of these then."
"Thank you," they smile.
"What are you two unbearded boys carrying the long swords for? Don't tell me you know swordsmanship too?" Tsao snickers, angered by Tien's kindness towards them.

"We do not know," the two boys reply in unison, somewhat taken aback by this sudden intrusion of rudeness.

"Why put" on an act then?" continues Tsao. "Leave the swords to me." So saying, he reaches out for their two swords. Surprised, the twins find their sheaths empty before they can do anything about it.

Waving the two swords in triumph, Tsao laughs, "You two..." Before he can finish what he is saying, the twins grapple his neck, one on the right side, the other on the left, and with a coordinating kick on Tsao's legs, send him somersaulting. Tsao falls squarely on his behind. As he springs up and tries to frighten the twins with the swords, somehow, with a speed quicker than the eye, the twins repeat the same trick on him and Tsao suffers another backside defeat.

Infuriated and embarrassed, Tsao is ready to turn what began as play into a deadly game. But as he drives forward with a frontal attack, the twins somehow are once again at his back. Attempting to avoid another fiasco, Tsao throws his weight back, hoping to jerk off the twins and start knifing them at the same time with a backward swordplay.

However, as he leans back, the twins release their grip on his neck. And with Tsao tumbling backward uncontrollably, the twins give him a little help by kicking his heels into the air. This time Tsao lands flat on his back, hurt more than ever, and loses the hold of the swords in the process, which are quickly retrieved by the twins.

The fighting would have ended then and there if it were not for Chou's insistence on challenging the twins to regain some of the lost pride suffered by the North Faction of the Heaven-Dragon School. After all, how will it sound if word gets out to the martial world that the head protector of the North Faction was uptaged by two thirteen-year-olds? The twins have

.o other recourse but to defend. But it soon becomes clear that Chou, even together with Tsao, cannot effect an advantageous position over the twins. Other members of the North Faction, disregarding propriety, begin to enter the lopsided contest so as to finish it off as quickly as possible. But there's something inexplicable about the twins. Their skills seem to improve markedly as the number of their opponents increases.

Martial Yuan, realizing how absurd the situation must seem to bystanders, decides to employ those treacherous techniques used only under the most perilous circumstances and thereby save whatever face in now left of the Heaven-Dragon School. He misses one of the boys literally, by a hair's breadth. Although the boy is not hurt physically, the pearl on the right side of his head is cut in two. At the sight of the broken pearl, the boy is almost moved to tears. He looks helplessly at his brother.

"Go after him!" cries his brother.
The twins, so far using only defensive combat, change their tactic and begin to wage an offensive attack. It is now an entirely new game. The boy with the lost pearl charges relentlessly at Yuan, screaming all the while, "Give me back my pearl! More than anything, Yuan now wishes he has the pearl. Several times he wants to beg for a halt to the fighting, but pride stops him.

Seeing the situation going from bad to worse, Yu the house guard whispers to Pao Shu, "Rev. Pao Shu, please get the whole thing over with."

"Yeah," says Pao Shu half-heartedly. While he is deliberating his next step, a blue smoke signal arises from below the mountain. The guard knows that his master's helpers are here. He hurries to order the basket lowered to take them up, muttering to himself, "This Pao Shu is just full of words. When the time comes, all he can do is say 'Yeah.' It's a good thing master's other friends are here."

Yu is impatient to see what famous personage is coming up in the basket. He peers down at the basket is coming up. At first, all he can see is just an indistinguishable glob. When the basket nears the top, the glob turns out to be basketfuls of food and toys.

"Maybe they are gifts for the master," he mutters puzzled.

After emptying the basket, he lowers it again. This time three women come up on it, two of them fortyish looking, the other not more than sixteen years old. The young girl is first to speak.

"You must be Yu the house guard. I've heard people talk about your long neck. That's how I recognize you."

Ordinarily Yu dislikes comments about his neck, but the girl says it in such a winning way that he does not feel insulted.

"My name is Chin Erh," the young girl introduces herself. "This is Madame Chou; she's milady's nurse. And this is Madame Han, milady's cook. Woutd you please lower the basket down again to fetch milady?"

Chin Erh the maid is rather talkative and inquisitive.

"This hill is so high. There are no flowers here. Milady probably will not like it here. Don't you get lonely up here?"

"Oh, oh. What have we got here?" Yu worries.

"Can you tell me who your lady is?"

"Guess. I guessed you right away." Before he knows what to answer, Chin Erh has already turned her attention to a kitten which has just gotten out of the basket and is running around.

Yu, worrying about the situation inside the house, leaves word with the other servants to take care of the ladies. Inside the house, he finds the situation not much changed. Yuan is still being cornered by the bereaved boy.

"I'd better do something about this," Yu is thinking. "Otherwise master will surely scold me for putting the guests in such dire straits." He thereupon goes into another room to fetch a sword.

"If little brother will not stop," he warns, "this house will be most unceremonious."

"My master only ordered me to deliver a note, " the boy replies. "Ie did not order me to fight. If I am given back my pearl, then I'll let him go."

Yu is about to say something, but another person is already speaking.

"Oh! Please don't fight. Please! I just don't like people fighting all the time." The voice is clear and velvety, softening the hearts of the listeners. In the doorway, stands a young girl, her skin whiter than snow and her eyes crystal like mercury. Although her face does not have exceptional beauty, her graceful bearing makes up for what nature has failed to endow.

"What is the problem here?" she asks gently.

"He won't give me back my pearl," the young boy explains, pointing at Yuan.

"What pearl?"

"This one," he replies, as he picks up half of the pearl. "See, he broke it in half. I want him to give me back a whole one."

"Oh! This is such a lovely pearl! I wish I have another one like it to give to you. I have an idea!" Turning to her maid she says, "Bring me my pair

9

清雍正帝(世宗)绘像：

爱新觉罗·胤禛(1678—1735)，四十五岁即位，五十八岁驾崩，在位十三年。雍正之死，正史记载为病死，但所载极为简单，而民间则有多种说法。后世说部多有刺杀雍正的故事，《鸳鸯刀》中萧半和所要刺杀的满清皇帝，或为雍正。

清雍正帝泥塑像：原藏北京故宮壽皇殿。

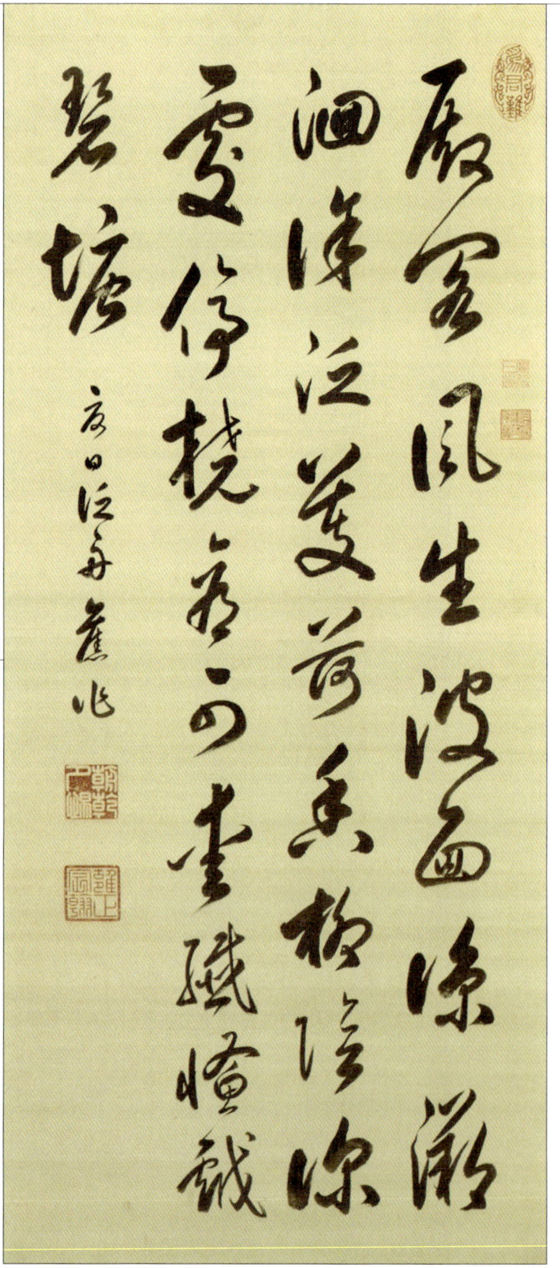

右图／雍正的诗及字，他的诗和书法似比他儿子乾隆要高明得多。

左图／清雍正帝御用玉玺「为君难」。

雍正的书法：雍正是佛教徒，对佛经颇有研究，曾从二十部主要佛经辑成一部《经海一滴》，所选显得有相当眼光。图为他所撰《经海一滴》序文的一页。

御製序

若乃屈指寶城，但莫執義上之文隨語生解。亦須探詮下之旨，契會本宗言。賓合真心，一之消歸自己，將積些衆澈。定到須彌之高廣，且舉如一滴已同渤澥之清涼矣，是為序。

雍正十三年乙卯二月十五日澣筆

右页上图／唐代高昌的绿色纱布：吐鲁番出土。

右页下图／唐代高昌的花纹锦鞋：吐鲁番出土。织锦是汉族文化，而鞋子是当地居民的形式，可说是两种文化的结合。

左页图／唐太宗李世民绘像：原藏故宫南薰殿。

右页上图／
唐代高昌县对西域都护府所上的禀牒：唐太宗派侯君集征服高昌国，设高昌县，属西域都护府管辖。古高昌国在今新疆吐鲁番一带。此文件在吐鲁番出土。

右页下图／
唐代高昌的手抄《论语郑玄注》：吐鲁番出土，可见当时高昌已深受汉族文化的影响。较高文化的影响，往往不是政治、种族、宗教等力量所能抗拒的。

左页图／
郎世宁绘《爱乌罕四骏图》之一：图中白马身高腿长，神骏非凡，或与李文秀坐骑相似。

論語公冶長第五　　孔氏本　鄭氏注

子謂公冶萇可妻也雖在縲絏之中非其罪以其
公冶萇孔子弟子縲絏黑之屬所以執罪人繩索治萇嘗以他仁為執法吏所枉制時仁寬厚蒙孔子憐子
妻之 子謂子賤君子哉若人
蓋傳之子勇容悅之字（魯）者無學之作與仁魯孔子弟子仲弓之名
魯無君子者斯焉取斯也 子貢問曰
齊之學君子信放此故仁
賜也何如子曰汝器也曰何器也曰瑚璉也
瑚璉黍稷之名
有如者自數 珸璉乘稷之也 對曰今
有道不廢邦無道免於刑戮以其兄之子妻之
子使漆彫
開仕對曰吾斯之未能信
信者未能究習也
子曰道行乘桴浮於海從我者其由也與
桴竹木浮
於水上大曰栰小曰桴
子路聞之喜
然意見故
子曰由也好勇
過我無所取材之
無所取材之為前既言子路從信故曰難中海之故紀之以此

唐代高昌的「联珠对鸭纹锦」：吐鲁番出土文物，同墓中并有高昌延寿十六年（公元639年）的墓志等。

"金庸作品集"新序

　　小说是写给人看的。小说的内容是人。
　　小说写一个人、几个人、一群人，或成千成万人的性格和感情。他们的性格和感情从横面的环境中反映出来，从纵面的遭遇中反映出来，从人与人之间的交往与关系中反映出来。长篇小说中似乎只有《鲁滨逊飘流记》，才只写一个人，写他与自然之间的关系，但写到后来，终于也出现了一个仆人"星期五"。只写一个人的短篇小说多些，尤其是近代与现代的新小说，写一个人在与环境的接触中表现他外在的世界、内心的世界，尤其是内心世界。有些小说写动物、神仙、鬼怪、妖魔，但也把他们当作人来写。
　　西洋传统的小说理论分别从环境、人物、情节三个方面去分析一篇作品。由于小说作者不同的个性与才能，往往有不同的偏重。
　　基本上，武侠小说与别的小说一样，也是写人，只不过环境是古代的，主要人物是有武功的，情节偏重于激烈的斗争。任何小说都有它所特别侧重的一面。爱情小说写男女之间与性有关的感情和行动，写实小说描绘一个特定时代的环境与人物，《三国演义》与《水浒》一类小说叙述大群人物的斗争经历，现代小说的重点往往放在人物的心理过程上。
　　小说是艺术的一种，艺术的基本内容是人的感情和生命，主要形式是美，广义的、美学上的美。在小说，那是语言文笔之美、安排结构之美，关键在于怎样将人物的内心世界通过某种形式而表现出来。什么形式都可以，或者是作者主观的剖析，或者是客观的叙述故事，从人物的行动和言语中客观的表达。
　　读者阅读一部小说，是将小说的内容与自己的心理状态结合起来。同样一部小说，有的人感到强烈的震动，有的人却觉得无聊厌倦。读者的个性与感情，与小说中所表现的个性与感情相接触，产生了"化学反应"。

武侠小说只是表现人情的一种特定形式。作曲家或演奏家要表现一种情绪，用钢琴、小提琴、交响乐或歌唱的形式都可以，画家可以选择油画、水彩、水墨或版画的形式。问题不在采取什么形式，而是表现的手法好不好，能不能和读者、听者、观赏者的心灵相沟通，能不能使他的心产生共鸣。小说是艺术形式之一，有好的艺术，也有不好的艺术。

好或者不好，在艺术上是属于美的范畴，不属于真或善的范畴。判断美的标准是美，是感情，不是科学上的真或不真（武功在生理上或科学上是否可能），道德上的善或不善，也不是经济上的值钱不值钱，政治上对统治者的有利或有害。当然，任何艺术作品都会发生社会影响，自也可以用社会影响的价值去估量，不过那是另一种评价。

在中世纪的欧洲，基督教的势力及于一切，所以我们到欧美的博物院去参观，见到所有中世纪的绘画都以圣经故事为题材，表现女性的人体之美，也必须通过圣母的形象。直到文艺复兴之后，凡人的形象才大量在绘画和文学中表现出来，所谓文艺复兴，是在文艺上复兴希腊、罗马时代对"人"的描写，而不再集中于描写天使与圣人。

中国人的文艺观，长期以来是"文以载道"，那和中世纪欧洲黑暗时代的文艺思想是一致的，用"善或不善"的标准来衡量文艺。《诗经》中的情歌，要牵强附会地解释为讽刺君主或歌颂后妃。对于陶渊明的《闲情赋》，司马光、欧阳修、晏殊的相思爱恋之词，或惋惜地评之为白璧之玷，或好意地解释为另有所指。他们不相信文艺所表现的是感情，认为文字的唯一功能只是为政治或社会价值服务。

我写武侠小说，只是塑造一些人物，描写他们在特定的武侠环境（中国古代的、缺乏法治的、以武力来解决争端的不合理社会）中的遭遇。当时的社会和现代社会已大不相同，人的性格和感情却没有多大变化。古代人的悲欢离合、喜怒哀乐，仍能在现代读者的心灵中引起相应的情绪。读者们当然可以觉得表现的手法拙劣，技巧不够成熟，描写殊不深刻，以美学观点来看是低级的艺术作品。无论如何，我不想载什么道。我在写武侠小说的同时，也写政治评论，也写与历史、哲学、宗教有关的文字，那与武侠小说完全不同。涉及思想的文字，是诉诸读者理智的，对这些文字，才有是非、真假的判断，读者或许同意，或许只部份同意，或许完全反对。

对于小说，我希望读者们只说喜欢或不喜欢，只说受到感动或觉得厌烦。我最高兴的是读者喜爱或憎恨我小说中的某些人物，如果有了那种感情，表示我小说中的人物已和读者的心灵发生联系了。小说作者最大的企求，莫过于创造一些人物，使得他们在读者心中变成活生生的、有血有肉的人。艺术是创造，音乐创造美的声音，绘画创造美的视觉形象，小说是想创造人物、创造故事，以及人的内心世界。假使只求如实反映外在世界，那么有了录音机、照相机，何必再要音乐、绘画？有了报纸、历史书、记录电视片、社会调查统计、医生的病历记录、党部与警察局的人事档案，何必再要小说？

武侠小说虽说是通俗作品，以大众化、娱乐性强为重点，但对广大读者终究是会发生影响的。我希望传达的主旨，是：爱护尊重自己的国家民族，也尊重别人的国家民族；和平友好，互相帮助；重视正义和是非，反对损人利己；注重信义，歌颂纯真的爱情和友谊；歌颂奋不顾身的为了正义而奋斗；轻视争权夺利、自私可鄙的思想和行为。武侠小说并不单是让读者在阅读时做"白日梦"而沉缅在伟大成功的幻想之中，而希望读者们在幻想之时，想像自己是个好人，要努力做各种各样的好事，想像自己要爱国家、爱社会、帮助别人得到幸福，由于做了好事、作出积极贡献，得到所爱之人的欣赏和倾心。

武侠小说并不是现实主义的作品。有不少批评家认定，文学上只可肯定现实主义一个流派，除此之外，全应否定。这等于是说：少林派武功好得很，除此之外，什么武当派、崆峒派、太极拳、八卦掌、弹腿、白鹤派、空手道、跆拳道、柔道、西洋拳、泰拳等等全部应当废除取消。我们主张多元主义，既尊重少林武功是武学中的泰山北斗，而觉得别的小门派也不妨并存，它们或许并不比少林派更好，但各有各的想法和创造。爱好广东菜的人，不必主张禁止京菜、川菜、鲁菜、徽菜、湘菜、维扬菜、杭州菜、法国菜、意大利菜等等派别，所谓"萝卜青菜，各有所爱"是也。不必把武侠小说提得高过其应有之份，也不必一笔抹杀。什么东西都恰如其份，也就是了。

我写这套总数三十六册的《作品集》，是从一九五五年到七二年，前后约十五六年，包括十二部长篇小说，两篇中篇小说，一篇短篇小说，一篇历史人物评传，以及若干篇历史考据文字。出版的过程很奇怪，不论在香港、台湾、海外地区，还是中国大陆，都是先出各种各样翻版盗印本，然后再出版经我校订、授权的正版本。在中国大陆，在"三联版"出版之前，只有天津百花文艺出版社一家，是经我授权而出版了《书剑恩仇录》。他们校印认真，依足合同支付版税。我依足法例缴付所得税，余数捐给了几家文化机构及支助围棋活动。这是一个愉快的经验。除此之外，完全是未经授权的，直到正式授权给北京三联书店出版。"三联版"的版权合同到二○○一年年底期满，以后中国内地的版本由广州出版社出版，主因是港粤邻近，业务上便于沟通合作。

  翻版本不付版税，还在其次。许多版本粗制滥造，错讹百出。还有人借用"金庸"之名，撰写及出版武侠小说。写得好的，我不敢掠美；至于充满无聊打斗、色情描写之作，可不免令人不快了。也有些出版社翻印香港、台湾其他作家的作品而用我笔名出版发行。我收到过无数读者的来信揭露，大表愤慨。也有人未经我授权而自行点评，除冯其庸、严家炎、陈墨三位先生功力深厚，兼又认真其事，我深为拜嘉之外，其余的点评大都与作者原意相去甚远。好在现已停止出版，出版者道歉赔偿，纠纷已告结束。

  有些翻版本中，还说我和古龙、倪匡合出了一个上联"冰比冰水冰"征对，真正是大开玩笑了。汉语的对联有一定规律，上联的末一字通常是仄声，以便下联以平声结尾，但"冰"字属蒸韵，是平声。我们不会出这样的上联征对。大陆地区有许许多多读者寄了下联给我，大家浪费时间心力。

  为了使得读者易于分辨，我把我十四部长、中篇小说书名的第一个字凑成一副对联："飞雪连天射白鹿，笑书神侠倚碧鸳"。（短篇《越女剑》不包括在内，偏偏我的围棋老师陈祖德先生说他最喜爱这篇《越女剑》。）我写第一部小说时，根本不知道会不会再写第二部；写第二部时，也完全没有想到第三部小说会用什么题材，更加不知道会用什么书名。所以这副对联当然说不上工整，"飞雪"不能对"笑书"，"连天"不能对"神侠"，"白"与"碧"都是仄声。但如出一个上联征对，用字完全自由，总会选几个比较有意思而合规律的字。

  有不少读者来信提出一个同样的问题："你所写的小说之中，你认为哪一部最好？最喜欢哪一部？"这个问题答不了。我在创作这些小说时有一个愿望:"不要重复已经写过的人物、情节、感情,甚至是细节。"限于才能,这愿望不见得能达到,然而总是朝着这方向努力,大致来说,这十五部小说是各不相同的,分别注入了我当时的感情和思想,主要是感情。我喜爱每部小说中的正面人物,为了他们的遭遇而快乐或惆怅、悲伤,有时会非常悲伤。至于写作技巧,后期比较有些进步。但技巧并非最重要,所重视的是个性和感情。

这些小说在香港、台湾、中国内地、新加坡曾拍摄为电影和电视连续集,有的还拍了三四个不同版本,此外有话剧、京剧、粤剧、音乐剧等。跟着来的是第二个问题:"你认为哪一部电影或电视剧改编演出得最成功?剧中的男女主角哪一个最符合原著中的人物?"电影和电视的表现形式和小说根本不同,很难拿来比较。电视的篇幅长,较易发挥;电影则受到更大限制。再者,阅读小说有一个作者和读者共同使人物形象化的过程,许多人读同一部小说,脑中所出现的男女主角却未必相同,因为在书中的文字之外,又加入了读者自己的经历、个性、情感和喜憎。你会在心中把书中的男女主角和自己或自己的情人融而为一,而每个读者性格不同,他的情人肯定和你的不同。电影和电视却把人物的形象固定了,观众没有自由想像的余地。我不能说哪一部最好,但可以说:把原作改得面目全非的最坏、最自以为是、最瞧不起原作者和广大读者。

武侠小说继承中国古典小说的长期传统。中国最早的武侠小说,应该是唐人传奇的《虬髯客传》、《红线》、《聂隐娘》、《昆仑奴》等精彩的文学作品。其后是《水浒传》、《三侠五义》、《儿女英雄传》等等。现代比较认真的武侠小说,更加重视正义、气节、舍己为人、锄强扶弱、民族精神、中国传统的伦理观念。读者不必过份推究其中某些夸张的武功描写,有些事实上是不可能的,只不过是中国武侠小说的传统。聂隐娘缩小身体潜入别人的肚肠,然后从他口中跃出,谁也不会相信是真事,然而聂隐娘的故事,千余年来一直为人所喜爱。

我初期所写的小说,汉人皇朝的正统观念很强。到了后期,中华民族各族一视同仁的观念成为基调,那是我的历史观比较有了些进步之故。这在《天龙八部》、《白马啸西风》、《鹿鼎记》中特别明显。韦小宝的父亲可能是汉、满、蒙、回、藏任何一族之人。即使在第一部小说《书剑恩仇录》中,主角陈家洛后来也对回教增加了认识和好感。每一个种族、每一门宗教、某一项职业中都有好人坏人。有坏的皇帝,也有好皇帝;有很坏的大官,也有真正爱护百姓的好官。书中汉人、满人、契丹人、蒙古人、西藏人……都有好人坏人。和尚、道士、喇嘛、书生、武士之中,也有各种各样的个性和品格。有些读者喜欢把人一分为二,好坏分明,同时由个体推论到整个群体,那决不是作者的本意。

历史上的事件和人物,要放在当时的历史环境中去看。宋辽之际、元明之际、明清之际,汉族和契丹、蒙古、满族等民族有激烈斗争;蒙古、满人利用宗教作为政治工具。小说所想描述的,是当时人的观念和心态,不能用后世或现代人的观念去衡量。我写小说,旨在刻画个性,抒写人性中的喜愁悲欢。小说并不影射什么,如果有所斥责,那是人性中卑污阴暗的品质。政治观点、社会上的流行理念时时变迁,不必在小说中对暂时性的观念作价值判断。人性却变动极少。

在刘再复先生与他千金刘剑梅合写的《父女两地书》(共悟人间)中,剑梅小姐提到她曾和李陀先生的一次谈话,李先生说,写小说也跟弹钢琴一样,没有任何捷径可言,是一级一级往上提高的,要经过每日的苦练和积累,读书不够多就不行。我很同意这个观点。我每日读书至少四五小时,从不间断,在报社退休后连续在中外大学中努力进修。这些年来,学问、知识、见解虽有长进,才气却长不了,因此,这些小说虽然改了三次,相信很多人看了还是要叹气。正如一个钢琴家每天练琴二十小时,如果天份不够,永远做不了萧邦、李斯特、拉赫曼尼诺夫、巴德鲁斯基,连鲁宾斯坦、霍洛维兹、阿胥肯那吉、刘诗昆、傅聪也做不成。

这次第三次修改,改正了许多错字讹字以及漏失之处,多数由于得到了读者们的指正。有几段较长的补正改写,是吸收了评论者与研讨会中讨论的结果。仍有许多明显的缺点无法补救,限于作者的才力,那是无可如何的了。读者们对书中仍然存在的失误和不足之处,希望写信告诉我。我把每一位读者都当成是朋友,朋友们的指教和关怀,自然永远是欢迎的。

二〇〇二年四月　于香港

目录

雪山飞狐 ………… 5

鸳鸯刀 ………… 193

白马啸西风 ………… 239

四人所乘都是关外良马,脚程甚快,一口气奔出七八里后,前面五乘已相距不远。曹云奇高声叫道:"喂,相好的,停步!"

一

飕的一声,一枝羽箭从东边山坳后射了出来,呜呜声响,划过长空,穿入一头飞雁颈中。大雁带着羽箭在空中打了几个筋斗,落在雪地。

西首数十丈外,四骑马踏着皑皑白雪,奔驰甚急。马上乘客听得箭声,不约而同的一齐勒马。四匹马都是身高膘肥的良驹,一受羁勒,立时止步。乘者骑术既精,牲口也久经驯驭,这一勒马,显得鞍上胯下,两皆英健。四人见大雁中箭跌下,心中都喝一声采,要瞧发箭的是何等人物。

等了半响,山坳中始终没人出来,却听得一阵马蹄声响,射箭之人竟自走了。四个乘客中一个身材瘦长、神色剽悍的老者微微皱眉,纵马奔向山坳,其余三人跟着过去。转过山边,见前面里许外五骑马发力奔驰,铁蹄溅雪,银鬣乘风,眼见追赶不上。那老者一摆手,说道:"殷师兄,这可有点儿邪门。"

那"殷师兄"也是个老者,身形微胖,留着两撇髭须,身披貂皮外套,一副富商气派,听了那瘦长老者的说话,点了点头,勒马回向大雁,马鞭挥出,啪的一声,抽向雪地,鞭梢将大雁卷上。他左手拿着箭杆一看,叫了声:"啊!"

三人听得叫声,纵马驰近。那"殷师兄"连雁带箭向那老者掷去,叫道:"阮师兄,请看!"瘦长老者伸左手抄出接过,一看羽箭,大叫:"在这里了,快追!"勒转马头,当先追去。

其余二人都是壮年,一个身高膀阔,骑在一匹高头大马上,更显威武;另一个中等身材,脸色青白,鼻子却冻得通红。四人齐声唿哨,四匹马喷气成雾,忽喇喇放蹄赶去。这白茫茫山坡上望眼皆雪,四下更无行人,追踪容易不过。

这是清朝乾隆四十五年三月十五。这日子在江南早已繁花如锦,在这关外长白山下苦寒之地,却积雪初融,浑没点春日气象。东方红日甫从山后升起,淡黄的阳光照在身上,殊无暖意。

山中虽冷,四名乘者纵马急驰之下,不久人人头上冒汗。

那高身材的男子脱下外氅,放在鞍头。他身穿青绸面皮袍,腰悬长剑,眉头深锁,满脸怒容,眼中竟似要喷出火来,不住价的催马狂奔。

这人是辽东天龙门北宗新任掌门人"腾龙剑"曹云奇。天龙门掌剑双绝,他所学都已颇有所成。白脸汉子是他师弟"回龙剑"周云阳。高瘦老者是他们师叔"七星手"阮士中,在天龙门北宗算得是第一高手。那富商模样的老者则是天龙门南宗掌门人"威震天南"殷吉,这次事情与天龙门南北两宗俱有重大干系,是以他千里迢迢,远来关外。

四人胯下所乘都是关外良马,脚程甚快,一口气奔出七八里后,前面五乘已相距不远。曹云奇高声叫道:"喂,相好的,停步!"前面五人全不理会,反纵马奔得更快了。曹云奇厉声喝道:"再不停步,莫怪我们无礼了!"

只听得前面一人舌头打滚,都的一声,勒马转身,其余四人却仍继续奔驰。曹云奇一马当先,但见那人弯弓搭箭,箭尖指向他胸口。曹云奇艺高人胆大,竟不将他硬弓利箭放在心上,扬鞭大呼:"喂,是陶世兄么?"

那人面目英俊,双眉斜飞,二十三四岁年纪,一身劲装结束,听得曹云奇叫声,纵声大笑,叫道:"看箭!"飕飕飕连响,三枝羽箭分上中下三路连珠射到。

曹云奇没料到他三箭来得如此迅捷,微微一惊,马鞭疾甩出去,打掉了上路与中路射来的两箭,接着一提马缰,那马向上跃起,第三枝箭贴着马肚子从四腿间穿过去,相差不过数寸。那青年哈哈一笑,拨转马头,提缰便跑。

曹云奇铁青着脸,纵马欲赶。阮士中叫道:"云奇,沉住了气,不怕他飞上天去。"纵身下马,拾起雪地里的三枝羽箭,果然与适才射雁的一般无异。殷吉沉着脸哼了一声,说道:"果真是这小子!"曹云奇道:"等一下师妹,瞧她更有什么话说?"

四人候了一顿饭功夫,不听得来路上有马蹄声响。曹云奇焦躁起来,道:"我瞧瞧去!"拍马赶回。阮士中望着他背影,叹了一口气,说道:"也真难怪得他。"殷吉道:"阮师兄,你说什么?"阮士中摇摇头,却不答话。

曹云奇奔出数里,只见一匹灰马空身站在雪地里,一个白衣女郎一足跪地,俯身似在雪中寻找什么。曹云奇叫道:"师妹,什么事?"

那女郎不答,随即站直,手中拿着一根黄澄澄之物,在日光下闪闪发光。曹云奇走近接过,见是一枝黄金铸成的小笔,长约三寸,笔尖锋利,打造得甚是精致,笔杆上刻着一个小小的"安"字。这金笔看来既是玩物,却也可作暗器之用,不禁微微皱眉,说道:"哪里来的?"

那女郎道:"你们走后,我随后跟来,奔到这里,忽然有乘马从后追来,那马好快,只一会儿就从我身旁掠过。马上乘客扬手向我抛来这枝小笔,将我……将我……"说到这里,忽然脸上晕红,嗫嚅着说不下去了。

曹云奇凝望着她,只见她凝脂般的雪肤之下,隐隐透出一层胭脂之色,双睫微垂,一股女儿羞态,娇艳无伦,不由得胸中一荡,随即疑云大起,问道:"你可知咱们追的是谁?"那女郎道:"谁啊?"曹云奇冷冷的道:"哼,你当真不知?"那女郎抬起头来,道:"我怎知道?"曹云奇道:"是你心上人。"那女郎冲口而道:"陶子安?"这话一出口,登时满脸红晕。曹云奇眉间有如罩上了一层黑云,叫道:"我一说是你心上人,你就接口说陶子安!"

那女郎听他这么说,脸上更加红了,泪水在一双明澄清澈的眼中滚来滚去,顿足叫道:"他……他……"曹云奇道:"他……他怎么?"那女郎道:"他是我没过门的丈夫,自然是我心上人。"曹云奇大怒,唰的一声,拔出长剑。那女郎反而走上一步,叫道:"你有种就杀了我。"曹云奇咬着牙齿,望着她微微抬起的脸,心中柔情顿起,叫道:"罢啦,罢啦!"回手一剑,猛往自己心口扎去。

那女郎反手拔剑,回臂疾格,出手好快,当的一声,双剑相交,迸出数星火花。曹云奇恨恨的道:"你既不将我放在心上,何必又让我在这世上多受苦恼?"那女郎缓缓还剑入鞘,低声道:"你早知道,是爹爹将我许配给他,难道是我自己作的主么?"曹云奇双眉一扬,说道:"我愿跟你浪迹天涯,在荒岛深山之中隐居厮守,你怎又不肯?"那女郎叹了一口气道:"师哥,我知你对我一片痴心,我又不是傻子,怎能不念着你的心意。可是你执掌我天龙北宗门户,如做出这等事来,天龙门声名扫地,在江湖上颜面何存?"

曹云奇大声道:"我就为你粉身碎骨,也所甘愿。天塌下来我也不理,管他什么掌门不掌门。"那女郎微微一笑,轻轻握住他手,说道:"师哥,我就是不爱你这霹雳火爆、不顾一切的脾气呢。"

曹云奇给她这么一说,再也发作不得,叹了口气,说道:"你怎么又把他给的玩意儿当作宝贝似的?"那女郎道:"谁说是他给的?我几时见过他来?"

曹云奇道:"哼,这样值钱的玩意儿,还有人真的当暗器打么?这笔上不明明刻着他的名字?若不是他,又是谁给你的?"那女郎嗔道:"你既爱这么瞎疑心,乘早别跟我说话。"纵到灰马身旁,跃上马背,缰绳一提,那马放蹄便奔。

曹云奇忙上马追去,伸皮靴猛踢坐骑肚腹,片刻间便追上了,身子一探,右手拉住灰马辔头,叫道:"师妹,你听我说。"那女郎举起马鞭,往他手上抽去,喝道:"放开!给人家瞧见了成什么样子?"曹云奇却不放手,啪的一声,手背上登时起了一条血痕。

那女郎心有不忍,道:"你何苦又来惹我?"曹云奇道:"是我不好,你再打吧!"那女郎嫣然一笑,道:"我手酸,打不动啦。"曹云奇笑道:"我跟你捶捶。"伸手去拉她手臂。那女郎迎头一鞭,曹云奇头一偏,这一次躲开了鞭子,笑道:"你手怎么又不酸啦?"那女郎板起了脸,说道:"我叫你别碰我。"

曹云奇陪笑道:"好,那么你说这金笔是哪里来的。"那女郎笑道:"是我心上人给的。不是他给,还有谁给?难道是你给我的?"曹云奇心头一酸,热血上涌,又要发作,但见她笑靥如花,红唇微微颤动,露出一口玉石般的牙齿,怒气登时沉了下去。

那女郎瞪了他一眼,轻轻叹了口气,柔声道:"师哥,我从小得你尽心照顾。你待我真比亲生哥哥还好。我又不是全无心肝之人,怎不想报答?何况我们……只是,我实在好生为难。你一向怜惜我、爱护我,现下爹爹不幸惨死,我天龙门面临成败兴亡的重大关头,你怎么反不体谅我了?"曹云奇呆了半晌,再无话说,左手一挥,说道:"你总是对的,我总是错的,走吧!"

那女郎嫣然一笑,道:"且慢!"摸出一块手帕,给他抹去满额汗水,道:"大雪地里,出了汗不抹去,莫着了凉。"曹云奇心中甜甜的说不出的受用,满腔怒气登时化为乌有,挥鞭在那女郎的灰马臀上轻轻一鞭。二人双骑,并肩驰去。

那女郎名叫田青文,年纪虽轻,在关外武林中却已颇有名声。因她容貌美丽,性又机伶,辽东武林中公送她一个外号,叫作"锦毛貂"。那貂鼠在雪地中行走如飞,聪明伶俐,"锦毛"二字,自是形容她的美貌了。她是她父亲田归农前妻生的,田归农逝世不久,是以她一身缟素,戴着重孝。

两人急奔一阵,追上了殷吉、阮士中、周云阳三人。阮士中向曹云奇横了一眼,说道:"去了这么久,见到什么了?"曹云奇脸一红,道:"没见什么。"双腿一夹,纵马快跑。

又奔出数里,山势渐陡,积雪甚厚,马蹄一溜一滑,五人不敢催马,松缰缓行。转过两个山坳,山道更加险峻。忽听左首一声马嘶,曹云奇右足在马镫上一点,斜身飞出,落在一株大松树之后,先藏身形,再纵目前望。见山坡边几株树上系着五匹马,雪地里一行足印笔直上山。曹云奇叫道:"两位师叔,小贼逃上山啦,咱们快追。"

殷吉向来谨慎,说道:"对方若故意引诱咱们来此,只怕山中设了埋伏。"曹云奇道:"就是龙潭虎穴,今日也要闯他一闯!"殷吉听他说得鲁莽,颇为不快,向阮士中道:"阮师兄,你说怎地?"阮士中还未答话,田青文抢着道:"有威震天南殷师叔在此,就真有厉害埋伏,也不用怕。"殷吉微微一笑,道:"瞧他们走得匆忙,似乎又不像设伏。这样吧,"手指右首,说道:"咱们从这边绕道上山,转过来攻他们个出其不意。"曹云奇叫道:"好,此计大妙!"

殷吉等都下了马,将马匹系在大松树下,翻起长衣下襟缚在腰里,展开轻功提纵术,从山坡右首上山。这一带树木丛生,山石嶙峋,行走不便,但多了一层掩蔽,不易为敌人察觉。五人初时鱼贯而行,一个紧接一个,时候一长,渐渐分出了功夫高下。殷吉与阮士中并肩在前,曹云奇堕后丈余,田青文与周云阳又在后数丈。曹云奇心想:"殷师叔是南宗掌门,号称威震天南,不知他南宗的功夫与我北宗到底谁高谁低?今日倒要领教领教。"一提气,足下加劲,倏忽抢在殷阮二人前头。

只听殷吉赞道:"曹世兄,好俊身手啊,当真英雄出在年少。"曹云奇怕他追上,不敢回头,只道:"请殷师叔多加指点。"口中这么说,脚下丝毫不停,奔了一阵,听得脚步声息,回头望去,心中微惊,原来殷吉、阮士中两人就在他身后不远,忙加快脚步,急冲数丈。

殷吉微微一笑,不疾不徐的跟在后面。山上积雪更厚,道路崎岖,行走自是费力。只过了半枝香功夫,曹云奇渐渐慢了下来,忽觉后脑微微温热,似乎有人呼气,正要回头,右肩上有人轻轻一拍,听得殷吉笑道:"小伙子,加把劲儿!"曹云奇一惊,提气向前猛冲。这一冲虽把殷阮两人抛下了十多丈,但已心浮气粗,头上冒汗。他伸袖一擦额上汗水,想起适才田青文给自己擦汗的情景,嘴角间不由得露出微笑,但听得背后踏雪之声,殷阮两人又赶了上来。

殷吉见曹云奇这么一冲一慢,知他轻功远不如自己,只七星手阮士中一声不响的并肩而行,自己跑得快,他也快,自己跑得慢了,他跟着放慢脚步,看来游刃有余,未出全力,心道:"你们师叔侄俩今儿考较老儿来着。"猛吸一口气,施展数十年勤修苦练的轻功,在白雪山坡上宛似足不点地般奔了上去。

天龙门创自清初,原本一支,到康熙年间,掌门人的两名大弟子不和,待掌门人一死,便分为南北两宗。南宗以轻捷剽悍为尚,北宗却注重沉稳狠辣。两宗武功本源架式全然相同,使用之时,却各有所长。这上山轻功原是南宗所擅,殷吉人虽肥胖,一施展本门心法,竟矫捷胜于猿猴,片刻之间,已赶出曹云奇一里有余。阮士中却仍不即不离的与他并肩而行。殷吉数次放快,要想将他抛落,但每次只抢前数丈,阮士中又稳稳的追了上来。

眼见离峰顶只两三里路程,殷吉笑道:"阮师兄,咱俩比比脚力,瞧谁先上峰顶。"阮士中道："我又怎赶得上殷师兄？"殷吉道："别客气啦！"话一出口，如箭离弦般疾冲而上，不到片刻，离峰顶已只数丈，回头见阮士中在自己身后约有丈许，一提气，正要冲上，阮士中突然一纵而起，落在他身旁，低声道："那边有人！"伸手向峰左树丛中一指。殷吉心中一寒："此人功力，果然在我之上。"见他弯腰低头，轻轻向树丛中走去，便跟随在后。

两人走到树后，躲在一块凸出的大石后面，探头前望，只见下面谷中刀剑闪光，有五人聚在谷底。三人手执兵刃，分别守住三条通路，似防人闯进，另外两人一挥钢锄，一舞铁铲，正在一株大树下用力挖掘。两人似知强敌追随在后，时机迫促，四只手臂一刻不停，此起彼落，忙碌异常。

殷吉低声道："果然是饮马川陶氏父子。那三人是谁？"阮士中轻声道："饮马川的三个寨主，都是硬手。"殷吉道："正合适，五个对五个。"

阮士中道："殷师兄，你我同云奇三人自然不怕，云阳和青文却弱了。先出其不意的宰他一两个，余下的就好办。"殷吉皱眉道："倘若江湖上传扬出去，说我天龙门暗施偷袭，岂不教天下英雄耻笑？"阮士中冷冷的道："为田师哥报仇，斩草除根，一个也不留下。咱们自己不说，没人知道。"殷吉道："陶氏父子当真这么难对付么？"

阮士中点点头，隔了片刻，说道："平手相斗，小弟没必胜把握。"殷吉心知北宗自掌门人田归农去世后，阮士中已是门中第一高手，听说田归农在日，也忌惮他三分，适才上山较劲，他似乎有心相让，才成了个不胜不败之局，若出全力，只怕自己要输，便点头道："小弟是客，自然由阮师兄主持大局。"

阮士中心道："哼，你要做英雄，由我做小人就是。"便不说话。这时曹云奇已经赶到，再过一会，周云阳、田青文二人也先后上来。阮士中低声道："殷师兄、云奇和我各发锥子，干了把风的三人，再围攻陶氏父子。云阳与青文待我们出手之后，便即上前。"四人听了，当即放轻脚步，弯腰从山石后慢慢掩近。

田青文跟在阮士中身后，低声叫道："阮师叔！"阮士中停步道："怎么？"田青文道："陶氏父子要捉活的。"阮士中双眼一翻，露出一对白睛,低沉着嗓子道:"你还要回护陶子安那小贼?"田青文道:"我总觉得不是他。"阮士中脸色铁青,拔出插在腰带上的那枝羽箭,递在她手里,轻声道:"你自己比一比去!这是那小贼适才射雁的箭。"

田青文接过羽箭,只看了一眼,不由得两手发颤。曹云奇在她身旁,一直瞧她的时刻多,望敌人的时刻少,见了她这副神情,不禁又喜又怒,喜的是眼见陶子安性命难保,怒的是她对那小贼显然情意甚深。他脾气暴躁,越想越恼,正待出言讥刺,阮士中在他肩头一拍,向着在东首把守的那人背心一指。

这时田青文与周云阳已伏下身子,停步不进。阮殷曹三人各自认定了一名敌手,每人手中都暗扣三枚毒锥,悄悄走近。那毒锥是天龙门世代相传的绝技,发出时既准且快,且毒性猛烈,给打中了三个时辰毙命,厉害之极,江湖上有个名号,叫作"追命毒龙锥"。

曹云奇心想:"师叔要我打东首那人,我却用毒锥先送了陶子安那小贼性命,既报师门深仇,又拔了眼中之钉。否则待会活捉了他,夜长梦多,不知师妹又会生出什么古怪来。"算计已定,越走越近,见离敌人已不足五十步,伏低身子,凝望着陶子安一起一伏的背影,只待阮士中挥手发号,三锥立时激射而出。

铮的一声,陶子安手中的钢锄撞到了土中一件铁器。阮士中高举左手,正要下落,猛听得嗤嗤嗤数声连响,旁边雪地里忽然射出七八件暗器,分向陶子安等五人打去。

这些暗器突如其来的从地底下钻出,事先没半分朕兆,委实匪夷所思,古怪之极。陶氏父子武功了得,暗器虽近身而发,来得奇特,但眼明手快,仍各举锄铲打落。望风的三人中一人仰天一摔,滚入了山沟,两枚袖箭分从头顶颈边擦过,侥幸逃得性命。其余两人却哼也没哼一声,一枚钢镖、一柄飞刀都正中后心,扑在雪地里再不动弹。

这一下变起仓卒,陶氏父子固大出意料之外,阮士中等也惊愕不已。

陶子安的父亲"镇关东"陶百岁骂道:"鼠辈,敢施暗算!"这一声宛若凭空起了个响雷,威猛无比。只见身侧雪地中刀光闪动,从地底下跃出四人。

原来这四人早知陶氏父子要到此处,在雪下挖了土坑,已等候数日。四人守在坑中,坑上用树枝盖了,白雪遮住,只露出几个小孔透气,旁人又怎知晓?

陶氏父子抛下锄铲,急从身边取出兵刃。陶百岁使的是根十六斤重的钢鞭,陶子安则用单刀。滚在山沟里的马寨主怕敌人跟击,在山沟中连滚数滚,这才跃起,他手中拿着一对链子锤。

看敌人时,当先一人身形瘦削,脸色漆黑,认得是北京平通镖局总镖头熊元献,此人精熟地堂刀功夫。饮马川山寨曾劫过他镖局的一支大镖,熊元献使尽心机,始终没能要回,双方结下甚深梁子。另一个女子三十二三岁年纪,马寨主识得她是双刀郑三娘。她丈夫本是平通镖局镖头,在饮马川劫镖时刀伤殒命。此外是一个胖大和尚,手使戒刀;一个紫膛脸汉子,使一对铁拐,均不相识。想来都是平通镖局邀来的好手,埋伏在这里以报昔日之仇。

陶百岁喝道:"我道是谁,原来是老夫手下败将。除了姓熊的鼠辈,武林之中,原也没人能做这下贱勾当。"这话虽是斥骂熊元献,但殷吉听了,不禁脸上一热,斜眼看阮士中时,见他双目凝视谷中敌对双方,对这句话直如不闻。

熊元献细声细气的道:"陶寨主,在下跟你引见引见。这位是山东百会寺的静智大师。这位是京中一等侍卫刘元鹤刘大人,是在下的同门师兄。你们多亲近亲近。"陶百岁身材魁伟,声若雷震,熊元献恰与他相反,一个阳刚,一个阴柔,两人倒似天生的对头。

陶百岁骂道:"好小子,一齐上吧,咱们兵刃上亲近亲近。"钢鞭在空中虚击一鞭,呼呼风响,足见膂力惊人。熊元献不动声色,低低的道:"在下是陶寨主手下败将,不敢跟你动手,只想来讨件物事。"陶百岁怒道:"什么?"熊元献向他们挖掘的土坑一指,道:"就是这里的东西。"

陶百岁一捋满腮灰白胡子,更不打话,劈面就是一鞭。熊元献闪身避过,叫道:"且慢动手。"陶百岁喝道:"又有什么话说?"熊元献道:"在下已在这里等了三日三夜,专等陶寨主到来。如不瞧两位父子金面,此物早就取了。这里的东西本来不是饮马川的,一向由天龙门经管,现下换换主儿,也没什么不该。"陶子安道:"熊镖头说得好漂亮。这雪山上千里冰封,你们倘若早知埋藏之处,还不早就拿了去?"

那郑三娘一心要报杀夫之仇，叫道："多说什么？动手吧！"话声未毕，三柄飞刀唰唰唰接连向马寨主射去。马寨主链子双锤飞起，打落两柄飞刀，见第三柄来得更加劲急，直取胸口，双手一崩，双锤之间的铁链横在当胸，正好挡落飞刀，左锤一缩，右锤扑面打出。郑三娘身形灵动，矮身低头，双刀一招"旋风势"，直扑进怀。马寨主左锤飞出，消去这招。

这两人一动上手，那和尚挥戒刀直取陶百岁。镇关东不避反迎，铁鞭横打，刀鞭相交，迸出星星火花。和尚只觉手臂酸麻，刀锋已给打出个缺口。陶子安舞刀奔向熊元献。六人分作三对，在雪地里性命相扑。刘元鹤手执双拐，在旁掠阵，见和尚不是陶百岁对手，叫道："大师退下，让我来会会镇关东。"那和尚兀自恋战。刘元鹤跨上一步，右膀在静智和尚肩头一撞。那和尚立足不住，跌出三步，破口骂道："操你奶奶，你来撞老子！"忽觉金刃劈风，一刀向脑门劈来，忙缩头躲闪，却是陶子安抽空砍了他一刀。静智吓出一身冷汗，惊怒之下，挺刀与熊元献双斗陶子安。

刘元鹤武功比师弟强得多，陶百岁铁鞭横扫，他竟硬接硬架，铁拐一立，铁鞭碰铁拐，当的一声大响。刘元鹤不动声色，右拐稍沉，拐头锁住敌人鞭身，左拐搂头盖落。陶百岁与他数招一过，已知遇到劲敌，抖擞精神，使开六合鞭法，单鞭斗双拐，猛砸狠打。

时候一长，刘元鹤渐占上风，陶百岁已是招架多，还手少。陶子安以一敌二，更加形迫势蹙，心想眼前唯一指望，是马寨主速下杀手击毙郑三娘，将熊元献接过，自己就能俟机杀了和尚。但郑三娘也已瞧明白战局大势，只要自己尽力支撑，陶氏父子不免先后送命，当下只守不攻，双刀守得严密异常，马寨主双锤虽如狂风暴雨般连环进攻，却始终伤她不得。再拆数十招，郑三娘究是女流，力气不加，不住后避。马寨主踏步上前追击，突见郑三娘左刀一晃，露出老大空门，大喜之下，抢上一步，挥锤击落，蓦地里右足足底一虚，竟踏在熊元献等先前藏身的土坑上。这坑大半仍为白雪掩没，激斗之际，没加留神，郑三娘有意引他过去。他这一足踏空，身子向前扑跌，暗叫不好，待要跃起，郑三娘右刀疾砍，登时将他左肩卸落。

马寨主惨叫一声，晕了过去，郑三娘右手补上一刀，将他砍死在坑中。陶子安听到马寨主叫声，情知不妙，但为熊元献与静智两人缠住了,自顾不暇,不能分手救人。郑三娘喘了几口气,理一理鬓发,取出一块白布手帕包在头上,舞动双刀上前夹击陶百岁。陶百岁向以力大招猛见长,但年纪老了,精力就衰,与刘元鹤单打独斗已相形见绌,再加上个郑三娘在旁偷袭骚扰,更加险象环生。

斗到酣处,刘元鹤叫一声:"着!"一招"龙翔凤舞",双拐齐至。陶百岁挥鞭挡住,却见郑三娘双刀圈转,也是两般兵刃同时攻到。陶百岁一条鞭架不开四件兵刃,大喝一声,飞左脚将郑三娘踢了个筋斗,但左胁终于给她刀锋划了个口子。片刻之间,伤口流出的鲜血将雪地染得殷红一片。但他勇悍异常,舞鞭酣战,全不示怯。

陶子安见情势险恶,疾攻三刀,乘静智退开两步,向后跃开,叫道:"罢啦,我父子认输就是。你们要宝还是要命?"郑三娘挥刀向陶百岁进攻,叫道:"宝也要,命也要。"熊元献心里却另有计较,他去年失了一支大镖,赔得倾家荡产,心想与其杀他父子,不如叫饮马川献出金银赎命,叫道:"大家且住,我有话说。"

刘元鹤为人精细,郑三娘一向听总镖头吩咐,听他如此说,均向旁跃开。静智却是个莽和尚,斗得兴发,哪里还肯罢手,一柄戒刀使得如风车相似,直向陶子安迫去。熊元献连叫:"静智大师,静智大师。"静智宛如未闻。陶子安一声冷笑,将单刀往地下一抛,挺胸道:"你敢杀我?"

静智举起戒刀,正要猛力砍落,忽见他如此,不禁一呆,戒刀举在半空,凝住不动。陶子安骂道:"贼秃!"迎面一拳,正中鼻梁。静智出其不意,身子一晃,一交坐倒,一摸自己鼻子,满手鼻血。这一来叫他如何不怒,狂吼急叫,爬起身来,向陶子安猛扑过去,大骂:"操你奶奶!"熊元献伸臂拉住,叫道:"且慢!"

陶子安跃入坑中,挥动钢锄掘了几下,随即抛开锄头,捧着一只两尺来长的长方铁盒纵身而上。刘元鹤等各现喜色,向陶子安走近几步。

阮士中低声向殷吉道:"殷师兄,你与云奇发锥伤人,我去抢宝。"殷吉低声道:"伤哪一边的人?"阮士中左手中间三指卷曲,伸出拇指与小指,做个"六"字的手势,意思说六人全伤。殷吉心道:"好狠毒!"点了点头,扣紧手中的毒锥,斜眼看曹云奇时,只见他双眼盯着陶子安,这些时候之中,他眼光始终没一瞬离开过此人。

陶子安捧着铁盒，朗声说道："今日我父子中了诡计，这武林至宝么，嘿嘿，自当双手奉上。只是在下有一事不明，倒要领教。"熊元献眯着一双小眼，道："少寨主有何吩咐？"陶子安道："你们怎知这铁盒埋在此处？又怎知我们这几日要来挖取？"熊元献道："少寨主既想知道，跟你说了，却也不妨。天龙门田老掌门封剑之日，大宴宾朋。少寨主是田门快婿，一定到了？"陶子安点了点头。熊元献指着刘元鹤道："我这位师兄当日也是座上宾客，只少寨主英雄年少，没把刘师兄放在眼里。"陶子安冷笑道："哈哈，我岳丈宴请好朋友，原来请到了奸细。"

熊元献并不动怒，仍细声细气的道："言重了。刘师兄久仰尊驾英名，不免对少寨主多看了几眼，那也是饮马川威名远播之故啊。那日少寨主一举一动，没曾离了刘师兄的眼光。"陶子安道："妙极，妙极！这盒儿该当献给刘大人的了。"双手前伸，将铁盒递过。

刘元鹤眉不扬，肉不动，伸手去接。陶子安突然在铁盒边上一撅，飕飕飕三声，三枝短箭从铁盒中疾飞而出，向刘元鹤当胸射去。两人相距不到三尺，急切间哪能闪避？

刘元鹤危急中顺手拉过静智在身前一挡。只听一声惨呼，两枝短箭一齐钉入那和尚的咽喉，静智立时气绝。第三枝箭偏在一旁，却射入了熊元献左肩，直没至羽，伤势也自不轻。

这个变故，比适才熊元献等偷袭更加奇特。田青文忍不住"啊"的一声叫了出来。刘元鹤听得背后有人，顾不得与陶氏父子动手，跃向山石，先护住背心，这才转身察看。

阮士中叫道："动手！"纵身扑下。曹云奇手一扬，三枚毒锥对准陶子安射出。田青文早知他心意，见他扬手发锥，立即挺肩往他左肩撞去。曹云奇身子一侧，怒喝："干什么？"三锥准头全偏，都落入了雪地。

殷吉的毒锥本待射向刘元鹤，田青文一出声，为他立时知觉，此人应变奇快，竟已无机可乘。阮士中大叫："物归原主。"左手五指如钩，抓向陶子安双目，右手五指已抓住铁盒边缘。

刘元鹤铁拐竖立，与殷吉的长剑搭上了手。两人在田归农的筵席中曾会过面，都知对方是武学名家，此刻数招一过，各自暗惊。

周云阳挺剑奔向熊元献。田青文的单剑与郑三娘双刀战在一起。曹云奇长剑闪动,不去拼斗闲在一旁的陶百岁,却向陶子安胸口刺去,一招"白虹贯日",身随剑至,势若拼命。

陶子安没持兵刃,只得放手松开铁盒,后跃避开,俯身抢起单刀,反身来夺。阮士中左手抱住盒子,阴沉着脸骂道:"好小子,放暗箭害死岳丈,原来是看中了我天龙门至宝。"陶子安叫道:"谁说我害了岳父?"挥刀猛攻,急着要夺回铁盒。

但这铁盒一入七星手阮士中之手,莫说曹云奇在旁仗剑相助,单凭阮士中一双肉掌,陶子安也休想夺得回去。陶百岁叫道:"姓阮的,这铁盒是田亲家亲手交与我儿,你是不服,还是怎地?"大声叫嚷,挥鞭向阮士中头顶击落。阮士中一跃丈余,纵到田青文身旁,举盒向郑三娘迎面一扬。郑三娘适才见盒中放出暗器,生怕又有短箭射出,忙矮身闪避。哪知阮士中只虚张声势,待田青文摆脱纠缠,将铁盒交在她手中,说道:"护住盒子,让我对付敌人。"

他手中一空,立即返身来斗陶百岁。这天龙北宗第一高手果然武功了得,陶百岁虽鞭沉力猛,却给他一双空手迫得连连倒退。熊元献肩头中箭,为周云阳一柄长剑迫住了,始终缓不出手来去拔箭,那箭留在肉里,一使劲半边身子剧痛难当。只刘元鹤与殷吉斗了个旗鼓相当。

田青文抱住铁盒,施开轻功,疾向西北方奔去。陶子安举刀向曹云奇猛劈,见他提剑封门,这一刀竟不劈下,忽地转身,向田青文追去。

曹云奇大怒,随后急赶,只追出数步,斜刺里双刀砍到,却是郑三娘从旁截住。曹云奇心中焦躁,连进险招。郑三娘武艺虽不甚精,却练就一套专门守御的刀法,只要这"铁门闩"刀法使开了,六六三十六招之内,对方功夫再高,也不易取胜。曹云奇连变三路剑法,一时竟奈何她不得。

田青文奔出里许,见陶子安随后跟来,正合心意,转过个山坡,站定身子,似嗔似笑的道:"你追我干么?"陶子安道:"妹子,咱们合力对付了那几个奸贼,自己的事总好商量。"田青文道:"谁是你妹子?你干么害我爹爹?"陶子安突然在雪地里双膝跪倒,指天立誓,大声道:"皇天在上,倘若我陶子安害了天龙门田老掌门,叫我万箭攒身,乱刀分尸!"

田青文脸上露出笑容,伸手拉他臂膀,柔声道:"不是你就好啦。我也早知不是你,他们……他们……"陶子安跃起身来,握住她左手,说道:"妹子……"刚叫得一声,忽见田青文脸上变色,知道背后来了人,急忙转身,只听一人喝道:"你们两个,在这里鬼鬼祟祟的干什么?"田青文怒道:"什么鬼鬼祟祟?你给我嘴里放干净些。"

陶子安见是曹云奇赶到,叫道:"曹师兄,你莫误会。"曹云奇圆睁双目,喝道:"操你娘,误会你妈个屁!"提剑分心疾刺,陶子安举刀招架。

两人斗了数合,雪地里脚步声响,郑三娘如风奔来。曹云奇骂道:"臭婆娘,缠个没完没了。"反手一剑。郑三娘左刀挡架,右手回了一刀。陶子安叫道:"郑三娘,咱俩并肩子上,先杀了这蛮汉再说。"

他一语甫毕,一招"抽梁换柱",左手虚托,刀锋从横里向曹云奇反劈过去。曹云奇以一敌二,丝毫不惧。他有意要在心上人之前卖弄本事,剑走偏锋,反连连进招。陶子安赞道:"好剑法!"曲腿矮身,一招"上步撩阴"向他胯下挥去。郑三娘料想他竖剑相架,上盘势必空虚,当即双刀向曹云奇肩头砍落。不料陶子安这一刀挥到中途,突然转为"退步斩马刀",手腕疾翻,一刀砍在郑三娘腿上,喝道:"躺下。"

这一招毒辣异常,比郑三娘再强数倍的高手也难防备,却教她如何闪避得了?她腿上剧痛,向后便跌。陶子安抢上一步,举刀往她颈中砍下。呼的一声,曹云奇长剑递出,将他单刀架开,叫道:"你要不要脸?"陶子安笑道:"我是有心助你。"

曹云奇正要喝骂,刘元鹤、殷吉、陶百岁、阮士中等已先后赶到。他们都挂念着铁盒,见田青文抱着盒子奔开,不愿无谓恋战,一待敌人攻势略缓,都抽身追来。陶子安叫道:"爹,天龙门是好朋友。你别跟阮师叔动手。"

陶百岁尚未答话,曹云奇高声叫道:"你害死我恩师,谁跟你是好朋友?"唰唰唰,向他疾刺三剑。陶子安挡开两剑,第三剑险些避不开去,向左急闪,剑刃贴右颊而过。他吓得脸无血色,忽听田青文叫声:"小心!"一枚暗器从身旁飞过,紧接着风声微响,后臀上吃了一刀。

原来郑三娘受伤后倒地不起,心中又恨又悔:"他饮马川是我杀夫大仇,这小贼素来诡计多端,我怎能信他的话,不加提防?"见陶子安避剑后退,正是偷袭良机,奋身跃起,挥刀往他头顶砍去。田青文眼明手快,急发一锥,抢先钉中她右肩。幸得这一锥,才救了陶子安性命,郑三娘那刀砍得低了,只砍中他后臀。

郑三娘身中毒锥,又向后跌。陶子安骂声:"贱人!"单刀脱手,对准她胸口猛掷下去,这一掷势劲力疾,相距又近,眼见得一刀要将她钉入地下,突然空中嗤的一声急响,一枚暗器从远处飞来,正中刀身,当的一声,单刀荡开,斜斜插入郑三娘身旁雪地之中。

刘元鹤、阮士中等均正注目铁盒,或亟欲劫夺、或旨在守护,听这暗器破空之声响得怪异,都是一惊,这暗器远飞而至,落点既准,劲力又重,竟将单刀打开。各人一惊之下,齐向暗器来路望去,见一个花白胡子的老僧右手拿着一串念珠,念道:"善哉,善哉!"快步走来,俯身拾起一物,串在念珠绳上,原来他适才所发暗器只是一粒念珠。

这串念珠看来份量不轻,黑黝黝的似是钢铁所铸。这和尚从数丈外弹来小小一粒念珠,竟能撞开一把八九斤重的钢刀,指力非同小可。众人惊愕之下,都眼睁睁的望着他。但见他一对三角眼,塌鼻歪嘴,一双白眉斜斜下垂,容貌猥琐诡异,双眼布满红丝,单看相貌,倒似是个市井老光棍,哪知武功竟如此高强。

那僧人伸手扶起郑三娘,拔下她肩头毒锥,见伤口中喷出黑血,郑三娘大声呻吟。那僧人从怀中取出一粒红色药丸,塞在她口里,向众人逐个望去,自言自语的道:"这药丸只可暂时止痛。毒龙锥是天龙门独门暗器,和尚可救她不得。"他眼光停在阮士中脸上,说道:"这位施主是天龙门高手了?不看僧面看佛面,敢请慈悲则个。"说着合什行礼。

阮士中和郑三娘本不相识,原无仇怨,见那僧人如此本领,若不允取出解药,今日决讨不了好去,他久历江湖,当硬则硬,当软则软,见那僧人合什躬身,立即还礼,说道:"大师吩咐,自当遵命。"从怀中取出两个小瓶,在一个瓶里倒出十粒黑色小丸,给郑三娘服了,将另一个瓶子递给田青文道:"给她敷上。"田青文接过药瓶,将铁盒交给师叔,自去给郑三娘敷药。

那僧人道:"施主慈悲。"又打了一躬,说道:"请问各位在此互斗,为了何事?天下没解不开的梁子,和尚老了脸皮,倒想作个调人,嘿嘿。"

众人相互望了一眼,有的沉吟不语,有的脸现怒容。曹云奇指着陶子安骂道:"这小贼害死我师父,偷了我天龙门的镇门之宝。大师,你说该不该找他偿命?"说着手中长剑虚劈,剑刃震动,嗡嗡作声。

那老僧问道:"尊师是哪一位?"曹云奇道:"先师是敝门北宗掌门,姓田。"那老僧"啊哟"一声,说道:"原来归农去世了,可惜啊可惜。"语气之中,似乎识得田归农,而口称"归农",竟然自居尊长。田青文刚给郑三娘敷完药,听那老僧如此说,上前盈盈拜倒,哭道:"求大师给先父报仇,找到真凶。"

那老僧尚未回答,曹云奇已叫了起来:"什么真凶假凶?这里有赃有证,这小贼难道还不是真凶?"陶子安只管冷笑,并不答话。陶百岁却忍不住了,喝道:"田亲家跟我数十年交情,两家又是至亲,我们怎能害他?"曹云奇道:"就是为了盗宝啊!"陶百岁大怒,纵上前去挥鞭击落。曹云奇正要还手,突见那老僧左手挥出,在陶百岁右腕上轻轻一勾,钢鞭猛然反激。陶百岁只觉掌心一震,虎口剧痛,竟拿捏不住,忙撒手跃开,啪的一声,钢鞭跌在雪地,埋入了半截。

众人本来围在僧人身周,突见钢鞭飞起跌落,各自后跃,登时在那僧人身旁留出好大一个圆圈,各人眼睁睁的瞧着这和尚,都好生诧异,暗想:"镇关东素以膂力刚猛称雄武林,怎么给他这般轻描淡写的一勾一带,竟连兵刃也拿不住了?"

陶百岁满脸通红,叫道:"好和尚,原来你是天龙门邀来的帮手。"那老僧微微一笑,道:"施主偌大年纪,仍这等火气。不错,和尚确是受人之邀,才到长白山来。不过邀请和尚的,却不是天龙门。"天龙门诸人与陶氏父子俱吃一惊,心道:"怪不得他相救郑三娘。他既是平通镖局的帮手,这铁盒儿就难保了。"阮士中退后一步。殷吉与曹云奇双剑上前,护在他左右两侧。

那僧人宛如未见,续道:"此间一无柴火,二无酒饭,他妈的寒气好生难熬。那主人的庄子离此不远,各位都算是和尚的朋友,不如同去歇脚。那主人见到众位英雄好汉降临,一定开心,他奶奶的,大家同去扰他一顿!"说罢呵呵而笑,对众人适才的浴血恶斗,似乎全不放在心上。

众人见他面目虽然丑陋,说话倒也和气,出家人口出"他奶奶的"四字,未免有点突兀,但这些豪客听在耳里,反感亲切自在,提防之心消了大半。

殷吉道:"不知大师所说的主人,是哪一位前辈?"那老僧道:"这主人不许和尚说他名字。和尚生来好客,既出口邀请,若有哪一位不给面子,和尚可要大感脸上无光了。"

刘元鹤见这老僧处处透着古怪,心中嘀咕,微一拱手,说道:"大师莫怪,下官失陪了。"说罢返身便奔。

那老僧笑道:"在这荒山野地之中,居然还能见到一位官老爷,好福气啊,他妈的好福气。"他待刘元鹤奔出一阵,缓缓说完这几句话,斗然间身形晃动,随后追去。只见他在雪地里纵跳疾奔,身法极其难看,又笨又怪,令人不由得好笑。

但尽管他身形既似肥鸭,又若蛤蟆,片刻间已抄在刘元鹤身前,笑道:"和尚要对不住官老爷了。"不待刘元鹤答话,左手兜了个圈子,忽然翻过,抓住了他右腕。

刘元鹤斗感半身酸麻,知道自己胡里胡涂的已让他扣住脉门,情急之下,左手出掌往老僧击去。那老僧左手拇指与食指拿着他右腕,见他左掌击来,左手提着他右臂一举,中指、无名指、小指三根手指钩出,搭上了他左腕。这一来,他一只手将刘元鹤双手一齐抓住,右手提着念珠,一窜一跳的回来。

众人见刘元鹤双手就如给一副铁铐牢牢铐着,身不由主的给那老僧拖回,都又惊又喜,惊的是这老僧功夫之高,甚为罕见,喜的是他并非平通镖局所邀帮手。那老僧拉着刘元鹤走到众人身前,说道:"刘大人已答应赏脸,各位请吧。"

有刘元鹤的榜样在前,即令有人心存疑惧,也不敢再出言相拒,自讨没趣。那老僧握着刘元鹤手腕,缓缓向前,走出数步,忽然转身道:"什么声音?"众人当即停步,听得来路上隐隐传来一阵气喘吆喝之声,似有人在奋力搏击。阮士中斗然醒悟,叫道:"云奇,快去帮一帮云阳。"曹云奇叫道:"啊哟,我竟忘了。"挺剑向来路奔回。

那老僧仍不放开刘元鹤,拉着他一齐赶去,只赶出十余丈,刘元鹤足下功夫已相形见绌。他虽提气狂奔,仍不及那老僧快捷,只双手遭握,虽出力挣扎,老僧五根又瘦又长的手指竟没放松半点。再奔数步,那老僧又抢前半尺,这一来,刘元鹤立足不稳,身子向前俯跌,双臂夹在耳旁举过头顶,给那老僧在雪地里拖曳而行。他又气又急,只想飞脚向老僧踢去,但老僧越拖越快,自己站立尚且不能,怎说得上发足踢人?

倏忽之间,众人已回到坑边,只见周云阳与熊元献互相揪扭,在雪地里滚动。两人兵刃均已脱手,贴身肉搏,连拳脚也使用不上,肘撞膝蹬、头顶口咬,直如市井无赖当街厮打一般。曹云奇仗剑上前,要待往熊元献身上刺落,但两人翻滚缠打,只怕误伤了师弟,急切间下手不得。

那老僧走上几步,右手抓住周云阳背心提起。周熊两人扭斗正紧,手脚相互勾缠,提起一人,将另一人也带了上来。两人打得兴发,虽身子临空,仍殴击不休。那老僧哈哈大笑,右手一振,两人手足齐麻,砰的一响,熊元献摔出了五尺之外。那老僧放落周云阳,松了刘元鹤的手腕。刘元鹤给他抓得久了,手臂一时之间竟难弯曲,仍高举过头,过了一会才慢慢放下,见双腕上指印深入肉里,不禁骇然。

那老僧道:"他奶奶的,大伙儿快走,还来得及去扰主人一顿狗日的早饭。"众人相互瞧了一眼,一齐跟在他身后。郑三娘腿上伤重,熊元献顾不得男女之嫌,将她负起。陶氏父子、周云阳等均各负伤。但见雪地里一道殷红血迹,引向北去。

行出数里,伤者哼哼唧唧,都有些难以支持。田青文从背囊中取出一件替换的布衫,撕碎了先给周云阳裹伤,又给陶氏父子包扎。曹云奇哼了一声,待要发话,田青文横目使个眼色,曹云奇虽不明其意,终于忍住了口边言语。

又行里许,转过一个山坡,地下白雪更深,直没至膝,行走好生为难,众人虽都有武功,亦感不易拔足,各自心想:"不知那主人之家还有多远?"那老僧似知各人心意,指着左侧一座笔立的山峰道:"不远了,就在那上面。"

两名小童背上各负一柄长剑,形相俊雅,眉目如画,面貌一模一样,毫无分别。田青文对双童微笑道:"吃些果儿!"

二

　　众人仰望山峰，不禁都倒抽口凉气，全身冷了半截。那山峰虽非奇高，但宛如一根笔管般竖立在群山之中，陡削异常，即令猿猴也不易上去，不禁将信将疑："本领高强之人就算能攀得上去，可是在这陡峰绝顶之上，难道还能有人居住不成？"

　　那老僧微微一笑，在前引路，又转过两个山坡，进了一座大松林。林中松树大都是数百年的老树，枝柯交横，树顶上压了数尺厚的白雪，是以林中雪少，反而好走。这座松林好长，走了半个时辰方始过完，一出松林，即到山脚。

　　众人再望山峰，此时近观，更觉惊心动魄，心想即在夏日，亦难爬上，眼前满峰是雪，若冒险攀援，摔将下来，非跌个粉身碎骨不可。

　　一阵山风过去，吹得松树枝叶相撞，轰轰作响，有如秋潮夜至。众人浪迹江湖，都见过不少大阵大仗，但此刻立在这山峰之下，竟不自禁的胆怯。那老僧从怀中取出个花筒火箭，晃火折点着了。嗤的一声轻响，火箭冲天而起，拖曳一道蓝烟，久久不散。

　　众人知是江湖上传递信息的讯号，只是这火箭飞得如此之高，蓝烟在空中又停留这么久，却甚罕见。众人仰望峰顶，察看动静。

　　过了片刻，只见峰顶出现一个黑点，迅速异常的滑了下来，越近越大，待得滑到半山，已看清楚是一只极大竹篮。篮上系着竹索，原来是山峰上放下来接客之用。

　　竹篮落到众人面前，停住不动。那老僧道："这篮子坐得三人，让两位女客先上去，还可再坐一位男客。哪一个坐？和尚不揩女施主的油，我是不坐的，哈哈。"众人均想："这和尚武功甚高，说话却怎地粗鲁无聊。"

田青文扶着郑三娘坐入篮中，心道："我既先上了去，曹师哥定要乘机相害子安。但若我叫子安同上，师叔面前须不好看。"向曹云奇招手道："师哥，你跟我一起上。"曹云奇受宠若惊，向陶子安望了一眼，神色间显得甚是得意，跨进篮去，在田青文身旁坐下，拉着竹索用力摇了几下。

只觉篮子晃动，登时向峰顶升了上去。曹田郑三人就如凭虚御风、腾云驾雾一般，心中空荡荡的甚不好受。篮到峰腰，田青文向下望去，见山下众人已缩成了小点，原来这山峰远望似不甚高，其实壁立千仞，委实高峻。田青文只感头晕目眩，当即闭眼，不敢再看。

约莫一盏茶时分，篮子升到峰顶停住。曹云奇跨出竹篮，扶田郑二人出来。见山峰旁好大三个绞盘，互以竹索牵连，三盘互绞，升降竹篮，十余名壮汉扳动三个绞盘，又将篮子放了下去。篮子上下数次，那老僧与群豪都上了峰顶。绞盘旁站着两名灰衣汉子，先见曹云奇等均不理睬，直到老僧上来，这才趋前躬身行礼。

那老僧笑道："和尚没通知主人，就带了几个朋友吃白食来了。哈哈！"一个长颈阔额的中年汉子躬身道："既是宝树大师的朋友，敝上自十分欢迎。"众人心道："原来这老僧叫作宝树。"

那汉子团团向众人作了个四方揖，说道："敝上因事出门去了，没能恭迎嘉宾，请各位英雄恕罪。"众人当即还礼，各自纳罕："这人身居雪峰绝顶，衣衫单薄，却没丝毫怕冷的模样，自然内功不弱。可是听他语气，却是为人佣仆下走，那他的主人又是何等英雄人物？"

宝树脸上微有讶色，问道："你主人不在家么？怎么在这当口还出门？"那汉子道："敝上七日前出门，到宁古塔去了。"宝树道："宁古塔？去干什么？"那汉子向阮士中等望了一眼，似乎不便相告。宝树道："但说不妨。"那汉子道："主人说对头厉害，只怕到时敌他不住，因此赶赴宁古塔，去请金面佛上山助拳。"

众人听到"金面佛"三字，都吓了一跳。此人是武林前辈，真名叫作苗人凤，除外号"金面佛"外，二十年来江湖上号称"打遍天下无敌手"。为了这七字外号，不知给他招来了多少强仇，树上了多少劲敌,可是他武功也真高,不论是哪一门哪一派的好手,无不一一输在他手里。近十年他销声匿迹,武林中不再听到讯息,有人传言他已在西域病死,但没人亲见,也只将信将疑。这时忽听得他非但尚在人世,而且此间主人正去邀他上山,人人登时都感诧异,又隐隐不安。

原来这金面佛武功既高,向来嫉恶如仇,有谁干了重大邪恶行径,他不知道便罢,只要给他听到了,往往便找上门来理会,作恶之人,轻则损折一手一足,重则殒命,多半逃避不了。上山这伙人个个做过或大或小的亏心事,猛听到"金面佛"三字,不由得暗中心惊肉跳,深怕给他追究前事。

宝树微微一笑,说道:"你主人也忒煞小心了,谅那雪山飞狐有多大本领,用得着这等费事?"那汉子道:"有大师远来助拳,咱们原已稳操胜券。但听说那飞狐的确凶狡无比。敝上说有备无患,多几个帮手,也免得让那飞狐走了。"众人又各寻思:"雪山飞狐又是什么厉害脚色?"

宝树和那汉子说着话,当先而行,转过了几株雪松。见前面一座极大的石屋,屋前屋后都是白雪。

众人进了大门,走过一道长廊,来到前厅。那厅极大,四角各生着一盆大炭火。厅上居中挂着一副木板对联,写着廿二个大字:

  不来辽东 大言天下无敌手
  邂逅冀北 方信世间有英雄

上款是"希孟仁兄正之",下款是"妄人苗人凤深惭昔年狂言醉后涂鸦"。

众人都是江湖草莽,也不明白对联上的字是什么意思,似乎这苗人凤对自己的外号有些惭愧。廿二个字龙飞凤舞,深入木里,当是顺着笔迹剜刻而成。对联之间的中堂以雪山为背景,绘着一丛鲜艳华美的牡丹。

宝树脸色微变,说道:"你家主人跟金面佛交情可深得很哪。"那长颈汉子道:"是!我们庄主跟苗大侠已相交多年。"宝树"哦"了一声。

刘元鹤一颗心更怦怦跳动,暗道:"来到苗人凤朋友的家里啦。

我这条老命看来已送了九成。"片刻之间，两只手掌中都冷汗淋漓。

各人分别坐下，那汉子命人献上茶来，站在下首相陪。

宝树说道："这金面佛当年号称'打遍天下无敌手'，原也太过狂妄。瞧这副对联，他自己也知错了。"那长颈汉子道："不，我家主人言道，这是苗大侠自谦。其实若不是太累赘了些，苗大侠这外号之上，只怕还得加上'古往今来'四字。"宝树哼了一声，冷笑道："嘿！佛经上说，当年佛祖释迦牟尼降世，一落地便自称'天上地下，唯我一人称独尊'，这句话跟'古往今来，打遍天下无敌手'，倒配得上对儿。"

曹云奇听他言中有讥刺之意，放声大笑。那长颈汉子怒目相视，说道："贵客放尊重些。"曹云奇愕然道："怎么？"那汉子道："若金面佛知你背后笑他，只怕贵客须不方便。"曹云奇道："武学之道无穷，要知天外有天，人上有人。他也是血肉之躯，就算本领再高，怎称得'打遍天下无敌手'七字？"那汉子道："小人见识鄙陋，不明世事。只是敝上说称得，想来必定称得。"

曹云奇听他言语谦下，神色却极不恭，不由得怒气上冲："我是一派掌门，焉能受你这低三下四的佣仆之气？"冷笑道："天下除了金面佛，想来贵主人算得第一了？嘿嘿，可笑！"那汉子道："也没什么可笑！"伸手在曹云奇所坐的椅背上轻轻一拍。曹云奇只感椅子剧震，身子便即弹起。他手中正拿着茶碗，这一下出其不意，茶碗脱手掉落，眼见要在地下跌得粉碎，那汉子俯身伸手，抄住了茶碗，说道："贵客小心了。"曹云奇满脸通红，转过头不理。那汉子将茶碗放在几上，茶水也没溅出多少。

宝树对这事视若不见，向那长颈汉子道："除金面佛跟老衲之外，你主人还约了谁来助拳？"那汉子道："主人临去时吩咐小人，说青藏派玄冥子大师、昆仑山灵清道长、河南无极门姜老拳师这几位，日内都要上山，嘱咐小人好好侍奉。大师第一位到，足见盛情，敝上知道了，必定感激得紧。"

宝树大师受此间主人之邀，只道自己一到，便有天大棘手事也必迎刃而解，岂知除自己外，主人还邀了这许多成名人物。这些人自己虽大都没见过面，却都素来闻名，没一位不是顶儿尖儿的高手，名望个个在自己之上，早知主人邀了这许多人，倒不如不来了，那金面佛苗人凤更远而避之的为妙;自己远来相助,主人却不在家接客,未免不敬,心下不快,说道:"老衲固然不中用,但金面佛一到,还有办不了的事吗?何必再另约旁人?"那汉子道:"敝上言道,乘此机会,和众家英雄聚聚。兴汉丐帮的范帮主也要来。"宝树一凛,道:"范帮主也来?那飞狐到底约了多少帮手?"那汉子道:"听说他不约帮手,只孤身一人。"

阮士中、殷吉、陶百岁等均久历江湖,听雪山飞狐孤身来犯,这里主人布置了这许多一等一的高手之外,还要去请金面佛与丐帮范帮主来助拳,都想这雪山飞狐就算有三头六臂,也用不着对他如此大动干戈。眼见这宝树和尚武功如此了得,单是他一人,多半便足以应付,何况我们上得山来,到时也不会袖手旁观,只不过初时主人料不到会有这许多不速之客而已。

其中刘元鹤心中,更如十五个吊桶打水,七上八落。原来丐帮素来与朝廷作对,在帮名上加上"兴汉"二字,称为"兴汉丐帮",显有反清之意。上个月御前侍卫总管赛赫图亲率大内侍卫十八高手,将范帮主擒了关入天牢。这事甚为机密,江湖上知者极少。刘元鹤就是这大内十八高手之一。今日胡里胡涂的深入虎穴,不免凶多吉少。

宝树见刘元鹤听到范帮主之名时脸色微变,问道:"刘大人识得范帮主么?"刘元鹤忙道:"不识。在下只知范帮主是北道上响当当的英雄好汉,当年赤手空拳,曾以'龙爪擒拿手'抓死过两头猛虎。"

宝树微微一笑,不再理他,转头问那长颈汉子道:"那雪山飞狐到底是什么人?他跟你家主人又结下了什么梁子?他奶奶的,这等麻烦!"那汉子道:"主人不曾说起,小的不敢多问。"

说话之间,僮仆奉上饭酒,在这雪山绝顶,居然肴精酒美,大出众人意料之外。那长颈汉子道:"主人娘子多谢各位光临,各位多饮几杯。"众人谢了。

席上曹云奇与陶子安怒目相向,熊元献与周云阳各自摩拳擦掌,陶百岁对郑三娘恨不得一鞭打去,虽共桌饮食,却各怀心病。只宝树言笑自若,大块吃肉,大碗喝酒,满嘴粗言秽语,哪里像个出家人模样?

酒过数巡,一名仆人捧上一盘热气腾腾的馒头,各人累了半日,早就饿了,见到馒头,都大合心意,正要伸手去拿,忽听得空中嗤的一声响,众人一齐抬头,只见一枚火箭横过天空,射到高处,微微一顿,炸了开来,火花四溅,原来是个彩色缤纷的烟花,缓缓散开,隐约是只生了翅膀的狐狸。宝树推席而起,叫道:"雪山飞狐到了。"

众人尽皆变色。那长颈汉子向宝树请了个安,说道:"敝上未回,对头忽然来到,此间一切,全仗大师主持。"宝树道:"有我呢,你不用慌。请他上来吧。"那汉子踌躇道:"这雪峰天险,谅那飞狐无法上来。小人想请大师下去跟他说,主人不在家。"宝树说:"你吊他上来,我会对付。"那汉子道:"就怕他上峰之后,惊动了主母。"宝树脸一沉,说道:"你怕我对付不了飞狐?"那长颈汉子忙又请了个安,道:"小的不敢。"宝树道:"你让他上来就是。"那汉子无奈,只得应了,悄悄与另一名侍仆说了几句话,想是叫他多加提防,保护主母。

宝树瞧在眼里,微微冷笑,却不言语,命人撤了席。各人散坐喝茶,只喝了一盏茶,那长颈汉子高声报道:"客人到!"两扇大门"呀"的一声开了。

众人停盏不饮,凝目望着大门,门中并肩进来两名小童。两名小童一般高矮,约莫十三四岁年纪,身穿白色貂裘,头顶用红丝结着两根竖立的小辫,背上各负一柄长剑。这两人眉目如画,形相俊雅,最奇的是面貌一模一样,毫无分别,只走在右边那小童的剑柄斜在右肩,另一个小童的剑柄斜在左肩,手中多捧了一只拜盒。

众人见了这两名小童的模样,都感愕然,心中却均一宽,本以为来的是那穷凶极恶的"雪山飞狐",哪知却是两个小小孩童。待这两人走近,只见两人每根小辫儿上各系一颗明珠,四颗珠子都小指头般大小,发出淡淡光采。熊元献是镖局的镖头,陶百岁久在绿林,识别宝物的眼光均高,一见四颗大珠,都不禁怦然心动:"这四颗宝珠可贵重得很哪,两人所穿的貂裘没一根杂毛,也难得之极。就算是大富大贵之家,也未必有此珍物。"

两个小童见宝树坐在正中,上前躬身行礼,左边那小童高举拜盒。那长颈汉子接了过来,打开盒子,呈到宝树面前。宝树见盒中是张大红帖子,取出一看,见上面浓墨写着一行字道:"晚生胡斐谨拜。雪峰之会,谨于今日午时践约。"字迹雄劲挺拔。

宝树见了"胡斐"两字,心中一动:"嗯,飞狐的外号,原来是将他名字倒转而成。"点了点头道:"你家主人到了么?"右边那小童道:

"主人说午时准到,因恐贤主人久候,特命小的前来投刺。"他说话语声清脆,童音未脱。宝树见两童生得可爱,问道:"你们是双生兄弟么?"那小童道:"是。"说着行了一礼,转身便出。那长颈汉子道:"兄弟少留,吃些点心再去。"右边那童子道:"多谢大哥,未得家主之命,不敢逗留。"田青文从果盘里取了些果子,递给两人,微笑道:"那么吃些果儿。"左边那小童接了,道:"多谢姑娘。"

曹云奇生性妒忌,一向暴躁,性如烈火,半分儿都忍耐不得,见田青文对两童神态亲密,怒气暗生,冷笑道:"小小孩童,竟背负长剑,难道你们也会剑术么?"两童愕然向他望了一眼,齐声道:"小的不会。"曹云奇喝道:"那么装模作样的背着剑干么?给我留下了。"伸出双手,去抓两人背上长剑的剑柄。

两个小童绝未想到此时有人要夺他们兵器,曹云奇出手又是极快,只听喇喇两声,众人眼前青光闪动,两柄长剑脱鞘而出,都已给他抢在手里。曹云奇哈哈一笑,道:"你两个小……"第五字未出口,两个小童一齐纵起,一出左手,一出右手,迅速之极的按在曹云奇颈中。两人同时向前按落,曹云奇待要招架,双脚给两人一出左脚、一出右脚的一勾,登时身不由主的在空中翻了半个筋斗,啪的一声,结结实实的俯摔在地。

他夺剑固快,这一交摔得更快,众人一愕之下,两童向前扑上,要夺回他手中长剑。曹云奇岂是弱者,适才只因未及防备,方着了道儿,他一落地立即纵起,双剑竖立,要将两童吓退。不料两童一纵,不知怎的,一人一手又已攀在他颈中,手按足勾,招式便和先前全然相同,曹云奇又俯身摔了一交。

第一交还可说是给两童攻其无备,这第二交却摔得更重。他是天龙门的掌门,正当年富力壮,两童站着只及到他胸口,二次俯跌,教他脸上如何下得来?狂怒之下,杀心顿起,人未纵起,左剑下垂,右剑突然横劈,要将两童立毙剑下。

田青文见他这一招是本门杀手"二郎担山",招数狠辣,即令武功高强之人,一时也难招架,眼见这一双玉雪可爱的孩子要死于非命,忙叫:"师哥,休下杀招。"

曹云奇挥剑削出,听得田青文叫喊,他虽素来听从这师妹言语,但招已递出,急切间收剑不及,当下腕力一沉,心想在两个小子胸口

留个记号也就罢了。哪知左边的小童忽从他腋下钻到右边,右边的小童却钻到了左边。他一剑登时削空,正要收招再发,突觉两旁人影闪动,两个小小的身躯又已扑到。

曹云奇吃过两次苦头,可是长剑在外,倏忽间难以回刺,眼见这怪招又来,仍无法拆架闪避,当即双剑撒手,分掌向外推出,喝一声"去!"两掌上各使了十成力,两个小童只要给掌缘扫上了,也非受伤不可。突然人影闪动,两个小童忽然不见,急忙转过身来,只见左童矮身窜到右边,右童矮身窜到左边,眼睛一花,项颈又让两人按住。

危急之下,他腰背用力,使劲向后急仰,要将两童向后甩跌出去。劲力刚一甩出,斗觉颈上两只小手忽然放开,一惊之下,知道不妙,急忙收劲站直,却已不及,两童又一出左足,一出右足,在他双脚后跟向前挑出。曹云奇自己使力大了,本已站立不住,再给两人这么前挑,大骂"直娘贼"声中,腾的一下,仰天急摔。这一下只跌得他脊骨如要断折,尾闾骨剧痛,挺身要待站起,腰上使不出劲,再次仰跌。

周云阳抢步上前,伸手扶起。两童已乘机拾起各自长剑。曹云奇本是紫膛脸皮,这时气得紫中发黑,拔出腰中佩剑,一招"白虹贯日",呼的一声,径向左童刺去。周云阳见师兄接连三番摔跌,知两童年纪虽幼,却极不好斗,对方共有二人,自己上前相助,也算不得理亏,跟着出剑,刺向右童。

左童向右童使个眼色,两人举剑架开,突然同时跃后三步。左童叫道:"大和尚,小人奉主人之命前来下书,并没得罪这两位,为什么定要打架?"宝树微微一笑,说道:"这两位要考较一下你们功夫,并无恶意。你们就陪着练练。"左童道:"如此请爷们指点。"两人双剑起处,与曹周二人斗在一起。

这庄子中佣仆婢女,个个都会武功,听说对方两个下书的小童在厅上与人动手,纷纷走出来,站在廊下观斗。

只见一个小童左手持剑,另一个右手持剑,两人进退趋避,直如一人,双剑连环进击,紧密无比。看来两人自小起始学剑,就是练这门双剑合璧的剑术。难得的是那左童左手使剑,竟和右童的右手一般灵便,定是天生擅用左手。

曹周师兄弟二人连变剑招,始终奈何不了两个孩子。转眼间斗了数十合,曹周二人虽无败象,却也半点占不到上风。

阮士中心中焦躁,细看二童武术家数,也不过是一路少林派的达摩剑法,毫无出奇之处,只是或刺或架,交叉攻防,出击的无后顾之忧,守御的绝回攻之念,不论攻守,俱可全力以赴而已,自忖凭一双肉掌可夺下二童兵刃,眼见两个师侄久斗不下,天龙北宗的威名摇摇欲堕,喝道:"两个孩子果然了得。云奇、云阳退下,老夫跟他们玩玩。"

曹周二人听得师叔叫唤,答应一声,要待退开,哪知二童出剑突快,顷刻之间,双剑俱是进手招数。曹周只得挥剑挡架,二童一剑跟着一剑,绵绵不尽,挡开了第一剑,第二剑又不得不挡,十余招过去,竟尔不能抽身。

田青文心道:"待我接应两位师兄下来,让阮师叔制住这两个小娃娃。阮师叔武功何等厉害,自然一出手便抓住了四根小辫子。"挺剑上前,叫道:"两位师哥下来。"她见左童正向曹云奇接连进攻,当即挥剑架开他一剑,岂知这小童第二剑出招时竟一剑双击,既刺曹云奇眼角,又刺田青文左肩。田青文只得招架,这一来,她接替不下师兄,反而连自己也给缠上了。曹云奇愈斗愈怒,心想:"我天龙北宗剑术向来有名,今日以我三人合力,还斗不过两个小小孩童,江湖上传言开去,天龙北宗颜面何存?"想到此处,出手加重。

右童见兄长受逼,回剑向曹云奇刺去。曹云奇转身挡开,左童已发剑攻向周云阳。二人在倏忽之间调了对手,这一下转换迅速之极,身法又极美妙,旁观众人不自禁的齐声喝采。

殷吉低声道:"阮师兄,还是你上去。他们三个胜不了。"阮士中点点头,将铁盒塞入腰带,勒带束紧,叫道:"让我来玩玩。"一纵身,已欺到右童身边,左指点他肩头"巨骨穴",右手以大擒拿手径来夺剑。旁人见他身法快捷,出手狠辣,都不禁为这小童担心,却见剑光闪动,左童的剑尖指到了阮士中后心。

阮士中一心夺剑,又想左童有周云阳敌住,并未想到他会忽施偷袭,只听田青文急叫:"师叔,后面!"阮士中忙向左闪避,嗤的一声,后襟已给划破了一道口子。那左童叫道:"这位爷小心了。"看来他还是有心相让。

阮士中心头一躁,面红过耳,但他久经大敌,适才这一挫折,反而使他沉住了气,便不敢冒进,展开大擒拿手法,锁、错、闭、分,寻瑕

抵隙,来夺二童手中兵刃。他在这双肉掌上下了数十年苦功,施展开来,非同寻常。但说也奇怪,曹周二人迎敌之时,二童并未占到上风,现下加多阮田二人,仍斗了个旗鼓相当。

殷吉心想:"南北二宗同气连枝,若北宗折了锐气,我南宗也无光采。今日之局,纵让旁人说个以多胜少,总也好过落败。"长剑出鞘,一招"流星赶月",人未抢入圈子,剑锋已指向左童胸口。右童叫道:"又来了一个。"横剑回指,点向他手腕。殷吉一凛,心道:"这两个孩儿连环救应,果已练得出神入化。"手腕急沉,避开这剑。避这一剑并不为难,但他攻向左童的剑势,却也因此而卸。

大厅上六柄长剑、一对肉掌,打得呼呼风响,一斗数十合,仍是不胜不败之局。

陶子安见田青文脸现红晕,连伸几次袖口抹汗,叫道:"青妹,你歇歇,我来替你。"当即挥刀上前。曹云奇喝道:"谁要你讨好!"长剑挡开右童刺来剑招,左手握拳,却往陶子安鼻上击去。陶子安一笑,滑开三步,绕到了左童身后。他虽后臀负伤,刀法仍极精妙,但二童的剑术怪异无比,敌人愈众,竟似威力相应而增。陶子安既须防备曹云奇袭击,又得对付二童出其不意递来的剑招,竟闹了个手忙脚乱。

陶百岁慢慢走近,提着钢鞭保护儿子。刀光剑影之中,曹云奇猛地斜剑向陶子安劈去。陶百岁怒吼一声,挥鞭架开,跟着向曹云奇进招。旁观众人见战局变幻,都暗暗称奇。

熊元献当阮士中下场时见他将铁盒塞入腰带,心想大可上前助战,混水摸鱼,乘机下手,抢夺铁盒也好,杀了陶氏父子报仇也好,叫道:"好热闹啊,刘师兄,咱哥儿俩也上!"刘元鹤与他自小同在师门,彼此知心,听他叫唤,已明其意,双拐摆动,靠向阮士中身畔。

那左童哪想得到这许多敌手各有图谋,见刘元鹤、熊元献加入战团,竟尔先发制人,出剑向两人直攻。双童剑术虽精,但小小孩童以二敌九,本来无论如何非败不可,只九个人各怀异心,所使招数,倒是攻敌者少,互相牵制防范者多。

田青文见刘熊二人手上与双童相斗,目光却不住往师叔腰间铁盒瞟去,已知存心不善,叫道:"阮师叔,留神铁盒。"阮士中久斗不下,早已甚为焦躁,寻思:"我等九个大人,还打不倒两个小孩,今日可算丢足了脸。倘若铁盒再失,以后更难做人了。"微一疏神,一股劲风掠面而过,原来右童架开曹云奇、周云阳的双剑后,抽空向他劈了一剑。

阮士中心中一凛,暗道:"左右是没了脸面。"斜身侧闪,手腕翻处,已将长剑拔在手里。这九人之中,论武功原数他为首。这时将天龙剑法使将开来,只听叮当声响,陶氏父子、刘熊师兄弟等人的兵刃都让他碰了开去。殷吉护住门户,退在后面,乘机观看北宗剑术的秘奥。

阮士中见众人渐渐退开,自己身旁空了数尺,长剑使动时更为灵便,精神一振,踏前两步,一招"云中探爪",往右童当头疾劈。这一招快捷异常,右童手中长剑正与刘元鹤铁拐相交,忽见剑到,忙矮身相避,只听唰的一响,小辫上的一颗明珠已给利剑削为两半,跌在地下。

双童同时变色。右童叫了声:"哥哥!"小嘴扁了,似乎要哭。

阮士中哈哈一笑,突见眼前白影晃动,双童交叉移位,叮叮数响,周云阳与熊元献的兵刃已给削断。两人大惊之下,忙跃出圈子,但见双童手中已各多了一柄精光耀眼的匕首。

左童叫道:"咱们要他赔珠。"右手匕首翻处,叮叮两响,又已将曹云奇与殷吉手中长剑削断,原来这匕首竟是砍金切玉的宝刃。曹云奇后退稍慢,嗤的一声,左胁为匕首划过,腰中革带连着剑鞘断为数截。

右童右手长剑,左手匕首,向阮士中欺身直攻。这时他双刃在手,剑法大异。阮士中又惊又怒,一时瞧不清他剑路,但觉那匕首刺过来时寒气迫人,不敢以剑相碰,只得不住退后。右童不理旁人,着着进迫。

左童与兄弟背脊靠着背脊,一人将余敌尽数接过,让兄弟与阮士中单打独斗,拆了数招,陶百岁的钢鞭又给削断一截。刘元鹤、陶子安不敢迫近,只远远绕着圈子游斗。殷吉、曹云奇、周云阳、田青文四人见阮士中遭遇到了屋角,已退无可退,都焦急异常,要待上前救援,但一来三人手中兵刃已断,二来闯不过左童那一关。

宝树在旁瞧着双童剑法,暗暗称奇,初时见双童与曹云奇等相斗,剑术也只平平,但当敌手渐多,双童剑上威力竟相应增强。此时亮出匕首,情势更忽大变。左童长剑连晃,逼得敌对众人手忙脚乱,转眼间陶子安与刘元鹤的兵刃又给削断。与左童相斗的八人之中,就只田青文一人手中长剑完好无缺,显然并非她功夫独到,而是左童感她相赠果子之情,手下容让。

阮士中背靠墙角,负隅力战,只见右童长剑径刺自己前胸,当下应以一招"腾蛟起凤"。这是一招洗势。剑诀有云:"高来洗,低来击,里来掩,外来抹,中来刺。"这"洗、击、掩、抹、刺"五字,是各家剑术共通的要诀。阮士中见敌剑高刺,以"洗"字诀相应,原本不错,哪知双剑相交,突觉手腕一沉,己剑给敌剑直压下去。阮士中大喜,心想:"你剑术虽精,腕力岂有我强?"便运劲反挑。右童右手剑一缩,左手匕首倏地挥出,当的一声,将他长剑削为两截。

阮士中大吃一惊,立将半截断剑迎面掷去。右童低头闪开,长剑左右疾刺,将他封闭于屋角,出来不得。殷吉、曹云奇、周云阳齐声大叫,暗器纷纷出手。左童窜高跃低,右手连挥,将十多枚毒龙锥尽数接去了。原来他匕首的柄底装有个小小网兜,专接敌人暗器。

七星手阮士中兵刃虽失,拳脚功夫仍颇了得,他是江湖老手,虽败不乱,当下以一双肉掌沉着应敌,只是右童那匕首寒光耀眼,只要给刃尖扫上一下,只怕手掌立时就给割了下来。他最忌惮的还不是对方武功怪异,而是那匕首实在太过锋利,唯有竭力闪避,不敢出手还招。

右童不住叫道:"赔我的珠儿,赔我的珠儿。"阮士中心中一百二十个愿意赔珠,可是一来没珠可赔,二来这脸上又如何下得来?

宝树见局势尴尬,再僵持片刻,倘若那孩童当真恼了,一匕首就会在阮士中胸膛上刺个透明窟窿。他是自己邀上山来的客人,岂能让对头的僮仆欺辱?只是这两个孩童的武功甚为奇特,单独而论,固不及阮士中,只怕连刘元鹤、陶百岁也有不及,但二人一联手,竟遇强愈强,自己下场插手,一个应付不了,岂非自取其辱?

宝树沉吟难决,阮士中处境已更为狼狈。但见他衣衫碎裂,满脸血污,胸前臂上,给右童长剑割了一条条伤痕。他几次险些儿要脱口求饶,终于强行忍住。右童只叫:"你赔不赔我珠儿?"那长颈仆人走到宝树身边,低声道:"大师,请你出手打发了两个小娃娃。"宝树"嗯"了一声,心中沉吟未定,忽听嗖的一声响,雪峰外一道蓝焰冲天而起。那长颈仆人知是主人所约的帮手到了,心中大喜:"这和尚先把话儿说得满了,事到临头却支支吾吾,幸好又有主人的朋友赶到。"忙奔出门去,放篮迎宾。

苗若兰从内堂出来，问道：『大师，那雪山飞狐要把咱们都困死在这儿？』宝树沉着脸道：『正是。大伙儿坐上了一条船，得想个法儿下峰。』

三

这长颈汉子是山庄的管家,姓于,本也是江湖上的一把好手,为人精明干练。他见竹篮吊到山腰,便探头下望,要瞧来援的是哪一位英雄。初时但见篮中黑黝黝的几堆东西,似乎并非人形,待吊到临近,见是几只箱笼,另有些花盆、香炉之属,把吊篮装得满满的没一点空隙。于管家大奇:"难道是给主人送礼来了?"

下一次吊上来的是三个女人。两个四十来岁,都是仆妇打扮。另一个十五六岁年纪,圆圆的一双大眼,左颊上有个酒窝儿,看模样是个丫鬟。她不等竹篮停好,便即跨出,向于管家望了一眼,笑道:"这位定是于大哥了。你的头颈长,我听人说过的。"一口京片子,声音清脆。于管家生平最不喜别人说他项颈,但见她满脸笑容,倒也生不出气,只得笑着点了点头。

那丫鬟道:"我叫琴儿。她是周奶妈,小姐吃她奶长大的。这位是韩嫂子,小姐就爱吃她烧的菜。你快放吊篮下去接小姐上来。"于管家待要询问是谁家小姐,琴儿却咭咭咯咯的说个不停,一面在篮中搬出鸟笼、狸猫、鹦鹉架、兰花瓶等许许多多又古怪又琐碎的物事,手中忙着,嘴里也不闲着,说道:"这山峰真高,唉,山顶上没什么花儿草儿,我想小姐一定不喜欢。于大哥,你整天在这里住,不气闷吗?"

于管家眉头一皱,心道:"主人正要全力应付强敌,却从哪里钻出这门子啰唆个没完没了的人家来?"问道:"你家贵姓?是我们亲戚么?"

琴儿说道:"你猜猜看,怎么我一见就知你是于大哥,你却连我家小姐姓什么也不知道呢?我若不说我叫琴儿,担保你猜上一千年,也猜不到我叫什么。啊,别乱跑,小心小姐生气。"于管家一呆,却见她俯身抱起一只小猫,原来她最后几句话是跟猫儿说的。

于管家帮她取出吊篮中的物事。琴儿说道:"啊唷,你别弄乱了!这箱子里全是小姐的书,这样倒过来,书就乱啦。唉,唉,不行。这兰花闻不得男人气。小姐说兰花最是清雅,男人家走近去,它当晚就要谢了。"

于管家忙将手中捧着的一小盆兰花放下,猛听得背后一人吟道:"欲取鸣琴弹,恨无知音赏。"声音怪异。

他吓了一跳,急忙回头,双掌横胸,微微摆了迎敌的架式,却见吟诗的是架上那头白鹦鹉。他又好气又好笑,命人放吊篮接小姐上来。那奶妈却说要先开箱子,取块皮裘在篮中垫好,免得小姐嫌篮底硬了,坐得不舒服。她慢吞吞的取钥匙,开箱子,又跟韩婶子商量该垫银狐的还是水貂的。于管家再也忍耐不住,又挂念厅上激斗情势,不知阮士中性命如何,向一名仆人嘱咐好好招呼小姐,便即快步进厅。

他出外迎宾,去了好一阵子,厅上相斗的情势却没多大变动。阮士中仍给右童迫在屋角之中,只情形更为狼狈,左脚鞋子跌落,头上本来盘着的辫子也给割去了半截,头发散开。曹云奇、殷吉、周云阳等已从庄上佣仆处借得兵刃,数次猛扑上前救援,始终给左童拦住,反与阮士中越离越远。

刘元鹤等本想乘机劫夺铁盒,但在左童的匕首上吃了亏,只得退在后面。各人心中却兀自不服气,眼见双童手上招数实在并不怎么出奇,内力修为更颇为有限,只不过仗着两把锋利绝伦的匕首,一套攻守呼应的剑法,竟将一群江湖豪士制得缚手缚脚。

于管家看了一会,心想:"主人出门之时,把庄上的事都交了给我,现下宾客在庄上如此受人欺辱,主人颜面何存?我拼死也要救了这姓阮的。"奔到自己房中取了当年在江湖上所用的紫金刀,转回大厅,再看了看双童的招式,叫道:"两位小兄弟再不住手,我们玉笔山庄可要无礼了。"右童叫道:"主人差我们来下书,又没叫我们跟人打架。他只要赔了我的珠儿,我们马上就饶他了。"说着踏上一步,嗤的一剑,阮士中左肩又给划破了道口子。

于管家正要接话,只听背后一个女子声音说道:"啊哟,别打架!别打架!我就最不爱人家动刀动枪的。"这几句话声音不响,可是娇柔无伦,听在耳里,人人觉得真是说不出的舒服,不由自主的都回过头去。

只见一个黄衣少女笑吟吟的站在门口,肤光胜雪,双目犹似一泓清水,在各人脸上转了几转。这少女容貌秀丽之极,当真如明珠生晕、美玉莹光,眉目间隐然有一股书卷的清气。厅上这些人都是浪迹江湖的武林豪客,斗然间与这样一个文秀少女相遇,宛似穷汉忽然走进大富大贵的人家,不自禁为她清雅高华的气派所慑,自惭形秽,隐感不安。

两个童儿却对那少女毫不理会,乘着殷吉等人一怔之间,叮叮当当一阵响,又将他们手中兵刃逐一削断。

那少女道:"两个小兄弟别胡闹啦,把人家身上伤成这个样子,可有多难看。"右童道:"他不肯赔我的珠儿。"那少女道:"什么珠儿?"右童剑尖指住阮士中胸膛,俯身拾起半边明珠,哭丧着脸道:"你瞧,是他弄坏的,我要他赔。"那少女走近身去,接过一看,道:"啊,这珠儿当真好,我也赔不起。这样吧,琴儿,"回头对身后小丫鬟道:"取我那对玉马儿来,给了这两个小兄弟。"琴儿心中不愿,说道:"小姐。"那少女笑道:"偏你就有这么小气。你瞧两个小兄弟多俊,佩了玉马,可让玉马也更加好看了。"

两童对望一眼,只见琴儿打开一只描金箱子,取出一对锦囊交给少女。那少女解开一只锦囊,拿出一只小小玉马,马口里有丝绦为缰。那少女给右童挂在腰带上,又把另一只锦囊中所装的玉马递给了左童。左童请安道谢,接在手里,只见那玉马晶莹光洁,刻工精致异常,马作奔跃之状,形体虽小,却貌相神骏,的非凡品。他一见之下,便十分喜欢,只不明那少女来历,心下一时未决,不知是否该当受此重礼。右童又在墙畔捡起另一半边珠儿,说道:"我这颗是夜明宝珠,和哥哥的是一对儿。就算有玉马,总不齐全啦!"说着十分懊恼。

那少女一见两人相貌打扮,已知这对双生兄弟相亲相爱,毁了明珠事小,不痛快的是在将两人饰物弄成异样,配不成对,便拿起一只玉马,将两个半边明珠放在玉马双眼之上,说道:"我有一个主意,将半边珠儿嵌在玉马眼上。珠子既能夜明,玉马晚上两眼放光,岂不好看?"左童大喜,从辫儿上摘下珠子,伸匕首剖成两半,说道:"兄弟,咱俩的珠儿和玉马都一模一样啦。"右童回嗔作喜,向少女连连道谢,又向阮士中请了个安,道:"行啦,你老别生气。"阮士中满身血污,恼怒异常,却又不敢出声詈骂。

右童拉着左童的手,便要走出。左童向那少女道:"多谢姑娘厚赐。请问姑娘尊姓,主人问起,好有对答。"那少女道:"你家主人是谁?"左童道:"家主姓胡。"

那少女一听,登时脸上变色,道:"原来你们是雪山飞狐的家僮。"两童一齐躬身道:"正是!"那少女缓缓说道:"我姓苗。你家主人问起,就说这对玉马是金面佛苗爷的女儿给的!"

此言一出,群豪无不动容。金面佛威名赫赫,万想不到他的女儿竟是这样一个娇柔腼腆的姑娘。瞧她神气,若非侯门巨室的小姐,便是世代书香人家的闺女,哪里像是江湖大侠之女。

双童对望一眼,齐把玉马放在几上,向苗小姐行了一礼,齐声道:"多谢了!不过我们不敢领受,请您原谅。"转身出厅。

那少女微微一笑,也不言语。琴儿欢天喜地的收起玉马,说道:"小姐,这两个孩儿不识好歹,小姐赏赐这样好的东西,他们都不要,要是我啊……"那少女笑道:"别多说啦,也不怕人家笑咱们寒蠢。"

宝树大师越众而前,朗声说道:"原来姑娘是苗大侠的千金,令尊可好?"那少女道:"多谢。家严托福安康。请问大师上下?"宝树微笑道:"老衲宝树。姑娘芳名是什么?"

那少女名叫苗若兰,听了这话脸上微微一红,心道:"我的名字,怎胡乱跟人说得的?"不答问话,说道:"各位请宽坐,晚辈要进内堂拜见伯母。"说着向群豪敛衽行礼。

众人震于她父亲名头,都恭恭敬敬的还礼,均想:"这位姑娘没半点仗势欺人的骄态,当真难得。"苗若兰待众人都坐下了,又告罪一遍,这才入内。只见大门外进来七八名家丁仆妇,抬着铺盖箱笼等物,看来都是跟来服侍苗小姐的。陶百岁、陶子安父子对望一眼,都想:"如我父子在道上遇到这一批人,定当作是官宦豪富的眷属,势必动手行劫,这乱子可就闯得大了。"

阮士中伸袖拭抹身上血污,幸好右童并非真欲伤他,每道伤口都只浅浅的划破皮肉,并无大碍。田青文走近相助,取出金创药给他止血。阮士中解开衣襟,让她裹伤,忽然当啷一响,铁盒落地。群豪不约而同的一齐跃起,伸手都来抢夺。

阮士中站得最近,左手划了个圈子,挡开众人,立即俯身拾盒,手指刚触到盒面,突觉一股大力在肩头猛撞,身不由主的跌开数步,待得拿桩站定,抬起头来,只见铁盒已捧在宝树手中。群豪都怕他本领了得,只眼睁睁的瞧着他,没人敢开口说话。

隔了片刻,曹云奇道:"大师,对不起啦!这只铁盒是先师遗物,不能落入外人之手,请你还来。"宝树笑道:"你说这是尊师遗物,那么盒中藏了什么东西,铁盒是何来历,你只须说得明白,就拿去罢!"说着双手托了铁盒,向前伸出。

曹云奇满脸通红,双手伸出了一半,不敢去接,又不好意思缩回,停在空中,慢慢垂下。原来他只见师父对铁盒十分珍视,守藏严密,却从未见他打开过盒盖,别说盒中之物来历,连是什么物事也不知道。阮士中、殷吉虽是天龙门前辈高手,也均面面相觑,说不出个所以。周云阳忽道:"我们自然知道,盒里放的是本门的镇门宝刀。"

他在天龙门中论武功只是二流脚色,素来不得师父宠爱,为人又非干练,突然说出这句话来,阮士中和曹云奇都想:"胡说八道!谁说咱们的镇门宝刀是放在这铁盒子里的?"他们每次见到镇门宝刀,都是从一只旧木盒中取出来,向来跟这铁盒拉扯不上干系。哪知宝树却道:"不错,便是那口宝刀。你可知这口刀原来是谁的?怎么会放在这铁盒之中?"

阮士中等不料周云阳居然一语中的,无不诧异,一齐注目,等他再说。却见他青白色的脸上红了一红,随即又转青色,悻悻的道:"这是我天龙门祖传下来的宝刀。几百年来就一直放在这铁盒里。"

宝树摇头道:"不对,不对!我料你们也不会知道。"周云阳道:"难道你就知道了?"宝树道:"二十年前,我就知道。雪山飞狐与此间庄主的争端,也就由此而起。中间若不是有这些瓜葛,老衲又何必邀各位上山?"

天龙群豪、陶氏父子、刘熊师兄弟等都吃了一惊,心想:"这老和尚果然不怀好意,原来也想劫夺铁盒。他引我们上峰,显是要把我们一网打尽,不但夺到铁盒,还要斩草除根,不留后患。我们今日身陷绝地,那可有死无生了。"众人想到此处,只听唰的一声,一人亮出了兵刃,接着唰唰、叮叮一阵响声过去,群豪已各执兵刃,围住宝树。阮士中等兵刃给双童削断了的,也俯身把断刀断剑抢在手里。

宝树在人丛中缓缓转了个圈子,微笑道:"各位要跟老和尚动手么?"群豪怒目而视,没人接口。这时站得近了,人人看得清楚,宝树虽须发花白,脸有皱纹,但双目炯炯,年纪其实也不甚大。

刘元鹤退后一步,叫道:"大伙儿齐上,先杀老和尚。咱们自己的事,下了山慢慢商量。"他只觉在山峰上多耽一刻,便多一分危险。群豪都感在这山庄中坐立不安,刘元鹤的话正合心意。正要一拥而上,忽听门外砰的一声巨响,似是炮声。

众人愕然相顾。隔了片刻,于管家匆匆从外奔进,脸有惊惶之色,叫道:"各位,大事不妙!"曹云奇叫道:"雪山飞狐到了么?"于管家道:"那倒不是。我们上下山峰的长索和绞盘,都让人家毁了。"众人吓了一跳,七张八嘴的问道:"那怎么会?""没第二条索儿了么?""有没别的法儿下去?"于管家道:"峰上就只这条长索,小人一时不察,竟给飞狐手下那两个小孩儿毁了。"宝树变色道:"怎么毁的?"

于管家道:"弟兄们缒了那两个小鬼头下峰,都进屋休息,忽听到爆炸之声,抢出去看时,见绞盘和长索已炸得粉碎。定是这两个天杀的小鬼在绞盘中放了炸药,将药引通下山峰,点了火烧上来的。"众人一呆,纷纷抢出门去,果见绞盘炸成了碎片,长索东一段西一段散得满地。幸好绞盘旁的汉子都已走开,没人死伤。

殷吉问宝树道:"大师,飞狐此举有何用意?"宝树道:"那有什么难猜?他要咱们尽数饿死在这峰上。"殷吉道:"咱们跟他无怨无仇。"宝树道:"他可与此间的主人仇深似海。再说,铁盒在你们手里,那就是跟他结上了梁子。"殷吉道:"飞狐也要这铁盒?"宝树道:"可不是吗?"

众人一想到两个童儿怪异的武功,心中都是一般的念头:"童儿已这般了得,正主儿更不用说了。"默默跟着宝树回进大厅。

只见苗若兰已从内堂出来,问道:"大师,那雪山飞狐要把咱们都困死在这儿?"宝树沉着脸道:"正是。大伙儿坐上了一条船,得想个法儿下峰。"苗若兰道:"那倒不用耽心,我爹爹日内就会上来,自能救咱们下去。"众人一想,金面佛苗人凤的女儿在此,他岂能袖手不顾?不由得顿感宽心。只刘元鹤心知不对,却也不便明言。

宝树道:"苗大侠虽武功盖世,但这雪峰高逾百丈,一时之间怎能上来?"苗若兰道:"既有人能上来建了庄子,我爹爹怎会上不来?"宝树道:"夏天峰上冰融雪消,有陡峭的道路可攀援行走,上来虽然不容易,总还可以上下。这时候正当严寒,要待雪消,少说也得三个月。管家,这山上贮备了几个月粮食?"于管家道:"下山采购粮食的管家预计后日方回。此间所贮粮食本来还可用得二十多天,现下添了各位宾客与苗小姐带来的仆妇使女,算来只十日之粮了。"

众人脸上变色,默然不语,心中都在咒骂雪山飞狐歹毒。

曹云奇忽道:"咱们慢慢从山峰上溜下去……"只说了半句话,便知不妥,忙即住口。这山峰陡峭无比,只怕溜不到两三丈,立时便摔下去了。旁人一齐瞧着他,均想:"这人草包之极。"曹云奇见了各人眼色,不由得胀红了脸。

苗若兰道:"假如大家终于不免饿死,也得知道个缘由。大师,到底雪山飞狐跟咱们有什么仇怨?他有什么本事,叫此间主人这生忌惮?这铁盒又有什么干系?"

这一问代众人说出了心头的言语。群豪舍命争夺铁盒,有人还因此丧生,可是除了知道盒中藏有重宝之外,没一个说得出原委,当下一齐望着宝树,盼他解释。

宝树道:"好,事已至此,急也无用。大家开诚布公说个明白,齐心合力,也许能想得出下山的法子。但如自相火并残杀,只有死得更快,正好中了飞狐的奸计。"群豪轰然称是,团团坐下。

此时山上寒气渐增,于管家命人在炉中加柴添火。各人静听宝树说话。

宝树端起盖碗,喝了一口茶,先赞声:"好茶!"这才说道:"此事当真说来话长。咱们先看看盒中的宝刀可好?"众人齐声叫好。宝树将铁盒递给曹云奇,说道:"阁下是天龙北宗掌门,请打开给大家瞧瞧。"

曹云奇想起陶子安曾从盒中射出短箭，伤人性命，只怕盒内更藏有什么暗器，双手将盒子接过，却不敢去揭盒盖。宝树笑嘻嘻的瞧着他，一语不发。

众人见盒上生满了铁锈，斑斓驳杂，腐蚀得凹凹凸凸，显是百年以上的古物，却也不见有何异处。

曹云奇心想："我若不敢动手开盒，岂不教陶子安这贼小觑了。"一咬牙，伸右手去揭盒盖。哪知一揭之下，盒盖纹丝不动，凝目察看，盒上并无锁孔钮绊，不知何以竟揭它不开，当下双手加劲，那铁盒宛似用一块整铁铸成，全无动静。

田青文见他胀得满脸通红，知盒中必有机括，如此蛮开硬揭非但无用，只怕反而受伤，低声道："周师哥，你来开吧。"周云阳神色迟疑，道："我……我不知……"田青文从曹云奇手中接过铁盒，放在周云阳手中，柔声道："我知你会的。"周云阳向她瞪了一眼，将铁盒放在桌上，伸手摸着盒盖，不向上揭，却在四角挨次揿了三揿，然后伸拇指在盒底正中向上一按，啪的一声，盒盖弹开。

阮士中与曹云奇同时向他横了一眼，心中嘀咕："你怎么会开启此盒？"立即转头望盒，只见盒中果有一柄短刀，套在鞘中。曹云奇"哦"的一声。这口宝刀，他当年曾见师父使过，曾削断过不少英雄豪杰的兵刃。

宝树拿起短刀，指着刀鞘上刻着的两行字道："众位请看。"只见那刀鞘是牛皮所制，边镶铜铁，生满铜绿铁锈，只平平无奇的一把旧刀，鞘身上刻着两行黑字：

　　杀一人如杀我父
　　淫一人如淫我母

这十四个字极为平易浅白，却自有一股豪意侠气，跃然而出。

宝树道："各位可知这十四个字的来历么？"众人都道："不知。"宝树道："这是闯王李自成所遗下的军令。这一柄刀，是李闯王当年指挥百万大军、转战千里的军刀之一。"

众人一听，一齐离席而起，望着宝树手中托着的这口短刀，心中将信将疑。此时距李闯王已有一百余年，可是在草莽群豪心中，闯王的声威仍显赫无比。宝树道："各位不信，请看此面。"说着将刀鞘翻了过来。只见这一边刻着"奉天倡义"四字，字中填了朱砂。四字之旁,刻着双龙抢珠的花纹,所抢之珠是块红宝石,初瞧之下,也无特异之处。宝树道:"李闯王当年的称号,便叫做奉天倡义大元帅。"群豪这才信服。

宝树又道:"当年一十三家大豪、二十四家寨主结义起事,群推高迎祥为大元帅。天启九年高迎祥战死,李自成继为首领,后来称为闯王,转战十余年,终于攻破北京,建大顺国号。崇祯皇帝迫得吊死煤山。若非汉奸吴三桂卖国,引清兵入关,这天下就是姓李的了。自古草莽英雄,从未有如闯王这般威风的。"他叹了一口气道:"唉,只可惜他刚成大事,转眼成空。崇祯十七年三月闯王破北京,四月出京迎战清兵,月底兵败西奔。这花花江山从此送进了满清鞑子的手里。"

刘元鹤向他瞪了一眼,心道:"这和尚好大胆,竟敢出此大逆不道之言。"宝树缓缓还刀入盒,说道:"闯王与吴三桂大战时中箭重伤,从北京退到山西、陕西,清兵和吴三桂一路追来,又退到河南、湖广,将士自相残杀,部属四散。后来退到武昌府通山县九宫山,敌兵重重围困,几次冲杀不出,终于英雄到了末路。"

苗若兰望着盒中军刀,想像闯王当年的英烈雄风,不禁神往,待想到他兵败身死,又自黯然。

宝树道:"闯王身边有四名卫士,个个武艺高强,一直赤胆忠心的保他。这四名卫士一个姓胡,一个姓苗,一个姓范,一个姓田,军中称为胡苗范田。"

殷吉、田青文等一听到"胡苗范田"四字,已知这四名卫士必与今日之事有重大关连。田青文斜眼望了苗若兰一眼,只见她拿着一根拨火棒轻轻拨着炉中炭火,兀自出神,她白玉般的脸颊为火光一映,微现红晕。

宝树抬头望着屋顶,说道:"这四大卫士跟着闯王出死入生,不知经历过多少艰险,也不知救过闯王多少次性命。闯王自将他们待作心腹。这四人之中,又以那姓胡的武功最强,人最能干,闯王军中称他为'飞天狐狸'!"众人听到这里,都不禁"哦"的一声。

宝树继续说他的故事:"闯王给围在九宫山上,危急万分,眼见派出去求援的使者一到山脚,就给敌军截住杀死,只得派姓苗、姓范、姓田三名卫士黑夜里冲出去求救。姓胡的留下保护闯王。不料等到苗范田三名卫士领得援军前来救驾,闯王却已遭害身死了。

"三名卫士大哭一场,那姓范的当场就要自刎殉主。但另外两名卫士说道,该当先报这血海深仇。三人在九宫山四下里打听闯王殉难的详情,那姓胡的卫士似乎尚在人间。三人心想此人武艺盖世,足智多谋,若得有他主持,闯王大仇可报。当下分头探访他的下落。

"武林中故老相传,只因这番找寻,生出一场轩然大波来。苗范田三人日后将当时情景,都详详细细说给了自己的儿子知道,并立下家规,每一代都须将这番话传给后嗣,好教苗范田三家子孙,世世代代不忘此事。"

宝树说到这里,眼望苗若兰,说道:"老和尚是外人,只知道个大概。苗姑娘若肯给我们说说,定然清楚明白得多。"众人心中均想:"原来苗人凤父女便是这姓苗卫士的后代。"

苗若兰眼望火盆,说道:"在我七岁那一年,有一晚见爹爹磨洗长剑。我说我怕刀剑,要爹爹收起了别玩。爹说这柄剑还得杀一个人,才能收起永远不用。我搂住他头颈,求他不要杀人,他就跟我说了一个故事。

"他说许多许多年以前,老百姓都穷得没饭吃、没衣穿,大家只好吃树皮草根。后来连树皮草根也吃完了,只好吃泥巴,很多人都饿死了。做妈妈的没饭吃,生不出奶,许多小孩子也都在妈妈怀里饿死了。可是官府还是要向老百姓征粮,财主还是要向穷人迫租催债。老百姓交不出,又有许多人给官府杀了,给财主捉去关起来。爹爹教我唱了一个歌儿,说是那时候一位文武双全的公子作的。要不要我念出来啊?"

众人齐声道:"请姑娘念。"宝树听她说"文武双全的公子"七字,知道必是李自成手下的大将李岩,只听她念道:

"年来蝗旱苦频仍,嚼啮禾苗岁不登。米价升腾增数倍,黎民处处不聊生。草根木叶权充腹,儿女呱呱相向哭。釜甑尘飞爨绝烟,数日难求一餐粥。官府征粮纵虎差,豪家索债如狼豺。可怜残喘存呼吸,魂魄先归泉壤埋。骷髅遍地积如山,业重难过饥饿关。能不教人数行泪?泪洒还成点血斑。"

此时正当乾隆中叶，虽称太平盛世，可是每年水灾旱灾，不少地方老百姓日子也不好过。众人听她一字一句，念得字正腔圆，声音中充满了凄楚之情，想起在江湖上的所见所闻，都不禁耸然动容。

苗若兰道："我爹爹说，到后来老百姓实在再也挨不下去了，终于有一位大英雄出来，领着他们打到北京。但可惜这位英雄做了皇帝之后，处事不当，也没善待百姓，手下有些将军不守规矩，反而去害苦百姓，抢百姓的妻子儿女和衣物东西，于是老百姓又不服那英雄了。他以为老百姓的心都向着那位做歌儿的公子，便将那公子杀了。这样一来，他手下的人都乱了起来。这位大英雄没多久就给奸人害死。"说到这里，长长叹了口气，过了一会，才道："他手下的三名卫士去找寻另一个卫士，要他出个主意，给这位大英雄报仇。

"这时候异族人来做了皇帝，到处捉拿那位大英雄的朋友。这三个卫士没法安身，只得乔装改扮。一个扮成卖药的江湖郎中，一个扮成叫化子，另一个力气最大，就扮成了脚夫。他们和那第四个卫士是结义兄弟，数十年来同甘共苦，真比亲兄弟还要好。他们时时刻刻想念他。可是找了七八年，竟没半点音讯，想来他定是在保护那位大英雄的时候战死了，三个人都十分伤心。"

众人听她说话的语气声调，就像是给小孩子讲故事一般，料是学着当年父亲的口吻，均想：金面佛外号中虽有个"佛"字，听说他为人嫉恶如仇，出手狠辣，可是对女儿却这般温柔慈爱。只听她继续讲下去："再过几年，他们决定不再寻访这位义兄了。三人一商量，都说害死大英雄的那个汉奸现今封了王，在云南享福，决意去刺死他，好为大英雄和义兄报仇。于是三个人动身去云南。"

刘元鹤、熊元献师兄弟对望了一眼，心知她所说的汉奸，就是爵封平西亲王的吴三桂。

苗若兰又道："三人到了昆明，在大汉奸的居所前后探访明白。三月初五那天晚上，三人带了兵刃暗器，越墙进去。那大汉奸防备得十分周密，三个人刚进去，就给卫士发觉了。那三人武艺高强，一动上手，二十多个卫士或死或伤，阻挡不住，让他们冲进了卧室。眼见那大汉奸逃走不了，哪知旁边突然闪出一人，挡在大汉奸面前。三人一看，不禁大吃一惊，原来这人就是他们寻访了多年的义兄。这人武功比他们高，保护着大汉奸，不许三人杀他。三个人又惊又怒,和他动起手来。不久外面又拥进数十名卫士,三人寡不敌众,只得逃走。脚夫公公却失手遭擒。

"大汉奸亲自审问。脚夫公公破口大骂,骂他将汉人江山送给了鞑子。大汉奸打折了他双腿,关在牢里。那个义兄大概想想不好意思,偷偷到牢中放了他出去。脚夫公公与郎中公公、化子公公会面后,三人抱头痛哭,真想不到结义兄长竟会变节投敌。三人暗中再一打听,竟查出一件更加叫人痛恨万分的事来,原来当日三人从九宫山冲出去求救,那义兄等了几天不见援兵,竟亲手将大英雄害死,向敌人投降。满清皇帝封了他一个大官,眼下已在那大汉奸手下做到提督。"

众人听到这里,脸上一齐变色。他们都曾听说闯王是在九宫山为人所害,有的说是老百姓杀的,有的说是官军杀的,却不知凶手竟是他的心腹卫士。

苗若兰叹了一口气,说道:"三人访查确实,决意去跟他算帐。只三人本就难以胜他,现下脚夫公公受了伤,更加不是敌手。正在踌躇,忽然那义兄派人送来一封信,约三人三月十五晚间在滇池饮酒。

"三人知他必有诡计,但想他对三人的住处动静知道得清清楚楚,在此处他大权在握,要避也避不了。事已至此,就算龙潭虎穴,也只好去闯。到了那日,三人身上暗带兵刃,到滇池边赴约。只见他早在那里等候,孤身一人,并没带亲随卫兵,穿的也是一身粗布青衣,就和当年四人同在军中时所穿的一样。四人在小酒店里买了些熟肉、烧鸡、馒头,打了十几斤白酒,上船到滇池中赏月饮食。

"四人一面喝酒,一面说些从前同在军中的豪事胜概。那三人见他绝口不提那位大英雄的名字,也就忍着不说。但见他一大碗一大碗的喝酒,眼见月至中天,他仰天叫道:'三位兄弟,咱们多经患难,死去活来,终于得能久别重逢,我今日好欢喜啊!'"

这样一句豪气奔放的话,从一个温柔文雅的少女口中说出来,颇为不伦不类,可是众人为故事中外弛内张的情势所慑,皆未在意。

只听她又道:"那位扮成郎中的公公再也忍耐不住,冷笑道:'你做了大官,身享荣华富贵,自然欢喜。只不知大王现下心中如何?'那位大英雄后来做了皇帝,不过四个卫士一直叫他作大王。

"那义兄叹了口气道:'唉,大王定然寂寞得紧。待此间大事一了,我就指点三位兄弟去拜见大王。'

"三人一听,个个怒气冲天,心道:'好哇,你还想杀我们三人,叫我们去阴曹地府和大王相会。'脚夫公公伸手入怀,就要去摸刀子。郎中公公向他使个眼色,提起酒壶向义兄斟了杯酒,说道:'那日九宫山头别后,大王到底怎样了?'那义兄双眉一扬,说道:'今日约三位兄弟来,就是要说这回事。'叫化公公忽然伸手向他背后一指,叫道:'咦,是谁来了?'

"那义兄转头去看,叫化公公与郎中公公双刀齐出,一刀砍断了他的右臂,一刀斩在他背心,深入数寸。那义兄大叫一声,回过头来,左臂连伸,已将两人刀子夺下,抛入了滇池,手掌一探,已抓住了郎中公公的胸口穴道,脸色苍白,喝道:'咱四人义结金兰,干么……干么施暗算伤我?'郎中公公给他一抓,登时动弹不得。脚夫公公挺刀叫道:'你害死大王,卖主求荣,还有脸提到义气两字?'

"那义兄飞起一脚,将他手中刀子踢去,大笑道:'好,好!有义气,有义气。'三人见他一臂被斩,身受重伤,竟仍如此神勇,不禁都惊得呆了。那义兄笑声甫毕,忽然流下泪来,说道:'可惜,可惜我大事不成!'随即放松了郎中公公。叫化公公怕他再施毒手,猛出一拳,正中他胸膛。这一拳使的是重手法,力道惊人,那义兄'哇'的一声,喷出一口鲜血,忽地提起左掌,击在船舷之上,只击得木屑纷飞,船舷缺了一块。他苦笑道:'我虽受重伤,要杀你们,仍易如反掌。但你们是我好兄弟,我怎舍得啊!'

"那三人一齐退在船梢,并肩而立,防他暴起伤人。那义兄叹道:'今日之事,千万不可泄漏。倘若给我儿子知道了,你们三个不是他对手。我当自刎而死,以免你们负个戕害义兄的恶名。'说着抽出单刀,在颈中一割,俯跌下去。脚夫公公心中不忍,抢上去扶住,叫道:'大哥!'那义兄道:'好兄弟,做哥哥的去了。大王的军刀大有干系,他……老人家是在石门峡……'这句话没说完,咽喉流血,死在船中。

"三人望着他的尸身,又难过,又痛快,只见他用来自刎的那柄刀上刻着十四个字,认得就是那位大英雄的军刀。"

众人听到此处,眼光一齐转过去望着宝树手中的那柄短刀。刘元鹤忽然摇头道:"我不信。"陶百岁怒喝:"你知道什么?"刘元鹤道:"那李自成流血千里,杀人如麻,怎会下这十四字军令?"众人一怔,不知所对。

于管家忽然接口道:"闯王杀人如麻,是谁见来?"刘元鹤道:"人人都这般说,难道是假的?"于管家道:"你们居官之人,自然说他胡乱杀人。其实闯王杀的只是贪官污吏、土豪劣绅。这些本就算不得是人。'杀一人如杀我父'之令,是不许部属妄杀一个好人,这话一点儿也不错。"

刘元鹤欲待再辩,但见他英气逼人,顿然住口不说。熊元献意欲打开僵局,道:"苗姑娘,后来怎样?请你说下去。"

苗若兰道:"脚夫公公说道:'他说大王在石门峡,那是什么意思?'郎中公公道:'难道他说大王葬在石门峡?'叫化公公摇头道:'这人奸恶之极,临死还要骗人。'原来大英雄死后,汉奸将他的遗体送到北京去领赏。皇帝将大英雄的首级挂在城门上号令示众。三名卫士冒了奇险,将首级盗来,早已葬在一个险峻万分、人迹不到的所在。那义兄说他在石门峡,三人自然不信。

"三人杀了义兄后,又去行刺那大汉奸,但大汉奸防范周密,数次行刺都不成功,而他们大义杀兄的事,却在江湖上传开来了。武林中的英雄好汉听到,都翘起大拇指,赞一声:'杀得好!'消息传到了那义兄家乡,他儿子十分悲伤,就赶到昆明来为父亲报仇。"

陶百岁接口道:"那做儿子的这就不是了。虽然说父仇不共戴天,但他父亲做了奸恶之事,人人得而诛之,这仇不报也罢。"

苗若兰道:"我爹当时也这样说,可是那儿子的想法却大大不同。他到了昆明,不久就在一座破庙之中找到三人,动起手来。这儿子武功得到父亲真传,那三人果真不是对手,斗了不到半个时辰,三人为他一一打倒。

"那儿子道:'三位叔叔,我爹爹忍耻负辱,甘愿负一个卖主求荣的恶名,你们怎懂得其中深义?瞧着你们和我爹爹结义一场,今日饶了你们性命。快快回家去料理后事,明年三月十五是我爹爹死忌,我当来登门拜访。'他说了这番话后,夺了那大英雄的军刀,扬长而去。

"这时已是隆冬,那三人当即北上,将三家家属聚在一起,详详细细的将当日舟中喋血之事说了。大家都道:'他害死大英雄,保护大汉奸,自己又做满清皇帝手下大官,还能有什么深意?他儿子强辞狡辩,说出话来没人能信。'江湖朋友得到讯息,纷纷赶来仗义相助。

"到了三月十五那天晚上,那儿子果然孤身赶到。"

众人眼望苗若兰,等她继续述说,却见小丫头琴儿走将过来,手里捧了一个套着锦缎套子的白铜小火炉,放在她怀里。

苗若兰低声道:"去点一盘香。"琴儿答应了,不一会捧来一个白玉香炉,放在她身旁几上。只见一缕青烟,从香炉顶上雕着的凤凰嘴中袅袅吐出,众人随即闻到淡淡幽香,似兰非兰,似麝非麝,闻着甚是舒泰。

苗若兰道:"我独自个在房,点这素馨。这里人多,怎么又点这个?"琴儿笑道:"我当真胡涂啦。"捧起香炉,去换了一盘香出来。苗若兰道:"这里风从北来,北边虽没窗,但山顶风大,总有些风儿漏进来。你瞧这香炉放对了么?"琴儿一笑,将小几端到西北角放下,又给小姐泡了一碗茶,这才走开。

众人都想:"金面佛苗人凤身为一代大侠,却把个女儿娇纵成这般模样。"只见她慢慢拿起盖碗,揭开盖子,瞧了瞧碗中的茶叶与玫瑰花,轻轻啜了一口,缓缓放下,众人只道她要说故事了,哪知道她却说:"我有些儿头痛,要进去休息一会。诸位伯伯叔叔请宽座。"说着站起身来,入内去了。

众人相顾哑然。曹云奇第一个忍耐不住,正要发作,田青文向他使个眼色。曹云奇话到口边,又咽了下去。苗若兰进去不久,随即出来,只见她换了一件淡绿皮袄,一条鹅黄色百折裙,脸上洗去了初上山时的脂粉,更显得淡雅宜人,风致天然。原来她并非当真头痛,却是去换衣洗脸。琴儿跟随在后,拿了一个银狐垫子放在椅上。苗若兰慢慢坐下,这才缓缓说道:"这天晚上,郎中公公家里大开筵席,请了一百多位江湖上成名的英雄豪杰,静候那义兄的儿子到来。等到初更时分,只听得托的一声响,筵席前已多了一人。厅上好手甚多,却没一个瞧清楚他是怎么进来的。只见他约莫二十岁上下年纪,身穿粗布麻衣,头戴白帽,手里拿着一根哭丧棒,背上斜插单刀。他不理旁人,径向郎中、叫化、脚夫三个公公说道:'三位叔父,请借

个僻静处所说话。'

"三位公公尚未答话,昆仑派的一位前辈英雄叫道:'男子汉大丈夫,有话要说便说,何须鬼鬼祟祟?你父卖主求荣,我瞧你也非善类,定是欲施奸计。三位大哥,莫上了这小贼的当。'只听得啪啪啪、啪啪啪六声响,那人脸上吃了六记耳光,哇的一声,口吐鲜血,数十枚牙齿都撒在地下。对方出手太快,他全无抵御之能,闪避也自不及。

"席上群豪一齐站起,惊愕之下,大厅中百余人竟尔悄无声息,均想:此人身法怎地如此快法?那昆仑派的名宿受此重创,吓得话也说不出口。那儿子纵上前去打人时群豪并未看清,退回原处时仍一晃即回,这一瞬之间倏忽来去,竟似并未移动过身子。那三位公公与他父亲数十年同食共宿,知道这是他家传的'飞天神行'轻功绝技,只是他青出于蓝,似乎犹胜乃父。那儿子道:'三位叔叔,倘若我要相害,在昆明古庙之中何必放手?现下我有几句要紧话说,旁人听了甚是不便。'

"三人一想不错。那郎中公公当下领他走进内堂一间小房。大厅上百余位英雄好汉停杯相顾,侧耳倾听内堂动静。

"约莫过了一顿饭功夫,四人相偕出来。郎中公公向群雄作了个四方揖,说道:'多谢各位光临,足见江湖义气。'群雄正要还礼,却见他横刀在颈中一划,登时自刎而死。群雄大惊,待要抢上去救援,却见叫化公公与脚夫公公抢过刀来,先后自刎。这个奇变来得突然之极,群雄中虽有不少高手,却没一个来得及阻拦。

"那义兄的儿子跪下来向三具尸体拜了几拜,拾起三人用以自刎的短刀,一跃上屋。群雄大叫:'莫走了奸贼!'纷纷上屋追赶,那人早不见了踪影。

"三位公公的子女抱着父亲的尸身,放声大哭。群雄探询三人家属奴仆,竟没一个得知这四人在密室中说些什么,更不知那儿子施了什么奸计,逼得三人当众自杀。群雄见三位英雄尸横当地,个个气愤填膺,立誓要为三人报仇。

"只是那儿子从此销声匿迹,不知躲到了何处。三位公公的子女由群雄抚养成人。群雄怜他们的父亲仗义报主,却落得惨遭横祸,无不用心抚育教导。三家子女本已从父亲学过家传武功,有了根基，再得明师指点，到后来融会贯通，各自卓然成家。"她说到这里，轻轻叹了口气，喟然道："他们武功越强，报仇之心愈切。练了武功到底对人是祸是福，我可实在想不明白。"

宝树见她望着炉火怔怔出神，众人却急欲听下文，于是接口道："苗姑娘这故事说得十分动听。她虽不提名道姓，各位自然也都知道，故事中的义兄，是闯王第一卫士姓胡的飞天狐狸，那脚夫公公姓苗，化子公公姓范，郎中公公姓田。三家后人学得绝技后各树一帜，苗家武功称为苗家剑，姓范的成为兴汉丐帮中的头脑，姓田的到后来建立了天龙门。"

阮士中、殷吉虽是天龙门前辈，但本门的来历却到此刻方知，不由得暗自惭愧。

宝树又道："这苗范田三家后代，二十余年后终于找到了那姓胡的儿子。那时他正身患重病，当被三家逼得自杀。从此四家后人辗转报复，百余年来，没一家的子孙能得善终。我自己就亲眼见过这四家后人一场惊心动魄的恶斗。"

苗若兰抬起头来，望着宝树道："大师，这故事我知道，你别说了。"宝树道："这些朋友们却不知道，你说给大伙儿听吧。"苗若兰摇头道："那一年爹爹跟我说了这四位公公的故事之后，接着又说了一个故事。他说为了这件事，他迫得还要杀一个人，须得磨利那柄剑。只是这故事太悲惨了，我一想起心里就难受，真愿我从来没听爹说过。"她沉默了半晌，道："那是在我出世之前的十年的事。不知那个可怜的孩子怎样了，我真盼望他好好活着。"

众人面面相觑，不知她所说的"可怜孩子"是什么人，又怎与眼前之事有关？众人望望苗若兰，又望望宝树，静待两人之中有谁来解开这疑团。

站在一旁侍候茶水的一个仆人忽然说道："小姐，你好心有好报。想来那个可怜的孩子一定好好活着。"他话声嘶哑。众人一齐转头，只见他白发萧索，已过中年，缺了一条右臂，用左手托着茶盘，一条粗大的刀疤从右眉起斜过鼻子，一直延到左边嘴角。众人心想："此人受此重伤，居然还能挨了下来，实是不易。"

苗若兰叹道："我听了爹爹讲的故事之后，常常暗中祝告，求老天爷保佑这孩子长大成人。只是我盼望他不要学武，要像我这样，一点武艺也不会才好。"

众人一怔,都感奇怪:"瞧她这副文雅秀气的样儿,自是不会武艺,但她是'打遍天下无敌手'金面佛苗大侠的爱女,难道她父亲竟不传授一两手绝技给她?"

苗若兰眼见众人脸色,已知大家心意,说道:"我爹说道,百余年来,胡苗范田四家子孙怨怨相报,没一代能得善终。任他武艺如何高强,一生不是忙着去杀人报仇,就是防人前来报仇。一年之中,难得有几个月安乐饭吃,就算活到了七八十岁高龄,仍不免给仇家杀了。练了武功非但不能防身,反足以致祸。因此我爹立下一条家训,自他以后,苗门的子孙不许学武。他也决不收一个弟子。我爹说道:纵然他将来给仇人杀了,苗家子弟不会武艺,自然没法为他报仇。那么这百余年来越积越重的血债,愈来愈纠缠不清的冤孽,或许就可一笔勾销了。"

宝树合什道:"善哉,善哉!苗大侠能如此大彻大悟,甘愿让盖世无双的苗家剑剑法自他而绝,虽是武林的大损失,却也是一件大大善事。"

苗若兰见那脸有刀疤的仆人目中发出异光,心中微感奇怪,向宝树道:"我进去歇歇,大师跟各位伯伯叔叔,失陪了。"说着敛衽行礼,进了内堂。

宝树道:"苗姑娘心地仁善,不忍再听此事。她既有意避开,老衲就跟各位说说。"

这一日自清晨起到此刻,只不过几个时辰,日未过午,但各人已经历了不少突兀之事,心中积下不少疑团,何况又与一己生死有关,都急欲明白真相。

只听宝树说道:"自从闯王的四大卫士相互仇杀以后,四家子孙百余年来斫杀不休。只是那姓胡的卖主求荣,为武林同道所共弃,因此每次大争斗,胡家子孙势孤,十九落在下风。可是胡家的家传武功厉害无比,每隔三四十年,胡家定有一两个杰出的子弟出来为上代报仇,不论是胜是败,总是掀起了满天腥风血雨。

"苗范田三家虽人众力强、得道多助,但胡家常在暗中忽施袭击,令人防不胜防。雍正初年,苗范田三家为了争夺掌管闯王的军刀,起了争执。偏巧胡家又出了一对武功极高的兄弟,一口气伤了三家十多人。三家急了,由田家出面,邀请江湖好手,才齐心合力杀了胡氏兄弟。这一年大江南北的英雄豪杰聚会洛阳,结盟立誓,从此闯王军刀由天龙门田氏执掌,若胡家后人再来寻衅生事,由天龙田氏拿这口军刀号召江湖好汉,共同对付。天下英雄只要见到军刀,纵使身有天大的要事,也都得搁下,应召赴义。

"这件事过得久了,后人也渐渐淡忘了。只是天龙门掌门对这口宝刀一直珍视万分。听说天龙门后来分为南宗北宗,两宗每隔十年,轮流掌管宝刀。阮师兄、殷师兄,我说得可对么?"

阮士中和殷吉齐声道:"大师的话不错。"

宝树笑了笑道:"事隔多年,天龙门门下虽然都知这口刀是本门的镇门之宝,但此刀到底来历如何,却已极少有人考究。时日久了,原也难怪。只是和尚有一事不明,却要请教曹兄。"曹云奇大声道:"什么事?"宝树道:"老衲曾听人说过,天龙门新旧掌门交替之时,老掌门必将此刀来历说与新掌门知晓。怎地曹兄荣为掌门,竟然不知?难道田归农田老掌门忘了这条门规么?"

曹云奇胀红了脸,待要说话,田青文接口道:"寒门不幸,先父突然去世,来不及跟曹师哥详言。"宝树道:"这就是了。唉,此刀我已第二次瞧见。首次见到之时,屈指算来已是二十七年之前的事了。"田青文心道:"苗姑娘约莫十七八岁年纪,她说那是她出世之前十年的事,正是二十七年之前。那么这和尚见到此刀,看来会与苗姑娘所说的事有关。"

注:

关于李自成进军北京前后的军纪问题,以及他为当时形势胁迫而无法严格维持军纪一事,作者在《碧血剑》中曾有叙述。因内地评论者颇有持"左"派偏颇观点而非议之者,故《碧血剑》注释中曾引中共诸领袖之言论,表示应实事求是,不应单凭主观好恶而歪曲事实,作者并非认为凡领导首长,意见必定正确,只表示若只凭首长指示而评论文艺,则不妨广泛看看多位首长的意见。这些意见,承华东师大黄丽镛先生及其千金赐书提供,谨对黄先生及黄小姐表示谢意。

以李自成为主角的长篇小说,说到篇幅之巨、内容之丰富,自以姚雪垠的五卷本《李自成》为首。我所不能赞同的,是他"主题先行"的写作主张,要将"古代别的人物的优秀品质和才干集中到他的身上"(《李自成》第一卷前言),要"以阶级斗争为纲,努力写好阶级斗争,反映历史的客观规律"(《姚雪垠给江晓天的信》),以致刘再复先生评《李自成》为一卷不如一卷,愈写愈差。刘先生归纳许多评者的意见,认为原因在于"一由姚先生贪大求全,有人归因于他写作靠录音和秘书整理,又有人认为在于姚先生坚持'三突出''高大完美'等文学观念,按这种理论精心设计人物……人为地把古人现代化,甚至把古人经典化。"(刘再复、刘绪原:《刘再复谈文字研究与文字论争》,《文汇月刊》一九八八年第二期)

不过姚先生在《〈李自成〉第五卷创作情况汇报》一文中所谈"左思潮在文学领域的影响"的一段话,我是很同意的,现引述如下以供参考:"……由于'左'的思潮在文学领域的影响,过去多少年中,大家讳言李自成后期的失去人心,讳言由于传统的封建正统观念,北京城中和四郊人民对李自成的敌视态度,好像李自成是农民革命领袖,广大人民当然拥护。其实不然。……大家讳言大顺军进北京后军纪败坏,讳言在北京的抢劫和奸淫。在'左'的思潮泛滥时期,很多人看见这类史料,简单地斥之为'地主阶级的造谣',用盲目的阶级偏见对待客观史料,将自己应该注意的历史现象抛开,从而将应该有的思想路子封闭。在十分强调'无产阶级'立场鲜明的年代,很多人在有些重要历史问题上,只敢有现代流行的'阶级观点',不敢有实事求是的治学态度。"(姚雪垠:《创作体会漫笔》,《文艺理论与批评》一九九〇年第二期)姚先生在写这段文字时,社会上"左"的思潮已较消退,但影响仍然很大,很多人的习惯性思维方法与眼光还是转不过来。

李自成初起时军纪严整,所以本文写了他军刀上所刻的号令。后期军纪就废弛了,本文中不多描述,主要的描述在《碧血剑》中。《碧血剑》撰写于"左"思潮大泛滥之时,对李自成的描述自以为可能比较公允,比较符合历史事实(当然艺术上颇有不足),其时作者尚在海外左派报纸中工作,其后遭到严重批判斗争及围攻,但此后两次修订,对李自成的描述仍基本上不改。

胡夫人向金面佛凝望了几眼，叹了口气，对胡一刀道：「大哥，天下豪杰之中，除了这位苗大侠，当真再没第二人是你敌手。他对你推心置腹，这般气概，当世也只你们两位了。」

四

只听宝树说道:"那时老衲尚未出家,在直隶沧州乡下的一个小镇上行医为生。沧州民风好武,少年子弟大都学过三拳两脚。老衲做的是跌打医生,也学过一点武艺。那小镇地处偏僻,只五六百个居民。老衲靠一点儿医道勉强糊口,自然养不起家,说不上娶妻生子。

"那一年腊月,老衲喝了三碗冷面汤睡了,正做梦发了大财,他妈的要娶个美貌老婆,吹吹打打的好不兴头,忽听得嘭嘭嘭一阵响,有人出力打门。

"屋子外北风刮得正紧,我炕里早熄了火,被子又薄,实在不想起来,好梦给人惊醒了,更没好气。但敲门声越来越响,有人大叫:'大夫,大夫!'那人是关西口音,不是本地人,再不开门,瞧来就要破门而入。我不知出了什么事,忙披衣起来,刚拔开门闩,砰的一响,大门就给人用力推开,不是我闪得快,额角准教给大门撞起个老大瘤子。他奶奶的,火光一晃,一条汉子手执火把,撞了进来,叫道:'大夫,请你快去。'

"我问:'什么事?老兄是谁?'那人道:'有人生了急病!'他不答我第二句话,左手一挥,当的一响,在桌上丢了一锭大银。这锭银子足足有二十两重,我在乡下给人医病,总是几十文几百文的医金,哪里见过一出手就是二十两一只大元宝的?心中又惊又喜,忙收了银子,穿衣着鞋。那汉子不住口的催促。我一面穿衣,一面瞧他相貌,但见他神情粗豪,一副会家子的模样,只是脸带忧色。

"他不等我扣好衣钮,一手帮我挽了药箱,一手拉了我手就走。我道:'待我掩上了门。'他道:'给偷了什么,都赔你的。'拉着我急步而行,走进了平安客店。那是镇上只此一家的客店,专供来往北京的驴夫脚夫住宿,地方虽不算小,可是又黑又脏。我想此人恁地豪富,怎能在这般地方歇足?念头尚未转完,他已拉着我走进店堂。大堂上烛火点得明晃晃地,坐着四五个汉子。拉着我手的那人叫道:'大夫来啦!'各人脸现喜色,拥着我走进东厢房。

"我一进门,不由得吓了一跳,只见炕上并排躺着四个人,都满身血污。我叫那汉子拿烛火移近细看,见四人都受了重伤,有的脸上受到刀砍,有的手臂给斩去一截。我问道:'怎么伤成这样子?给强人害的么?'那汉子厉声道:'你快给治伤,另有重谢。可不许多管闲事,乱说乱问。'我心道:'好家伙,他妈的这么凶!'但见他们个个狠霸霸的,身上又各带兵刃,不敢再问,给四人上了金创药,止血包扎定当。

"那汉子道:'这边还有。'领我走到西厢,炕上也有三个受伤的躺着,身上也都是兵刃的新伤。我给上药止了血,又给他们服些宁神减疼的汤药。七个人先后都睡着了。那几个汉子见我用药有效,对我就客气些了,不再像初时那般凶狠。他们叫店伴在东厢房用门板给我搭一张床,以防有人伤势生变,随时可以医治。

"睡到鸡鸣时分,门外马蹄声响,奔到店前,那一批汉子一齐出去迎接。我装睡偷看,只见进来了两人,一个叫化子打扮,双目炯炯有神,另一个面目清秀,年纪不大。这两人走到炕边察看伤者。受伤的人忙忍痛坐起,对两人极是恭敬。我听他们叫那化子为范帮主,叫那青年为田相公。"

他说到这里,顿了一顿,向田青文道:"我初见令尊的时候,姑娘还没出世呢。令尊为人是挺果断精明的,那天早晨他那副果断干练的模样,今日就像在眼前一般。"田青文眼圈儿一红,垂下了头。

宝树道:"没受伤的几个汉子之中,有一人低声说道:'范帮主,田相公,张家兄弟从关外一路跟随这点子夫妻南来,查得确确实实,铁盒儿确在点子身上。'"

众人听到"铁盒儿"三字,相互望了一眼,都想:"说到正题啦。"

宝树道："范帮主点了点头。那汉子又道：'咱们都候在唐官屯接应，派人给您两位和金面佛苗大侠送信。不料给点子瞧破了。他一人拦在道上，说道："我跟你们素不相识，一路跟着我作甚？你们是苗范田三家派来的不是？"张大哥道："你知道就好啦。"那点子脸一沉，夹手将张大哥的刀夺了去，折为两段，抛在地下，说道："我不想多伤人命，快滚吧！"我们见点子手下厉害，一拥而上。张大哥却飞脚去踢他娘子的大肚子。那点子大怒，说道："我本欲相饶，你们竟如此无礼！"抢了一把刀，一口气伤了我们七人。'

"田相公问：'他还说了些什么话？'那汉子道：'那点子本来还要伤人，他娘子在车中叫道："算啦，给你没出世的孩子积积德吧！"那点子笑了笑，双手一拗，将那柄刀折断了。'田相公向范帮主望了一眼，问道：'你瞧清楚了？当真是用手折断的？'那汉子道：'是，小人当时正在他身旁，瞧得清清楚楚。'田相公嗯了一声，抬起了头出神。范帮主道：'贤弟不用耽心，苗大侠定能对付得了他。'

"那汉子道：'他去江南，定要打从此处经过。两位守在这里，管教他逃不了。'范田二人脸色郑重，一面低声商量，慢慢走了出去。

"我等他们出去后，这才假装醒来，起身给七个伤者换药。我心里想：'那点子不知是谁，他确是手下容了情。这七人伤势虽重，却没一个伤到要害。'

"这天傍晚，大家正在厅上吃饭，一名汉子奔了进来，叫道：'来啦！'众人脸上变色，抛下筷子饭碗，抽出兵刃，抢了出去。我悄悄跟在后面，心中害怕，可也想瞧个热闹。

"只见大道上尘土飞扬，一辆大车远远驶来。范田二位率众迎了上去。我跟在最后。那大车驶到众人面前，就停住了。范帮主叫道：'姓胡的，出来吧。'只听得车帘内一人说道：'叫化儿来讨赏是不是？好，每个人施舍一文！'眼见黄光连闪，众人啊哟、啊哟的几声叫，先后摔倒。范田两位武功高，没摔倒，但手腕上还是各中了一枚钱镖，一杖一剑，撒手落地。田相公叫道：'范大哥，扯呼！'

"范帮主身手好生了得，弯腰拾起铁杖，如风般抢到倒在地下的几名汉子身旁，要给他们解开穴道。我学跌打之时，师父教过人身的三十六道大穴，因此范帮主伸手解穴，我也懂得一点儿。哪知他推拿按捏，忙个不了，倒在地下的人竟纹丝不动。车中那人笑道：

'很好,一文钱不够,每人再赏一文。'又是十几枚铜钱一枚跟着一枚撒出来,每人穴道上中了一下,登时四肢活动,纷纷站起。

"田相公横剑护身,叫道:'姓胡的,今日我们甘拜下风,你有种就别逃。'车中那人并不回答,但听得嗤的一声,一枚铜钱从车中激射而出,正打在他剑尖之上,铮的一响,那剑直飞出去,插在土中。田相公举起持剑的右手,虎口上流出血来。

"他见敌人如此厉害,脸色大变,手一挥,与范帮主率领众人奔回客店,背起七个伤者,上马向南驰去。田相公临去之时,又给了我二十两银子。我见他这等慷慨,确是位豪侠君子,心想:'车中定是个穷凶极恶的歹徒,否则像田相公这样的好人,怎会跟他结仇?'正要回家,只见那辆大车驶到了客店门口停下。我好奇心起,要瞧瞧那歹徒怎生模样,当下躲在柜台后面,望着车门。

"只见门帘掀开,车中出来一条大汉,这人生得当真凶恶,一张黑漆脸皮,满腮浓髯,头发却又不结辫子,蓬蓬松松的堆在头上。我一见他模样,就吓了一跳,心想:'你奶奶的,哪里钻出来一个恶鬼?'只想快些离了客店回家,但说也奇怪,两只眼睛望住了他,竟不能避开。我心中暗骂:'大白日见了鬼,莫非这人有妖法?'

"只听那人说道:'劳驾,掌柜的,这儿哪里有医生?'掌柜的向我一指,说道:'这个就是医生。'我双手乱摇,忙道:'不,不……'那人笑道:'别怕,我不会将你煮熟来吃了。'我道:'我……我……'那人沉着脸道:'若要吃你,也只生吃。'我更加怕了,那人却哈哈大笑起来。我这才知他原来是说笑,心道:'你讲笑话,也得拣拣人,老子是给你消遣的么?你这狗日的恶鬼!'但心里是这么说,嘴里却半句话也出不了口。

"那人道:'掌柜的,给我两间干净上房。我娘子要生产,快去找个稳婆来。'他眉头一皱,说道:'路上惊动了胎气,怕是难产。医生,请你别走开。'掌柜的听说要在他店里生产,弄脏屋子,自然老大不愿意,但见了他这副凶霸霸的模样,半句也不敢多说,可是镇上做稳婆的刘婆婆前几天死啦,掌柜的只得跟他说实话。那人模样更可怕了,摸出一锭大银,抛在桌上,道:'掌柜的,劳你驾到别处去找一个,越快越好。'我心想:'怎么这批人一出手都是二十两银子?'

"那恶鬼模样的人等掌柜安排好了房间,从车中扶下一个女人来。这女人全身裹在皮裘之中,只露出了一张脸蛋。这一男一女哪,打个比方,那就是貂蝉嫁给了张飞,观音娘娘嫁给了判官。我一见那女子如此标致,又吓了一跳,心下琢磨:'这定是一位官家的千金小姐,不知怎地遭逼嫁给了这恶鬼?是了,定是给他抢来做押寨夫人的。'不知怎的,我起了个怪念头:'这位夫人和田相公才是一对儿,说不定这恶鬼抢了田相公的夫人,他两人才结下仇怨。'

"没过中午,那个夫人就额头冒汗,哼哼唧唧的叫痛。那恶鬼焦急得很,要亲自去找稳婆,那夫人却又拉着他手,不许他走开。到未牌时分,小孩儿要出来,实在等不得了。那恶鬼要我接生,我自然不肯。你们想,我一个堂堂男子汉,给妇道人家接生怎么成?那是一千一万个晦气,这种事一做,这一生一世就注定倒足了霉。

"那恶鬼道:'你接嘛,这里有二百两银子。不接嘛,那也由你。'他伸手一拍,将方桌的角儿拍下了一块。我想:'性命要紧。再说,二百两银子哪,做十年跌打医生也赚不到,倒霉一次又有何妨?'便给那夫人接下一个白白胖胖的小子。

"这小子哭得好响,脸上全是毛,眼睛睁得大大的,生下来就是一副凶相,倒真像他爹,日后长大了十九也是个歹人。

"那恶鬼很开心,当真就捧给我十只二十两的大元宝。那夫人又给了我一锭黄金,总值得八九十两银子。那恶鬼又捧出一盘银子,客店中从掌柜到灶下烧火的,每人都送了十两。这一下大伙儿可就乐开啦。那恶鬼拉着大伙儿喝酒,连打杂的、扫地的小厮,都教上了桌。大家管他叫胡大爷。他说道:'我姓胡,生平只要遇到做坏事的,立时一刀杀了,因此名字叫作胡一刀。你们别大爷长大爷短的,我也是穷汉出身。打从恶霸那里抢了些钱财,算什么大爷?叫我胡大哥得啦!'

"我早知他不是好人,他果然自己说了出来。大伙不敢叫他'大哥',他却逼着非叫不可。后来大伙儿酒喝多了,大了胆子,就跟他大哥长、大哥短起来。这一晚他不放我回家,要我陪他喝酒。喝到二更时分,别人都醉倒了,只我酒量好,还陪着他一碗一碗对付着灌。他越喝兴致越高,进房去抱了儿子出来,用指头蘸了酒给他吮。这小子生下不到一天,吮着烈酒非但不哭,反舐得津津有味,真是天生的酒鬼。

"就在那时,南边忽然传来马蹄声响,一共有二三十匹马,转眼就奔到了店门口,跟着就听得拍门声响。掌柜的早醉得糊涂啦,跌跌撞撞的去开门。门一打开,进来了二三十条汉子,个个身上带着兵刃。这些人在门口排成一列,默不作声。只其中一人走上前来,在一张桌旁坐下,从背上解下一个黄布包袱,放在桌上。烛光下看得分明,包袱上用黑丝线绣着七个字:'打遍天下无敌手'。"

众人听到这里,都抬起头来,望了望厅中对联上"大言天下无敌手"和"苗人凤"等字。

宝树道:"苗大侠这七字外号,直到现下,我还是觉得有点儿过于目中无人。那天晚上见到,自然十分惊讶。只见他身材极高极瘦,宛似一条竹篙,面皮蜡黄,满脸病容,一双破蒲扇般的大手,摊着放在桌上。我说他这对手像破蒲扇,因为手掌瘦得只剩下一根根骨头。我当时自然不知道他是谁,到后来才知是金面佛苗人凤苗大侠。

"那胡一刀自顾自逗弄孩子,竟似没瞧见这许多人进来。苗大侠也一句话不说,自有他的从人斟上酒来。那几十个汉子瞪着眼睛瞧胡一刀。他却只管蘸酒给婴儿吮。他蘸一滴酒,仰脖子喝一碗,爷儿俩竟劝上了酒。操你奶奶的,你们见过吗?嘿嘿,幸好苗小姐不在,否则老子不敢说粗话,可有多憋气!

"我心中怦怦乱跳,只想快快离开这是非之地,可是又怎敢移动一步?那时候啊,只要谁稍稍动一动,几十把刀剑立时就砍将下来,就算不是对准了往我身上招呼,只须挨着一点边儿,那也非去了半条小命不可。

"胡一刀和苗大侠闷声不响的,各自喝了十多碗酒,谁也不向谁瞧一眼。忽然房中夫人醒了,叫了声:'大哥!'就在这时,那婴儿哇的一声大哭起来。胡一刀手一颤,呛啷一声,酒碗落在地下,跌得粉碎。他脸色立变,抱着孩子站起。苗大侠'嘿、嘿、嘿'的冷笑三声,转身出门。众人一齐跟出,片刻之间,马蹄声渐渐远去。我本来只道一场恶斗定然难免,哪知道孩子这么一哭,苗大侠居然立刻就走。我和掌柜、伙计们面面相觑,摸不着半点头脑。

"胡一刀抱着孩子走进房去,那房间的板壁挺薄,只听夫人问道:'大哥,是谁来了啊?'胡一刀道:'几个毛贼,你好好睡罢!别耽心。'夫人叹了口气,低声道:'不用骗我,是金面佛来啦。'胡一刀道:'不是的,你别瞎疑心。'夫人道:'那你干么说话声音发抖?你从来不是这样的。'

"胡一刀不语,隔了片刻说道:'你猜到就算啦。我不会怕他的。'夫人道:'大哥,你千万别为了我,为了孩子耽心。你心里一怕,就打他不过了。'胡一刀叹了口长气,道:'也不知道为什么,我从来天不怕地不怕,今晚抱着孩子,见到金面佛进来,他把包袱往桌上一放,眼角向孩子一晃,我就全身出了一阵冷汗。妹子,你说得不错,我就是怕金面佛。'夫人道:'你不是自己怕他,是怕他害我,怕他害咱们孩子。'胡一刀道:'听说金面佛行侠仗义,江湖上都叫他苗大侠,总不会害女人孩子吧?'他说这几句话时声音更加发颤,显是心里半分儿也拿不准。我听了这几句话,忽然可怜他起来,心想:'这人脸上一副凶相,原来心里却害怕得紧。'

"只听夫人轻声道:'大哥,你抱了孩子,回家去吧。等我养好身子,到关外寻你。'胡一刀道:'唉,那怎么成?要死,咱俩也死在一块。'夫人叹道:'早知如此,当年我不阻你南来跟金面佛挑战倒好。那时你心无牵挂,准能胜他。'胡一刀笑道:'今日相逢,也未必就败在他手里。他那个"打遍天下无敌手"的黄包袱,只怕得换换主儿。'他虽带笑而说,但声音微微发颤,即使隔了一道板壁,仍听得出来。

"夫人忽道:'大哥,你答允我一件事。'胡一刀道:'什么?'夫人道:'咱们把一切跟金面佛明说了,瞧他怎么说。他号称大侠,难道不讲道理?'

"胡一刀道:'我在外面一边喝酒,一边心中琢磨,十几条可行的路子都细细想过了。你刚生下孩子,怎能出外?我自己去,一说就僵。倘若有个人能使,你的主意倒也行得。'夫人想了一会,道:'那个医生倒挺能干,口齿伶俐,不如烦他一行。'胡一刀道:'此人贪财,未必可靠。'嘿嘿,这胡一刀倒是老子的知己。夫人道:'咱们重重酬谢他就是。'哈哈,老和尚年轻之时,确是好酒贪财,说出来也不怕各位笑话,我一听'重重酬谢'四字,早就打定了主意:'就是水里火里,也要为他走一遭。'

"他们夫妻俩低声商量了几句,胡一刀就出来叫我进房,说道:'明日一早,有人送信来。相烦你跟随他前去,送我的回信给金面佛苗大侠,就是刚才来喝酒的那位黄脸大爷。'我想此事何难,当下满口答应。

"次日大清早,果然一个汉子骑马送了一封信来给胡一刀。我听胡一刀给他夫人念信,原来是苗大侠约他比武,要他自择日子地方。胡一刀写了一封回信交给我。我向客店掌柜借了匹马,跟了那汉子前去。向南走了三十多里,那汉子领我进了一座大屋。苗大侠、范帮主、田相公都在里面,此外还有四五十人,男的女的、和尚道士都有。

"田相公看了那信,说道:'不必另约日子了,我们明天准到。'我道:'相公还有什么吩咐?'田相公道:'你去跟胡一刀说,叫他先买定三口棺材,两口大的,一口小的,免得大爷们到头来破费。'我回到客店,把这几句话对胡一刀夫妇说了,心想他们必定破口大骂,哪知他们只对望了一眼,一言不发。两人轮流抱着孩子,只管亲他疼他,好似自知死期已近,多抱一刻也是好的。

"这一晚我尽做噩梦,一会儿梦见胡一刀把苗大侠杀了,一会儿梦见苗大侠把胡一刀杀了,一会儿又梦见这两人把我杀了。睡到半夜,忽然给几下怪声吵醒,一听原来是隔壁房里胡一刀在哭泣。

"我好生奇怪,心想:'瞧他也是个响当当的汉子,大丈夫死就死了,事到临头,还哭些什么?怎地如此脓包?'却听他呜咽着道:'孩子,你生下三天,便成了没爹没娘的孤儿,将来有谁疼你?你饿了冷了,谁来管你?你受人欺侮,谁来帮你?'

"起初我还骂他脓包,听到后来,却不禁心里酸了,暗想:这么凶恶粗豪的一条猛汉子,对小孩儿竟如此爱怜。他哭了一阵,他夫人忽道:'大哥,你不用伤心。倘若你当真命丧金面佛之手,我决定不死,好好将孩子带大就是。'胡一刀大喜,道:'妹子,我最放心不下的就是这件事。若我不幸死了,你又怎能活着?现下你肯毅然挑起这副重担,我就没什么担忧的了。哈哈,一个人生在世上,又有哪一个不死的?跟这位天下第一高手痛痛快快的打一场,那也是百年难逢的奇遇啊!'

"我听了这番话,觉得他真是个奇人,只听他大笑了一会,忽又叹气道:'妹子,刀剑一割,颈中一痛,什么都完事啦。死是很容易的,你活着可就难了。我死了之后,无知无觉,你却要日日夜夜的伤心难过。唉,我心中真舍不得你。'夫人道:'我瞧着孩子,就如瞧着你一般。等他长大了,我叫他学你的样,什么贪官污吏、土豪恶霸,见了就是一刀。'胡一刀道:'我生平的所作所为,你觉得都没错?要孩子全学我的样?'夫人道:'都没错!一件都没错,要孩子全学你的好样!'胡一刀道:'好,不论我是死是活,这一生过得无愧天地。这只铁盒儿,等孩子过了十六岁生日时给他。'

"我在门缝中悄悄张望,只见夫人抱着孩子,胡一刀从衣囊中取出一只铁盒来,那就是这一只盒子了。不过那时闯王的军刀却在天龙门田家手里,并非放在盒里。

"那么盒中放的是什么呢?你们定然要问。当时我心中也是老大个疑窦。可是胡一刀不打开盒子,我自然也没法看到。

"他交代了这些话后,心中无牵无挂,倒头便睡,片刻间鼾声大作。这打鼾声就如炮轰雷鸣一般。我知道没什么听的了,想合眼睡觉,但隔壁那鼾声实在响得厉害,吵得我怎睡得着?我心里想:这位少年夫人千娇百媚,如花似玉,却嫁了胡一刀这么个又粗鲁又丑陋的汉子,这本已奇了,居然还死心塌地的敬他爱他,那更是教人说什么也想不通。

"第二日天没亮,夫人出房来吩咐店伴,宰一口猪一口羊,又要杀鸡杀鸭,她亲自下厨去做菜。我劝道:'你生孩子没过三朝,劳碌不得,否则日后腰酸背痛,麻烦可多着了。'她笑了笑道:'眼前的麻烦已够多了,还管日后呢?'胡一刀见她累得辛苦,也劝她歇歇。夫人也只朝他笑笑,自顾自做菜。胡一刀笑道:'好,再吃一次你的妙手烹调,死而无憾。'我这才明白,原来她知夫妻死别在即,无论如何,要再做一次菜给丈夫吃。

"到天色大亮,夫人已做好了二三十个菜,放满了一桌。胡一刀叫店伴打来几十斤酒,放怀大喝。夫人抱着孩子坐在他身旁,给他斟酒布菜,脸上竟自带着笑容。

"胡一刀一口气喝了七八碗白干,用手抓了几块羊肉入口,只听得门外马蹄声响,渐渐驰近。胡一刀与夫人对望一眼,笑了一笑,脸上神色都显得难舍难分。胡一刀道:'你进房去吧。等孩子大了,你记得跟他说:"爸爸叫他心肠狠些硬些。"就这么一句话。'夫人点了点头,道:'让我瞧瞧金面佛是什么模样。'

"过不多时,马蹄声在门外停住,金面佛、范帮主、田相公又带了那几十个人进来。胡一刀头也不抬,说道:'吃罢!'金面佛道:'好!'坐在他对面,端起碗就要喝酒。田相公忙伸手拦住,说道:'苗大侠,须防酒肉之中有甚古怪。'金面佛道:'早知胡一刀是铁铮铮的好汉子,行事光明磊落,岂能暗算害我?'举起碗一仰脖子,一口喝干,夹块羊肉吃了,他吃菜的模样可比胡一刀斯文得多了。

"夫人向金面佛凝望了几眼,叹了口气,对胡一刀道:'大哥,天下豪杰之中,除了这位苗大侠,当真再没第二人是你敌手。他对你推心置腹,这般气概,当世也就只你们两位了。'胡一刀哈哈笑道:'妹子,你是女中丈夫,你也算得上一个。'夫人向金面佛道:'苗大侠,你是男儿汉大丈夫,果真名不虚传。我丈夫倘若死在你手里,不算枉了。你倘若给我丈夫杀了,也不害你一世英名。来,我敬你一碗。'说着斟了两碗酒,自己先喝了一碗。

"金面佛似乎不爱说话,只双眉一扬,说道:'好!'接过酒碗。范帮主一直在旁沉着脸,这时抢上一步,叫道:'苗大侠,须防最毒妇人心。'金面佛眉头一皱,不去理他,自行将酒喝了。夫人抱着孩子,站起身来,说道:'苗大侠,你有什么放不下之事,先跟我说。否则若你一个失手,给我丈夫杀了,你这些朋友,嘿嘿,未必能给你办什么事。'

"金面佛微一沉吟,说道:'四年之前,我有事去了岭南,家中却来了一人,自称是山东武定县的商剑鸣。'夫人道:'嗯,此人是威震河朔王维扬的弟子,八卦门中好手,八卦掌与八卦刀都很了得。'金面佛道:'不错。他听说我有个外号叫"打遍天下无敌手",心中不服,找上门来比武。偏巧我不在家,他和我兄弟三言两语,动起手来,竟下杀手,将我两个兄弟、一个妹子,全用重手震死。比武有输有赢,我弟妹学艺不精,死在他手里,那也罢了,哪知他还将我那不会武艺的弟妇也一掌打死。'夫人道:'此人好横。你就该去找他啊。'金面佛道:'我两个兄弟武功不弱,商剑鸣既有此手段,自是劲敌。想我苗家与胡家累世深仇,胡一刀之事未了,不该冒险轻生,是以四年来一直没上山东武定去。'夫人道:'这件事交给我们就是。'金面佛点点头,站起身来,抽出佩剑,说道:'胡一刀,来吧。'

"胡一刀只顾吃肉,却不理他。夫人道:'苗大侠,我丈夫武功虽强,也未必一定能胜你。'金面佛道:'啊,我忘了。胡一刀,你心中有什么放不下之事?'胡一刀抹抹嘴,站起身来,说道:'你若杀了我,这孩子日后必定找你报仇。你好好照顾他吧。'我心里想:'常言道:斩草除根。金面佛若将胡一刀杀了,哪肯放过他妻儿?他居然还怕金面佛忘记,特地提上一提。'哪知金面佛说道:'你放心,你若不幸失手,这孩子我当自己儿子一般看待。'

"范帮主与田相公皱着眉头站在一旁,模样儿显得好不耐烦。我心中也暗暗纳罕:'瞧胡一刀夫妇与金面佛的神情,互相敬重嘱托,倒似是极好的朋友,哪里会性命相拼?'

"就在此时,胡一刀从腰间拔出刀来,寒光一闪,叫道:'好朋友,你先请!'金面佛长剑轻晃,说声:'领教!'虚走两招。田相公叫道:'苗大侠,不用客气,进招吧!'金面佛突然收剑,回头说道:'各位通统请出门去!'田相公讨了个没趣,见他脸色严重,不敢违背,和范帮主等都退出大厅,站在门口观战。

"胡一刀叫道:'好,我进招了。'欺进一步,挥刀当头猛劈。

"金面佛身子斜走,剑锋圈转,剑尖颤动,刺向对方右胁。胡一刀道:'我这把刀是宝刀,小心了。'一面说,一面挥刀往剑身砍去。金面佛道:'承教!'手腕振处,剑刃早已避开。我在沧州看人动刀子比武,也不知看了多少,但两人那么快的身手,却从来没见过。两人只拆了七八招,我手心中已全是冷汗。

"又拆数招,两人兵刃候地相交,呛啷一声,金面佛的长剑给削为两截。他丝毫不惧,抛下断剑,要以空手与敌人相搏。胡一刀却跃出圈子,叫道:'你换柄剑吧!'金面佛道:'不碍事!'田相公却已将自己的长剑递了过去。金面佛微一沉吟,说道:'我空手打不过你的单刀,还是用剑的好。'接过长剑,两人又动起手来。我心想:'沧州的少年子弟比武,明明栽了,还是不肯服气,定要说几句话来圆脸。这位金面佛自称打遍天下无敌手,手上并未输招,嘴上却已泄气,也算得古怪。'后来我才明白,这两人都是天下一等一的高手,拆了这几招,心中都已佩服对方,自然不敢相轻。

"这时两人互转圈子,离得远远的,突然间扑上交换一招两式,立即跃开。这般斗了十多个回合,金面佛斗然一剑刺向胡一刀头颈。这一剑去势劲急之极,眼见难以闪避。胡一刀往地下一滚,甩起刀来,当的一响,又将长剑削断了。他随即跃起,叫道:'对不起!不是我自恃兵器锋利,实是你这一招太过厉害,非此不能破解。'

"金面佛点点头道:'不碍事。'田相公又递了一柄剑上来。他接在手中。胡一刀道:'喂,你们借一柄刀来。我这刀太利,两人都显不出真功夫。'田相公大喜,当即在从人手中取过一柄刀交给他。胡一刀把自己原来的利刀放在桌上,将借来的单刀掂了一掂。金面佛道:'太轻了吧?'横过长剑,右手拇指与食指捏住剑尖,啪的一声,将剑尖折了一截下来。这指力当真厉害之极。我心中暗暗吃惊,只听得胡一刀笑道:'苗人凤,你不肯占人半点便宜,果然称得上一个"侠"字。'

"金面佛道:'岂敢,有一事须得跟你明言。'胡一刀道:'说吧。'金面佛道:'我早知你武功高强,苗人凤未必是你对手。可是我在江湖上到处宣扬"打遍天下无敌手"七字,非是苗人凤不知天高地厚,狂妄无耻……'胡一刀左手一摆,拦住了他话头,说道:'我早知你的真意。你想找我动手,可是没法找到,于是宣扬这七字外号,好激我进关。'他微微苦笑,说道:'现今我进关了。你要是打败了我,这七字外号名副其实,尽可用得。进招吧!'"

众人听到这里,才知苗人凤这七字外号的真意。

只听宝树说道:"两人说了这番话,刀剑闪动,又已斗在一起。这一次兵刃上扯平,两人各显平生绝技,起初两百余招中,竟没分半点上下。后来胡一刀似乎渐渐落败,一路刀法全取守势,范、田诸人脸上均现喜色。只见他守得紧密异常,金面佛四面八方连环进攻,却奈何不得他半点。突然之间,胡一刀刀法一变,出手全是硬劈硬斫。金面佛满厅游走,长剑或刺或击,也灵动之极。

"这单刀功夫,我也曾跟师父下过七八年苦功,知道单刀分'天地君亲师'五位:刀背为天,刀口为地,柄中为君,护手为亲,柄后为师。这五位之中,自以天地两位为主,看那胡一刀的刀法,天地两位固使得出神入化,而君亲师三位,竟也能用以攻敌防身。有时金面佛的长剑奇招突生,从出人意料之外的部位刺去,若用刀背刀口,万难挡架,胡一刀竟会突然掉转刀锋,以刀柄打击剑刃,迫使敌人变招。至于'展、抹、钩、刹、砍、劈'六字诀,更加变幻莫测。

"剑上的功夫,那时我可不大懂啦。只胡一刀的刀法如此精奇,而金面佛始终跟他打得不落下风,自然也必厉害之极。刀剑枪是武学的三大主兵,常言道:'刀如猛虎,剑如飞凤,枪如游龙。'这两人使刀的果如猛虎下山,使剑的也确似凤凰飞舞,一刚一柔,各有各的本事,谁也胜不了谁。起初我还看得出招数架式,到得后来,只瞧得头晕目眩,生怕当场摔倒,只好转过了头不看。

"那时耳中只听得刀剑劈风的呼呼之声,偶而双刃相交,发出铮的一声。我向胡一刀的夫人脸上一望,只见她神色平和,竟丝毫不为丈夫的安危担心。

"我回头再看胡一刀时,只见他愈打愈镇定,脸露笑容,似乎胜算在握。金面佛一张黄黄的面皮上却不泄露半点心事,既不紧迫,亦不气馁。只见胡一刀着着进逼,金面佛不住倒退。范帮主和田相公两人的神色却愈来愈沉重。我心想:'难道金面佛竟要输在胡一刀手里?'

"忽听得啪、啪、啪一阵响,田相公拉开弹弓,一阵连珠弹突然往胡一刀上中下三路射去。胡一刀哈哈大笑,将单刀往地下一摔。金面佛脸一沉,长剑挥动,将弹子都拨了开去,纵到田相公身旁,夹手抢过弹弓,啪的一声,折成了两截,远远抛在门外,低沉着嗓子道:'出去!'我好生奇怪:'人家怕你打输,才好意相助,你却如此不识好歹。'田相公紫胀了脸皮,怒目向金面佛瞪了一眼,走出门去。

"金面佛拾起单刀,向胡一刀抛去,说道:'咱们再来。'胡一刀伸手接住,顺势一刀挥出,当的一响,刀剑相交。斗了一阵,眼见日已过午,胡一刀叫道:'肚子饿啦,你吃不吃饭?'金面佛道:'好,吃一点。'两人坐在桌边,旁若无人的吃了起来。胡一刀狼吞虎咽,一口气吃了七八个馒头、一只鸡、半只羊腿。金面佛却只吃了两条鸡腿。胡一刀笑道:'你吃得太少,难道内人的烹调手段不行么?'金面佛道:'很好。胡大嫂,多谢了!'夹了一大块羊肉吃了。

"吃过饭,两人抹抹嘴再打,不久都施开轻身功夫,满厅飞奔来去。别瞧胡一刀身子粗壮,进退闪避,竟灵动异常;金面佛手长腿长,自也不能慢了。这一番扑击,我看得越加眼花缭乱,忽听得啊的一声,胡一刀左足一滑,跪了下去。这原是金面佛进招的良机,他只要一剑劈下,敌手万难闪避,哪知金面佛反向后跃,叫道:'你踏着弹子,小心了!'胡一刀膝未点地,早已站起,道:'不错!'左手拾起弹子,中指一弹,嗤的一声,那弹子从门中直飞出去。

"金面佛叫道：'看剑！'挺剑又上。两人翻翻滚滚，直斗到夜色朦胧，也不知变换了多少招式，兀自难分胜败。金面佛跃出圈子，说道：'胡兄，你武艺高强，在下佩服得紧。咱们挑灯夜战呢，还是明日再决雌雄？'胡一刀笑道：'你让我多活一天吧！'金面佛道：'不敢！'退后三步，长剑一伸，一招'丹凤朝阳'，转身便走。这'丹凤朝阳'式虽为剑招，但他退后三步再使将出来，已变为行礼致敬。胡一刀竖起刀来，斜斜向上一指，这一招'参拜北斗'，也是向对方致意。两人初斗时性命相搏，但打了一日，相互钦佩，分手之时，居然都使出了武林中最恭敬的礼节。

"胡一刀待敌人去后，饱餐了一顿，骑上马疾驰而去。我心想，他必是要到南边大屋去窥探敌人动静，说不定要暗施偷袭，只要将金面佛伤了，余人没一个是他对手。我满心要想去跟田相公通风报信，叫他防备，只害怕撞到胡一刀，却又不敢出外。

"这一晚隔房虽没人打鼾，我可仍睡不安稳，一直留神倾听胡一刀回转的马蹄声。但守到半夜，仍没声息。我想，去南边大屋，快马奔驰，不用一个时辰便可来回，难道他给金面佛发觉了，寡不敌众，因而丧命？

"他越迟归，我越不放心，但听隔壁房里夫人轻轻唱着歌儿哄孩子，却一点不为丈夫耽心，又觉奇怪。

"到后来晨鸡报晓，五更天时，胡一刀骑着马回来了。我急忙起来，见他坐骑已换了一匹，去时骑青马，回来时骑的却是黄马。那黄马奔到店前，胡一刀一跃落鞍，那马晃了几下，扑地倒了，口吐白沫而死。我过去看时，见那马全身大汗淋漓，原来是累死的。瞧这情形，这一晚他竟长途跋涉，不知去了哪里。我心想：今日他还要跟金面佛拼斗，昨晚不好好安睡，养好气力以备大战，却去累了一晚，真是怪人。

"这时夫人也已起来，又做了一桌菜。胡一刀竟不再睡，将孩子一抛一抛的玩弄。待得天色大明，金面佛又与田相公等来了。苗胡两人对喝了三碗酒，没说什么话，踢开凳子，抽出刀剑就动手。打到天黑，两人收兵行礼。金面佛道：'胡兄，你今日力气差了，明日只怕要输。'胡一刀道：'那也未必。昨晚我没睡觉，今晚安睡一宵，气力就长了。'金面佛奇道：'昨晚没睡觉？那不对。'

"胡一刀笑道：'苗兄，我送你一件物事。'从房里提出一个包裹，掷了过去。金面佛接过，解开一看，原来是个割下的首级，首级之旁还有七枚金镖。范帮主向那首级望了一眼，惊叫道：'是八卦刀商剑鸣！'金面佛拿起一枚金镖，在手里掂了掂，似乎份量挺沉，见镖身上刻着四字：'八卦门商'，说道：'昨晚你赶到山东武定县了？'胡一刀笑道：'累死了五匹马，总算没误了你约会。'

"我又惊又怕，怔怔的望着胡一刀。从直隶沧州到山东武定，相去近三百里，他一夜之间来回，还割了一个武林大豪的首级，这人行事当真神出鬼没。

"金面佛道：'你用什么刀法杀他？'胡一刀道：'此人的八卦刀功夫，确是了得，我接住了他七枚连珠镖，跟着用"冲天掌苏秦背剑"这一招，破了他八卦刀法第二十九招"反身劈山"。'金面佛一怔，奇道：'冲天掌苏秦背剑？这是我苗家剑法啊！'胡一刀笑道：'正是，那是我昨天从你这儿偷学来的功夫。我不用刀，是用剑杀他的。'

"金面佛道：'好！你为苗家报仇，使的是苗家剑法，足见盛情。'胡一刀笑道：'你苗家剑独步天下，以此剑法杀他何难，在下只代劳而已。'

"我这时方才明白，胡一刀是处处尊重金面佛。商剑鸣害了苗家四人，胡一刀若用刀将他杀了，岂非显得苗家剑不如八卦刀？更加不如胡家刀法？只是他一日之间，能学得苗家剑的绝招，用以杀了另一个武学名家，这番功夫实不由得令人不为之心寒。他直到这日斗完，才拿出首级来，毫无居功卖好之意，更大方磊落，而其自恃不败，也已明显得很了。

"我想到此节，范田两人早已想到。两人脸色苍白，互相使了个眼色，转身便走。金面佛望望夫人手里抱着的孩子，解下背上的黄包袱，打了开来。我心想这里面不知装着些什么古怪物事，伸长了脖子一瞧，却见包袱里只几件寻常衣衫。金面佛将那块黄布一抖，瞧着布上绣着的七个字，低声道：'嘿，打遍天下无敌手！胡吹大气！'伸手抱过孩子，将黄布包在他身上，对胡一刀道：'胡兄，若你有甚三长两短，别耽心这孩子有人敢欺侮他。'胡一刀大喜，连连称谢。

"金面佛去后，胡一刀又饱餐了一顿，这才睡觉，这一睡下来，鼾声更加惊天动地。

"待到二更时分，忽听屋顶上脚步声响，有人叫道：'胡一刀，快滚出来领死！'胡一刀并没惊醒，仍鼾声大作。不久喝骂声越来越响，人也越来越多。胡一刀如聋了一般，只是沉睡。我想此人武艺虽高，却太不机灵，屋外来了不少敌人，竟毫不惊觉。但说也奇怪，胡一刀固然没听见，夫人明明醒着，却只低声哼歌儿哄孩子，对窗外屋顶的叫嚷，也置之不理，没去推醒丈夫迎敌。

"屋外那些人尽是吵嚷，却又不敢闯进屋来，胡一刀则只管打鼾。屋内屋外一唱一和，响成一片。吵了半个时辰，夫人忽然柔声道：'孩子，外边有许多野狗，想吠叫一夜，吵得爹爹睡不成觉，教他明儿跟苗伯伯比武输了。你说这群野狗坏不坏？'孩子生下来还只几天，自然不会说话，只咿咿啊啊几声。夫人道：'真是乖孩子，你也说野狗坏。让妈妈去赶走了，好不好？'那孩子又啊啊几声。夫人道：'嗯，你也说好，真不枉了爹妈疼你。'她左手抱了孩子，右手从床头拿起一根绸带，推开窗子，飕的一下，跃了出去。

"我大吃一惊，瞧不出这样娇滴滴的一个女子，轻功竟如此了得。我忙走到窗边，在窗格纸上刺了一个孔。向外张望，只见屋面上高高矮矮，站了二三十条大汉，手中都拿着兵刃，正在大声吆喝。夫人右手一挥，一条白绸带如长蛇也似的伸了出去，卷住一条大汉手上的单刀，一夺一放，那大汉叫声啊哟，单刀脱手，身子却从屋面上摔了下去，蓬的一声，结结实实的摔在地下。

"其余的汉子哗然叫嚷，纷纷扑上。月光之下，只见夫人手中的白绸带就如是一条白龙，盘旋飞舞，纵横上下，但听得呛啷、呛啷、啊哟、啊哟、砰蓬、砰蓬之声连响，不到一顿饭功夫，几十条汉子的兵刃全让夫人用绸带夺下，人都摔下了屋顶。这些人哪敢再斗，爬起身来便逃，有些连马也不敢骑，把牲口撇下也不要了。只把我瞧得目瞪口呆，心惊肉跳。夫人将那些兵刃从屋顶踢在地下，也不捡拾，抱了孩子进屋喂奶。胡一刀始终鼾声如雷，似乎浑不知有这么一回事。

"次日早晨，夫人做了菜，命店伴拾起兵刃，用绳子系住，一件件都挂在屋檐下，北风一吹，刀啦、剑啦、锤啦、鞭啦，相互撞击，叮叮当当的甚是好听。

"吃过早饭，金面佛又来啦。他听得声音，抬头一瞧，见了这些兵刃，已知原委，向跟随他来的众人狠狠瞪了一眼。那些人低了头不敢瞧他。金面佛骂道:'不要脸!算什么男子汉?都给我滚开!'那些人不敢作声,都退了几步。我想,夫人昨晚若要杀了这些人,当真易如反掌,就算将他们一一点倒,都横躺在地,也毫不为难,只不过这一来,未免削了金面佛的脸面。

"金面佛道:'胡兄,这批没出息的家伙吵得你难以安睡。咱们今日停战,你好好睡一觉,明日再比。'胡一刀笑道:'是内人打发的,兄弟睡着不知。来吧!'单刀一振,立个门户。

"金面佛向胡夫人道:'多承大嫂手下容情,饶了这些家伙的性命。'夫人微微一笑。胡一刀与苗人凤两人客气几句,随即刀剑相交。

"这一日打到天黑,仍不分胜负。金面佛收剑道:'胡兄,今日兄弟不回去啦。想跟你痛饮一番,然后抵足而眠,谈论武艺。'胡一刀大笑,叫道:'妙极,妙极。兄弟参研苗兄剑法,尚有许多不明之处,今晚正好领教。'金面佛向范帮主、田相公道:'你们走吧,今晚我住在这里。'

"范帮主不由得大惊失色,说道:'苗大侠,小心他的奸计……'金面佛冷然道:'我爱怎么便怎么,你管得着?'田相公道:'你别忘了杀父之仇,做个不孝子孙。'金面佛脸一沉。范田二人不敢再说,带着众人走了。

"这一晚两人一面喝酒,一面谈论武功。金面佛将苗家剑的精要,一招一式讲给胡一刀听。胡一刀也把胡家刀法毫不藏私的说得十分细到。两人越谈越投机,他们说这叫做相见恨晚,是吗?两人喝几碗酒,站起来试演几招,又坐下喝酒。他二人谈论的都是最高深的功夫,我虽清清楚楚的听在耳里,自然一句也不懂。

"说到半夜,胡一刀叫掌柜的开了一间上房,他和金面佛当真同榻而眠。我暗自寻思:'两个活人进房,明日房中定有个死人,却不知谁先下手?金面佛似乎不是奸险小人,这一回他可要糟了。'

"后来转念又想,胡一刀粗豪卤莽,远不如金面佛精细。两人武功虽不相上下,但说到斗智弄巧,定是金面佛胜了一筹。那么明日活着出来的,想必是金面佛而不是胡一刀了。

"我好奇心起,悄悄走到他们房外窗边偷听。那时两人谈论的已不是武功,而是江湖上的奇闻秘事,和两人往日的所作所为。有时金面佛说在什么地方杀了一个凶徒,有时胡一刀说在什么时候救了一个苦人,说到痛快处,一齐拍掌大笑。只把我听得张大了口合不拢来。我想胡一刀穷凶极恶,做这些事并不奇怪,但金面佛的外号中有个'佛'字,竟也是这般的杀人不眨眼。

"说到后来,金面佛忽然叹道:'可惜啊可惜!'胡一刀道:'可惜什么?'金面佛道:'倘若你不姓胡,或者我不姓苗,咱俩定然结成生死之交。我苗人凤一向自负得紧,这一回见了你,那可真口服心服了。唉,天下虽大,除了胡一刀,苗人凤再没可交之人了。'胡一刀道:'我若死在你手里,你可和我内人时常谈谈。她是女中豪杰,远胜你那些胆小鬼朋友。'金面佛怒道:'哼,这些家伙哪里配得上做我朋友?'

"他们说来说去,总是不涉及上代结仇之事。偶尔有人把话带得近了,另一个立即将话头岔开。这一晚两人竟没睡觉,累得我也在窗外站了半夜。院子里寒风刺骨,把我两只脚冻得没了知觉。到天色大明,金面佛忽然走到窗边,冷笑道:'哼,听够了么?'但听得格的一响,胡一刀道:'苗兄,此人还好,饶了他吧!'我只觉得头上给什么东西一撞,登时昏了过去。

"待得醒转,我已睡在自己炕上,过了老半天,这才想起,定是金面佛发觉我在外偷听,开窗打了我一拳。若非胡一刀代我求情,我这条小命早不在了。我爬下炕来,只觉得脑子昏昏沉沉的,拿镜子一照,半边脸全成了紫色,肿起一寸来高。我吓了一大跳,当啷一声,镜子掉在地下摔得粉碎。

"这一日他二人在堂上比武,我不敢再出去瞧,本来我一直盼望金面佛得胜,但脸上肿起处阵阵发疼,这时却只想胡一刀给我报仇,在苗人凤身上砍他妈的一两刀。到得天黑,隔着板壁听得金面佛说道:'胡兄,我原想今晚再跟你联床夜话,只是生怕大嫂怪责。明晚倘若仍然不分胜败,咱们再谈一夜如何?'胡一刀哈哈大笑,叫道:'好,好。'

"金面佛辞去后,夫人斟了一碗酒,递给胡一刀,说道:'恭喜大哥。'胡一刀接过碗来,一口喝干了,笑道:'恭喜什么?'夫人道:'明天你可打败金面佛了。'胡一刀愕然道:'我跟他拆了数千招,始终瞧不出半点破绽,明天怎能胜他?'夫人微笑道:'我却看出了一点毛病。孩子,你爹才是打遍天下无敌手啊。'她最后一句话却是向孩子说的。

"胡一刀忙问:'什么毛病?怎么我没瞧出来?'夫人道:'他这毛

病是在背后,你跟他正面对战,自然见不到。'胡一刀沉吟不语。夫人道:'你跟他连战四天,我细细瞧他的剑路,果然门户严密,没分毫破绽。我看得又惊又怕,心想长此下去,你总有个疏神失手的时候,而他却始终立于不败之地。但到今日下午,我终于瞧出了他的毛病。他的剑法之中,你说哪几招最厉害?'胡一刀道:'厉害招数很多,好比洗剑怀中抱月、迎门腿反劈华山、提撩剑白鹤舒翅、冲天掌苏秦背剑……'夫人道:'毛病就是出在提撩剑白鹤舒翅这一招上。'胡一刀道:'这一招以攻为守,刚中有柔,狠辣得紧啊。'夫人道:'大哥,你用穿手藏刀、进步连环刀、缠身摘心刀这些招式时,他有时会用提撩剑白鹤舒翅反击。但他在出这一招之前,背心必定微微一耸,似乎有点儿怕痒。'

"胡一刀奇道:'当真如此?'夫人道:'今日他前后使了两次,每次背心必耸。明日比武之时,我见到他背心一耸,立即咳嗽,那时你制敌机先,不待他这一招使出,抢先用八方藏刀式强攻,他非撒剑认输不可。'胡一刀大喜,连叫:'妙计!'我听了两人说话,本该去通知金面佛,叫他提防,但一摸到脸上疼处,心想他打了我这一拳,使了如此重手,输了也是活该。

"次日比武是第五天了,我脸上的肿稍稍退了些,又站在旁边观战。这天上午夫人没有咳嗽,想是金面佛没使这招。中午吃饭之时,夫人给丈夫斟酒,连使几个眼色,我在旁瞧得清楚,知是叫他诱逼金面佛使出此招,以便乘机取胜。胡一刀摇摇头,似乎心中不忍。夫人指指孩子,将孩子在凳上重重一摔,孩子大哭起来。我明白她用意,那是说你如比武失手,孩子没了父亲,他可得终身受苦了。胡一刀听到孩子啼哭,缓缓点了点头。

"午后两人交手,拆了数十招。胡一刀猛砍几刀,只听得夫人咳嗽一声,胡一刀眉头微皱,不进反退,金面佛果然使了一招提撩剑白鹤舒翅。这一招我本来不识,但昨晚胡一刀与夫人研商定计之时,曾见夫人连使几次。我心想:'夫人的眼光好厉害。'倘若胡一刀依她之计行事,此时已经胜了,但他竟临时缩手,不是他起了惺惺相惜之意不忍伤害金面佛,便是觉得有人在旁相助,胜之不武。我忽然想起胡一刀曾嘱咐夫人,将来孩子长大,要告诉他一句话,叫他心肠狠些硬些,看来胡一刀面貌虽然凶恶,心肠却软,事到临头,居然下不了手。

"夫人在孩子手臂上用力一捏,孩子大哭起来。刀剑叮当相交声中,杂着孩子的哭声,忽听得嚓的一响,夫人又是一声轻咳。胡一刀踏上一步,八方藏刀式,刀光闪闪,登时把金面佛的剑路尽数封住。

"眼见得金面佛无法抵挡,他那招提撩剑白鹤舒翅只使得出半招。按那剑法,他右手一剑斜刺,左手上扬,就与白鹤将双翅扑开来一般,但胡一刀抢了先着,金面佛双手刚要展开,给他左右连环两刀,金面佛这对臂膀,岂非自行送到刀上去给他砍了下来?

"岂知金面佛的武功当真出神入化,就在这危急之间,他双臂一曲,剑尖斗然刺向自己胸口。胡一刀大吃一惊,只道他比武输了,还剑自杀,忙叫道:'苗兄,不可!'

"殊不知金面佛的剑尖在第一日比武之时就已用手指拗断了的,剑尖已是钝头,他再胸口一运气,那剑刺在身上,竟反弹出来。这一招一来变化奇幻,二来胡一刀一心劝他不可自杀,丝毫没防他竟是出奇制胜。金面佛突然松手,长剑一弹,剑柄蹦将出来,正好点在胡一刀胸口的'神藏穴'上。

"这'神藏穴'是人身大穴,一遭剑柄点中,胡一刀登时软倒。金面佛伸手扶住,叫道:'得罪!'胡一刀笑道:'苗兄剑法,鬼神莫测,佩服,佩服!'金面佛道:'若非胡兄好意关心,此招何能得手?'两人坐在桌边一口气干了三碗烧酒。胡一刀哈哈一笑,提起刀来往自己颈中一抹,咽喉中喷出鲜血,伏桌而死。

"我惊得呆了,看夫人时,她脸上竟无悲痛之色,只道:'苗大侠,请你稍待,我再喂一次奶,让孩子吃得饱饱的。'走进房去,过了一顿饭时分,重又出来,在孩子脸上深深一吻,笑道:'他吃饱了睡着啦。'将孩子交给金面佛,道:'我本答应咱家大哥,要亲手把孩子养大,但这五天之中,亲见苗大侠肝胆照人,义重如山,你既答允照顾孩子,我就偷一下懒,不挨这二十年的苦楚了。'说着向金面佛福了几福,拿过胡一刀的刀来,也是在颈上一割。夫妻俩并排坐在一条长凳上,夫人拉着胡一刀的手,身子慢慢软倒,伏在丈夫身上,就此不动了。我不忍再看,回过头来,见苗大侠臂中抱着的孩子睡得正沉,小脸儿上似乎还露着一丝微笑。"

『客店后面是一条河,水流湍急。眼见血渍一直流到河边,显是孩子为人杀死,尸身投入河里,登时让水流冲走了。我爹爹又惊又怒,召拢一干人细细盘问,始终查不到凶手是谁。』

五

　　宝树说完这故事,大厅中静寂无声。群豪虽都心肠刚硬,但听了胡一刀夫妇慷慨就死的事迹,不由得均感恻然。

　　忽听一个女子的声音道:"宝树大师,怎么我听到的故事,却跟你说的有点儿不同呢?"

　　众人一齐转过头来,见说话的是苗若兰。大家凝神倾听宝树述说,都没留心她何时又回到了厅上。

　　宝树道:"年代久远,只怕有些地方是老衲记错了。却不知令尊是怎么说?"苗若兰道:"这件事爹爹曾原原本本对我说过。起先的事,也跟大师说的一样,只胡一刀伯伯和胡伯母逝世的情景,却与大师所说大不相同。"

　　宝树脸色微变,"嗯"了一声,却不追问。田青文道:"苗姑娘,令尊怎么说?"

　　苗若兰从身边一只锦缎盒子中取出一根淡灰色线香,燃着了插入香炉。众人随即闻到一缕幽幽清香。苗若兰脸上神色肃穆,说道:

　　"我从小见爹爹每到冬天,常常显得郁郁不乐,不论我怎么逗他欢喜,都难得引他发笑。每年快过年的时候,爹爹总要在一间小室里供两个神位,一个写:'义兄胡公一刀大侠之灵位',另一个写:'义嫂胡夫人之灵位',灵位旁边还放了一柄单刀,这把刀生满了铁锈,也没什么特异。爹爹叫厨子做了满桌菜,倒十几碗酒,从十二月廿二起,一连五天,他每晚在灵位边喝干了这十几碗酒,神情十分伤心,喝到后来,往往抚刀大哭。

"起初我问爹爹,灵位上那位胡伯伯是谁,爹爹总摇头。有一年,爹爹说我年纪大了,能懂事啦,于是把他跟胡伯伯比武的故事说给我听。比武的经过,宝树大师说得很详细了。

"爹爹跟胡伯伯一连比了四天,两人越打越投契,谁也不愿伤了对方。到第五天上,胡伯母瞧出爹爹背后的破绽,一声咳嗽,胡伯伯立使八方藏刀式,将我爹爹制住。宝树大师说我爹爹忽使怪招,胜了胡伯伯。但爹爹说的却不是这样。当时胡伯伯抢了先着,爹爹只好束手待毙,没法还手。胡伯伯突然向后跃开,说道:'苗兄,我有一事不解。'爹爹说道:'是我输了。你要问什么事?'

"胡伯伯道:'你这剑法反覆数千招,绝没半点破绽,为什么在使提撩剑白鹤舒翅这一招之前,背上却要微微一耸,以致给内人看破?'爹爹叹道:'先父教我剑法之时,督率极严。当我十一岁那年,先父正教到这一招,背上忽有虫子咬我,奇痒难当。我不敢伸手搔痒,只好耸动背脊,想把虫子赶开,但越耸越痒,难过之极。先父看到我的怪样,说我学剑不用心,狠狠打了我一顿。这件事我深印脑海,自此以后,每当使到这一招,我背上虽然不痒,却也习惯成自然,总是耸上一耸。尊夫人当真好眼力。'胡伯伯笑道:'我有内人相助,不能算赢!接住了。'说着将手中单刀抛给爹爹。

"爹爹接了单刀,不明他用意。胡伯伯从爹爹手里取过长剑,说道:'经过这四天的切磋,你我的武功相互都已了然于胸。这样吧,我使苗家剑法,你使胡家刀法,咱俩再决胜负。不论谁胜谁败,都不损了威名。'

"我爹爹一听此言,已知他心意。我苗家与胡家累世深仇,是百余年前祖宗积下来的。我爹爹跟胡伯伯以前从没会过面,本身并无仇怨。江湖上固然很多人都说,我祖父和田归农叔叔的父亲突然同时不知所踪,连尸骨也不得还乡,都是胡一刀下的毒手,我爹爹却将信将疑,素闻胡伯伯行侠仗义,所作所为很令人佩服,似乎不至于暗算害人,只是几番要和他相见,始终不能如愿。田叔叔、范帮主曾邀爹爹同去辽东寻仇,我爹爹跟范帮主是交情很深的,可是一向不大瞧得起田叔叔的为人。啊哟,田姐姐,对不起,您别见怪,这是我爹爹说的,他说他宁可自行其是,不愿跟田叔叔联手。这次听得胡伯伯来到中原,这才受范田两家之邀,到沧州拦住胡伯伯比武,但首先却要向胡伯伯查问真相。

"后来一问之下,我祖父与田公公果然是胡伯伯害的。我爹爹虽爱惜他英雄,但父仇不能不报。只我爹爹实不愿让这四家的怨仇再一代一代传给子孙,极盼在自己手中了结这百余年世仇,听胡伯伯说要交换刀剑比武,正投其意。因为若我爹爹胜了,那是他用胡家刀打败苗家剑,若胡伯伯得胜,则是他用苗家剑打败胡家刀。胜负只在他二人自己,不涉两家武功威名。

"当下两人换了刀剑,交起手来。这一场拼斗,与四日来的苦战又自不同。因两人虽都是高手,但使的兵刃招数都不就手,何况自己所使的一招一式,对方无不烂熟于胸,要凭这四天之中从对方学来的武功克敌制胜,当真谈何容易?我爹爹说,这一天的激战,是他生平最凶险的一次。胡伯伯貌似粗鲁,其实聪明之极,将苗家剑法施展开来,竟似下过数年苦功一般,单以他用苗家剑破去山东大豪商剑鸣的八卦刀,就可想见其余。我爹爹悟性没胡伯伯高,幸好他十八般武艺件件皆通,胡家刀法虽是初见,但少年时曾练过单刀,总算在这点上占了便宜,因此还可跟他打成平手。

"斗到午后,两人各走沉稳凝重的路子,出手越来越慢。胡伯伯忽道:'苗兄,你这招闭门铁扇刀,还是使得太快了些,劲力不长。'我爹爹道:'多承指教,我只道已够慢了。'两人全神拼斗,对方招数若有不到之处,却相互开诚指点,毫不藏私。翻翻滚滚,又战数百回合,两人招数渐臻圆熟。

"我爹爹见他的苗家剑法越使越精,暗暗惊心,寻思:'他学剑的本事比我学刀的本事好,时刻一长,我少年时所练的刀法根基就要不管用,须得立时变招,否则必败无疑。'当下使一招'沙鸥掠波',本来是先砍下手刀,再砍上手刀,但我爹爹故意变招,先砍上手刀,再砍下手刀。

"胡伯伯一怔,刚说得声:'不对!'我爹爹叫道:'看刀!'单刀陡然翻起,第二刀下手刀竟又变为上手刀。这是他自创的刀法,虽脱胎于胡家刀法,但新奇变幻,令人难测。倘若跟他对战的是另一个高手,多半能避过这招,偏偏胡伯伯熟知胡家刀法,万料不到我爹爹临时变招,新创一式,一个措手不及,我爹爹的刀锋已在他左臂上划了一道口子。

"旁观众人一齐惊呼,胡伯伯蓦地飞出一腿,我爹爹一交摔出,跌在地下,再也爬不起来,原来已遭踢中了腰间的'京门穴'。

"范帮主、田相公和其他的汉子一齐抢上。胡伯伯抛去手中长剑,双手忽伸忽缩,抓住众人一一掷了出去,随即扶起我爹爹,解开他穴道,笑道:'苗兄,你自创新招,果然厉害。只是我这胡家刀法,每一招都含有后着,你连砍两招上手刀,腰间不免露出空隙。'

"我爹爹默然不语,腰间阵阵抽痛,话也说不出口。胡伯伯又道:'若非你手下容情,我这条左膀已让你卸了下来。今日咱们只算打成平手,你回去好好安睡,明日再比如何?'我爹爹忍痛道:'胡兄,我出刀时固略有容让,但即令砍下你左臂,你这一腿仍能致我死命。瞧你这般为人,决不能暗害我爹爹。我要再问一次,到底我爹爹是怎样死的?'胡伯伯脸上露出惊诧之色,道:'我不是跟你说得明明白白了么?你不相信,定要动武,我只好舍命陪君子。'

"我爹爹大是诧异,问道:'你跟我说了?几时说的?'胡伯伯转过头来,指着旁边一人道:'你……你……'只说得两个'你'字,忽然双膝一软,跪倒在地。我爹爹大惊,忙伸手扶起,只见他脸色大变,叫道:'好、好、你……'头一垂,竟自死了。

"我爹爹惊异万分,心想他身子壮健,手臂上轻轻划破一道口子,如何能够致命?抱着他身子,连叫:'胡兄,胡兄。'但见他脸颊渐渐转成紫色,竟是中了剧毒之象,忙撕开他衣袖,但见一条手臂已肿得粗了一倍,伤口中流出的都是黑血。

"胡伯母又惊又悲,抛下手中孩子,拿起那柄单刀细看。那时我爹爹也知是刀口上喂了剧毒的药物。胡伯母见我爹爹沉吟不语,说道:'苗大侠,这柄刀是咱家大哥向你朋友借来使的。他固不知刀上有毒,谅你也不知情,否则这等下流兵刃,你两人怎能用它?这是命该如此,怪不得谁。我本答应咱家大哥,要亲手把孩子养大,但这五日之中,亲见苗大侠肝胆照人,义重如山,你既答允照顾孩子,我就偷一下懒,不挨这二十年的苦楚了。'说着横刀在颈中一割,立时死去。

"我亲听爹爹述说,胡伯伯逝世的情形是这样。但宝树大师说的竟然大不相同。虽事隔二十余年,或有记不周全之处,但想来不该差太多,却不知是什么缘故?"

宝树摇头叹息,说道:"令尊当时身在局中,全神酣斗,只怕未及旁观者看得清楚,也是有的。"苗若兰"嗯"了一声,低头不语。

忽然旁边一个嘶哑声音道:"两位所说不同,只因为有一个是故意说谎。"

众人听得这声音突如其来,一齐转过头去,见说这话的是那脸有刀疤的独臂仆人。

宝树见苗若兰意态闲逸,似漫不在意,虽听那仆人说话无礼,但自己身为外客,一时也不便发作。曹云奇最是鲁莽,抢先问道:"是谁说谎了?"那仆人道:"小人是低三下四之人,如何敢说?"苗若兰道:"若是我说得不对,你不妨明言。"

那仆人道:"适才大师与姑娘所说之事,小人当时也曾亲见,各位要是不嫌聒噪,小人也来说说。"

宝树喝道:"你当时也曾亲见?你是谁?"那仆人道:"小人认得大师,大师却认不得小人。"宝树铁青了脸,厉声喝问:"你是谁?"

那仆人不答,却向苗若兰道:"姑娘,只怕小人要说的话,难以讲得周全。"苗若兰道:"为什么?"那仆人道:"只消说得一半,小人的命就不在了。"苗若兰向宝树道:"大师,此刻在这峰上,一切由你作主。你是武林前辈,德高望重,只要你老人家一句话,没人敢伤他性命。"

宝树冷笑道:"苗姑娘,你是激我来着?"那仆人抢着道:"小人自己死活,倒也没放在心上,就只怕我所知道的事没法说完。"

苗若兰微一沉吟,指着那副木板对联的下联,道:"劳驾你除下来。"那仆人不明她用意,但依言将木联除下,放在她面前。苗若兰道:"你瞧清楚了,这上面写着我爹爹的名字。你将这木联抱在手里,尽管放胆而言。如有人伤了你一根毛发,就是有意跟我爹爹过不去。"众人相互望了一眼,心想他如以金面佛作护符,还有谁敢加害?

那仆人脸露喜色,微微一笑,只这一笑牵动脸上伤疤,更显诡异,当下左臂将木联牢牢抱住。

宝树坐回椅中,凝目瞪视,回思二十七年前之事,始终想不起此人是谁。

苗若兰道:"你坐下了好说话。"那仆人道:"小人站着说的好。请问姑娘,胡一刀大爷遗下的那个孩子,后来怎样了?"

苗若兰轻轻叹息,道:"我爹爹见胡伯伯、胡伯母都死了,心中十分难过,望着两人尸身,呆了半天,跪下拜了八拜,说道:'胡兄、大嫂,你夫妇尽管放心,我必好好抚养令郎。'拜罢起身,回头去抱孩子,不料竟抱了个空。我爹爹大惊,急忙询问,可是大家都瞧着胡伯伯夫妇之死,谁也没留心孩子。我爹爹忙叫大家赶快追寻。他忍住腰间疼痛,亲自在客店前后查问,忽听得屋后有孩子啼哭,声音洪亮。我爹爹大喜,急奔过去,哪知他腰间中了胡伯伯这一腿,伤势不轻,猛一用力,竟摔在地下爬不起来。

"待得旁人扶他起身,赶到屋后,只见地下一片鲜血,还有孩子的一顶小帽,孩子却已不知去向。客店后面是一条河,水流湍急。眼见血渍一直流到河边,显是孩子为人杀死,尸身投入河里,登时让水流冲走了。我爹爹又惊又怒,召拢一干人细细盘问,始终查不到凶手是谁。

"这件事他无日不耿耿于怀,立誓要找到那杀害孩子之人。那一年我见他磨剑,他说须得再杀一人,就是要杀那个凶手。我对爹爹说,或许孩子给人救去,活了下来,也未可知。我爹爹虽说但愿如此,然心中却绝难相信。唉,这可怜的孩子,我真盼他好好的活着。有一次爹爹对我说:'孩儿,我爱你胜于自己性命。但若老天许我用你去掉换胡伯伯的孩子,我宁可你死了,胡伯伯的孩子却活着。'"

那仆人眼圈一红,声音哽咽,道:"姑娘,胡一刀大爷、胡夫人地下有灵,一定感激你父女高义。"

于管家本来以为他是苗若兰带来的男仆,但瞧他神情,听他言语,却越来越觉不似,正想出言相询,却听他说起故事来,见众人静坐倾听,也不便打断他话头。

只听他说道:"二十七年之前,我是沧州那小镇上客店中灶下烧火的小厮。那年冬天,我家中遭逢大祸。我爹爹三年前欠了当地赵财主五两银子,利上加利,一年翻一番,过得三年,已算成四十两。赵财主把我爹爹抓去,逼迫立下文书,要把我妈卖给他做小老婆。我爹自然说什么也不肯,便给财主的狗腿子拷打得死去活来。

"我爹回得家来,跟妈商量,这四十两银子再过一年,就变成了八十两,这笔债咱们是一辈子还不起的了。我爹妈就想图个自尽,死了算啦,却又舍不得我。三个人只抱着痛哭。我白天在客店里烧火,晚上回家守着爹妈,心里担惊受怕,生怕他俩寻了短见,丢下我一人孤另另的在这世上。

"一晚店中来了好多受伤的客人,灶下事忙,店主不让我回家。第二日胡一刀大爷来了,他夫人生了位少爷,要烧水烧汤,店主更不许我回家去。我牵记爹妈,毛手毛脚的撞烂了几只碗,又给店主打了几巴掌。我独自个躲在灶边偷偷的哭。胡大爷走过厨房,听到我哭声,就进来问我什么事。我见他生得凶恶,不敢说话。他越问,我越哭得厉害。后来他和和气气的好言好语,我才把家里的事跟他说了。

"胡大爷很生气,说道:'这姓赵的如此横行霸道,本该去一刀杀了,只是我有事在身,没功夫跟他算帐。我给你一百两银子,你去拿给你爹,让他还债,余下的钱好好过日子,可千万别再借财主的债了。'我只道他说笑话哄我,哪知他当真拿了五只大元宝给我。我哪里敢拿?胡大爷道:'我今日生了儿子,我很疼他怜他,将心比心,你爹妈疼你也是这般。你快回家去。我跟店主说,是我叫你回家的,他不敢难为你。'

"我仍呆呆望着他,心里扑通扑通直跳,不知如何是好。胡大爷拿了一块包袱,把五只大元宝包了,给我缚在背上,再在我屁股上轻轻踢了一脚,笑道:'傻小子,还不给我快滚!'

"我胡里胡涂的奔回家去,跟爹妈一说。三个人乐得疯了,真难相信天下有这等好人,说是做梦罢,白花花的五只大元宝明明放在桌上。我妈和我扶着爹到客店去,要向胡大爷磕头道谢。他连连摇手,说生平最不爱别人谢他,将我们三个推了出来。

"我和爹妈正要回去,忽听马蹄声响,几十个人赶来客店,原来是胡大爷的仇家。我不放心,让爹妈先回家,自己留着要瞧个究竟。我想胡大爷救了我一家三口的命,只要有用得着我的,水里就水里去,火里就火里去,决不能皱一皱眉头。

"金面佛苗大侠跟胡大爷坐着面对面喝酒,胡大爷舍不得儿子这些情形,宝树大师说得一点不错。只是他却不知道,那跌打医生在隔房听胡大爷夫妇说话,却教一个灶下烧火的小厮全瞧在眼里。"

他说到这里,宝树猛地站起,指着他喝道:"你到底是谁?受谁指使在这里胡说八道?"

那仆人不动声色,淡淡的道:"我叫平阿四。我识得跌打医生阎基,那跌打医生阎基,自然不识得我这烧火的小厮癞痢头阿四。"

宝树听到他说起"阎基"二字,脸上立时变色,依稀记得当年那小客店之中,果似有个癞痢头小厮,只是他的面貌神情当日就未留意,此时更半点也记不起了。他向平阿四怀中抱着的木联狠狠瞪了一眼,"呸"了一声。

平阿四道:"我半夜里实在放心不下,走到他房外,却见到隔房窗子上映出一个黑影。我走过去往窗缝里一张,原来是那跌打医生阎基将耳朵凑在板壁上,在偷听胡大爷夫妇说话。我正想去跟胡大爷说,胡大爷却走到阎基房里来了,跟他说了很多很多话。这些话宝树大师始终没跟各位提起一字半句,不知是什么缘故。

"胡大爷的话很长,自然有些我听了不懂,但我明白,胡大爷是派那阎基第二天去跟金面佛苗大侠解释几件事。这些事情牵连重大,本来不该让一个不相干的外人去说。只胡夫人刚生了孩子,不能走动。胡大爷又脾气暴躁,若亲自去向对头言讲,势必跟范帮主、田相公他们起了争执,一个说不明白,到头来还是动刀动枪,说与不说,都是一般,没奈何只得让阎基去传话。适才宝树大师说道,胡大爷派他送信去给金面佛,事成之后必有重谢,这话就不对了。想送一封信轻而易举,何必重谢?何必夫妇俩商量半日?宝树大师或许忘了胡大爷当时的说话,我却一句也没忘记。"

众人听了这番话,才知宝树出家之前的俗家姓名叫作阎基。瞧他两人神情,宝树与胡一刀之死必有重大关连,而他先前的话中也必有甚多不尽不实之处。各人好奇心起,都盼平阿四揭破这个疑团,但又怕他当真说出什么重大秘密,宝树老羞成怒,突施毒手,这雪峰上可没一人是他对手,难以阻拦。纵然日后金面佛找到宝树算帐,但平阿四一死,这秘密只怕永远随他而逝了。

各人都代平阿四担心,但他自己却神色木然,毫无惧意,竟似有恃无恐,只听他说道:"胡大爷跟阎基说话之时,我就站在阎基窗外。我倒不是有心想偷听胡大爷说话,只是我知这跌打医生一向奉承那欺侮我爹妈的赵财主,实在不是好人,只怕胡大爷上了他当。那时我年轻识浅,胡大爷的话是不大明白,但一字一句,却都记在心里,等我后来年纪大了,慢慢也都懂了。

"那一晚胡大爷叫阎基去说三件事。第一件说的是胡苗范田四家上代结仇的缘由。第二件说的是金面佛父亲与田相公父亲的死因。第三件则是关于闯王军刀之事。"

众人一齐转头,向桌上的军刀望了一眼,欲知之心更加迫切。

平阿四道:"胡苗范田四家上代为什么结仇,苗姑娘已经说了,只是中间另有一个重大秘密,却非外人所知,连苗大侠也至今不知。这秘密起因于李闯王大顺永昌二年,那年是乙酉年,也就是顺治二年,当时胡苗范田四家祖宗言明,倘若清朝不亡,须到一百年后的乙丑年,方能泄漏这个大秘密。乙丑年是乾隆十年,距今已有三十余年,因此当二十七年前胡大爷跟阎基说话之时,百年期限已过,这个大秘密已不须隐瞒了。

"这个秘密,果然牵连重大。原来当日闯王兵败九宫山,他可没死!"

此言一出,众人都是一震,一齐站起身来,不约而同的问道:"什么?"只宝树端坐无异,显然早已知晓,不为所动。

平阿四道:"不错,闯王没死。只不过当时清兵重重围困,委实难以脱身。苗范田三名卫士冲下山去求救,援兵迟迟不至,敌军却愈迫愈近。眼见手下将士死的死,伤的伤,再也抵挡不住了,闯王心灰意懒,举起军刀便要横刀自刎,却给那号称飞天狐狸的姓胡卫士拦住。

"姓胡的卫士情急之下,生了一计,从阵亡将士之中捡了一个和闯王身材大小相仿的尸首,换上闯王的黄袍箭衣,将闯王的金印挂在尸首颈中。他再举刀将尸首面貌砍得稀烂,叫人难以辨认,亲自背负了尸首,到清兵营中投降,说已将闯王杀死,特来请功领赏。这是一件何等大功,敌将呈报上去,自会升官封爵,莫说丝毫没疑心是假,即令有甚怀疑,也要极力蒙蔽掩饰,以便领功升官。假闯王一死,敌军即日解了九宫山之围。真闯王早已易容改装,扮成平民,轻轻易易的脱险下山。唉,闯王是脱却了危难,这位飞天狐狸可就大难临头了。

"那飞天狐狸行这计策,用心确实是苦到了极处。江湖上英雄好汉,为了'侠义'二字,给好朋友两肋插刀原非难事,可是他为了相救闯王,不但要委屈万分的投降敌人,还得甘冒一个卖主求荣的恶名。想那飞天狐狸本来名震天下,武林人物一提到他名头,无不翘起大拇指赞一声:'好汉子!'现下要他自污一世英名,那可比慷慨就义难上万倍了。

"他投降吴三桂后,在这汉奸手下做官。他智勇双全、精明能干,极得吴三桂信任。他想闯王大顺国的天下,硬生生断送在吴三桂手里,此仇不报,非丈夫也。他如要刺死吴三桂,原只一举手之劳,可是飞天狐狸智谋深沉,岂肯如此轻易了事?数年之间,他不露痕迹的连使巧计,安排下许多事端,一面使满清皇帝对吴三桂大起疑心,另一面让吴三桂心不自安,到头来不得不举兵谋反。他将吴三桂在云南招兵买马、跋扈自大、图谋造反的种种事迹和真凭实据,暗中禀报清廷,而清廷对平西王诸般猜忌防范的手段,他又刺探了去告知吴三桂。

"如此不出数年,吴三桂势在必反。那时天下大乱,满清大伤元气,自是闯王复国的良机。即令吴三桂的反叛迅即敉平,闯王复国不成,但吴三桂也非灭族不可,这比刺死他一个人、而死后受清廷荣谥厚恤,自是好得多了。

"当那姓苗、姓范、姓田三个结义兄弟到昆明去行刺吴三桂之时,飞天狐狸的计谋正已渐有成效,因此他在危急中出来拦阻,免得那三人坏了大事。

"那年三月十五,他与三个义弟会饮滇池,正要将闯王未死、吴三桂将反的种种事迹直说出来,哪知三个义弟忌惮他功夫了得,不敢与他多谈,乘他一个措手不及便将他杀死。飞天狐狸临死之际,流泪说道:'可惜我大事不成。'便是指的此事。他又道:'大王是在石门峡……'原来闯王逃下九宫山后,到了湖南省石门县夹山普慈寺出家,法名叫作奉天玉和尚。闯王一直活到康熙甲辰年二月,到七十岁高龄方才逝世。闯王起事之时,称为'奉天倡义大元帅',他的法名其实是'奉天王',为了隐讳,才在'王'字中加了一点,成为'玉'字。"

众人听苗若兰先前所述故事,只道飞天狐狸奸恶无比,哪知中间另有如此重大秘密,只是过于骇人听闻,一时实难置信。

平阿四见众人将信将疑,苗若兰脸上也有诧异之色,接着道:"苗姑娘,你先前说道,飞天狐狸的儿子三月十五那天找到三位结义叔叔家里,跟他们在密室中说了一阵子话,那三人就出来当众自刎。你道在那密室之中,四人说了些什么话?"苗若兰道:"莫非那儿子将飞天狐狸的苦心跟三位叔叔说了?"

平阿四道:"是啊,这三人若不是自恨杀错了义兄,怎能当众自刎?可是那时闯王尚在人世,这机密万万泄漏不得。只可惜这三人虽心存忠义,性子却过于卤莽,杀义兄已是错了,当众自杀却又快了一步,事先又没嘱咐众子弟不得找那姓胡的儿子报仇,当时定是悲痛悔恨已极,再也想不到其余,以致一错再错。胡苗范田四家,从此世世代代,结下深仇大怨。

"那儿子与三位叔叔在密室中言明,这秘密必须等到一百年之后乙丑年,方能公之于世。那时闯王寿命再长,也必已逝世。如果泄漏早了,清廷必定大举搜捕,自会危及闯王性命。胡家世代知道这秘密,苗范田三家却不知晓。待得传到胡一刀大爷手里,百年之期已过,于是他命那跌打医生阎基去对金面佛说知此事。

"那第二件事,说的是金面佛之父与田相公之父的死因。在苗胡二位拼斗的十余年前,这姓苗姓田的两位上辈同赴关外,从此影踪全无。

"这两人武艺高强,名震江湖,如此不明不白的死了,害死他们的定是大有来头之人。胡大爷向在关外,胡家与苗田两家又是世仇,任谁想来,都必是他下的毒手。金面佛与田相公分别查访了十余年,查不出半点端倪,连胡大爷也始终见不到一面。金面佛无法可施,这才大肆宣扬他'打遍天下无敌手'的七字外号,好激胡大爷进关。胡大爷明白他的用意,却不理会,一面也在到处寻访苗田两位上辈,心想只有访到这两人的下落,方能与金面佛相见,洗刷自己的冤枉。

"皇天不负苦心人,他访查数年,终于得知二人确息。胡夫人这时已怀了孕,她是江南人,临到生育之时,忽然思乡之情深切。胡大爷体贴夫人,便陪了她南下。行到唐官屯,他先与范田二人的手下动上了手,后来又遇到金面佛。胡大爷命阎基去跟他说,待胡大爷送夫人回归故乡之后,可亲自带他去迎回父亲尸首,他父亲如何死法,一看便知。只苗田这两位上辈死得太也不够体面,胡大爷不便当面述说,只好领他们亲自去看。

"第三件事,则是关涉到闯王的那柄军刀了。这柄军刀之中藏着一个极大宝藏,黄金白银不必说,奇珍异宝也不计其数。"

众人大奇,心想这柄军刀之中连一只小元宝也藏不下,最多藏得一两粒珍珠、钻石,说什么奇珍异宝不计其数?

只听平阿四道:"那天晚上,胡大爷跟阎基说了这回事的缘由。闯王破了北京之后,明朝的皇亲国戚、大臣大将尽数投降。这些人无不家资豪富,闯王部下的将领逼他们献出金银珠宝赎命。数日之间,财宝山积,哪里数得清了?后来闯王退出北京,派了亲信将领,押着财宝去藏在一个极隐僻的所在,以便将来卷土重来之时作为军饷。闯王聪明智慧,精通兵法,对亲信说道:'孙子兵法有云:"投之亡地然后存,陷之死地然后生。"敌人最料不到的地方,是最安全的地方。'他深入险地,竟将财宝去藏在满清人的根本腹地,满清要探寻闯王的遗藏,只能到山西、陕北去找,无论如何想不到是在自己女真人的老家。他将藏宝的所在绘成一图,而看图寻宝的关键,却置在军刀之中。

"九宫山兵败逃亡,闯王将藏宝之图与军刀都交给了飞天狐狸。后来飞天狐狸遭难,一图一刀落入三位义弟手中,但不久又为飞天狐狸的儿子夺去。百年来辗转争夺,终于军刀由天龙门田氏掌管,藏宝之图却由苗家家传。只苗田两家不知其中有这样一个大秘密,是以没去发掘宝藏。这秘密由胡家世代相传,可是姓胡的没军刀、地图,自也没法找到宝藏。

"胡大爷将这事告知金面佛,请他去掘出宝藏,救济天下穷人,甚而用这笔大财宝来大举起事,驱逐旗人出关,还我汉家河山。

"胡大爷所说这三件事,没一件不是关系极大。金面佛得知之后,何以仍来找他比武,非拼个你死我活不可,胡大爷直到临死,仍然不解。只怕金面佛枉称大侠,是非曲直,却也辨不明白;又或因这三件事听来都希奇古怪,太过不合情理,金面佛一件都不相信,亦未可知。"说到这里,神色黯然,长长叹了一口气。

陶百岁一直在旁倾听,默不作声,此时忽然插口说道:"金面佛何以仍要找胡一刀比武,其中原因我却明白。此事暂且不说。我问你,你到这山峰上来干什么?"这正是众人心中欲问之事。

平阿四凛然道:"我是为胡大爷报仇来的。"陶百岁道:"报仇?找谁报仇?"平阿四冷笑一声,道:"找害死胡大爷的人。"

苗若兰脸色苍白,低声道:"你要找我爹爹吗?"平阿四道:"害死胡大爷的不是金面佛,是从前叫做跌打医生阎基、现下出了家做和尚、叫作宝树的那人。"众人大为奇怪,均想:"胡一刀怎会是宝树害死的?"

宝树长身站起,哈哈大笑,道:"好啊,你有本事就来杀我。快动手吧!"平阿四道:"我早已动了手,从今天算起,管教你活不过七日七夜。"

众人一惊,均想不知他怎生暗中下了毒手?宝树不禁暗暗心惊,嘴上却硬,骂道:"凭你这点臭本事,也能算计于我?"平阿四厉声道:"不但是你,这山峰上男女老幼,个个活不过七日七晚!"

众人都是一惊,或愕然离座,或瞪目欠身。各人自上雪峰之后,一直心神不安,平阿四此言虽似荒诞不经,但此时听来,无不为之耸然动容。

宝树厉声道:"你在茶水点心中下了毒药么?"平阿四冷然道:"倘若叫你中毒,死得太快,岂能这等便宜?我要叫你慢慢饿死。"曹云奇、陶百岁、郑三娘等一齐叫道:"饿死?"

平阿四不动声色,淡然而言:"不错!这峰上本有十天的粮食,现下却一天也没有了,都给我倒下山峰去了。"

众人惊叫声中,宝树突施擒拿手抓住他左臂。平阿四毫不抗拒,微微冷笑。曹云奇与周云阳伸臂握拳,站在他身前,只想发拳殴击。

于管家急奔入内,过了片刻,回到大厅,脸色苍白,颤声道:"庄子里的粮食、牛肉羊肉、鸡鸭、蔬菜,果真……果真一古脑儿,都……都给这厮倒下了山峰。"

只听砰的一响,曹云奇一拳打在平阿四胸口。这一拳劲力好大,平阿四哇的一声,吐出一口鲜血,但仍微微冷笑,竟没半点惧色。

宝树道:"粮仓和厨房里都没人么?"于管家道:"有三个干粗活

的,都让这厮给绑了。唉,先前那两个小鬼在厅上闹事,大伙儿都出来观看,谁知是那雪山飞狐的调虎离山之计。苗姑娘,我们只道这厮是您带来的下人。"苗若兰摇头道:"不是。我却当他是庄上管家。"宝树道:"吃的东西一点都没留下么?"于管家惨然摇头。

曹云奇举起拳头,又要捶将下去。苗若兰道:"且慢,曹大爷,你忘了我说过的话。"曹云奇愕然不解,拳头举在半空,却不落下。苗若兰道:"他抱着我爹爹的名号,我说过谁也不许伤他。"曹云奇道:"咱们大伙儿性命都要送在他手里,你……你仍然……"

苗若兰摇头道:"死活是一回事,说过的话,可总得算数。这人把峰上的粮食都抛了下去,大家固然要饿死,他自己可也活不成。一个人拼着性命来做一件事,总有重大之极的原因。宝树大师,曹大爷,生死有命,着急也没用。且听他说说,到底咱们是否当真该死。"她说得心平气和,但言语中隐然蓄有一股极大力量,众人均觉无可奈何,宝树竟就此放开了平阿四的手臂,曹云奇也自气鼓鼓的归座。

苗若兰道:"平爷,你要让大伙儿一齐饿死,这中间的原因,能不能给我们说说? 你是为胡一刀伯伯报仇,是不是?"

平阿四道:"你称我平爷可不敢当。我这一生之中,只有称别人做爷的份儿,可没福气受人家这么称呼。苗姑娘,当年胡大爷给我银子,救了我一家三口性命,我自是感激万分。可是有一件事我是同样的感激。你道是什么事? 人人叫我癞痢头阿四,轻我贱我,胡大爷却叫我'小兄弟',一定要我叫他大哥。我平阿四向来给人呼来喝去,胡大爷却跟我说,世人并没高低,在老天爷眼中看来,人人都是一般。我听了这番话,就似一个盲了十几年眼的瞎子,忽然间见到了光明。我遇到胡大爷只不过一天,心中就将他当作了亲人,敬他爱他,便如是我亲生爹娘一般。

"胡大爷和金面佛接连打了几天,始终不分胜败,我自然很为胡大爷耽心。到最后一天相斗,胡大爷受了毒刀之伤而死,胡夫人也自杀殉夫,那情形正如苗姑娘所说。我亲眼目睹,当时情景,决不会忘了半点。阎大夫,那天你左手挽了药箱,背上包裹中装着十多锭大银,是也不是? 那天你穿一件青布面的老羊皮袍,头上戴一顶穿了窟窿的烟黄毡帽,是也不是?"

宝树铁青着脸,拿着念珠的右手微微颤动,双目瞪视,一言不发。

平阿四又道:"早一日晚上,胡大爷和金面佛同榻长谈,阎大夫在窗外偷听,后来给金面佛隔窗打了一拳,只打得眼青鼻肿,满脸鲜血。他说他挨打之后,就去睡了。可是,我瞧见他在睡觉之前,还做了一件事。胡大爷与金面佛同房而睡,两人光明磊落,把兵刃都放在大厅之中。阎大夫从药箱里取出一盒药膏,悄悄去涂在两人的刀剑之上。那时候我还是个十多岁的孩子,毫不懂事,一点也没知他是在暗使诡计,直至胡大爷受伤中毒,我才想到阎大夫在两人兵刃上都涂了毒药,他是盼望苗胡二人同归于尽。唉,阎大夫啊阎大夫,你当真好毒的心肠啊!

"他要金面佛死,自然是为了报那一拳之恨。可是胡大爷跟他往日无冤,近日无仇,他干么在金面佛的剑上也要涂上毒药?我当时不明白,后来年纪大了,才猜到了他的心意。哼,此人原来是为了图谋胡大爷那只铁盒。

"阎大夫说他不知那铁盒中装着何物,那是说谎。他是知道的。胡大爷将铁盒交给夫人之时,把盒中各物一起倒在桌上,满桌耀眼生光,都是珍珠宝物。胡大爷说道:'妹子,你一身本事,但有所需,贪官土豪家中的金银,自是手到拿来。只出手多了,难免有差失之时,我……我……'夫人道:'大哥放心。你如有不测,我一心一意抚养孩子,这些珠宝慢慢变卖,也尽够母子俩使一辈子的了。我不再跟人动刀动枪,也不再施展空空妙手如何?'

"胡大爷大笑叫好,拿起一本书来,说道:'这一本拳经刀谱,是我高祖亲手所书。'夫人接过了,笑道:'好啊,飞天狐狸一身的本事都写在这里。你瞒得好稳啊,连我也不让知道。'胡大爷笑道:'我祖宗遗训是传子不传女,传侄不传妻,这才叫作胡家刀法啊。'夫人笑道:'待孩子识了字,让他自看,我决不偷学就是。'胡大爷叹了口气,将各物都收入铁盒,再将盒子放在夫人枕头底下。

"后来我见夫人自尽,忙奔到她房中,哪知阎大夫已先进了房。我心中怦怦乱跳,忙躲在门后,只见阎大夫左手抱着孩子,右手从枕头底下取出铁盒,依照胡大爷先前开盒的法子,在盒子四角揿了三揿,又在盒底一按,盒盖便弹了开来。他取出珍珠宝物把玩,馋涎都掉了下来,将孩子往地下一放,又从盒里取出拳经刀谱来翻看。孩子没人抱了,放声大哭。阎大夫怕人听见,随手在炕上拉过棉被,将孩子没头没脑的罩住。

"我大吃一惊,心想时候一长,孩子不闷死才怪,念及胡大爷待我的好处,非要抢救孩子不可。只是我年纪小,又不会武艺,决不是阎大夫的对手,见门边倚着一根大门闩,便悄悄提在手里,蹑手蹑脚走到他身后,在他脑上猛力打了一棍。

"这一下我是出尽了平生之力,阎大夫没提防,哼也没哼一声,便俯身跌倒,珠宝摔得满地。我忙揭开棉被,抱起孩子,心想这里个个是胡大爷的仇人,得将孩子抱回家去,给我妈抚养。我知那本拳经刀谱干系重大,不能落入旁人手中,便到阎大夫手中去拿。哪知他晕去时牢牢握着,我心慌意乱,用力一夺,竟将拳经刀谱的前面两页撕了下来,留在他手中。只听得门外人声喧哗,苗大侠在找孩子,我顾不得去捡珠宝,抱了孩子溜出后门,要逃回家去。

"从那时起直到今日,我没再见阎大夫的面,岂知他竟会做了和尚。是不是他自觉罪孽深重,因而出家忏悔呢?他偷得了拳经的前面两页,居然练成一身武艺,扬名江湖。他只道这世上再没人知道他来历,想不到当日脑后打他一门闩那人,现今还好好活着。阎大夫,你转过身来,让大伙儿瞧瞧你脑后的那个伤疤,这是当年一个灶下烧火小厮一门闩打的啊。"

宝树缓缓站起。众人屏息以观,心想他势必出手,立时要了平阿四的性命。哪知他只念了两声"阿弥陀佛",伸手摸了摸后脑,又坐回椅上,说道:"二十七年来,我一直不知是谁在我后脑打了这一记冷棍,老是纳闷。这个疑团,今日总算揭破了。"众人万料不到他竟会直承此事,都大感诧异。

苗若兰道:"那个可怜的孩子呢?后来他怎样了?"

平阿四道:"我抱着孩子溜出后门,只奔了数步,身后有人叫道:'喂,小癞痢,把孩子抱回来!'我不理会,奔得更快。那人咒骂几句,赶上来一把抓住我手臂,就要抢夺孩子。我急了,在他手上用力咬了一口,只咬得他满手背都是血……"

曹云奇突然冲口而出:"是我师父!"田青文横了他一眼。曹云奇好生后悔,但话已出口,难以收回,见众人都望着自己,心里很感不安。

平阿四道："不错,是田归农田相公。他手背上一直留下牙齿咬的伤痕。我猜他也不会跟你们说是谁咬的,更不会说为了什么才给咬的。"

田青文、阮士中、曹云奇、周云阳四人相互对视了一眼,都想田归农手背上齿痕甚深,果然从来不曾说起过原因。

平阿四又道："我这一咬是拼了性命,田相公武功虽高,只怕也痛得难当。他拔出剑来,在我脸上砍了一剑,又一剑将我的右臂卸了下来。他盛怒之下,飞起一脚,将我踢入河中。我一臂虽断,另一臂却仍牢牢抱着那孩子。"

苗若兰低低的"啊"了一声。平阿四道："我掉入河中时早痛得人事不知,待得醒转,却躺在一艘船上,原来给人救了上来。我大叫:'孩子!孩子!'船上一位大娘说道:'阿弥陀佛!总算醒过来啦。孩子在这里。'我抬头看去,却见她抱着孩子在喂奶。后来才知道,我给救上船到醒转,已隔了六日六夜。那时我离家乡已远,又怕胡大爷的仇人害这孩子,从此不敢回去。听苗姑娘说来,苗大侠只当这孩子已经死了。"

苗若兰喜道："是啊,原来这可怜的孩子还活着,是不是?爹爹知道了一定欢喜得紧。这孩子在哪里,你带我们去瞧瞧好不好?"她随即想到,自己一直叫他"可怜的孩子",其实他已是个二十七岁的男子,比自己还大着十岁,脸上不禁一红。

平阿四道："见他不着了。这里的人,谁也不会活着下山。"苗若兰道："我爹爹必会上峰来救,我一点不耽心。"平阿四道："你爹爹打遍天下无敌手,打的是凡人。他武功再高,也奈何不了这万丈高峰。"苗若兰道："那孩子叫你来害死我们么?"平阿四摇头道："不是。这孩子英雄豪侠,跟他父亲一模一样,若知我来干这种阴毒勾当,定要拦阻。"曹云奇怒道："哼,原来你也知道这是阴毒勾当。"

苗若兰问道："那孩子怎样了?叫什么名字?武功好吗?在干什么事?他也是个好人吗?"她自小见父亲每年祭奠胡一刀夫妇,一直以未能抚养那孩子为毕生恨事,是以极为关心。

平阿四道："若不是我炸毁了长索,苗姑娘,你今日就能见到他啦。"曹云奇等六七人齐声怒道："长索是你炸毁的?"平阿四道："正是!"苗若兰却问:"怎么我今日能见到他?"平阿四道:"他与此间主人有约,今日午时要来拜山。眼见午时已到,这会儿想必已来到山峰之下了。"众人齐声叫道:"是雪山飞狐?"

平阿四道:"不错,胡一刀胡大爷的儿子,叫作胡斐,外号雪山飞狐!"

苗若兰听他也以《善哉行》中的歌辞相答,心下甚喜,暗道:"此人文武双全,我爹爹得知胡伯伯有此后人,必定欢喜。"

六

众人听了半天故事,对胡一刀的为人甚是神往,除宝树一人之外,听说雪山飞狐是他儿子,心中都起异样之感,虽想见了他未必有甚好处,却都不自禁的渴欲一见,又想此间主人遍邀高手,以备迎战,只怕此人本领亦不在乃父之下。

苗若兰忽然惊道:"啊哟,此间主人所邀的帮手和我爹爹都未上山,如在山下撞到了那雪山飞狐,定要动手。我爹爹不知他是胡伯伯的儿子,倘若一剑将他杀了,那便如何是好?"

平阿四淡淡一笑,道:"苗大侠虽说是打遍天下无敌手,可是要说能一剑杀了胡相公,却也未必。"他脸上一个长长的伤疤,这么一笑,牵动肌肉,显得加倍的丑陋可怖。他又道:"胡相公今日上山,一来是找此间主人的晦气,二来是要找苗大侠比武复仇。不过我亲眼见到当年胡苗二位大侠肝胆相照的交情,害死胡大爷的其实另有其人,我劝胡相公别向苗大侠为难了,可是他说要当面向苗大侠问个清楚。后来我在山下见到了这位阎大夫,虽隔了这么二十几年,我还是认得他,便跟上峰来,炸索毁粮,大伙儿在这儿一齐饿死,总算是报了胡大爷待我的恩义啦。"

这一席话,只把众人听得面面相觑,心想宝树当年谋财害命,今日自算死有应得,但各人与此事并不相干,却在这儿赔上一条命,也可算得极冤。

宝树见了众人脸色,知道大家对自己颇有怪责之意,站起身来,取过了宝刀铁盒,喝道:"今日之事,咱们只有同舟共济,一齐想个下山的法儿。这个恶徒嘛……"

一语未毕,忽听扑翅声响,一只白鸽飞进大厅,停在桌上。

苗若兰喜道:"啊,这只小鸽儿多可爱!"上前双手轻轻捧起白鸽,抚摸鸽背羽毛,只见鸽脚上缚着一条丝线。这丝线从鸽脚上一直通到门外,苗若兰向里拉扯,那线竟然极长,拉了好一大截,始终未见线头。她好奇心起,双手交互收线,那线竟似无穷无尽一般。田青文上前相助,两人收了数十丈,忽觉丝线渐渐沉重,看来线头彼端缚得有物。

于管家大喜,叫道:"咱们有救啦!"众人齐问:"怎么?"于管家道:"这白鸽是本庄所养,山上山下用以传递消息。定是山下的本庄伙伴发觉长索炸断,放这鸽子上峰,在丝线上缚着救咱们下峰的物事。"

平阿四听了此话,脸色大变,狂吼一声,扑上去要拉断丝线。殷吉站在邻近,身子一晃,已拦在他面前,双掌起处,立时将他推倒。

田青文道:"姊姊,小心拉断了丝线。"苗若兰点了点头。那丝线虽细,却极坚韧,两人手上愈来愈沉,丝线始终不断。再拉一会,苗若兰似乎有点吃力。陶子安道:"苗姑娘你歇歇,我来拉。"走上前去接过丝线。

阮士中、曹云奇、刘元鹤等早已抢出门去,要看那丝线上吊的是什么救星。

陶田二人收了一会,忽听门外欢呼声起,手上顿松。厅上各人一齐走出,只见阮士中与曹云奇站在崖边,双手此起彼落,忙碌异常,仍在收线,原来丝线上缚的是一根较粗的麻绳。待那麻绳收尽,又引上一根皮麻混编的极粗绳索。

众人一齐高呼,七手八脚,将那根粗索缚在崖边两株大松树上。

刘元鹤道:"咱们走吧,待我先下。"双手抓住了绳索,就要往下溜去。陶百岁喝道:"且慢,干么要让你先下?谁知你在下面要捣什么鬼?"刘元鹤怒道:"依你说便怎地?"陶百岁一怔,心想峰上人人各怀私心,互不信任,不论谁先下去,旁人都难放心,给他这么一问,倒也难以对答。

曹云奇道:"让几位女客先下去,咱们男子汉拈阄以定先后。"熊元献细声细气的道:"这样吧,天龙门、饮马川山寨、跟我们平通镖局的,每一家轮流下去一个。大伙儿互相瞧着,不用怕有谁使奸行诈。"

阮士中道:"那也好。宝树大师,请您将铁盒儿见还吧。"说着走上一步,向宝树伸出手去。

众人初时只顾念生死安危,此时大难已过,又都想到了那件宝物。本来大家只知这铁盒是件武林异宝,但到底异在哪里,宝于何处,却均一无所悉,待知其中藏有闯王遗下的军刀,已觉此物非同小可,及至听平阿四说这刀跟闯王的大宝藏有关,更加个个眼红心热。故老相传,闯王进京之后,部属大将刘宗敏等拷掠明朝的宗室大臣,所得珍宝堆积如山,不久兵败,这批珍宝连同明宫中皇室历年的库藏,都从此不知下落,如能由这铁盒宝刀而掘得宝藏,世上尚有何种财物能与之相比?

宝树冷笑道:"你天龙门何德何能,要独占宝刀?这把刀天龙门掌管了一百多年,也该换换主儿了。"

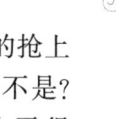

阮士中愕然,眼露凶光。殷吉、曹云奇、周云阳不约而同的抢上一步,站在阮士中身旁。宝树仰天笑道:"哥儿们想动武,是不是?想当年天龙门在刀头上得宝,今日在刀头上失宝,可也公平得紧啊。"

阮士中等大怒,恨不得扑将上去,把这老和尚砍成几段,夺过宝刀,只忌惮他武功了得,却又不敢动手,在他炯炯有神的双目凝视之下,反倒退了数步。

一时雪峰边寂静无声,忽然苗若兰的婢女琴儿指着山下叫道:"小姐,你瞧,好像有人上来。"

众人一惊,心想:"怎么我们没下山,反倒有人上来了?"纷纷奔到崖边,向下张望,只见长索上一团白影迅速异常的攀援上来,凝神看去,却是个白衣男子。

田青文道:"苗姊姊,这位是令尊么?"苗若兰摇头道:"多半不是,我爹爹从来不穿白衣的。"

说话之间,那男子爬得更加近了。于管家叫道:"喂,尊驾是哪一位?"忽听得半山腰里传上来一声长笑,声音洪亮,只震得山谷鸣响,突然之间,似乎满山都是大笑之声。

阮士中见宝树手捧铁盒,站在崖边,轻轻一拉曹云奇的手,指指宝树背心,用右肩作了个挺撞的姿态。曹云奇会意,知师叔命自己将他撞下山峰,心想这贼秃本领再强,从这万丈高峰上掉将下去,又怎保得住性命?铁盒宝刀跌不坏,待会下去寻找便是。阮曹二人一点头,同时发足,向宝树后心猛冲。此时宝树离崖边不过尺许,全神注视山下,毫不知有人在背后突施暗算,待听到脚步声响,阮曹二人已冲到身后。

宝树见到那白衣男子上来时的身法神态,正自惊疑不定,突觉背后有人来袭,更大吃一惊,危急中倏施"铁板桥"功夫,身子向左斜出。这"铁板桥"功夫,原是闪避敌人暗器的救命绝招,通常是暗器来得太快,不及跃起或向旁避让,只得身子僵直,突然向后仰天斜倚,让暗器掠面而过,双脚却仍牢牢钉住地下。功夫越高,背心越能贴近地面,讲究起落快、身形直,所谓"足如铸铁,身挺似板,斜起若桥"。宝树这招"铁板桥",又与通常所使的不同,并非向后仰倚,却是向左倾斜,双足钉在崖边,身子凌空,已有一小半凭虚倾在雪峰之外。

阮士中与曹云奇撞到宝树背后,只道袭击得逞,正自大喜,突觉肩头撞出,前面竟没了受力之处。阮士中武功精湛,急忙一个筋斗,着地滚开。曹云奇却收脚不住,疾冲而出,直往雪峰下掉落。

众人齐声惊呼。宝树挺腰站直,说道:"阿弥陀佛,罪过!罪过!"背上却也已出了一阵冷汗。田青文一惊,向后晕倒。陶子安站在她身旁,忙伸手扶住。

余人望着曹云奇魁梧的身躯向下直落,无不失声惊呼。眼见他势必摔得粉身碎骨,忽见那白衣男子双足钩住绳索,左手在峰壁上一推,长索带着他身子,如荡秋千般向曹云奇急飞过去。

这一下时机用力都恰到好处,那白衣人右手探出,已抓住曹云奇后心。不料曹云奇身躯甚重,这一堕之势更猛烈异常,但听得喀喇一响,衣衫破裂,竟又掉下。那白衣人双足钩住绳索,长身伸手,就在这千钧一发之际,又抓住了曹云奇右足足踝,可是两人仍溜着长绳,向下急落,但见两人身形愈来愈小,一堕数十丈。下堕之势奇急,白衣人武功再高,双足的力道也已钩不住绳索,看来只有松手放脱曹云奇,才保得了自己性命。众人目眩神驰之际,忽见他右手甩起,将曹云奇的身子向绳索上端甩上。

曹云奇早神智迷糊,双手碰到绳索,立即牢牢抓住。凡溺水之人,即令在水中碰到一根水草,也必全力抓住,至死不放,原是求生本性,这时曹云奇也是如此。按他武功,本不足以抓住绳索以抗两人急堕之势,但危难之际,不知怎的力气登时大了数倍。那绳索直晃出去,带着二人向左飞荡。

那白衣人腰间使劲,身子倒翻,左手也已抓住绳索。他在曹云奇耳边说了两句话,拍拍他背心。曹云奇惊魂未定,听了他的话,忙双手交互拉绳,攀援而上。

众人在崖边见了这场惊心动魄的奇险,尽皆咋舌难下。曹云奇攀到峰边,殷吉与周云阳抢过去拉住他双手,提了上来,齐问:"这白衣人是谁?"曹云奇喘了几口气,说道:"那位英雄命我上来禀报,说道是……是雪山飞狐胡斐到了。"

众人为那白衣人的气势所慑,一时都怔住了,也不知是谁首先叫了声:"啊哟!"往庄内便奔。

众人不及细想,一窝蜂的往大门抢去。陶百岁、刘元鹤、阮士中三人一齐挤在门口,你推我拥,争先而入。曹云奇抢着去扶田青文,与陶子安百忙中又互挥数拳。只一阵乱,门外众人走得干干净净。于管家与琴儿扶着苗若兰走在最后,险些儿给关在门外。

殷吉见熊元献闭上大门,立即取过门闩,横着闩上。陶百岁只怕不固,又取过撑柱,牢牢撑住。

此时田青文已醒了过来,道:"那雪山飞狐跟咱们素不相识,怕他怎的?"阮士中横了她一眼,说道:"素不相识?哼,你爹爹是他老子的大仇人,他肯放过你么?"刘元鹤道:"那害人的平阿四呢?他躲到哪里去啦?"

陶子安忽向墙头一指,道:"咱们撑住大门,他从上面不能进来么?"阮士中道:"不错,陶世兄快上高守着。"陶子安冷笑道:"阮师叔武功高,还是你老人家上去。"一言甫毕,猛听喀喇喇几声巨响,那撑柱与门闩突然迸断,砰嗙一响,两扇大门已给人推开。众人齐声惊呼,直往内院奔去。霎时之间,大厅上杳无一人。

群豪初听平阿四说那胡一刀的往事,颇想见见他遗下的孤儿,可是待得雪山飞狐当真上山,眼见他身手竟如此了得,不禁心寒胆怯,又见旁人逃避,相互惊吓,你怕我更怕,平素的豪气雄风,尽数丢到九霄云外去了。

于管家欲觅宝树出去抵挡一阵,四下张望,宝树早已不见,不知躲到了哪里,心想:"主人将庄上之事托付了给我,拚着一死,也得全了主人脸面。"向苗若兰低声道:"苗姑娘,你快到夫人房去,跟夫人一同躲入地窖密室,可别让人瞧见。这里的人没一个安着好心。待我出去见他。"

苗若兰向郑三娘与田青文望了一眼,道:"我带这两位姊姊一起去地窖吧。"于管家急忙摇头,低声道:"不,这两个女人也不是好人。姑娘跟夫人是千金贵体,莫理会旁人。"苗若兰道:"那姓胡的若要杀人放火,你挡得了么?"于管家一按腰间单刀的刀柄,惨然道:"今日是于某以死报主之时,但求夫人与姑娘平安无事,小人就对得起主人了。"

苗若兰想了一想,说道:"我跟你一齐出去会他。"于管家大急,忙道:"苗姑娘,你没听那和尚说,令尊苗大侠与他有杀父大仇?你若不躲开,落在此人手中,那……那……"苗若兰道:"自从我听爹爹说了胡伯伯的往事,一直就盼那孩子还活在世上,也盼终须有日能见他一见。今日之事虽险,但若从此不能再与他相见,我可要抱憾一生了。"

她这几句虽说得轻柔温文,然语意坚定,于管家竟尔不能违抗。他心道:"这位姑娘手无缚鸡之力,却勇决如此,真不愧是金面佛苗大侠之女。什么镇关东、威震天南,名号儿叫得挺响,跟苗姑娘一比,倘不愧死,也可算得脸皮厚极。"

他本来心中害怕,见苗若兰神色宁定,惊惧之心登减,当下紧一紧腰带,在茶盘中放了两只青花细瓷的盖碗,冲上了茶,捧了茶盘出去。苗若兰跟随在后。

于管家转出厅壁,只见那白衣人脸孔朝外,双手叉腰,抬头望天,便高声道:"胡大爷远来,不曾远迎,还请恕罪。"说着献上茶去。那白衣人听得于管家说话,回过头来,见到苗若兰这样一个文秀清雅的少女,弱态生娇,明波流慧,怯生生的站在当地,不禁一怔。

苗若兰见这人满腮虬髯,根根如铁,一头浓发,却不结辫,横生倒竖般有如乱草,也是一惊。她自幼对胡一刀之子心怀怜惜悲悯之情,想到他时,总觉他是个受人欺侮虐待的稚子,今日相见,却不料竟是如此粗豪猛恶的一条汉子,心中不由得三分惊异,三分惶惑,又有三分失望,但随即心想:"胡一刀胡伯伯容貌威严,他生的孩子自也是这般,又何足为奇?却是我一向将他想错了。"上前盈盈一福,轻声说道:"相公万福。"

雪山飞狐胡斐此番上峰,准拟与满山高手作一场龙争虎斗,哪知庄中出来相见的竟是一个姣好少女,不禁大为诧异,暗道:"且瞧他们使甚诡计。"还了一礼,说道:"在下胡斐奉揖。不敢请问姑娘高姓。"

于管家向苗若兰使个眼色,叫她捏造个假姓,千万不可吐露是苗人凤之女,不料苗若兰却似不解,说道:"胡世兄,咱们是累代世交,可惜从来未曾会面。我姓苗。"

胡斐心中更是一凛,脸上却不动声色,道:"姑娘与金面佛苗大侠怎生称呼?"于管家大急,在苗若兰身旁暗扯她衣袖。她仍不理,道:"金面佛就是家父。"胡斐一怔,心道:"原来是你。"说道:"令尊怎不出来相见?"

于管家手按刀柄,只怕胡斐出手相害,斜眼看苗若兰时,却见她神色如常,不禁叹道:"这位姑娘年幼无知,眼前便是杀父的大仇人,她竟不知天高地厚,尽吐真相。"只听她说道:"家父尚未上山。他若知胡世兄是故人之子,纵有天大要事,也早搁下,必已赶来与世兄相见了。"

胡斐更加奇怪,问道:"姑娘知道在下身世,令尊却不知晓,敢问何故?"苗若兰道:"还是适才听令友平君说的。"胡斐道:"啊,原来平四叔到了这儿,他人呢?"

于管家一怔,在厅中四下张望,早不见了平阿四人影,地上一摊鲜血却兀自未干,心道:"自那鸽儿带线入来,人人想着下峰逃生,竟都将此人忘了。他是胡斐的救命恩人,倘有不测,祸患又深一层。"

胡斐见他瞧着地下的一摊鲜血,脸色有异,大声问道:"这是平四叔的血么?"于管家不敢打诳,只得应声道:"是。"

胡斐父母早丧,自幼由平阿四抚养长大,与他情若父子,一闻此言如何不惊？一跃而前，伸手握住于管家右臂，厉声喝道："他在哪里？他……他怎样了？"于管家只觉手臂剧痛，宛似一道钢箍越收越紧，只得咬紧了牙齿竭力忍痛，额头上黄豆大的汗珠一粒粒渗将出来，竟说不出一句话。

苗若兰缓缓说道："胡世兄不必焦急，平四爷好好的在那边。"说着伸手向西边厢房一指。胡斐放脱了于管家手臂，随即腾身而起，砰的一声，踢开西厢房房门，见平阿四躺在榻上，正不住喘息。胡斐大喜，叫道："四叔，你没事么？"

平阿四在厢房里早就听到他声音，低声道："还好，你放心。"胡斐抢上前去，见他脸如金纸，呼吸低微，适才一时之间的喜悦又转为担忧，问道："怎么受的伤？伤得厉害么？"平阿四道："这事说来话长。若不是苗姑娘搭救，今生不能再跟你相见了。"原来众人一见白鸽传丝，一窝蜂的涌出大厅。苗若兰乘机与琴儿将平阿四扶入厢房。后来宝树欲待伤他性命，却已找他不到，情势紧急，来不及仔细寻找，平阿四因此而得保全。

胡斐点点头，从衣囊中取出一颗朱红丸药，塞在他口里，道："四叔，你先服了这颗伤药。"

他见平阿四将伤药嚼烂吞下，稍稍放心，回到厅上，向苗若兰一揖到地，道："多谢姑娘救我平四叔。"苗若兰忙即还礼，道："平四爷古道热肠，小妹钦仰得紧。些些微劳，何足挂齿？"胡斐道："生死大事，岂是微劳？在下感激不尽。"

苗若兰见他神情粗豪，吐属却颇为斯文，说道："胡世兄远来，庄上无以为敬。琴儿，快取酒肴出来。"胡斐道："此间主人约定在下，今日午时相会，怎到此刻还不出来相见？"

苗若兰道："主人因有要事下山，想来途中耽搁，未及赶回，致误世兄之约，小妹先此谢过。"

胡斐听她应对得体，心中更奇："苗范田三家向称人材鼎盛，怎地男子汉都缩在后面，却叫这样一个看来弱不禁风的少女出来推搪？这姑娘对我丝毫不示怯意，难道她其实武功高强，却故意深藏不露么？"

琴儿托了一只木盘过来，盘中放着一大壶酒，一只酒杯，她左手拿着木盘，右手在杯中斟了酒，笑道："胡相公，山上的鸡鸭鱼肉、蔬菜瓜果，通统给你的平四爷毁啦。对不起，只好请你喝杯白酒。"

胡斐见那木盘正在他与苗若兰之间，伸出左手，在盘边轻轻一推，木盘径向苗若兰肩上撞去。这一推虽似出手甚轻，其实借劲打人，受着的人若不加抵御，就如中了兵刃之伤无异。苗若兰不会武艺，只顺乎自然的微微一让，并未出招化劲，眼见这一下便要身受重伤。

于管家大惊，他自知武功与胡斐差得太远，纵不顾性命的上前救援，也必无济于事，只叫得一声："啊哟！"却见胡斐左手两根手指已迅捷无比的拉住了木盘，这一下时机凑合得准极，盘边与苗若兰的外衣只微微一碰，立即缩回。她丝毫不知就在这一瞬之间，自己已从生到死、从死到生的走了一个循环。

胡斐道："令尊打遍天下无敌手，却何以不传姑娘武功？素闻苗家剑门中，传子传女，一视同仁。"苗若兰道："我爹爹立志要化解这场百余年来纠缠不清的仇怨，是以苗家剑法，至他而绝，不再传授子弟。"

胡斐愕然，拿着酒杯的手停在半空，隔了片刻，方始举到口边，一饮而尽，叫道："苗人凤，苗大侠，好！果然称得上'大侠'二字！"

苗若兰道："我曾听爹爹说起令尊当日之事。那时令堂请我爹爹饮酒，旁人说道须防酒中有毒。我爹爹言道：'胡一刀乃天下英雄，光明磊落，岂能行此卑劣之事？'今日我请你饮酒，胡世兄居然也坦然饮尽，难道你也不怕别人暗算么？"

胡斐一笑，从口中吐出一颗黄色药丸，说道："先父中人奸计而死，我若再不防，岂非痴呆？这药丸善能解毒，诸害不侵，但适才听了姑娘之言，倒是我胸襟狭隘了。"说着自己斟了一杯酒，便即干杯。

苗若兰道："山上无下酒之物，殊为慢客。小妹量窄，又不能敬陪君子。古人以汉书下酒，小妹有汉琴一张，欲抚一曲，以助酒兴，但恐有污清听。"胡斐喜道："愿闻雅奏。"琴儿不等小姐再说，早进内室去抱了一张古琴出来，放在桌上，又换了一炉香点起。

苗若兰轻舒素腕，"仙翁、仙翁"的调了几声，弹将起来，随即抚琴低唱：

"来日大难，口燥舌干。今日相乐，皆当喜欢。经历名山，芝草翻翻。仙人王乔，奉药一丸。"

唱到这里,琴声未歇,歌辞已终。

胡斐少年时多历苦难,专心练武,没读过多少书,后来两个红颜知己一出家为尼,另一为救他而丧生,他伤心失意之余,只觉平生武功,带给自己的尽为忧伤愁苦,人生于世,到底该作何事,苦思无得,求师不遇,便只有向书本中探索。数年来折节读书,虽非饱学,却也颇通诗书,听得懂她唱的是一曲《善哉行》,那是古时宴会中主客赠答的歌辞,自汉魏以来,少有人奏,不意今日上山报仇,却遇上这件饶有古风之事。她唱的八句歌中,前四句劝客尽欢饮酒,后四句颂客长寿。适才胡斐含药解毒,歌中正好说到灵芝仙药,那又有双关之意了。

他轻轻拍击桌子,吟道:"自惜袖短,内手知寒。惭非灵辄,以报赵宣。"意思说主人殷勤相待,自惭无以为报。春秋时灵辄腹饥,赵宣子赠以酒肉,并让他携回食物奉母,后来赵宣子遇难,灵辄拼死捍卫解救。

苗若兰听他也以《善哉行》中的歌辞相答,心下甚喜,暗道:"此人文武双全,我爹爹得知胡伯伯有此后人,必定欢喜。"接着唱道:"月没参横,北斗阑干。亲交在门,饥不及餐。"意思说时候虽晚,但客人光临,高兴得饭也来不及吃。

胡斐接着吟道:"欢日尚少,戚日苦多,以何忘忧?弹筝酒歌。淮南八公,要道不烦,参驾六龙,游戏云端。"最后四句是祝颂主人成仙长寿,与主人首先所唱之辞相应答。

胡斐唱罢,举杯饮尽,拱手而立。苗若兰划弦而止,站了起来。两人相向行礼。

胡斐将酒杯放在桌上,说道:"主人既然未归,明日当再造访。"大踏步走向西厢房,将平阿四负在背上,向苗若兰微微躬身,走出大厅。苗若兰出门相送,只见他背影在崖边一闪,拉着绳索溜下山峰去了。

她望着满山白雪,静静出神。琴儿道:"小姐,快进去吧,莫着了凉。"苗若兰道:"我不冷。"琴儿催了两次,苗若兰才慢慢回进庄子。

走进大厅,只见满厅都坐满了人,众人适才躲得影踪不见,突然之间,又不知都从什么地方出来了。各人一齐站起相询:"他走了么?""他说些什么?""他说什么时候再来?""他上山是来报仇么?""他要找谁?"

苗若兰鄙视这些人胆怯,危急之际个个逃走,留下她一个弱女子抵挡大敌,淡淡的道:"他什么也没说。"宝树道:"我不信。你在厅上陪了他这许久,总有些话说。"

苗若兰本非喜爱恶作剧之人,但这时胸怀欢畅,一颗心飘飘荡荡的,只想跟人闹着玩,见各人神色古怪,便道:"那位胡世兄说道,他这次上山,为的是报杀父之仇,可惜仇人躲了起来。现下他守在山下,待那仇人下去,下一个,杀一个;下两个,杀一双。"众人一凛,都想:"山上没粮食,山下又守着这个凶煞太岁,这便如何是好?"

苗若兰道:"胡世兄言道:山上众人,个个与他有仇,只有的仇深,有的仇浅。他恩怨分明,深者重报,浅者轻报,不愿错害了好人。他要我代询各位,为何齐来这关外苦寒之地,是否要合力害他?"除宝树外,余人异口同声的说道:"雪山飞狐之名,我们以前从来没听到过,与他有甚仇怨? 更加说不上合力害他。"

苗若兰向陶百岁道:"陶伯伯,侄女有一事不明,要想请教。"陶百岁道:"姑娘请说。"苗若兰道:"适才那位平四爷说道:胡一刀胡伯伯请宝树大师去转告我爹爹三件大事,可是我爹爹说到此事经过之时,却从未提起。陶伯伯曾说知道此中原委,不知能见告么?"

陶百岁道:"姑娘即使不问,我也正要说。"他指着阮士中、殷吉、曹云奇等人,大声道:"这几位天龙门的英雄,诬指我儿害死田归农田亲家。哼哼!"他嗓门本就粗大,这时心中愤激,更加说得响了:"我将这事从头说来,且请各位秉公评个是非曲直。"殷吉道:"很好,很好,我们正要向陶寨主请教。"

『我在后花园凉亭中撞见了她,见她一双眼哭得红红的,我不管什么,就向她赔不是,说道:「青妹,都是我不好,你就别生气啦!」』

七

陶百岁咳嗽一声,说道:"我在少年之时,就和归农一起做没本钱的买卖……"

众人都知他身在绿林,是饮马川山寨的大寨主,却不知田归农也曾为盗,大家互望了一眼。曹云奇叫道:"放屁!我师父是武林豪杰,你莫胡说八道,污了我师父的名头。"

陶百岁厉声道:"武林豪杰便不行走黑道吗?你瞧不起黑道上的英雄,可是黑道上的英雄还瞧不起你这等狗熊呢!我们开山立柜,凭一刀一枪挣饭吃,比你们看家护院、保镖做官、拍马害民,又差在哪里了?你师父的人品,就比你强得多。"

曹云奇站起身来,欲待再辩。田青文拉拉他衣襟,低声道:"师哥,别争啦,且让他说下去。"曹云奇一张脸胀得通红,狠狠瞪着陶百岁,终于坐下。

陶百岁大声道:"我陶百岁自幼身在绿林,打家劫舍,从来不曾隐瞒过,大丈夫敢作敢当,又怕什么了?不做伪君子,不充假好汉。他妈的,做了事不敢认,还不要脸的自认正人君子。"苗若兰听他说话岔了开去,说道:"陶伯伯,我爹爹也说,绿林中尽有英雄豪杰,谁也不敢小觑了。你请说田家叔父的事吧。"陶百岁指着曹云奇的鼻子道:"你听,苗大侠也这么说,你狠得过苗大侠么?"曹云奇"哑"了一声不答话。

陶百岁胸中忿气略舒,道:"归农年轻时和我一起做过许多大案,我一直是他副手。他到成家之后,这才洗手不干。他倘若瞧不起黑道人物,干么又肯将独生女儿许配给我孩儿?不过话又得说回来,他和我结成亲家,却也未必当真安着什么好心。他是要堵我嘴,想要我隐瞒一件大事。

"那日归农与范帮主在沧州截阻胡一刀夫妇,我还是在做归农的副手。胡一刀在大车中飞掷金钱镖,那些给打中穴道的,其中有一个就是我陶百岁;后来胡夫人在屋顶用白绢夺刀掷人,那些给抛下屋顶的,其中有一个就是我陶百岁;苗人凤骂一群人是胆小鬼,其中有一个就是我陶百岁。只不过当年我没留胡子,头发没白,模样跟眼下全然不同而已。

"胡一刀夫妇临死的情景,我也是在场亲眼目睹,正如苗姑娘与那平阿四所说,宝树这和尚说的是谎话。苗姑娘问道:苗大侠若知胡一刀并非他杀父仇人,何以仍去找他比武?各位心中必想,定是宝树心怀恶意,没将这番话告知苗大侠了。"众人心中正都如此想,只是碍得宝树在座,不便有所显示。

陶百岁却摇头道:"错了,错了。想那跌打医生阎基当时本领低微,怎敢在苗胡两位面前弄鬼?他确是依着胡一刀的嘱咐,去说了那三桩大事,只苗大侠却没听见。阎基去大屋之时,苗大侠有事出外,乃由田归农接见。他一五一十的说给归农听,当时我在一旁,也都听到了。归农对他说道:'都知道了。你回去吧,我自会转告苗大侠,你见到他时不必再提。胡一刀问起,你只说已当面告知苗大侠就是。再叫他买定三口棺材,两口大的,一口小的,免得大爷们到头来又要破费。'说着赏了他三十两银子。那阎基瞧在银子面上,自然遵依。

"苗大侠所以再去找胡一刀比武,就因为归农始终没跟他提这三件大事。为什么不提呢?各位定然猜想:田归农对胡一刀心怀仇怨,想借手苗大侠将他杀了。这么想嘛,只对了一半。归农确是盼胡一刀丧命,可是他也盼借胡一刀之手,将苗大侠杀了。

"苗大侠折断他弹弓,当众对他辱骂,丝毫不给他脸面。我素知归农的性子,他要强好胜,最会记恨。苗大侠如此扫他面皮,他心中痛恨苗大侠,只有比恨胡一刀更甚。那日归农交给我一盒药膏,叫我去设法涂在胡一刀与苗大侠比武所用的刀剑之上。这件事情,老实说我既不想做,也不敢做,可又不便违拗,于是就交给了那跌打医生阎基,要他去干。

"各位请想,胡一刀是何等的功夫,若中了寻常毒药,焉能立时毙命?他阎基当时只是个乡下郎中,哪有什么江湖好手难以解救的毒药?胡一刀中的是什么毒?那就是天龙门独一无二的秘制毒药了。武林人物闻名丧胆的追命毒龙锥,就全仗这毒药而得名。后来我又听说,田归农这盒药膏之中,还混上了'毒手药王'的药物,见血封喉,端的厉害无比。"

余人本来将信将疑,听到这里,却已信了八九成,向阮士中、曹云奇等天龙弟子望了几眼。阮曹等心中恼怒,却不便发作。

陶百岁道:"那一日天龙门北宗轮值掌理门户之期届满,田归农也拣了这日闭门封剑。他大张筵席,请了数百位江湖上的成名英雄。我和他是老兄弟,又是儿女亲家,自然早几日就已赶到,帮他料理。按着天龙门规矩,北宗值满,天龙门的剑谱、历祖宗牒,以及这口镇门之宝的宝刀,都得交由南宗接掌。殷兄,我说得不错吧?"殷吉点了点头。

陶百岁又道:"这位威震天南殷吉殷大财主,是天龙门南宗掌门,他也是早几日就到了。田归农是否将剑谱、宗牒与宝刀按照祖训交给你,请殷兄照实说吧。"

殷吉站起身来,说道:"这件事陶寨主不提,在下原不便向外人明言,可是中间实有许多蹊跷之处,在下倘若隐瞒不说,这疑团总难打破。

"那日田师兄宴客之后,退到内堂,按着历来规矩,他就得会集南北两宗门人,拜过闯王、创派祖宗和历代掌门人的神位,便将宝刀传交在下。哪知他进了内室,始终没再出来。

"我心中焦急,直等到半夜,外客早已散尽,青文侄女忽从内室出来对我说道,她爹爹身子不适,授谱之事待明日再行。我好生奇怪,适才田师兄谢客敬酒,脸上没一点疲态,怎么突然感到不适?再说传谱授刀,只是拜一拜列祖列宗,片刻可了,一切都已就绪,何必再等明日?莫非田师兄不肯交出宝刀,故意拖延推诿么?"

阮士中插口道:"殷师兄,你这般妄自忖度,那就不是了。那日你若单为受谱受刀而去，田师哥早就交了给你。可是你邀了别门别派的许多高手同来，显然不安好心。"殷吉冷笑道："嘿，我能有什么坏心眼了？"阮士中道："你是想一拿到谱牒宝刀，就勒逼我们南北归宗，让你做独一无二的掌门人。那时田师哥已经封剑，不能再出手跟人动武，你人多势众，岂不是为所欲为么？"

殷吉脸上微微一红，道："天龙门分为南北二宗，原是权宜之计。当年田师兄初任北宗掌门之时，他何尝不想归并南宗？就算兄弟意欲两宗合一，光大我门，那也是一桩美事。这总胜于阮师兄你阁下竭力排挤云奇、意图自为掌门吧？"

众人听他们自揭丑事，原来各怀私欲，除了天龙门中人之外，大家笑嘻嘻的听着，均有幸灾乐祸之感。

苗若兰对这些武林中门户宗派之争不欲多听，轻声问道："后来怎么了？"

殷吉道："我回到下处，跟我南宗的诸位师弟商议，大家都说田师兄必有他意，我们可不能听凭欺弄，推我去探明真情。

"我到田师兄卧室去问候探病，青文侄女眼睛哭得红红的，拦在门口，说道：'爹已睡着啦。殷叔父请回，多谢您关怀。'我见她神情有异，心想田师兄若当真身子不适，又不是难治重病，不用哭得这么厉害，这中间定有古怪，便回房待了半个时辰，换了衣服，再到田师兄房外去探病……"

阮士中伸掌在桌上用力一拍，喝道："嘿，探病！探病是在房外探的么？"

殷吉冷笑道："就算是我偷听，却又怎地？我躲在窗外，只听田师兄道：'你不用逼我。今日我闭门封剑，当着江湖豪杰之面，已将天龙北宗的掌门人传给了云奇，怎么还能更改？你逼我将掌门之位传给你，这时候可已经迟了。'又听这位阮士中阮师兄说道：'我怎敢逼迫师哥？但想云奇与青文做出这等事来，连孩子也生下了。如此伤风败俗，大犯淫戒，我门中上上下下，哪一个还能服他？'"

殷吉说到这里，忽听得咕冬一声，田青文连人带椅，往后便倒，晕了过去。陶子安拔出单刀，往曹云奇头顶劈落。曹云奇手中没兵刃，只得举起椅子招架。陶百岁听得未过门的媳妇竟做下这等丑事，只恼得哇哇大叫，也举起一张椅子，夹头夹脑往曹云奇头上砸去。天龙诸人本来齐心对外，但这时五人揭破了脸，竟没人过去相助曹云奇。啪的一响，曹云奇背心上吃陶百岁椅子重重击中。厅上乱成一团。

苗若兰叫道："大家别动手，我说，大家请坐下！"她话声中自有一股威严之意，竟教人难以抗拒。陶子安一怔，收回单刀。陶百岁兀自狂怒，挥椅猛击。陶子安抓住父亲打过去的椅子，道："爹，咱们别先动手，好教这里各位评个是非曲直。"陶百岁听儿子说得有理，这才住手。

苗若兰道："琴儿，你扶田姑娘到内房去歇歇。"这时田青文已慢慢醒转，脸色惨白，低下头自行走入内堂。众人眼望殷吉，盼他继续讲述。

殷吉道："只听得田师兄长叹一声，说道：'作孽，作孽！报应，报应！'他反来覆去，不住口的说'作孽，报应'，隔了好一阵，才道：'此事明天再议，你去吧。叫子安来，我有话跟他说。'"

殷吉向陶氏父子望了一眼，续道："阮师兄还待争辩，田师兄拍床怒道：'你是不是想逼死我？'阮师兄这才没话说，推门走出。我听他们说的是自己家中丑事，倒跟我南宗无关，又怕阮师兄出来撞见，大家脸上不好看，便抢先回去自己房里。"

阮士中冷笑道："那晚我和田师哥说了话出来，见黑影一闪，喝问：'哪个狗杂种在此偷听？'当时没人答话，我只道当真是狗杂种，原来却是殷师兄，这可得罪了。"说着向殷吉一揖。他明是赔罪，实是骂人。殷吉脸色微变，但他涵养功夫甚好，回了一礼，微笑道："不知者不罪，好说，好说。"

陶子安道："好，现下轮到我来说啦。大家既撕破了脸，我……我也不必再隐瞒什么。我……我……"说到这里，喉头哽咽，心情激动，竟说不下去，两道泪水流了下来。

众人见他这样一个器宇轩昂的少年英雄竟在人前示弱，不免都有些不忍，于是射向曹云奇的目光之中，自亦含着几分气愤，几分怪责。陶百岁喝道："这般不争气干什么？大丈夫难保妻贤子孝。好在这媳妇还没过门，玷辱不到我陶家门楣。"

陶子安伸袖擦了眼泪，定了定神，说道："以前每次我到田家……田伯父家中……"

曹云奇听他稍一迟疑,对田归农竟改称"伯父",不再叫他"岳父",心中暗喜:"哼,这小子恼了,不认青妹为妻,我正求之不得。"

只听他续道:"青妹在有人处总是红着脸避开,不跟我说话,可是背着在没人的地方,咱俩总要亲亲热热的说一阵子话。我每次带些玩意儿给她,她也总有物事给我,绣个荷包啦、做件马甲啦,从来就短不了……"

曹云奇脸色渐渐难看,心道:"哼,还有这门子事,倒瞒得我好苦。"

陶子安续道:"这次田伯父闭门封剑,我随家父兴兴头头的赶去,一见青妹,就觉得她容颜憔悴,好似生过了一场大病。我心中怜惜,背着人安慰,问她是不是生了什么病。她初时支支吾吾,我寻根究底细问,她却发起怒来,抢白了我几句,从此不再理我。我给她骂得胡涂啦,只有自个儿纳闷。

"那日酒宴完了,我在后花园凉亭中撞见了她,见她一双眼哭得红红的,我不管什么,就向她赔不是,说道:'青妹,都是我不好,你就别生气啦。'哪知她脸一沉,发作道:'哼,当真是你不好,那倒好了!偏生是别人不好,我还是死了的干净。'我更加摸不着头脑,再追问几句,她头一撇就走了。

"我回房睡了一会,越想越不安,实不明白什么地方得罪了她,于是悄悄起来,走到她房外,在窗上轻轻弹了三下。往日我们相约出来会面,总用这三弹指的记号。哪知这晚我连弹了几次,房中竟没半点动静。

"隔了半响,我又轻弹三下,仍没听到声息。我奇怪起来,在窗格子上一推,那窗子并没闩住,应手而开,房中黑漆漆地,没瞧见什么。我急于要跟她说话,就从窗里跳了进去……"

曹云奇听到此处,满腔醋意从胸口直冲上来,再也不可抑制,大声喝道:"你半夜三更的,偷入人家闺房,想干什么?"陶子安正欲反唇相稽,苗若兰的侍婢快嘴琴儿却抢着道:"他们是未婚夫妻,你又管得着么?"

陶子安向琴儿微一点头,谢她相帮,接着道:"我走到她床边,隐约见床前放着一对鞋子,当下大着胆子,揭开罗帐,伸手到被下一摸……"

曹云奇紫胀了脸,待欲喝骂,却见琴儿怒视自己,话到口头,又缩了回去。只听陶子安续道:"……触手处似乎是个包袱,青妹却不在床上。我更奇怪,摸一摸那是什么东西,手上一凉,又觉柔软,似是个婴儿,可把我吓了一大跳。再仔细一摸,却不是婴儿是什么?只全身冰凉,早死去多时,看来是把棉被压在孩子身上将他闷死的。"

只听得呛啷一响,苗若兰失手将茶碗摔落,脸色苍白,嘴唇微微发颤。

陶子安道:"各位今日听着觉得可怕,当日我黑暗之中亲手摸到,就更惊骇无比,险些叫出声来。就在此时,房外脚步声响,有人进来,我忙往床底下一钻。只听那人走到床边,坐在床沿,嘤嘤啜泣,原来就是青妹。她把死孩子抱在手里,不住亲他,低声道:'儿啊,你莫怪娘亲手害了你小命,娘心里可比刀割还要痛哪。只是你若活着,娘可活不成啦。娘真狠心,对不起你。'

"我在床下只听得毛骨悚然,这才明白,原来她不知跟哪个狗贼私通,生下了孩儿,竟下毒手将孩儿害死。她抱着死婴哭一阵,亲一阵,终于站起,披上一件披风,罩住了婴儿,走出房去。我待她走出房门,才从床下出来,悄悄跟在她后面。那时我心里又悲又愤,要查出跟她私通的那狗贼是谁。

"只见她走到后园,在墙边拿了一把短铲,越墙而出,我一路远远蹑着,见她走了半里多路,到了一处坟场。她拿起短铲,正要掘地掩埋,忽然数丈外传来铁器与土石相击之声,深夜之中,竟然另外也有人在掘地。她吃了一惊,忙蹲下身子,过了好一阵,弯着腰慢慢爬过去察看。我想必是盗墓贼在掘坟,便也跟着过去,见坟旁一盏灯笼发着淡淡黄光,照着一个黑影正在掘地。

"我凝目瞧去,这人却不是掘坟,是在坟旁挖个土坑,也要掩埋什么。我心道:'这可奇了,难道又有谁在埋私生儿?'但见那人掘了一阵,从地下捧起个长长的包裹,果真与一个婴儿尸身相似。那人将包裹放入坑中,铲土盖上,回过头来,火光下看得明白,原来此人非别,却是这位周云阳周师兄。"

周云阳脸上本来就无多大血色,听陶子安说到这里,更加苍白。

陶子安接着道："当时我心下疑云大起：'莫非与青妹私通的竟是这畜生？怎么他也来掩埋死婴？难道生了的是对双胞胎？'青妹一见是他，身子伏得更低，竟不出来与他相会。周师兄将土踏实，又铲些青草铺在上面，再在草上堆了好多乱石，教人分辨不出，这才走开。

"周师兄一走远，青妹忙掘了一坑，将死婴埋下，随即搬开周师兄所放的乱石，要挖掘出来，瞧他埋的是什么物事。我心想：'就算你不动手，我也要掘，现下倒省了我一番手脚。'青妹举起铁铲刚掘得几下，周师兄忽从坟后出来，叫道：'青文妹子，你干什么？'原来他心思也真周密，埋下之后假装走开，过一会却又回来察看。青妹吓了一跳，一松手，铁铲落地，无话可说。

"周师兄冷冷的道：'青文妹子，你知道我埋什么，我也知道你埋什么。要瞒呢，大家都瞒；要揭开呢，大家都揭开。'青妹道：'好，那么你起个誓。'周师兄当即起个毒誓，青妹跟着他也起了誓。两人约定了互相隐瞒，一齐回庄。

"我瞧两人神情，似乎有什么私情，但又有点不像，看来青妹那孩子不会是跟周师兄生的，当下悄悄跟在后面，手里扣了喂毒的暗器，只要两人有丝毫亲昵的神态，有半句教人听不入耳的说话，我立时将他毙了。

"总算他运气好，两人从坟场回进庄子，始终离得远远的，一句话也没说。

"青妹回到自己房里，不断抽抽噎噎的低声哭泣。我站在她窗下，思前想后，什么都想到了。我想闯进去一刀将她劈死，想放把火将田家庄烧成白地，想把她的丑事抖将出来让人人知道，可又想抱着她大哭一场。终于打定主意：'眼下须得不动声色，且待查明奸夫是谁再说。'

"我全身冰冷，回到房中，爹爹兀自好睡，我却独个儿站着发呆。也不知过了多少时候，忽然阮师叔过来叫我，说田伯父有话吩咐。我心道：'这事来了，且瞧他怎生发话？是要我答应退婚呢，还是欺我不知，送一顶现成的绿头巾给我戴戴？'阮师叔说夜深不陪我了，叫我自去。我生怕有甚不测，叫醒了爹爹，请他防备，自己身上带了兵刃暗器，连弓箭也暗藏在长袍底下。

"到了田伯父房里,见他躺在床上,眼望床顶,呆呆出神,手里拿着一张白纸,竟没觉察到我进房。我咳嗽一声,叫道:'阿爹!'他吃了一惊,将白纸藏入褥子底下,道:'啊,子安,是你。'我心想:'明明是你叫我来的,却这么装腔作势。'但瞧他神色,却当真异常惊恐。他叫我闩上房门,却又打开窗子,以防有人在窗外偷听,这才颤声说道:'子安,我眼下危在旦夕,全凭你救我一命,你得去给我办一件事。'"

曹云奇心中憋了半天,听到这里,猛地站起,戟指叫道:"放屁,放屁!我师父何等功夫,你这小子有什么本事救他?"

陶子安眼角儿也不向他瞥上一瞥,便似跟前没这个人一般,向着宝树等人说道:"我听了他这两句话,十分惊疑,忙道:'阿爹但有所命,小婿赴汤蹈火,在所不辞。'田伯父点点头,从棉被中取出一个长长的、用锦缎包着的包裹,交在我手里,道:'你拿了这东西,连夜赶赴关外,埋在隐蔽无人之处。如能不让旁人察觉,或可救得我一命。'

"我接过手来,只觉那包裹又沉又硬,似是一件铁器,问道:'那是什么东西?有谁要来害你?'田伯父将手挥了几挥,神色甚为疲倦,道:'你快去,连你爹爹也千万不可告知,再迟片刻就来不及啦。这包裹千万不得打开。'我不敢再问,转身出房。刚走到门口,田伯父忽道:'子安,你袍子底下藏着什么?'我吓了一跳,心道:'他眼光好厉害!'只得照实说道:'那是兵刃弓箭。今日客人多,小婿怕混进了歹人来,因此特地防着点儿。'田伯父道:'好,你精明能干,云奇能学着你一点儿,那就好了。唉,把弓箭给我。'

"我从袍底下取出弓箭,递给了他。他抽出一枝长箭,看了几眼,搭在弓上,道:'你快去吧!'我见了这副模样,心下倒有些惊慌:'别要在我背心射上一箭!'装着躬身行礼,慢慢反退出去,退到房门,这才突然转身。出房门后我回头一望,见他将箭头对准窗口,显是防备仇家从窗中进来。

"我回到自己房里,对这事好生犯疑,心想田伯父神色之中,始终透着七分惊惶、三分诡秘,可以料得定他对我决无好意。我将这事对爹爹说了,但为了怕惹他生气,青文妹子的事却瞒着不说。爹爹道:'先瞧瞧包中是什么东西。'我也正有此意,两人打开包裹,原来正是这只铁盒。

"爹爹当年亲眼见到田伯父将这只铁盒从胡一刀的遗孤手中抢来,后来就将天龙门镇门之宝的宝刀放在盒里。爹爹当时说道:'这就奇了。'他知铁盒中藏有短箭,能随机括发出,也知道铁盒的开启之法,便依法打开。我爷儿俩一看之下,面面相觑,说不出话来。原来盒中竟空无一物。爹爹道:'那是什么意思?'

"我早就瞧出不妙,这时更已心中雪亮,知道必是田伯父陷害我的一条毒计,他将宝刀藏在别处,却将铁盒给我。他必派人在路上截阻,捉到我之后,便诬陷我盗他宝刀,逼我交出。别说我交不出刀,就算真有一口宝刀交出来,他纵不杀我,也必将青妹的婚事退了,好让她另嫁曹师兄。爹爹不知其中原委,自然瞧不透这毒计。我不便对爹爹明言,发了半天呆,爷儿俩又商量了半天,不知如何是好。"

曹云奇大叫:"你害死我师父,偷窃我天龙门至宝,却又来胡说八道。这套鬼话,连三岁孩儿也瞒骗不过。"陶子安冷笑道:"田伯父虽已死无对证,我手中却有证据。"曹云奇更暴跳如雷,喝道:"证据?什么证据?拿出来大家瞧瞧。"陶子安道:"到时候我自会拿出来,不用你着忙。各位,这位曹师兄老是打断我话头,还不如请他来说。"

宝树冷冷的道:"曹云奇,你妈巴羔子的,你要把老和尚撞下峰去,和尚还没跟你算帐呢!直娘贼,操你奶奶的,你瞪眼珠粗脖子干么?"曹云奇心中一寒,不敢再说。

陶子安道:"我知道只要拿着铁盒一出田门,就算没杀身之祸,也必闹个声名扫地。我道:'爹,这中间大有古怪,我把包裹去还给岳父,不能招揽这门子事。'便将铁盒包回在锦缎之中,心下琢磨了几句话,要点破他诡计,大家来个心照不宣。

"待我捧着包裹赶到田伯父房外,他房中灯光已熄,窗子房门都已紧闭。我想这件事随时都能闹穿,片刻延挨不得,在窗外叫了几声:'阿爹,阿爹!'房里却没应声。我心下起疑:'他这等武功,纵在沉睡之中也必立时惊觉,看来是故意不答。'

"我越想越怕,似觉天龙门的弟子已埋伏在侧,马上就要一拥而上,逼我交出宝刀。我一面拍门,一面把话说明在先:'阿爹!我爹爹要我把包裹还您。我们有要事在身,没能跟您老办事。这包裹小婿可没打开过。'拍了几下,房中仍无声无息。我急了,取出刀子撬开了门闩,推门进去,打火点亮蜡烛,不由得惊得呆了,只见田伯父已死在床上,胸口插了一枝长箭,那正是我常用的羽箭。我那副弓箭便放在他棉被上。他脸色惊怖异常,似乎临死之前曾见到什么极可怕的妖魔鬼怪一般。

"我呆了半晌,不知如何是好,眼见门窗紧闭,不知害死田伯父的凶手怎生进来,下手后又从何处出去?抬头向屋顶一张,见屋瓦好好的没半点破碎,那么凶手就不是从屋顶出入的了。

"我再想查看,忽听得走廊中传来几个人的脚步之声。我想田伯父死在我的箭下,此时如有人进来,我如何脱得了干系?忙在被上取过我的弓箭,正要去拔他胸口的羽箭,烛光下突然见到床上有两件物事,这一惊更加非同小可,手一颤,烛台脱手,烛火立时灭了。

"各位定然猜不到我见了什么东西。原来一件是这口宝刀,另一件却是青妹埋在坟中的那个死婴。当时我只道是这婴儿不甘无辜枉死,竟从坟中钻出来索命,慌乱之下,顺手抢了宝刀就逃。刚奔到门口,忽然想起一事,回来在田伯父的褥下一摸,果然摸到了那张白纸。我料到他的死因跟这张纸一定大有干系,于是塞入怀中,正要伸手再去拔箭,脚步声近,已有三人走到了门口。我暗叫:'糟糕!这一下门口受堵,我陶子安性命休矣!'

"危急之下,眼见无处躲藏,只得往床底下一钻,但听得那三人推门进来,原来是阮师叔和曹周两位师兄。阮师叔叫了两声:'师哥!'不听见应声,就命周师兄去点蜡烛来。我想待会取来烛火,他们见到田伯父枉死,一搜之下,我性命难保,此刻乘黑,正好冲将出去。

"阮师叔与曹师哥都是高手,我一人自不是他二人之敌,但出其不意,或能脱身,此时须得当机立断,万万迁延不得,当下慢慢爬到床边,正要跃出,手臂伸将出去,突然碰到一人的脸孔,原来床底下已有人比我先到。

"我险些失声惊呼,那人已伸手扣住我脉门。我暗暗叫苦,那人在我耳边低声说道:'别作声,一起出去。'我心中大喜,就在此时,眼前一亮,周师哥已提了灯笼来到。只听得噗的一响,那人发了一枚暗器,打灭灯笼,跟着翻手竟来夺我手中宝刀。我一个打滚,滚出床底,急冲而出。床底那人追将出来。只听阮师叔叫道:'好贼子!'挥掌打去。阮师叔武功极高,料想那人也脱不了身。我急忙奔回房中,叫了爹爹,连夜逃出田家。

"这件事的经过就是这样。这只铁盒是田伯父亲手交给我的,他叫我埋在关外,我是依他的遗命而为。天龙门的师叔师兄们见到田伯父胸上羽箭,自然疑心是我下手害他,这本来难怪。只可惜我不知床底那人的底细,否则大可找来作个见证。但就算找不到床下那人,我也知害死田伯父的凶手是谁。各位请看,这张纸是田伯父见到我时塞在褥子底下的,他害怕仇家前来相害,弯弓搭箭对准窗口,等的就是此人。可是此人终于到来,而田伯父也终于逃不出他毒手。"

他说到这里,从怀里取出一只绣花的锦囊。众人见这锦囊手工精致,料来是田青文所作,不由得转头去望曹云奇,只见他恼得眼中如要喷火,都暗暗好笑。陶子安打开锦囊,摸出一张白纸,要待交给宝树,微一迟疑,却弯臂递给了苗若兰。

那白纸折成一个方胜,苗若兰接过来打开一看,轻轻咦了一声,只见纸上浓墨写着一行字道:"恭贺田老前辈闭门封剑,福寿全归。侍教晚生胡斐谨拜。"另一行小字注道:"胡斐者,大侠胡公一刀之子是也。"这两行字笔力遒劲,与左右双童送上山来的拜帖书法一模一样,确是雪山飞狐胡斐的亲笔。苗若兰拿着白纸的手微微颤动,轻声道:"难道是他?"

阮士中从苗若兰手中接过白纸一看,道:"这确是胡斐的笔迹。这样说来,咱们倒错怪子安了。"他突然回过头来,望着刘元鹤道:"刘大人,你躲在我田师哥床底下干什么?你是给雪山飞狐卧底来啦,是不是?"

众人闻言,都吃了一惊,连曹云奇与周云阳也都摸不着头脑。当晚黑暗之中,那床底人与阮士中交手数合,随即逸去,三人事后猜测,始终不知是谁,怎么他此时突然指着刘元鹤叫阵?

刘元鹤只冷笑一声,却不答话。阮士中又道:"那晚黑暗之中,在下未能得见床下君子的面貌,心中却很佩服此公武艺了得。我们师叔侄三人不但没能将他截住,连他的底细来历也摸不到半点边儿,当真算得无能。今日雪地一战,得与刘大人过招,却正是当日床下君子的身手。嘿嘿,幸会啊,幸会!嘿嘿,可惜啊,可惜。"

周云阳知道师叔此时必得要个搭档,就如说相声的下手,否则接不下口去,于是问道:"师叔,可惜什么?"阮士中双眉一扬,高声道:"可惜堂堂一位御前侍卫刘大人,居然不顾身分,来干这等穿堂入户、偷鸡摸狗的勾当。"

刘元鹤哈哈大笑,说道:"阮大哥骂得好,骂得痛快,那晚躲在田归农床下的,不错,正是区区在下。你骂我偷鸡摸狗,原也不假。"说到这里,脸上显出一副得意的神情,又道:"幸得在下的偷鸡摸狗,却是奉了皇上的圣旨而行!"

众人心中一奇,都觉他胡说八道,但转念一想,他是清宫侍卫,只怕当真是奉旨对付天龙门,亦未可知。天龙诸人都是有家有业之人,闻言不禁气沮。殷吉是两广著名的大财主,尤感惊惧。

刘元鹤见一句话便把众人慑伏了,更加洋洋自得,说道:"事到如今,我就把这事跟各位说说,待会或者尚有借重各位之处。这一件东西,或者各位从未见过。"说着从怀中取出一个黄色的大封套来。封套外写着"密令"二字,他开了袋口,取出一张黄纸,朗声读道:"奉密旨,令御前一等侍卫刘元鹤依令行事,不得有误。总管赛。"读毕,将那黄纸摊在桌上,让众人共观。

殷吉、陶百岁等多见博闻,见纸上绘有金银图纹,盖有朱红图章,看来确是侍卫总管赛赫图所下的密令。那赛总管向称满洲武士的第一高手,素为乾隆皇帝所倚重。

刘元鹤道:"阮大哥,你不用跟我瞪眼珠吹胡子,这件事从头说来,还是令师兄田归农起的因头。有一日,赛总管邀了我们十八个侍卫到总管府去吃晚饭。这十八个人哪,外边朋友送我们一个外号,叫作'大内十八高手'。其实凭我这一点儿三脚猫本事,哪里说得上'高手'二字?不过朋友们要这么叫,要给我们脸上贴金,那也没法儿。再说,兄弟的玩艺儿不行,其他十七位,却不都像兄弟这么不成器。

"我们一到,赛总管就说,今日要给大伙儿引见一位武林中响当当的脚色。我们忙问是谁,赛总管微笑不说。待会开了酒席,赛总管到内堂引出一个人来。只见他腰板笔挺,步履矫健,双目有神,果然是一派武林高手的风范。他两鬓虽已灰白,但面目仍颇英俊清秀,想当年定是一位美男子。赛总管朗声道:'各位兄弟,这位是天龙门北宗掌门,武林中大大有名的人物,田归农田大哥!'

"我们一听,都微微一惊。田归农的名头大家是知道的,只天龙门素来少跟官府往来,不知赛总管凭了什么面子能把他请到。饮酒中间,大伙儿逐一向他把盏敬酒。田大哥也客气之极,说了许多套交情的言语,可一句不提他上京的原因。直到吃喝完了,赛总管邀大伙儿到厢房喝茶,他两人才把其中原委说了出来。

"原来田大哥虽身在草莽,可是忠君报国之心,却一点没比我们当差的少了。

"他这次上京,为的是要向皇上进贡一个大宝藏。这大宝藏嘛,那就是反贼李自成在北京所搜刮的金银财宝了。田大哥说道,要找寻这个宝藏,共有两个线索,须得两个线索拼凑起来,方能寻到。一个线索是李自成的一把军刀,那是他天龙门掌管,他就携带在身。另一个线索可就难了,那是一幅宝藏所在的地图,自来由苗家剑苗家世代相传。单有地图而无军刀,不知寻宝关键;单有军刀而无地图,不知宝藏的所在。只要二宝合璧,取那宝藏就如探囊取物一般。

"我们虽在官家当差,可个个出身武林,一听到'苗家剑'三字,都想:'那打遍天下无敌手金面佛苗人凤何等厉害,谁敢惹他?'田大哥见我们脸现难色,微微一笑,道:'在下若不是已经想到了对付苗人凤的计策,又怎敢轻易前来惊动各位?'赛总管忙问何计。田大哥于是说出一番话来,只把众人听得连连点头,齐叫妙计。他到底说的是什么妙计,时候一到,各位自然知晓,此刻也不必多说。

"次日田大哥告别离京,赛总管就派我们依计而行。他一面琢磨此事,总觉田大哥一不想升官、二不想发财,平白无端送我们这样一份大礼,天下哪有这等滥好人?料得其中必有别因,于是派了几个人暗中出京打探。我离京不久,就听到田大哥闭门封剑的讯息,就备了一份礼物,上门道贺。

"和田大哥一见面,他显得十分欢喜,说道贵客上门,真求之不得,跟着悄悄的要我办一件事。殷大哥,说出来你可别生气,他是要我知会官府,随便诬陷你个罪名,将你拿在狱里,先关上几年再说。"

殷吉吓了一跳,浑身寒毛直竖,颤声道:"田师兄为人原是如此,幸蒙刘大人明鉴,高抬贵手,小的必有厚报。"

刘元鹤笑道:"好说,好说。当时我就问他跟殷大哥有甚仇怨。他道,仇怨是没有,只是依他们天龙门规矩,北宗掌门人轮值掌刀的期限已满,那把镇门之宝的宝刀就须传给南宗,片刻延挨不得。倘若落到了殷大哥手里,再要索回,不免就多一番周折。

"这话虽不错,可是我不由得疑心更甚,当时跟他唯唯否否,既不答允,也不拒却,只在一边厢冷眼旁观。

"酒筵之后,我想田大哥这把宝刀非交不可,难以推托,我倒有法儿给他帮个忙。我如暗中将宝刀收起,他自然没法交出,殷大哥纵然不满,却也无计可施。这正是我立大功报圣恩的良机,岂能轻易放过?于是我悄悄走进田大哥房中,待要找寻宝刀,却听得门外脚步声响,原来是田大哥回来了。事急之际,只得躲入了床下。

"只听得田大哥走进房来,打开箱子,取出铁盒,突然惊呼:'咦,刀呢?'听他这呼声惊惶异常,实非作假,看来这宝刀是给人盗去了。他立时叫了女儿来查问,田姑娘毫不知情,也很着急。不久阮大哥进来了。师兄弟俩为了立掌门的事大起争执,提到了曹云奇曹师兄与田姑娘的暧昧之事,过了一会,田大哥要阮大哥去叫陶子安陶世兄来。田大哥将铁盒交给陶世兄,命他去埋在关外。我在床下听得清清楚楚,暗想陶子安这傻瓜这番可上了大当。

"陶世兄走后,我在床下听得田大哥不住捶床叹息,喃喃自语:'好胡一刀,好苗人凤!'当时我不知胡一刀是谁,料想是苗人凤盗了他的刀去。却原来他接到了胡一刀之子胡斐的拜帖,自知难逃一死,十分惶恐。但这时候偏巧失了宝刀,又不能就此高飞远走,一溜了之。

"跟着田姑娘走进房来,说道:'爹,我查到了你宝刀的下落。'田大哥一跃而起,叫道:'在哪里?'田姑娘走近几步,轻声道:'给周师兄偷去了。'田大哥道:'当真?他人呢?刀呢?'田姑娘道:'我亲眼见到他将刀埋在一个所在。'田大哥道:'好,你快去掘来。'田姑娘道:'爹,我要做一件事,你可莫怪我。'田大哥道:'什么事?'田姑娘道:'你去把周师兄叫来,我躲在门后。你问他是不是盗了宝刀。他如认了,我就在他背上钉一枚毒龙锥。'我心想,这位姑娘的手段好狠啊。只听田大哥道:'我打折他双腿就是,不必取他性命。'田姑娘

道:'你不依我,我就不给你取刀。'田大哥微一迟疑,道:'好,你快去取了刀来,凭你怎么处置他。'于是田姑娘转身出去。当时我不知田姑娘跟她师兄有什么仇怨,今日听了陶世兄之言,方知田姑娘是要杀人灭口。嘿,好家伙!人家大姑娘掩埋私生儿子,这种事也见得的?"

他说到这里,众人都转眼去瞧周云阳,但见他脸色铁青,双目不住眨动。

又听刘元鹤续道:"我索性在床下卧倒,静等瞧这幕杀人的活剧,再则,我还得等那柄刀呢,何况田大哥醒着躺在床上,我又怎能出去?等了没多久,田姑娘匆匆回来,颤声道:'爹,那刀给他掘去啦。我好胡涂,竟迟了一步,他……他还……'田大哥惊恐交集,问道:'他还怎么?'田姑娘其实想说:'他连我孩儿的尸体也掘去啦!'但这句话怎说得出口,呆了一呆,叫道:'我找他去!'拔足急奔而出,想是惊恐过甚,奔到门边时竟一交摔倒。

"我在床下憋得气闷,宝刀又不明下落,本想乘机打灭烛火逃去,哪知田大哥见他女儿摔倒,只叹了口长气,却不下床去扶。田姑娘站起身来,扶着门框喘息一会方走。

"田大哥下床去关上门窗,坐在椅上。但见他将长剑放在桌上,手里拿了弓箭,铁青着脸,神色极为惊怖。我心中也惴惴不安,如给他发觉了,他一个翻脸无情,我武功不及,只怕性命难保。

"田大哥坐在椅上,竟一动也不动,宛如僵直了一般,双目却精光闪烁,显得心下极为烦躁不安。四下一片死寂,只听得远处隐隐有犬吠之声,接着近处一只狗也吠了起来,突然之间,这狗儿悲吠一声,立时住口,似是给人以极快手法弄死了。田大哥猛地站起,房门上却起了几下敲击之声。这声音来得好快,听那狗儿吠叫声音总在数十丈外,岂知这人一弄死狗子,转瞬间就到了门外。

"田大哥低沉着声音道:'胡斐,你终于来了?'门外那人却道:'田归农,你认得我声音么?'田大哥脸色更加苍白,颤声说道:'是苗……苗大侠!'门外那人冷冷的道:'不错,是我!'田大哥道:'苗大侠,你来干什么?'门外那人道:'哼,我给你送东西来啦!'田大哥迟疑片刻,放下弓箭,去开了门。只见一个又高又瘦、脸色蜡黄的汉子走了进来。

"我在床底留神瞧他模样,心道:'此人号称打遍天下无敌手,是当今武林中顶儿尖儿的脚色,果然是不怒自威,气势慑人。'他手里捧着两件物事,放在桌上,说道:'这是你的宝刀,这是你的外孙儿子。'原来一包长长东西包着的竟是个死婴。

"田大哥身子一颤,倒在椅中。苗大侠道:'你徒弟瞒着你去埋刀,你女儿瞒着你去埋私生儿,都给我瞧见啦,现下掘了出来还你。'田大哥道:'谢谢。我……我家门不幸,言之有愧。'苗大侠突然眼眶一红,似要流泪,但随即满脸杀气,一个字一个字的说道:'她是怎么死的?'"

只听得当啷一响,苗若兰手里的茶碗又摔在地下,跌得粉碎。她本来十分斯文镇定,不知怎的,听了这句话,竟自把持不定。琴儿忙取出手帕,抹去她身上茶水,轻声道:"小姐,进去歇歇吧,别听啦!"苗若兰道:"不,我要听他说完。"

刘元鹤向她望了一眼,接着说道:"田大哥道:'那天她受了凉,伤风咳嗽。我请医生给她诊治,医生说不碍事,只受了些小小风寒,吃一帖药,发汗退烧就行了。可是她说药太苦,将煎好的药泼了去,又不肯吃饭,这一来病势越来越沉。我一连请了好几个医生,但她不肯服药,不吃东西,说什么也劝不听。'"

苗若兰听到这里,不由得轻轻啜泣。熊元献等都感十分奇怪,不知这不肯服药吃饭之人是谁,与田归农及苗氏父女三人又有甚关连。陶氏父子与天龙诸人却知说的是田归农的续弦夫人,但苗大侠何以关心此事,苗若兰何以伤心,却又不明所以了,都想:"难道田夫人是苗家亲戚?怎么我们从来没听说过?"

刘元鹤道:"当时我在床下听得摸不着半点头脑,不知他们说的是谁,心想苗人凤这么风头火势的赶来,只不过是问一个人的病。那人不服药、不吃饭,这不是撒娇么?但听苗大侠又问:'这么说来,是她自己不想活了?'田大哥道:'我后来跪在地下哀求,说得声嘶力竭,她始终不理。'

"苗大侠道:'她留下了什么话?'田大哥道:'她叫我在她死后将尸体火化了,把骨灰撒在大路之上,叫千人踩,万人踏!'苗大侠跳了起来,厉声问道:'你照她的话干了没有?'田大哥道:'尸体是火化了,骨灰却在这里。'说着站起身来,从里床取出一个小小瓷坛,放在桌上。

"苗大侠望着瓷坛,脸上神色又伤心又愤怒。我只看了一眼,就不敢再望他脸。

"田大哥又从怀里取出一枚凤头珠钗,放在桌上,说道:'她要我把这珠钗还给你,或者交给苗姑娘,说道这是苗家的物事。'"

众人听到此处,齐向苗若兰望去,只见她鬓边插了一枚凤头珠钗,微微晃动。那凤头打造得精致之极,几颗珠子也均滚圆净滑,只珠身已现微黄,当是历时已久的旧物。

刘元鹤续道:"苗大侠拿起珠钗,从自己头上拔下一根头发,缓缓穿到凤头的口里,那头发竟从钗尖上透了出来,原来钗身中间是空的。但见他将头发两端轻轻一拉,凤头的一边跳了开来。苗大侠侧过珠钗,从凤头里落出一个纸团。他将纸团摊了开来,冷冷的道:'瞧见了么?'田大哥脸如土色,隔了半晌,叹了口长气。

"苗大侠道:'你千方百计要弄这张地图到手,可是她终于瞧穿了你真面目,不肯将机密告知你,仍将珠钗归还给苗家。宝藏的地图是在这珠钗之中,哼,只怕你作梦也想不到罢!'他说了这几句话,又将纸团还入凤头,用头发拉上机括,将珠钗放在桌上,说道:'开凤头的法儿我教了你啦,你拿去按图寻宝罢!'田大哥哪里敢动,紧闭着口一声不响。我在床下却瞧得焦急异常,地图与宝刀离开我身子不过数尺,可是就没法取得到手。只见苗大侠呆呆的瞧着瓷坛,慢慢伸出双手捧起了瓷坛,放入怀中,脸上的神色十分可怕。"

只听得轻轻一声呻吟,苗若兰伏在桌上哭了出来,鬓边那凤头珠钗起伏颤动不已。众人面面相觑,不明其故。

刘元鹤接着道:"田大哥伸手在桌上一拍,道:'苗大侠,你动手吧,我死而无怨。'苗大侠嘿嘿一笑,道:'我何必杀你?一个人活着,就未必比死了的人快活。想当年我和胡一刀比武,大战数日,终于是他夫妇死了,我却活着。我心中一直难过,但后来想想,他夫妇恩爱不渝,同生同死,可比我独个儿活在世上好得多啦。嘿嘿,这张地图在你身边这许多年,你始终不知,却又亲手交还给我。我何必杀你?让你懊恼一辈子,那不是强得多么?'说着拿起珠钗,大踏步出房。田大哥手边虽有弓箭刀剑,却哪敢动手?

"田大哥唉声叹气,将死婴和宝刀都放在床上,回身闩上了门,喃喃的道：'一个人活着，就未必比死了的人快活。'坐在床上，叫道：'兰啊兰，你为我失足，我为你失足，当真是何苦来？'接着嘿的一声，听得什么东西戳入了肉里，他在床上挣了几挣，就此不动了。

"我吃了一惊，忙从床底钻将出来，只见他将羽箭插在自己心口，竟已气绝。各位，田大哥是自尽死的，并非旁人用箭射死。害死他的既不是陶子安，更不是胡斐，那是他自己。我跟陶胡二人绝无交情，犯不着为他们开脱。

"我见他死了，当下吹灭烛火，正想去拿宝刀，然后溜之大吉，陶世兄却已来到房外拍门，我只得躲回床底。以后的事，陶世兄都已说了。他拿了宝刀，逃来关外。我在床底下憋了这老半天，难道是白挨的么？加上我这位熊师弟跟饮马川向来有梁子，咱哥儿俩就跟着来啦。"

他一番话说完，双手拍拍身上灰尘，拂了拂头顶，恰似刚从床底下钻出来一般，喝了两口茶，神情甚为轻松。

曹云奇俯身拾起,原来是一枝金铸的小笔,笔身上刻着一个『安』字,就和田青文上峰之前手中所拿的一模一样。曹云奇疑云大起。

八

这些人你说一段,我说一段,凑在一起,众人心头疑团已解了大半,只是饥火上冲,茶越喝得多越肚饿。

陶百岁大声道:"现下话已说明白了,这口刀确是田归农亲手交给我儿的,各位不得争夺了吧?"刘元鹤笑道:"田大哥交给陶世兄的,只是一只空铁盒。倘若你要空盒,在下并没话说。宝刀却哪有你的份?"殷吉道:"此刀该归我天龙南宗,再无疑问。"阮士中道:"当日田师兄未行授刀之礼,此刀仍属北宗。"众人越争声音越大。

宝树忽然朗声道:"各位争夺此刀,为了何事?"众人一时哑口无言,竟难回答。

宝树冷笑道:"先前各位只知此刀削铁如泥,锋利无比,还不知它关连着一个极大宝藏。现今有人说了出来,那更令人人眼红,个个起心。可是老和尚倒要请教:若无宝藏地图,单有此刀何用?"众人心头一凛,一齐望着苗若兰鬓边那只珠钗。

苗若兰文秀柔弱,要取她头上珠钗,只一举手之劳,只是人人想到她父亲威震天下,倘若对她有丝毫冒犯亵渎,她父亲追究起来,有谁敢当?虽见那珠钗便在眼前微微颤动,只相距数尺,却没人敢先说话。

刘元鹤向众人横眼一扫,脸露傲色,走到苗若兰面前,右手一探,突然将她鬓边珠钗拔下。苗若兰又羞又怒,脸色苍白,退后两步。众人见刘元鹤竟如此大胆,无不失色。

刘元鹤道："本人奉旨而行，怕他什么苗大侠、秧大侠？再说，那金面佛此刻是死是活，哼，哼，却也在未知之数呢。"群豪齐问："怎么？"刘元鹤微微一笑，道："眼下计来，那金面佛纵然尚在人世，十之八九，也已全身镣铐、落入天牢之中了。"

苗若兰大吃一惊，登忘珠钗遭夺之辱，只挂念着父亲的安危，忙问："你……你说我爹爹怎么了？"宝树也道："请道其详。"

刘元鹤想起上峰之时，给他在雪中横拖倒曳，狼狈不堪，但自己说起奉旨而行种种情由，宝树神色登变，此时听他相询，更加得意，忍不住要吐露机密大事，好在人前自占身分，于是问道："宝树大师，在下要先问一句，此间主人是谁？"

群豪在山上半日，始终不知主人是谁，听刘元鹤此问，正合心意，一齐望着宝树，只听他笑道："既然大伙儿都不隐瞒，老衲也不用卖那臭关子了。此间主人姓杜名希孟，是武林中一位响当当的脚色。"众人互相望了一眼，心中暗念："杜希孟？杜希孟？"却都想不起此人是谁。

宝树微微一笑，道："这位杜老英雄自视甚高，等闲不与人交往，是以武功虽强，常人可不知他名头。然而江湖上一等一的人物，却个个对他极为钦慕。"这几句话说得轻描淡写，可把众人都损了一下，言下之意，明是说众人实不足道。殷吉、阮士中等都感恼怒，但想苗人凤在那对联上称他为"希孟仁兄"，而自己确够不上与金面佛称兄道弟，宝树之言虽令人不快，却也无可辩驳。

刘元鹤道："咱们上山之时，此间的管家说道：'主人赴宁古塔相请金面佛，又派人前去邀请兴汉丐帮的范帮主。'这话可有点儿不尽不实。想那范帮主在河南开封府遭擒，小弟也曾出了一点儿力气。"众人惊道："范帮主遭擒？"刘元鹤笑道："这是御前侍卫总管赛大人亲自下的手。想那范帮主虽然也算得上是号人物，却也不必劳动赛总管的大驾啊。我们拿住范帮主，只是把他当作一片香饵，用来钓一条大大的金鳌。那金鳌嘛，自然是苗人凤啦。杜庄主要去邀苗人凤来对付什么雪山飞狐，其实又怎邀得到？苗人凤这当儿定是去了北京，想要搭救范帮主。嘿嘿，赛总管在北京安排下天罗地网，专候苗人凤大驾光临。他如不上这个当，我们原也拿他没法儿。他竟上京救人，这叫做啄木鸟啃黄连树，自讨苦吃。"

苗若兰与父亲相别之时，确是听父亲说有事赴京，嘱她先上雪峰，到杜家暂住。这时听刘元鹤如此说，只怕父亲当真凶多吉少，不由得玉容失色。

刘元鹤洋洋得意，说道："咱们地图有了，宝刀也有了，去把李自成的宝藏发掘出来，献给圣上，这里人人少不了一个封妻荫子的功名。"他见有的人脸现喜色，有的却有犹豫之意，心知如陶百岁等人，把发财瞧得比升官更重，又道："想那宝藏堆积如山，大伙儿顺手牵羊，取上小小一堆，那就一世吃着不尽，有何不美？"众人轰然喝采，再无异议。

田青文本来羞愧难当，独自躲在内室，听得厅上叫好之声不绝，知道已不在谈论她的丑事，当下悄悄出来，站在门边。

刘元鹤拔下自己一根头发，慢慢从珠钗的凤嘴里穿了过去，依着当日所见苗人凤的手法，轻轻一拉一甩，凤头机括弹开，果然有个纸团掉了出来。众人都"哦"的一声。刘元鹤打开纸团，摊在桌上。众人围拢去看。

但见那纸薄如蝉翼，虽年深日久，但因密藏珠钗之中，丝毫未损，纸上绘着一座笔立高耸的山峰，峰旁写着九个字道："辽东乌兰山玉笔峰后"。

宝树大叫："啊哈，天下竟有这等巧事？咱们所在之处，就是乌兰山玉笔峰啊。"

众人瞧那图上山峰之形，果真与这雪峰一般无异，无不啧啧称奇。上峰时所见崖边的三株古松，图上也画得清清楚楚。

宝树道："此处庄上杜老英雄见闻广博，必是得知宝藏的讯息，是以特意在此建庄。否则此处气候酷寒，上下艰难，又何必费这么大的事？"刘元鹤心中一急，忙道："啊哟！那可不妙。他这庄子建造已久，还不早将宝藏搬得一干二净？"宝树微笑道："那也未必。刘大人你想，要是他已找到了宝藏所在，定然早就去了别地，决不会仍在此处居住。"刘元鹤一拍大腿，叫道："不错，不错！快到后山去。"

宝树指着苗若兰道："这位苗姑娘与庄上众人怎么办？"刘元鹤转过身来，见于管家等庄上佣仆，个个已走得不知去向。田青文从门后出来，说道："不知怎的，庄上男男女女都躲了个干净。"刘元鹤抢过一柄单刀，走到苗若兰身前，说道："咱们所说之事，她句句听在耳里,这祸根可留不得。"举起单刀,就要往她头顶砍落。

突然间人影一闪,琴儿从椅背后跃出,抱住刘元鹤的手,狠命在他手腕上咬了一口。刘元鹤出其不意,手腕一疼,当啷一响,单刀落地。琴儿大骂:"短命的恶贼,你敢伤了小姐一根寒毛,我家老爷上得山来,抽你的筋,剥你的皮,这里人人都脱不了干系。"

刘元鹤大怒,反手一拳,猛往琴儿脸上击去。熊元献伸出右臂,格开了他一拳,说道:"师哥,咱们寻宝要紧,不必多伤人命!"熊元献一生走镖,向来胆小怕事,谨慎稳重,不像他师兄做了皇帝侍卫,杀几个老百姓不当一回事,他听了琴儿之言,心想倘若伤了苗若兰,她父亲如得逃脱罗网,那可大祸临头了。殷吉和他心意相同,也道:"刘师兄,咱们快去寻宝。"

刘元鹤双目一瞪,指着苗若兰道:"这妞儿怎么办?"

宝树笑吟吟的走上两步,大袖微扬,已在苗若兰颈口"天突"与背心"神道"两穴上各点了一指。苗若兰全身酸软,瘫在椅上,心里又羞又急,却说不出话。琴儿只道他伤了小姐,横了心又抓住了和尚的手,要狠狠咬他一口。宝树让她抓住自己右手拉到口边,手指抖动,点了她鼻边"迎香"、口旁"地仓"两穴。琴儿身子一震,摔倒在地。

田青文道:"苗家妹子坐在此处须不好看。"俯身托起她身子,笑道:"真轻,倒似没生骨头。"走向东边厢房。

那东厢房原是杜庄主款待宾客的所在,床帐几桌、一应起居之具齐备,陈设考究。田青文掩上门,给苗若兰除去鞋袜外衣,只留下贴身小衣,将她裹在被中,垂下罗帐。苗若兰自七八岁后,未在人前除过衣衫,眼前之人虽是女子,也已羞得满脸红晕。田青文望着她身子,笑道:"怕我瞧么?妹子,你生得真美,连我也不禁动心呢。"抱了她衣衫走到厅上,道:"她衣衫都给我除下了,纵然时辰一过,穴道解了,也叫她走动不得。"群豪一齐大笑。

宝树道:"咱们大家来瞧瞧,从这刀子之中,到底如何能寻到宝藏。"说着从怀中取出铁盒,打开盒盖,提刀在手。他一手持鞘,一手持柄,唰的一响,拔出刀来,只觉青光四射,寒气透骨,不禁机伶伶的打个冷战。众人同时"啊"的一声叫了出来。

他将宝刀放在桌上,众人围拢观看,见刀身除锋利无比之外,也无异处。再看牛皮刀鞘,见一面刻着十四字军令,另一面刻了"奉天倡义"四字,旁边却用尖利之物雕镂着双龙抢珠的花纹。想来是仓卒之际随手刻画,刻工简陋,甚为粗糙难看,两条龙一大一小,形状既极丑陋,而且龙不像龙,蛇不像蛇,倒似两条毛虫,但所抢之珠却是一块红宝石,嵌入刀鞘的牛皮之中,晶莹璀璨,宝光照人,的是珍物。

曹云奇拿起刀鞘细看,道:"那有什么古怪?"宝树道:"这两条虫儿必与宝藏有关,咱们到后山瞧瞧再说。给我!"说着伸手去接刀鞘。曹云奇更不打话,将刀插入刀鞘,急奔而出。宝树怒道:"你干什么?"追了出去。

出得大门,只见曹云奇握刀向前急奔,宝树右手一扬,一颗铁念珠激飞而出,正中他右肩肩胛骨。曹云奇手臂酸麻,拿捏不住,擦的一声,宝刀落入雪地。宝树大踏步上前,拾起宝刀。曹云奇不敢再争,退在一旁,眼见宝树与刘元鹤一个持刀、一个持图,并肩向山后走去。这时余人也都涌出大门,跟随在后。

宝树笑道:"刘大人,适才老衲多有冒犯,请勿见怪。"刘元鹤见他赔笑谢罪,心中乐意,说道:"大师武艺高强,在下佩服得紧,日后还有借重之处。"宝树道:"不敢。"

两人走了一阵,已到山崖之边,前临空阔,山峰上已无路可行,四顾尽是皑皑白雪,虽明知宝藏是在这玉笔峰中,但偌大一座山峰,到处冰封雪冻,没留下丝毫痕迹,却到哪里找去?要铲除峰上冰雪,即穷千百人之力,也非一年半载之功,何况今日铲了,明日又有大雪落下;想到杜希孟已在峰上住了几十年,必定日日夜夜苦心焦虑、千方百计的寻宝,迄今未能成功,寻宝之事,自然大非易易。

众人站在崖边东张西望,束手无策。田青文忽然指着峰下一条丘峦起伏的小小山脉,叫道:"你们瞧!"众人顺着她手指望去,未见有何异状。田青文道:"各位,看这山丘的模样,是否与刀鞘上的花纹相似?"

众人给她一语提醒,细看那条山脉,但见一路从西南走向东北,另一路自正南向北,两路山脉相会之处,有一座形似圆墩的矮峰。宝树举起刀鞘一看,再望山脉,见那山脉的去势位置,正与刀鞘上所雕的双龙抢珠图一般无异,那圆峰正当红宝石的所在,不禁叫了出来:"不错,不错,宝藏定是在那圆峰之中。"刘元鹤道:"咱们快下去。"

此时众人一意寻宝,倒算得上齐心合力,不再互相猜疑加害。各人撕下衣襟裹在手上,拉着粗索慢慢溜下峰去。第一个溜下的是刘元鹤,最后一个是殷吉。他溜下后本想将绳索毁去,以免后患,但见众人都已去远,生怕寻到宝藏时没了自己的份,当下不敢停留,展开轻功向前疾追。

自玉笔峰望将下来,那圆峰就在眼前,可是平地走去,路程却也不近,约莫有二十来里。众人轻功都好,不到半个时辰,已奔到圆峰之前,只郑三娘伤了腿,远远落后。各人绕着圆峰转来转去,找寻宝藏的所在。陶子安忽向左一指,叫道:"那是谁?"

众人听他语声急促,一齐望去,只见一条灰白色的人影在雪地中急驰而过,身法之快,实难形容,转眼之间,那白影已奔向玉笔峰。宝树失声道:"雪山飞狐!胡一刀之子,如此了得!"说话之时脸色灰暗,显是心有重忧。

他正自沉思,忽听田青文尖声大叫,忙转过头来,只见圆峰的坡上空了一个窟窿,田青文人形却已不见。

陶子安与曹云奇一直都待在田青文身畔,见她突然失足陷落,不约而同的叫道:"青妹!"都欲跃入救援。陶百岁一把拉住儿子,喝道:"干什么?"陶子安不理,用力挣脱,与曹云奇一齐跳落。

哪知这窟窿其实甚浅,两人跳落,都压在田青文身上,三人齐声惊呼。上面众人不禁好笑,伸手拉上三人。

宝树道:"只怕宝藏就在窟窿之中也未可知。田姑娘,在下面见到什么?"田青文抚摸身上撞着山石的痛处,怨道:"黑漆漆的什么也瞧不见。"宝树跃了下去,晃亮火折,见那窟窿径不逾丈,里面都是极坚硬的岩石与冰雪,再无异状,只得纵身而上。

猛听得周云阳与郑三娘两人纵声惊呼,先后陷入了东边和南边的雪中窟窿。阮士中与熊元献分别将两人拉起。看来这圆峰周围都是窟窿,众人只怕失足掉入极深极险的洞中,便不敢乱走,都站在原地不动。

宝树叹道:"杜庄主在玉笔峰一住数十年,不知宝藏所在。他无宝刀地图,茫无头绪,那也罢了。但咱们明知是在这圆丘之中,仍无处着手,那更加算得无能了。"

众人站得累了,各自散坐原地。肚中越来越饿,尽皆神困气沮。

郑三娘伤处又痛了起来,咬着牙齿,伸手按住创口,一转头间,见宝树手中刀鞘上的红宝石给雪光一映,更见晶莹美艳。她跟着丈夫走镖多年,见过不少珍异宝物,这时见那红宝石光彩有些异样,心中一动,说道:"大师,请你借刀给我瞧瞧。"宝树心想:"她是女流之辈,腿上又受了伤,怕她何来?"便将刀连着刀鞘递了过去。郑三娘接过刀鞘细看,果见那宝石是反面镶嵌的。原来宝石两面有阴阳正反之分,有些高手匠人能将宝石雕琢得正反面一般无异,但在行家眼中,仍能分辨清楚。郑三娘道:"大师,这宝石反面朝上,只怕中间另有古怪。"

宝树正自彷徨无计,一听此言,心道:"不管她说的是对是错,弄开来瞧瞧再说。"接过刀来,从身边取出一柄匕首,力透指尖,以匕首尖头在宝石下轻轻一挑,宝石离鞘跳落。宝树拈起宝石,细看两面,并无异处,再向刀鞘上镶嵌宝石的凹窝儿一瞧,不禁失声叫道:"在这里了!"

原来那窝儿之中,刻着个箭头,指向东北偏北,箭头尽处有个小小圆圈。宝树喜不自胜,心想这窝儿正中,当是圆峰之顶,一算距离远近,看准了方位,一步步走将过去,待走到所计之处,果然脚下松动,身子下落。他早有防备,双足着地,立即晃亮火折,拨开冰雪,见前面是条长长的通道,当即向前走去。刘元鹤等也跟着跃下。

火折点不多久便熄了,可是山洞盘旋曲折,接连转了几个弯,仍未到尽头。

曹云奇道:"我去折些枯枝。"他奔出山洞,抱了一大捆枯柴回来,打火点燃了一根火把。他为人卤莽,却也有一样好处,做事勇往直前,手执火把,当先而行。

洞中到处是千年不化的坚冰,有些处所的冰条如刀剑般锋锐突出。陶百岁捧了一块大石,沿途击去阻路的冰尖。众人上山时各怀敌意,此时重宝在望,竟然同舟共济、相互扶持起来。

又转了个弯,田青文忽然叫道:"咦!"指着曹云奇身前地下黄澄澄的一物。曹云奇俯身拾起,原来是一枝金铸的小笔,笔身上刻着一个"安"字,就和田青文上峰之前手中所拿的一模一样。曹云奇疑云大起,回头对陶子安厉声说道:"嘿,原来你到这儿来过啦!"陶子安道:"谁说我来过?你瞧一路上有没人行的痕迹?"曹云奇心想:"这山洞之中,确无人行足迹,那么他这枝金笔又怎会掉在此处?"他心中想到何事,再也藏不住片刻,当即摊开手掌,露出黄金小笔,说道:"这不是你的么?上面明明刻着你的名字!"

陶子安一看,摇头道:"我从没见过。"曹云奇大怒,手掌一翻,抛笔在地,探手抓住陶子安衣襟,一口唾沫吐了过去,喝道:"还想赖!我明明见她拿着你送的笔儿。"

这山洞中转身都不方便,陶子安哪能闪避?这一口唾沫,正吐在他鼻子左侧。他大怒之下,右脚飞出,踢中曹云奇小腹,同时双手一招"燕归巢",击中对方胸口。曹云奇身子一震,抛下火把,右手还了一拳,砰的一声,打在陶子安脸上。火把熄灭,洞中一片漆黑,只听得两人吆喝怒骂,夹着砰砰蓬蓬之声。两人拳打足踢,招招都击中对方,到后来扭成一团,滚倒在地。

众人又好气又好笑,齐声劝解。曹陶二人哪里肯听?忽听田青文高声叫道:"哪一个再不住手,我永不再跟他说话。"曹陶二人一怔,不由得松开了手站起。

只听熊元献在黑暗中细声细气的说道:"是我熊元献,找火把点火,两位可别喝错了醋,拳脚往姓熊的身上招呼。"他伸手在地下摸索,摸到了火把,重又点燃。只见曹陶二人眼青鼻肿,呼呼喘气,四手握拳,怒目相视。

田青文从怀里取出一枝黄金小笔,再拾起地下小笔,向曹云奇道:"这两枝笔果真是一对儿,可谁跟你说是他给我的?"曹云奇无话可答,结结巴巴的道:"不是他给的,那你从哪儿来的?为什么笔上又有他名字?"

陶百岁接过小笔,看了一眼,问曹云奇道:"你师父是田归农,你师祖是谁?"曹云奇一怔,道:"师祖?那是我师父的父亲,他老人家讳上安下豹。"陶百岁冷笑道:"是啊!田安豹,他用什么暗器?"曹云奇道:"我……我没见过师祖。"陶百岁道:"你没见过,你阮师叔的武艺是田安豹亲手所授,你问问他。"

曹云奇还没开口,阮士中已接口道:"云奇别胡闹啦。这对黄金小笔,是你师祖爷所用的暗器。"曹云奇哑口无言,但心中疑惑丝毫不减。

宝树道:"你们要争风打架,不妨请到外面去拼个死活。我们可是要寻宝。"

熊元献高举火把当先领路,转过了弯去。这时洞穴愈来愈窄,众人须得弓身而行,有时头顶撞上了坚冰尖角,隐隐生疼,但想到重宝在望,也都不以为苦。

行了一盏茶时分,前面已无去路,只见一块圆形巨岩叠在另一块圆岩上,两块巨岩封住了去路。两岩之间坚冰牢牢凝结。熊元献奋力推去,巨岩纹丝不动,转过头来,问宝树道:"怎么办?"宝树搔头不语。

群豪之中以殷吉最有智计,他微一沉吟,说道:"两块圆石相叠,必可推动,只是给冰冻住了。"宝树喜道:"对,把冰熔开就是。"熊元献便将火把凑近圆岩,去烧二岩之间的坚冰。曹云奇、周云阳等回到外面,又拾了些柴枝来加火。火焰越烧越大,冰化为水,只听得叮叮之声不绝,一块块碎冰落在地下。

眼见二岩之间的坚冰已熔去大半,宝树性急,双手在巨岩上运力一推,那岩石毫不动弹,再烧一阵,坚冰熔去更多,宝树第二次再推时,那巨岩晃了几晃,竟慢慢转将过去,露出一道空隙,宛似个天造地设的石门一般。

众人大喜,齐声欢呼。阮士中伸手相助,和宝树二人合力,将空隙推大。宝树从火堆里拾起一根柴枝,当先而入。众人各执火把,纷纷跟进。一踏进石门,一阵金光照射,人人眼花缭乱,凝神屏气,个个张大了口合不拢来。

原来里面竟是个极大洞穴,四面堆满了金砖银块,珍珠宝石,不计其数。只金银珠宝都隐在透明的坚冰之后。料想当年闯王的部属把金银珠宝藏入之后,浇上冷水。该地终年酷寒,坚冰不熔,金珠就似藏在水晶之中一般。各人眼望金银珠宝,好半晌说不出话来,一时洞中寂静无声。突然之间,欢呼之声大作。宝树、陶百岁等都扑到冰上,不知说什么好。

忽然田青文惊呼:"有人!"指着内壁。火光照耀下果见有两个黑影,站在靠壁之处。

众人这一惊非同小可,万想不到洞内竟会有人,难道洞穴另有入口之处?各人手执兵刃,不由自主的相互靠在一起。隔了好一会,见两个黑影竟一动也不动。宝树喝道:"是谁?"里面两人并不回答。

众人见二人始终不动,惊疑更甚。宝树朗声道:"是哪一位前辈高人,请出来相见。"他喝声为洞穴四壁反激,射将回来,只震得各人耳中嗡嗡的甚不好受,那两人既不回答,亦不出来。

宝树举起火把,走近几步,看清楚两个黑影是在一层坚冰之外,这层冰就如一堵水晶墙般,将洞穴隔为前后两间。宝树大着胆子,逼近冰墙,见那两人情状怪异,始终不动,显是给点中了穴道。这时他哪里还有忌惮,叫道:"大家随我来。"大踏步绕过冰墙,他右手提起单刀,左手举火把往两人脸上照去,不禁倒抽一口凉气。原来那二人早死去多时,面目狰狞,脸上筋肉抽搐,异常可怖。

郑三娘与田青文见是死人,都尖声惊呼。各人走近尸身,见那二人右手各执匕首,插在对方身上,一中前胸,一中小腹,乃相互杀死。

阮士中看清楚一尸的面貌,突然拜伏在地,哭道:"恩师,原来你老人家在这里。"众人听他这般说,都是一惊,齐问:"怎么?""这二人是谁?""是你师父?""怎么会死在这里?"

阮士中抹了抹眼泪,指着那身材较矮的尸身道:"这位是我田恩师。云奇刚才拾到的黄金小笔,就是我恩师的。"

众人见田安豹的容貌瞧来年纪不过四十,比阮士中还年轻,初时觉得奇怪,但转念一想,随即恍然。这两具尸体其实死去已数十年,只因洞中严寒,尸身不腐,竟似死去不过数天一般。

曹云奇指着另一具尸体道:"师叔,此人是谁?他怎敢害死咱们师祖爷?"说着向那尸体踢了一脚。众人见这尸体身形高瘦,四肢长大,都已猜到了八九分。

阮士中道:"他就是金面佛的父亲,我从小叫他苗爷。他与我恩师素来交好,有一年结伴同去关外,当时我们不知为了何事,但见他二人兴高采烈,欢欢喜喜而去,可是从此不见归来。武林中朋友后来传言,说道他们两位为辽东大豪胡一刀所害,因此金面佛与田师兄他们才大举向胡一刀寻仇,哪知道苗……苗,这姓苗的财迷心窍,见到洞中珍宝,竟向我恩师下了毒手。"说着也向那尸身腿上踢了一脚。那苗田二人死后,全身冻得僵硬,身上全是坚冰,阮士中一脚踢去,尸身仍挺立不倒,他自己足尖却碰得隐隐生疼。

众人心想:"谁知不是你师父财迷心窍,先下毒手呢?"

阮士中伸手去推那姓苗的尸身,想将他推离师父。但苗田二人这样纠缠着已达数十年,手连刀,刀连身,坚冰凝结,却哪里推得开?

陶百岁叹了口气,道:"当年胡一刀托人向苗大侠和田归农说道,他知道苗田两家上代的死因,不过这两人死得太也不够体面,他不便当面述说,只好领他们亲自去看。现下咱们亲眼目睹,他这话果然不错。如此说来,胡一刀必是曾经来过此间,但他见了宝藏,却不掘取,实不知何故。"

田青文忽道:"我今日遇上一事,很是奇怪。"阮士中道:"什么?"田青文道:"咱们今日早晨追赶他……他……"说着嘴唇向陶子安一努,脸上微现红晕,续道:"师叔你们赶在前头,我落在后面……"曹云奇忍耐不住,喝道:"你骑的马最好,怎么反而落在后面?你……你……就是不肯跟这姓陶的动手。"田青文向他瞧也不瞧,幽幽的道:"你害了我一世,要再怎样折磨我,也只好由得你。陶子安是我丈夫,我对他不起。他虽不能再要我,可是除了他之外,我心里决不能再有旁人。"

陶子安大声叫道:"我当然要你,青妹,我当然要娶你。除你之外,我决不能另娶旁人。"陶百岁与曹云奇齐声怒喝,一个道:"你要这贱人?我可不要她作儿媳妇。"一个道:"你有本事就先杀了我。"两人同时高声大叫,洞中回音又大,混在一起,竟听不出他二人说些什么。

田青文眼望地下,待他们叫声停歇,轻轻道:"你虽要我,可是,我怎么还有脸再来跟你?出洞之后,你永远别再见我了。"陶子安急道:"不,不,青妹,都是他不好。他欺侮你,折磨你,我跟他拼了。"提起单刀,直奔曹云奇。

刘元鹤挡在他身前,叫道:"你们争风吃醋,到外面去打。"左掌虚扬,右手一伸,扣住他手腕,轻轻一扭,夺下他手中单刀,抛在地下。那一边曹云奇暴跳不已,也给殷吉拦着。余人见田青文以退为进,将陶曹二人耍得服服贴贴,都暗暗好笑。

宝树道："田姑娘，你爱嫁谁就嫁谁，总不能嫁我和尚。因此老和尚只问你，你今日早晨遇见了什么怪事？"

众人哈哈大笑，田青文也噗哧一笑，说道："我的马儿走得慢，赶不上师叔他们，正行之间，忽听得马蹄声响，一乘马从后面驰来。马上的乘客手里拿着一个大葫芦，仰脖子就着葫芦嘴喝酒。我见他满脸络腮胡子，在马上醉得摇摇晃晃，还咕噜咕噜的大喝，不禁笑了一声。他转过头来，问道：'你是田归农的女儿，是不是？'我道：'是啊，尊驾是谁？'他说道：'这个给你！'手指一弹，将这黄金小笔弹了过来，从我脸旁擦过，打落了我的耳环。我吃了一惊，他却纵马走了。我心下一直在嘀咕，不知他为什么给我这枝小笔。"

宝树问道："你认得此人么？"田青文点点头，轻声道："就是那个雪山飞狐胡斐。他向我弹来小笔之时，我自然不认得他，他后来上得山来，与苗家妹子说话，我认出了他声音，再在板壁缝中一张，果然是他。"曹云奇醋心又起，问道："这小笔既是师祖爷的，那胡斐从何处得来？他给你干么？"

田青文对别人说话温言软语，但一听曹云奇说话，立时有不愉之色，全不理睬。

刘元鹤道："那胡一刀既曾来过此间，定是在地下拾到，或在田安豹身上得到此笔。他身死之时，胡斐生下不过几天，怎能将小笔留传给他？"熊元献道："说不定他将小笔留在家中，后来胡斐年长，回到故居，自然在父亲的遗物中寻着了。"阮士中点头道："那也未始不可。这小笔中空，笔头可以旋下。青文，你瞧瞧笔里有何物事。"

田青文先将洞穴中拾到的小笔旋下笔头，笔内空无一物，再将胡斐掷来的小笔笔头旋下，见笔管内藏着一个小小纸卷。众人一齐围拢，均想若无阮士中在此，实不易想到这暗器打造得如此精巧，笔管内居然还可藏物。

田青文摊开纸卷，纸上写着十六个字，道："天龙诸公，驾临辽东，来时乘马，归时御风。"纸角下画着一只背上生翅膀的狐狸，这十六字正是雪山飞狐的手笔。

阮士中脸色一沉，道："嘿，也未必如此！"他话虽这么说，但想到胡斐的本领，又想到他对天龙门人的行踪知道得清清楚楚，却也不禁栗栗自危。曹云奇道："师叔，什么叫'归时御风'？"阮士中道：

"哼,他说咱们都要死在辽东,变成他乡之鬼,魂魄飘飘荡荡的乘风回去。"曹云奇骂道:"操他奶奶的熊!"

天龙门诸人瞧着那小束,各自沉思。宝树、陶百岁、刘元鹤等诸人,目光却早转到四下里的金银珠宝之上。宝树取过一柄单刀,就往冰上砍去,他砍了几刀,斩开坚冰,捧了一把金珠在手,哈哈大笑。火光照耀之下,他手中金珠发出奇幻夺目的光采。众人一见,胸中热血上涌,各取兵刃,砍冰取宝。但砍了一阵,刀剑卷口,渐渐不利便了。原来众人自用的兵刃都已在峰顶为左右双童削断,这时携带的是从杜家庄上顺手取来、并非精选的利器。各人取到珍宝,不住手的塞入衣囊,愈取得多,心热愈甚,但刀剑渐钝,却越砍越慢。

田青文道:"咱们去拾些柴来,熔冰取宝!"众人轰然叫好。此事原该早就想到,但一见宝树珍宝在手,人人迫不及待的挥刀挺剑砍冰。众人虽齐声附和田青文的说话,却没一人移步去取柴。人人都怕自己一出去,别人多取了珍宝。

宝树向众人横目而顾,说道:"天龙门周世兄、饮马川陶世兄、镖局子的熊镖头,你们三位出去捡柴。我们在这里留下的,一齐罢手休息,谁也不许私自取宝。"周陶熊三人虽将信将疑,但怕宝树用强,只得出洞去捡拾枯枝。

胡斐正力敌数名高手,苗人凤脱却手脚上铐镣,解开了受封穴道,顷刻间连伤数敌。

九

雪山飞狐胡斐与乌兰山玉笔峰杜希孟庄主相约，定三月十五上峰算一笔昔日旧帐，首次上峰，杜庄主外出未归，却与苗若兰酬答了一番。他下得峰来，心中怔忡不定，眼中所见，似乎只是苗若兰的倩影，耳中所闻，尽是她弹琴和歌之声。他与平阿四、左右双童在山洞中饱餐一顿干粮，见平阿四伤势虽重，性命幸得无碍，心下甚慰。躺在地下闭目养神，但双目一闭，苗若兰秀丽温雅的面貌便更清清楚楚的在脑海中出现了。

胡斐睁大眼睛，望着山洞中黑黝黝的石壁，苗若兰的歌声却又似隐隐从石壁中透了出来。他叹了一口长气，心想："我尽想着她干么？她父亲是杀害我父的大仇人，虽说当时她父亲并非有意，但我父总因此而死。我一生孤苦伶仃，没爹没娘，尽是拜她父亲之赐。我又想她干么？"言念及此，恨恨不已，但不知不觉又想："那时她尚未出世，这上代怨仇，跟她又有甚相干？唉！她是千金小姐，我是个流荡江湖的苦命汉子，何苦没来由的自寻烦恼？她幼小之时，她父亲曾将她交在我手里，要我保护她周全。"

想到这里，不由得满心又尽是温馨之意。

胡斐在山洞中躺了将近一个时辰，心中所思所念，便只苗若兰一人。他偶尔想到："莫非对头生怕敌我不过，安排下了这美人计？"但立即觉得这念头太也亵渎了她，心中便道："不，不，她如此天仙般的人物，岂能做这等卑鄙之事。我怎能以小人之心，冒犯于她？"见天色渐黑,再也按捺不住,对平阿四道:"四叔,我再上峰去。你在这里歇歇。"

他展开轻身功夫,转眼又奔到峰下,援索而上。一见杜家庄庄门,已怦然心动。进了大厅,却见庄中无人相迎,不禁微感诧异,朗声说道:"晚辈胡斐求见,杜庄主可回来了么?"连问几遍,始终没人回答。他微微一笑,心想:"杜希孟枉称辽东大豪,却这般躲躲闪闪,装神弄鬼。你纵安排下奸计,胡某又有何惧?"

他在大厅上坐了片刻,本想留下几句字句,羞辱杜希孟一番,就此下峰,不知怎的,对此地竟恋恋不舍,顺步走向东厢房,推开房门,见房内四壁图书,陈设精雅。走了进去,顺手取过一本书来,坐下翻阅。翻来翻去,又怎看得进一字入脑,心中只念着一句话:"她到哪里去了?她到哪里去了?"

不久天色更加黑了,他取出火折,正待点燃蜡烛,忽听得庄外东边雪地里轻轻的几下嚓嚓之声。他心中一动,知有高手踏雪而来。若在实地,人人得以蹑足悄行,但在积雪中却半点假借不得,功夫高的落足轻灵,功夫浅的脚步滞重,一听便知。胡斐听了这几下足步声,心想:"倒要瞧瞧来的是何方高人。"将火折揣回怀中,倾耳细听。

但听得雪地里又有几人的足步声,竟个个武功甚高。胡斐一数,来的共有五人,只听得远处隐隐传来三下击掌,庄外有人回击三下,过不多时,庄外又多了六人。胡斐虽艺高人胆大,但听高手毕集,转眼间竟到了十一人之多,也不免惊疑,寻思:"先离此庄要紧,对方这么大邀帮手,我难免寡不敌众,可别妄自尊大,小觑了天下的英雄好汉。"走出厢房,正待上高,忽听屋顶喀喀几响,又有人到来。

胡斐忙缩回房中,分辨屋顶来人,竟又多了七名好手。只听得屋顶有人拍了三下手掌,庄外还了三下,屋顶七人轻轻落入庭中,径自向厢房走来。他想敌人众多,这番可须得出奇制胜,事先原料杜希孟会邀请帮手助拳,但想不到竟请了这么多高手到来。耳听得那七人走向房门,便缩身在厢房中一座小屏风之后,心想须得探明敌人安排下什么机关,如何对付自己。

但听噗的一声,房外已有人晃亮火折。胡斐心想小屏风后藏不住身,游目一瞥,蒙眬中见床上罗帐低垂,床前却无鞋子,显无人睡卧,当下提一口气,轻轻走到床前,揭开罗帐,坐上床沿,钻进了被里。这几下行动轻巧之极,房外七人虽均为高手,竟没一人知觉。

可是胡斐钻进被窝,却大吃了一惊,触手碰到一人肌肤,轻柔软滑,被内竟睡着一个女子。他正要滚下床来,眼前火光闪动,已有人走进厢房。一人拿着蜡烛在小屏风后探照,说道:"此处没人,咱们在这里说话。"说着便在桌旁椅中坐下。

此时胡斐鼻中充满幽香,正是适才与苗若兰酬唱时闻到的,一颗心直欲跳出腔子来,心道:"难道她竟是苗姑娘?我这番唐突佳人,当真罪该万死。但我如在此刻跳将出去,那几人见她与我同床共衾,必道有甚暧昧之事。苗姑娘一生清名,可给我毁了。只得待这几人走开,再离床致歉。"

他身子微侧,手背又碰到了那女子上臂肌肤,只觉柔腻无比,竟似没穿衣服,惊得急忙缩手。其实田青文除去苗若兰的外衣,尚留下贴身内衣,但胡斐只道她身子裸露,闭住了眼既不敢看,手脚更不敢稍有动弹,忙吸胸收腹,悄悄向外床挪移,与她身子相距略远。

他虽闭住了眼,但鼻中闻到又甜又腻、荡人心魄的香气,耳中听到对方一颗心在急速跳动,忍不住睁开眼来,只见一个少女向外而卧,脸蛋儿羞得与海棠花一般,却不是苗若兰是谁?烛光映过珠罗纱帐照射进来,更显得眼前枕上,这张脸娇美艳丽,难描难画。

胡斐本想只瞧一眼,立即闭眼,从此不看,但双目一合,登时意马心猿,把持不定,忍不住又眼睁一线,再瞧她一眼。

苗若兰给点中了穴道,动弹不得,心中却有知觉,见胡斐忽然进床与自己并头而卧,初时惊惶万分,只怕他欲图非礼,忙紧闭双眼,唯有听天由命。哪知他躺了片刻,非但不挨近身子,反向外移开。不禁惧意少减,好奇心起,忍不住微微睁眼,正好胡斐也正睁眼望她。四目相交,相距不到半尺,两人都是大羞。

只听得屏风外有人说道:"赛总管,你当真神机妙算,人所难测。那人就算不折不扣,当真是打遍天下无敌手的英雄豪杰,落入了你这罗网,也要教他插翅难飞。"

拿着蜡烛的人哈哈大笑,放下烛台,走到屏风外,说道:"张贤弟,你也别尽往我脸上贴金。事成之后,我总忘不了大家的好处。"

胡斐与苗若兰听了两人之言,都吃了一惊,这些人显是安排了机关,要暗算金面佛苗人凤。苗若兰不知江湖之事,还不怎样,心想爹爹武功无敌,也不怕旁人加害。胡斐却知赛总管是满洲第一高手,内功外功俱臻化境,为人凶奸狡诈,不知害死过多少忠臣义士。他是当今乾隆皇帝手下第一亲信卫士,今日居然亲率人从北京赶到这玉笔峰上。听那姓张的言语,他们暗中布下巧计,苗人凤纵然厉害,只怕也难逃毒手。耳听得赛总管走到屏风外的厢房门口,心想机不可失,轻轻揭起罗帐,右掌对准烛火一挥,一阵劲风扑将过去,嗤的一声,烛火登时熄了。

只听一人说道:"啊,烛火灭啦!"就在此时,又有人陆续走进厢房,嚷道:"快点火,掌灯吧!"赛总管道:"咱们还是在暗中说话的好。那苗人凤机灵得紧,若屋外见到火光,说不定吞了饵的鱼儿,又给他脱钩逃走。"好几人纷纷附和,说道:"赛总管深谋远虑,见事周详,果然不同。"

但听有人轻轻推开屏风,此时厢房中四下里都坐满了人,有的坐在地下,有的坐在桌上,更有三人在床沿坐下。

胡斐生怕那三人坐得倦了,向后一仰,躺将下来,事情可就闹穿,只得轻轻向里床略移。这一来,与苗若兰却更加近了,只觉她吹气如兰,荡人心魄。他既怕与床沿上的三人相碰,毁了苗若兰的名节,又怕自己胡子如戟,刺到她吹弹得破的脸颊,当下打定了主意,若给人发觉,必当将房中这一十八人杀得干干净净,宁教自己性命不在,也不能留下一张活口,累了这位冰清玉洁的姑娘。

幸喜那三人都好端端的坐着,不再动弹。胡斐不知苗若兰遭点中了穴道,动弹不得,但觉她竟不向里床闪避,不由得又惶恐,又欢喜,一个人就似在半空中腾云驾雾一般。

只听赛总管道:"各位,咱们请杜庄主给大伙儿引见引见。"只听得一个嗓音低沉的人说道:"承蒙各位光降,兄弟至感荣幸。这位是御前侍卫总管赛总管赛大人。赛大人威震江湖,各位当然都久仰的了。"说话之人自是玉笔庄庄主杜希孟。众人轰然说了些仰慕的言语。

胡斐倾听杜希孟给各人报名引见,越听越惊讶。除了赛总管等七人是御前侍卫,其余个个是江湖上成名的一流高手。青藏派玄冥子大师到了,昆仑山灵清道人到了,河南无极门的姜老拳师也到了。此外不是哪一派的掌门、名宿,就是什么帮会的总舵主、什么镖局的总镖头,没一个不是大有来头之人;而那七名侍卫,也全是武林中早享盛名的硬手。

苗若兰心中思潮起伏,暗想:"我只穿了这一点点衣服,却睡在他怀中。此人与我家恩怨纠葛,不知他要拿我怎样?今日初次跟他相会,只觉他相貌虽然粗鲁,却是个文武双全的好男儿,日间酬酢,彬彬有礼,哪知他竟敢对我这般无礼。"虽觉胡斐这样对待自己,实大大不该,但不知怎的,心中殊无恼怒怨怪,惊惶之余,反不由自主的微微有些欢喜,外面十余人大声谈论,她竟一句也没听在耳里。

胡斐比她大了十岁,阅历又多,知道眼前之事干系不小,虽又惊又喜,六神无主,但于帐外各人的说话,却句句仔细听去。他听杜希孟一个个的引见,屈指数着,数到第十六个时,杜希孟便住口不再说了。胡斐心道:"帐外共有一十八人,除杜希孟外,该有十七人,这余下一个不知是谁?"他心中起了这疑窦,帐外也有几个细心之人留意到了。有人问道:"还有一位是谁?"杜希孟却不答话。

隔了半晌,赛总管道:"好!我跟各位说,这位是兴汉丐帮的范帮主。"

众人吃了一惊,内中有一二人讯息灵通的,得知范帮主已给官家捉了去。余人却知丐帮素来与官府作对,决不能跟御前侍卫联手,他突然在峰上出现,人人都觉奇怪。

赛总管道:"事情是这样。各位应杜庄主之邀,上峰来助拳,为的是对付雪山飞狐。可是在抓到狐狸之前,咱们先得抬一尊菩萨下山。"有人笑了笑,说道:"金面佛?"赛总管道:"不错。我们惊动范帮主,本来为的是要引苗人凤上北京相救。天牢中安排下了樊笼,等候他大驾。哪知他倒也乖觉,竟没上钩。"侍卫中有人喉头咕噜了一声,却不说话。

原来赛总管这番话中隐瞒了一件事。苗人凤何尝没去北京?他单身闯天牢,搭救范帮主,人虽没救出,但一柄长剑杀了十名大内侍卫,连赛总管臂上也中了剑伤。赛总管布置虽极周密,终因对方武功太高,竟擒拿不着。这件事是他生平的奇耻大辱,在旁人之前自绝口不提。

赛总管道:"杜庄主与范帮主两位,对待朋友义气深重,答允助我们一臂之力,在下实感激不尽,事成之后,在下奏明皇上,自有大大的封赏……"

说到这里,忽听庄外远处隐隐传来几下脚步之声。他耳音极好,脚步虽又轻又远,可也听得清楚,低声道:"金面佛来啦,我们宫里当差的埋伏在这里,各位出去迎接。"杜希孟、范帮主、玄冥子、灵清道人、姜老拳师等都站起来,走出厢房,只剩下七名大内侍卫。

这时脚步声倏忽间已到庄外,谁都想不到他竟来得这么快,犹如船只在大海中遇上暴风,甫见征兆,狂风大雨已打上帆来;又如迅雷不及掩耳,闪电刚过,霹雳已至。

赛总管与六名卫士都是一惊,呛啷声响,不约而同的纷抽兵刃。赛总管道:"伏下。"就有人手掀罗帐,想躲入床中。赛总管斥道:"蠢才,在床上还不给人知道?"那人缩回了手。七人或躲入床底,或藏在柜中,或隐身书架之后。

胡斐心中暗笑:"你骂人是蠢才,自己才是蠢才。"但觉苗若兰鼻中呼吸,轻轻的喷在自己脸上,再也把持不定,轻轻伸嘴过去,在她脸颊上吻了一下。苗若兰又喜又羞,待要闪开,苦于动弹不得。胡斐一吻之后,忽然不由自主的自惭形秽,心想:"她这么温柔文雅,我怎能欺辱于她?"待要挪身向外,不跟她如此靠近,忽听床底下两名卫士动了几下,低声咒骂。原来几个人挤在床底,一人手肘碰痛了另一人鼻子。

胡斐对敌人向来滑稽,以他往日脾气,此时真想要揭开褥子,往床底下撒一大泡尿,将几个卫士淋个醍醐灌顶,但心中刚有此念,立即想到苗若兰睡在身旁,岂能胡来?又想不知他们如何阴谋对付苗人凤,这时可不能先揭穿了动手。

过不多时,杜希孟与姜老拳师等高声说笑,陪着一人走进厢房,那人正是苗人凤。有人拿了烛台,走在前头。

杜希孟心中纳闷,不知自己家人与婢仆到了何处,怎么一个人影也不见。但赛总管一到,苗人凤跟着上峰,实无余裕再去查察家事,斜眼望苗人凤时,见他脸色木然,不知他心中所想何事。

众人在厢房中坐定。杜希孟道:"苗兄,兄弟与那雪山飞狐相约,今日在此间算一笔旧帐。苗兄与这里几位好朋友高义,远道前来助拳,兄弟委实感激不尽。现下天色已黑,那雪山飞狐仍没到来,定是得悉各位英名,吓得夹住狐狸尾巴,远远逃去了。"胡斐大怒,真想跃将出去,劈脸给他一拳。

苗人凤哼了一声,向范帮主道:"后来范兄终于脱险了?"范帮主站起来深深一揖,说道:"苗兄不顾危难,亲入险地相救,此恩此德,兄弟终身不忘。苗兄大闹北京,不久敝帮兄弟又大举来救,幸好人多势众,兄弟仗着苗兄的威风,才得侥幸脱难。"

范帮主这番话自全属虚言。苗人凤亲入天牢,虽没为赛总管所擒,但大闹一场之后,也没能将范帮主救出。丐帮闯天牢云云,全无其事。赛总管一计不成,二计又生,亲入天牢与范帮主一场谈论,以死相胁。范帮主为人骨头倒硬,任凭赛总管如何威吓利诱,竟半点不屈。赛总管老奸巨猾,善知别人心意,跟范帮主连谈数日之后,知道对付这类硬汉,既不能动之以利禄,亦不能威之以斧钺,但若给他一顶高帽子戴戴,多半颇可收效。当下亲自迎接他进总管府居住,命手下最会谄谀拍马之人,每日里"帮主英雄无敌"、"帮主威震江湖"等等言语,流水价灌进他耳中。范帮主初时还兀自生气,过得数日,甜言蜜语听得多了,竟然有说有笑起来。于是赛总管亲自出马,给他戴的帽子越来越高。后来论到当世英雄,范帮主固然自负,却仍推苗人凤天下第一。赛总管说道:"范帮主这话太谦,想那金面佛虽号称打遍天下无敌手,依兄弟之见,不见得就能胜过帮主。"范帮主给他一捧,舒服无比,心想苗人凤名气自然极大,武功也是真高,但自己也未必就比他差了多少,近年来自己身子壮健,功力日增,说不定还能胜得他一筹半分。

两个人长谈了半夜。到第二日上,赛总管忽然谈起自己武功来。不久在总管府中的侍卫也来一齐讲论,都说日前赛总管与苗人凤接战,起初二百招打成了平手,到后来赛总管已然胜券在握,若非苗人凤见机逃去,再拆一百招他非败不可。范帮主听了,脸上便有不信之色。

赛总管笑道:"久慕范帮主九九八十一路五虎刀并世无双,这次我们冒犯虎威,虽说是皇上有旨,但一半也是弟兄们想见识见识帮主的武功。只可惜大伙儿贪功心切,出齐了大内十八好手,才请得动帮主。兄弟未得能与帮主一对一的过招,实为憾事。现下咱们说得高兴,就在这儿领教几招如何?"范帮主一听,傲然道:"连苗人凤也败在总管手里,只怕在下不是敌手。"赛总管笑道:"帮主太客气了。"两人说了几句,当即在总管府的练武厅中比武较量。

范帮主使刀,赛总管的兵刃却极为奇特,是一对短柄狼牙棒。他力大招猛,武功果然十分了得。两人翻翻滚滚斗了三百余招,全然不分上下,又斗了一顿饭功夫,赛总管渐现疲态,给范帮主一柄刀迫在屋角,连冲数次都抢不出他刀圈。赛总管无奈,只得说道:"范帮主果然好本事,在下服输了。"范帮主一笑,提刀跃开。赛总管恨恨的将双棒抛在地下,叹道:"我自负英雄无敌,岂知天外有天,人上有人。"说着伸袖抹汗,气喘不已。

经此一役,范帮主更让众人捧上了天去。他把众侍卫也都当成了至交好友,对赛总管更言听计从。这粗鲁汉子哪知赛总管有意相让,若各凭真实功夫相拼,他在一百招内就得输在狼牙双棒之下。

然则赛总管何以要费偌大气力,千方百计的与他结纳?原来范帮主的武功虽未能算是一等一高手,但他有一项家传绝技,却人所莫及,那就是二十三路"龙爪擒拿手",沾上身时直如钻筋入骨,敲钉转脚。不论敌人武功如何高强,只要身子的任何部位给他手指一搭上,立时就给拿住,万万脱身不得。赛总管听了田归农之言,要擒住苗人凤取那宝藏的关键,"天牢设笼"之计既然不成,便想到借重范帮主这项绝技。想那金面佛何等本领,范帮主若正面和他为敌,他焉能让龙爪擒拿手上身?但范帮主和他是多年世交,如出其不意的突施暗袭,便有成功之机。

苗人凤听范帮主相谢,当即拱手为礼,说道:"区区小事,何足挂齿?"转头问杜希孟:"但不知那雪山飞狐到底是何等样人,杜兄因何跟他结怨?"

杜希孟脸上一红,含含糊糊的道:"我和这人素不相识,不知他听了什么谣言,竟说我拿了他家传宝物,数次向我索取。我知他武功了得,为人横蛮,我年纪大了,不是他对手,是以请各位上峰,大家说个明白。如他仍恃强不服,各位也好教训教训这后生小子。"苗人凤道:"他说杜兄取了他的家传宝物,却是何物?"杜希孟道:"哪有什么宝物?全然胡说八道。"

当年苗人凤自胡一刀死后,心中郁郁,便即前赴辽东,想查访胡一刀的亲交故旧,打听这位生平唯一知己的轶事义举。一查之下,得悉杜希孟与胡一刀相识,于是上玉笔峰杜家庄来拜访。杜希孟于胡一刀的事迹说不上多少,但对苗人凤招待得十分殷勤,又亲自陪他去看胡一刀的故宅,却见胡家门垣破败,早无人居。

苗人凤推爱对胡一刀的情谊,由此而与杜希孟订交,那已是二十多年前的事了。这时听他说得支支吾吾,便道:"倘若此物当真是那雪山飞狐所有,待会他上得峰来,杜兄还了给他,也就是了。"杜希孟急道:"本就没什么宝物,却教我哪里去变出来给他?"

范帮主心想苗人凤精明机警,时候一长,必能发觉屋中有人埋伏,当即劝道:"杜庄主,苗兄的话一点不错,物各有主,何况是家传珍宝?你还给了他,也就是了,何必大动干戈,伤了和气?"杜希孟急了起来,道:"你也这般说,难道不信我的话?"范帮主道:"在下对此事不知原委,但金面佛苗兄既这般说,定是不错。范某行走江湖,对谁的话都不轻信,可就只服了金面佛苗兄一人。"

他一面说,一面走到苗人凤身后,双手舞动,以助言语声势。

苗人凤听他话中偏着自己,心想:"他是一帮之主,究竟见事明白。"突觉耳后"风池穴"与背心"神道穴"上一麻,情知不妙,左臂急忙挥出击去。哪知这两大要穴给范帮主以龙爪擒拿手拿住,登时全身酸麻,任他有天大武功、百般神通,却半点施展不出。

但金面佛号称"打遍天下无敌手",奇变异险,一生中不知已经历凡几,岂能如此束手就擒?大喝一声,一低头,腰间用力,竟将范帮主一个庞大的身躯从头顶甩了过去。赛总管等齐声呼叱,各从隐身处窜出。

范帮主为苗人凤甩过了头顶,但他这龙爪擒拿手如影随形,似蛆附骨,身子已在苗人凤前面,两只手爪却仍牢牢拿住了他背心穴道,有如铁铸,更不脱手。苗人凤见四下里有人窜出,暗想:"我一生纵横江湖,今日阴沟里翻船,竟遭小人暗算。"见一名侍卫扑上前来,张臂抱向他头颈。

苗人凤盛怒之下,无可闪避,脖子向后一仰,随即脑袋向前疾挺,猛地一个头锤撞了过去。这时他全身内劲,都聚在额头,一锤撞在那侍卫双眼之间,喀的一声,那侍卫登时毙命。余人大惊,本来一齐扑上,忽地都在离苗人凤数尺之外止住。

苗人凤四肢无力,头颈却能转动,他一撞成功,随即横颈又向范帮主急撞。范帮主吓得心胆俱裂,急中生智,一低头,牢牢抱住他腰身,将脑袋顶住他小腹。苗人凤穴道松开,四肢可动,抬足踢飞一名迫近身旁的侍卫,立即伸手往范帮主背心拍去,哪知手掌刚举到空中,四肢立时酸麻,这一掌竟击不下去,却是范帮主又拿住他腰间的"章门穴"。

这几下兔起鹘落,瞬息数变。赛总管心知范帮主的偷袭只能见功于顷刻,时刻稍久,苗人凤必能化解,当即抢上前去,伸指在他"京门穴"上点了两点。他的点穴功夫出手迟缓,但落手极重。苗人凤嘿的一声,险些晕去,就此全身软瘫。

范帮主钻在苗人凤怀中,不知身外之事,十指紧紧拿在他章门穴中。赛总管笑道:"范帮主,你立了奇功一件,放手吧!"他说到第三遍,范帮主方始听见。他抬起头来,但兀自不敢放手。

一名侍卫从囊中取出精钢铐镣,将苗人凤手脚都铐住了,范帮主这才松手。

赛总管对苗人凤极是忌惮,只怕他竟又设法兔脱,那可后患无穷,从侍卫手中接过单刀,说道:"苗人凤,非是我姓赛的不够朋友,只怨你本领太强,不挑断你的手筋脚筋,我们大伙儿白天吃不下饭,晚上睡不着觉。"左手拿住苗人凤右臂,右手举刀,就要斩他臂上筋脉,只消四刀下去,苗人凤立时就成了废人。

范帮主伸手架住赛总管手腕,叫道:"不能伤他!你答应我的,又发过毒誓。"赛总管一声冷笑,心想:"你还道我当真敌你不过。不给你些颜色看看,只怕你这小子狂妄一世!"当下手腕一沉,腰间运劲,右肩突然撞将过去。一来他这一撞力道奇大,二来范帮主并未提防,蓬的一声,身子直飞出去,竟将厢房板壁撞穿一个窟窿,破壁而出。赛总管哈哈大笑,举刀又向苗人凤右臂斩下。

胡斐在帐内听得明白,心想:"苗人凤虽是我杀父仇人,但他乃当世大侠,岂能命丧鼠辈之手?"一声大喝,从罗帐内跃出,飞出一掌,将一名侍卫拍得撞向赛总管。这一来奇变陡起,赛总管猝不及防,抛下手中单刀,将那侍卫接住。

胡斐乘赛总管这么一缓,双手已抓住两名侍卫,头对头的一碰,两人头骨破裂,立时毙命。胡斐左掌右拳,又向二人打去。混乱之中,众人也不知来了多少敌人,见胡斐一出手便神威迫人,不禁先自胆怯。

胡斐右拳打在一名侍卫头上,将他击得晕去,左掌挥出,倏觉敌人一黏一推,自己手掌登时滑了下来,心中一凛,定眼看时,见对手银髯过腹,满脸红光,虽不识此人,但他这一招"混沌初开"守中有攻,的是内家名手,非无极门姜老拳师莫属。

胡斐见敌手众多,内中不乏高手,当下飞腿猛往灵清道人胸口踢去。灵清道人练的是外家功夫,见他飞足踢到,手掌往他足背硬斩下去。胡斐就势缩身,双手探出,往人丛中抓去。厢房内地势狭窄,十多人挤在一起,众人无处可避。呼喝声中,胡斐一手已抓住杜希孟胸膛,另一手抓住了玄冥子小腹,将两人当作兵器一般,直往众人身上猛推过去。众人挤在一起,给他抓着两人强力推来,只怕伤了自己人,不敢反手相抗,只得退缩。十余人给逼在屋角之中,一时极为狼狈。

赛总管见情势不妙,喝道:"什么人?"从人丛中一跃而起,十指如钩,猛往胡斐头顶抓到。胡斐一听到他喝声,便认出他是赛总管,正是要引他出手,哈哈一笑,向后跃开数步,叫道:"老赛啊老赛,你太不要脸哪!"赛总管一怔,怒道:"什么不要脸?"

胡斐手中仍抓住杜希孟与玄冥子二人,他所抓俱在要穴,两人空有一身本事,却半点施展不出,只有软绵绵的任他摆布。胡斐道:"你合十余人之力,又施奸谋诡计,才将金面佛拿住,称什么满洲第一高手?"

赛总管给他说得满脸通红,左手一摆,命众人布在四角,将胡斐团团围住,喝道:"你就是什么雪山飞狐了?"胡斐笑道:"不敢,正是区区在下。我先前也曾听说北京有个什么赛总管,还算得是个人物,哪知竟是如此无耻小人。这样的脓包混蛋,到外面来充什么字号?给我早点儿回去抱娃娃吧!"

赛总管一生自负,哪里咽得下这口气去?见胡斐虽浓髯满腮,年纪却轻,心想你本领再强,功力哪有我深,然见他抓住了杜希孟与玄冥子,举重若轻,毫不费力,心下又自忌惮,不敢出口挑战,正自踌躇,胡斐叫道:"来来来,咱们比划比划。三招之内赢不了你,姓胡的跟你磕头！"

赛总管正感为难，一听此言，心想："若要胜你，原无把握，但凭你有天大本领，想在三招之中胜我，除非我是死人。"他愤极反笑，说道："很好，姓赛的就陪你走走。"胡斐道："倘若三招之内你败于我手，那便怎地？"赛总管道："任凭你处置便是。赛某是何等样人，那时岂能再有脸面活在世上？不必多言，看招！"说着双拳直出，猛往胡斐胸口击去。他见胡斐抓住杜玄二人，只怕他以二人身子挡架，当下欺身直进，叫他非撒手放人、回掌相格不可。

胡斐待他拳头打到胸口，竟不闪不挡，突然间胸部一缩，将这一拳化解于无形。赛总管万料不到他年纪轻轻，内功竟如此精湛，惊诧之下，防他运劲反击，忙向后跃开。众人齐声叫道："第一招！"其实这一招是赛总管出手，胡斐并未还击，但众人有意偏袒，竟然也算一招。

胡斐微微一笑，忽地咳嗽一声，一口唾液激飞而出，猛往赛总管脸上吐去，同时双足"鸳鸯连环"，向前踢出。

赛总管吃了一惊，要躲开这一口唾液，若非上跃便当低头缩身，倘若上跃，小腹势非给敌人左足踢中不可，但如缩身，却是将下颚凑向敌人右足去吃他一脚，这当口上下两难，只得横掌当胸，护住门户，那口唾液噗的一声，正中双眉之间。本来这样一口唾液，连七八岁小儿也能避开，苦于敌人伏下凶狠后着，令他不得不眼睁睁的挺身领受。

众人见他脸上受唾，为了防备敌人突击，竟不敢伸手去擦，如此狼狈，那"第二招"这一声叫，就远没首次响亮。

赛总管心道："我纵受辱，只须守紧门户，再接他一招又有何难，到那时且瞧他有何话说？"大声喝道："还剩下一招。上吧！"

胡斐微微一笑，跨上一步，突然提起杜希孟与玄冥子，迎面向他打去。赛总管早料他要出此招，计算早定："常言道无毒不丈夫，当此危急之际，非要伤了朋友不可，那也叫做没法。"见两人身子横扫而来，双臂一振，猛挥出去。

胡斐双手抓着两人要穴，待两人身子和赛总管将触未触之际，忽地松手，随即抓住两人非当穴道处的肌肉。

杜希孟与玄冥子给他抓住了在空中乱挥，浑浑噩噩，早不知身在何处，突觉穴道松弛，手足能动，不约而同的四手齐施，打了出去。他二人原意是要挣脱敌人的掌握，是以出手都是各自的生平绝招，决死一拼，狠辣无比。但听赛总管一声大吼，太阳穴、胸口、小腹、胁下四处同时中招，再也站立不住，双膝酸软，坐倒地下。胡斐双手一放一抓，又已拿住了杜玄二人的要穴，叫道："第三招！"

他一言出口，双手加劲，杜玄二人哼也没哼一声，都已晕去。这一下重手拿穴，力透经脉，纵有高手救治，也非十天半月之内所能解穴。他跟着提起二人，顺手往身前另外二人掷去。那二人大惊，只怕杜玄二人又如对付赛总管那么对付自己，急忙旁跃闪避。胡斐一纵而前，乘二人身在半空、尚未落下之际，一手一个，又已抓住，这才转过身来，向赛总管道："你怎么说？"

赛总管委顿在地，登觉雄心尽丧，万念俱灰，喃喃的道："你说怎么就怎么着，又问我怎地？"胡斐道："快放了苗大侠。"赛总管向两名侍卫摆了摆手。那两人过去解开了苗人凤的镣铐。

苗人凤身上的穴道是赛总管所点，那两名侍卫不会解穴。胡斐正待伸手解救，哪知苗人凤暗中运气，正在自行通解，手脚上镣铐一松，他吸一口气，小腹一收，竟自将受封的穴道解开了，左足起处，已将灵清道人踢了出去，同时左拳递出，砰的一声，将另一人打得直掼而出。

范帮主为赛总管撞出板壁，隔了半晌，方能站起，正从板壁破洞中跨进房来，不料苗人凤打出的那人正好撞在他身上。这一撞力道奇大，两人体内气血翻涌，昏昏沉沉，难分友敌，立即各出绝招，互相缠打不休。

灵清道人虽给苗人凤一脚踢出，但他究是昆仑派名宿，武功有独到造诣，身子飞在半空，腰间一扭，已头上脚下，换过位来，腾的一声，跌坐在床沿之上。

胡斐大吃一惊，待要抢上前去将他推开，忽觉一股劲风扑胸而至，同时右侧又有金刃劈风之声，原来姜老拳师与另一名侍卫同时攻到。侍卫的一刀还易闪避，姜老拳师这一招"斗柄东指"却不易化解，只得双足站稳，运劲接了他一招。但那无极拳绵若江河，一招甫过，次招继至，一时竟教他缓不出手足。

灵清道人跌在床边，嗤的一响，将半边罗帐拉下，跃起身时，竟将苗若兰身上盖着的棉被掠在一旁，露出了上身。

苗人凤正斗得兴起，忽见床上躺着一个少女，亵衣不足蔽体，双颊晕红，一动也不动，正是自己的独生爱女，这一下他如何不慌，叫道："兰儿，你怎么啦？"苗若兰开不得口，只举目望着父亲，又羞又急。

苗人凤双臂力振，从四名敌人之间硬挤过去，一拉女儿，但觉她身子软绵绵的动弹不得，竟是遭人点中了穴道。他亲眼见胡斐从床上被中跃出，原来竟在欺侮自己爱女。他气得几欲晕去，也不及解开女儿穴道，只骂了一声："奸贼！"双臂挥出，疾向胡斐打去。

此时他眼中如要喷出火来，这双拳击出，实为毕生功力之所聚，势头犹如排山倒海一般。胡斐一惊，他适才正与姜老拳师凝神拆招，心无旁骛，没见到苗人凤如何去拉苗若兰，心下大奇，明明自己救了他，何以他反向自己动武，见来势厉害，不及喝问，忙向左闪让，但听砰的一声大响，苗人凤双拳已击中一名武师背心。

这人所练下盘功夫直如磐石之稳，一个马步一扎，纵是几条壮汉同时出力，也决拖他不动。苗人凤双拳击到之时，他正背向胡斐，不意一个打得急，一个避得快，这双拳头正好击中他背心。若换作旁人，中了这两拳势必扑地摔倒，但这武师下盘功夫实在太好，以硬碰硬，喀的一响，脊骨从中断绝，一个身子软软的折为两截，双腿仍然牢钉于地，上身却弯了下去，额角碰地，再也挺不起来。

众人见苗人凤如此威猛，发一声喊，四下散开。苗人凤左腿横扫，又向胡斐踢到。

胡斐见苗若兰在烛光下赤身露体，几个存心不正之徒已在向她斜睨直望，心想先保她洁白之躯要紧，顺手拉过一名侍卫，在自己与苗人凤之间一挡，身形一斜，窜到床边，扯过被子裹在苗若兰身上。这几下起落快捷无伦，众人尚未看清，他已抱起苗若兰从板壁缺口钻了出去。

苗人凤提脚将那侍卫踢得飞向屋顶，见胡斐竟掳了爱女而走，又惊又怒，大叫："奸贼，快放下我儿！"纵身追出，但室小人挤，给几名敌人缠住了，任他拳劈足踢，一时难以脱身。

月光下只见一人一跛一拐的走近,正是杜希孟杜庄主。他将一个尺来长的包裹递给胡斐,颤声道:「这是你妈妈的遗物,里面一件不少,你收着吧。」

十

胡斐见苗人凤发怒时一副神威凛凛的模样，心下也自骇然，抱着苗若兰不敢停留，抢到崖边，一手拉索，溜下峰去。他知附近有个山洞人迹罕至，便展开轻身功夫，直奔而去，手中虽抱了人，但苗若兰身子甚轻，全没减了他奔跑之速。

不到一盏茶功夫，已抱着苗若兰进了山洞，将棉被紧紧裹住她身子，让她靠在洞壁，心中踌躇："若要解她穴道，非碰到身子不可，如不解救，时间一长，她不会内功，只怕身子有损。"好生难以委决，当下取火折点燃了一根枯枝。

火光下见苗若兰美目流波，俏脸生晕，便道："苗姑娘，在下绝无轻薄冒渎之意，但要解开姑娘穴道，难以不碰姑娘贵体，此事该当如何？"苗若兰虽不能点头示意，但目光柔和，似羞似谢，殊无半点怒色。胡斐大喜，先吹熄柴火，伸手到衾中在她几处穴道上轻轻按摩，为她解通了受闭的经脉。

苗若兰手足渐能活动，低声道："行啦，多谢您！"胡斐急忙缩手，待要说话，却不知说什么好，过了良久，才道："适才冒犯，实为无意之过，此心光明磊落，天日可鉴，务请姑娘恕罪。"苗若兰低声道："我知道。我不怪你。"

两人在黑暗之中，相对不语。山洞外虽冰天雪地，但两人心头温暖，山洞中却如春风和煦，春日融融。

过了一会，苗若兰道："不知我爹爹现下怎样了。"胡斐道："令尊英雄无敌,这些人不是他对手。你放心好啦。"苗若兰轻轻叹了口气,说道:"可怜的爹爹,他以为你……你对我不好。"胡斐道:"这也难怪,适才情势确甚尴尬。"

苗若兰脸上一红,道:"我爹爹因有伤心之事,是以感触特深,请您不要见怪。"胡斐道:"什么事?"一问出口,立觉失言,想要用言语岔开,却一时不知说什么好。他号称雪山飞狐,平时聪明伶俐,机变百出,但今日在这个温雅的少女之前,不知怎的,竟似变成了另一个人,显得甚为拙讷。

苗若兰道:"此事说来有愧,但我也不必瞒你,那是我妈的事。"胡斐"啊"了一声。苗若兰道:"我妈做过一件错事。"胡斐道:"人孰无过?那也不必放在心上。"苗若兰缓缓摇头,说道:"那是一件大错事。一个女子一生不能错这么一次。我妈妈做这件事毁了,连我爹爹也险些给这事毁了。"

胡斐默然,心下已料到了几分。苗若兰道:"我爹是江湖豪杰。我妈却是出身官家的千金小姐。有一次我爹无意之中救了我妈性命,他们才结了亲。两人本来不大相配,那也罢了。可是我爹有一件事大大不对,他常在我妈面前,夸奖你妈的好处。"

胡斐奇道:"我的母亲?"苗若兰道:"是啊。我爹跟令尊比武之时,你妈妈英风飒爽,比男子汉还有气概。我爹平时闲谈,常自羡慕令尊,说道:'胡大侠得此佳偶,活一日胜过旁人百年。'我妈听了虽不言语,心中却甚不快。后来天龙门的田归农到我家来作客。他相貌英俊,谈吐风雅,又能低声下气的讨人喜欢。我妈一时胡涂,竟撇下了我,偷偷跟着那人走了。"

胡斐轻轻叹了口气,难以接口。苗若兰话声哽咽,说道:"那时我还只三岁,爹抱了我连夜追赶,他不吃饭不睡觉,连追三日三夜,终于赶上了他们。那田归农见到我爹,哪敢动手?我妈却全力护着他。我爹见我妈妈对这人如此真心相爱,无可奈何,抱了我走了,回到家来生了一场大病,险些死去。他对我说,若不是见我孤苦伶仃,在这世上没人照顾,他真不想活啦。一连三年,他不出大门一步,有时叫着:'兰啊兰,你怎地如此胡涂?'我妈妈的名字之中,也是有个'兰'字的。"她说到此处,脸上一红。当时女子的名字也得严守秘密,旁人只知女子姓氏,只有对至亲至近之人方能告知名字。她这么说,等如是对胡斐说自己名字中有个"兰"字。

胡斐虽见不到她脸上神色,但听她竟把家中最隐秘的可耻私事,也毫不讳言的告知了自己,感激无已,最后听她提到她自己小名,更如饮醇醪,颇有微醺薄醉之意,说道:"苗姑娘,那田归农存心极坏,对你妈未必有什么真正情意。"其实当时田归农诱走苗若兰的母亲之后,曾设计来害苗人凤,胡斐曾对苗援手,但他此时却不提此事。

苗若兰叹了口气道:"我爹也这么说。只是他时常埋怨自己,说道若非他对我妈不够温存体贴,我妈也不致受了旁人的骗。我爹号称打遍天下无敌手,但说到待人处世的本事,却不及田归农了。那姓田的欺骗我妈,其实是想得到我苗家家传的一张藏宝之图。可是他虽令我一家受苦,令我自幼就成了个无母之人,到头来却仍白费了心机。我妈看穿了他用心,临终之时,仍将藏着地图的凤头珠钗还给了我爹。"于是将刘元鹤在田归农床底的所见所闻,说了一遍,最后说到那图如何给宝树他们抢去,那些人如何凭了闯王军刀与地图去找宝藏。

胡斐恨恨的道:"这姓田的心思也忒煞歹毒。他畏惧你爹爹,又弄不到地图,就想假手官家,将你爹爹擒住,好迫他交出图来。哪知天网恢恢,终于难逃孽报。唉,这宝藏不知害了多少人。"

他停了片刻,又道:"苗姑娘,不过我爹和我妈,却是因这宝藏而成亲的。"

苗若兰道:"啊,是么?快说给我听。"她虽矜持,究竟年纪幼小,心喜之下,伸手去握住了胡斐的手,但随即觉得不妙,要待缩回,胡斐却翻过手掌,轻轻握住了她手不放。苗若兰脸上一红,也就不再缩回,只觉胡斐手上热气,直透进自己心里。

胡斐道:"你道我妈是谁?她是杜希孟杜庄主的表妹。"苗若兰更加惊奇,说道:"我自幼识得杜伯伯,爹爹却从来没提起过。"

胡斐道:"我在爹爹的遗书中得悉此事,想来令尊未必知道其中详情。杜庄主得到一些线索,猜得宝藏必在雪峰附近,是以长住峰上找寻。他一来心思迟钝,二来机缘不巧,始终参透不出宝藏的所在。我爹爹暗中查访,却反而先他得知。他进了藏宝之洞,见到田归农的父亲与你祖父死在洞中,正想发掘宝藏,哪知我妈跟着来了。

"我妈的本事要比杜庄主高得多。我爹连日在左近出没,她早瞧出了端倪。她跟进宝洞,和我爹动起手来。两人不打不成相识,互相钦慕,我爹就开言提出求亲。我妈说道:她自幼受表哥杜希孟抚养,若让我爹取去宝藏,那便对表哥不起,问我爹要她还是要宝藏,两者只能得一。

"我爹哈哈大笑,说道就是十万个宝藏,也及不上我妈。他提笔写了一篇文字,记述此事,封在洞内,好令后人发现宝藏之时,知道世上最宝贵之物,乃是两心相悦的真正情爱,决非价值连城的宝藏。我见到这篇遗文,才知当时详情。"

苗若兰听到此处,不禁悠然神往,低声道:"你爹娘虽然早死,可比我爹妈快活得多。"胡斐道:"只是我自幼没爹没娘,却比你可怜得多了。"苗若兰道:"我爹爹若知你活在世上,就是抛尽一切,也要领你去抚养。那么咱们早就可以相见啦。"胡斐道:"我若住在你家里,只怕你会厌憎我。"

苗若兰急道:"不!不!那怎么会?我一定会待你很好很好,就当你是我亲哥哥一般。"胡斐怦怦心跳,问道:"现在相逢还不迟么?"苗若兰不答,过了良久,轻轻说道:"不迟。"又过片刻,说道:"我很欢喜。"

古人男女风怀恋慕,只凭一言片语,便传倾心之意。

胡斐听了此言,心中狂喜,说道:"胡斐终生不敢有负。"

苗若兰道:"我一定学你妈妈,不学我妈。"她这两句话说得天真,可是语意之中,充满了决心,那是把自己一生的命运,全盘交托给了他,不管是好是坏,不管将来是祸是福,总之是与他共同担当。

两人双手相握,不再说话,似乎这小小山洞就是整个世界,登忘身外天地。

过了良久,苗若兰才道:"咱们去找我爹爹,一起走吧,别理杜庄主他们啦。"胡斐道:"好的。"可是他一生之中,从未有如此刻之乐,实不愿离开山洞。苗若兰也有此心,觉得不如说些闲话,多留一刻好一刻,便问:"杜庄主既是你长亲,何以你要跟他为难?"

胡斐恨恨的道:"这件事说来当真气人。我妈临终之时,拜恳你爹照看,养我成人。我妈在我爹去世之前几日,在我襁褓中放了一包遗物,一通遗书,其中记明我的生日时辰,我胡家的籍贯、祖宗姓名,以及世上的亲戚。后来变生不测,平四叔抱了我逃走。他以为你父有害我之意,见到遗书中有杜庄主的姓名,便抱了我前去投奔。哪知杜庄主起心不良,想得我爹的武学秘本。他又隐约猜到我爹妈知道宝藏秘密,竟来搜查我妈给我的遗物。平四叔情知不妙,抱着我连夜逃下雪峰。我爹的武学秘本是带走了,但我妈给我的一包遗物,却失落在庄上。这次我跟他约会,是要问他为什么欺侮我一个幼年孤儿,又要向他索回我妈所遗的物件。"

苗若兰道:"杜庄主对人温和谦善,甚是好客,想不到待你竟这么坏。"胡斐道:"这人假仁假义,单是他阴谋害你爹爹,就可想见其余……"随即语气转柔,说道:"不过现下我也不恼他了。若不是他,我又怎能跟你相逢?"

正说到此处,忽听洞外传来一阵兵刃相交之声,隐隐夹杂着呼喝叱骂。只声音极沉极闷,胡斐依稀分辨得出,苗若兰却还道是风动松柏,雪落山巅。

胡斐道:"这声音来自地底,那可奇了。你留在这里,我瞧瞧去。"说着站起身来。苗若兰道:"不,我跟你去。"胡斐也不愿留她一人孤身在此,说道:"好。"携着她手,出洞寻声而去。

两人在雪地上缓缓走出数十丈。这天是三月十五,月亮正圆,银色的月光映着银色的雪光,胡斐见到月光雪光映在身旁苗若兰皎洁无瑕的脸上,当真是人间仙境,此夕何夕?这时胡斐早除下自己长袍,披在苗若兰身上。月光下四目交投,于身外之事,全不萦怀。

两人心中柔和,古人咏叹深情密意的诗句,忽地一句句涌向口边。胡斐不自禁低声说道:"宜言饮酒,与子偕老。"苗若兰仰起头来,望着他眼睛,轻轻的道:"琴瑟在御,莫不静好。"这是《诗经》中一对夫妇的对答之词,情意绵绵,温馨无限。突然之间,地底呼声转剧,两人当即止步,侧耳倾听。

胡斐一辨声音,说道:"他们找到了宝藏所在,正在地下厮杀争夺。"他从父亲遗书之中得知宝藏地点,曾进入数次,取出父母当年封存的文字,又取了田归农之父的黄金小笔。这日早晨他用小笔投射田青文,就是示警之意。他虽知宝藏所在,但体念父母遗志,不肯发掘。这时辨声知向,料定宝树等定然见财眼红,正互相争夺。

胡斐所料丝毫不错,那地底山洞之中,天龙门、饮马川山寨、平通镖局诸路人马,为了争夺宝物,正自杀成一团。宝树袖手旁观,不住冷笑,心想且让你们打个三败俱伤,老僧再慢慢一个个的收拾。

周云阳与熊元献又扭在一起,在地下滚来滚去。两人突然间滚到了火堆之旁,互欲将对方压在火上,哪知几个打滚,险些压熄了火头。宝树骂道:"压灭了火,大伙儿都冻死么?"伸出右脚,抄到周云阳身底一挑,两个人一齐飞起,远离火堆,腾的一声,同时落地。

宝树嘿嘿一笑,弯腰拿起几根粗柴,添入火堆。正要挺直身子,忽见火光突然跳动,在对面冰壁上映出两个人影,人影也在微微跳动。宝树吃了一惊,转过身来,见山洞口并肩站着二人。一个脸带娇羞,乃是苗若兰,另一个虬髯戟张、眼露杀气,却是雪山飞狐胡斐。

宝树"啊"的一声,右手急扬,一串铁念珠激飞而出。念珠初掷出似是一串,其实串着铁珠的丝线早给他捏断,数十颗铁珠上下左右,分打胡苗二人要害。这是他苦练十余年的绝技,从"满天花雨"的手法中化出,恃以保身救命,临敌之时从未用过,此时陡逢大敌,事势紧迫,立施杀手。

胡斐微微冷笑,踏上一步,挡在苗若兰身前。宝树见他并无特异功夫挡避,心下大喜,暗道:"原来你装模作样,功夫也不过尔尔,这番可要叫你死无葬身之地了。"正自得意,但见胡斐双手衣袖倐地挥出,已将数十颗来势奇急的铁念珠尽行卷住,衣袖振处,嗒嗒急响,如落冰雹,铁念珠都飞向冰壁,只打得碎冰四溅。

宝树一见之下,不由得心胆俱裂,急忙倒跃,退在曹云奇身后,生怕胡斐跟着上前,大叫一声:"不好了!"双手抓住曹云奇背心,提起他一个魁伟长大的身子,就往火堆中掷将过去。他本意将火堆压灭,好教胡斐瞧不见自己,哪知道火堆刚得他添了干柴,烧得正旺。曹云奇跌入火中,衣服着火,洞中更加明亮。

胡斐见宝树一上来就向自己和苗若兰猛施毒手,想起平阿四适才所言,这和尚卑鄙恶辣,无所不用其极,心中怒火大炽,立时也如那火堆般烧了起来,弯腰抄起一把珠宝,托在左手掌心,右手食指不住弹动。

但见珍珠、珊瑚、碧玉、玛瑙、翡翠、钻石、水晶、猫儿眼、祖母绿,各种各样的珍物,如雨点般往宝树身上飞去。每一块宝物射到,都打得他剧痛难当。宝树纵高窜低,竭力闪避,但胡斐手指弹出,珍宝飞到,准头不偏半点,宝树又怎避得开?洞中人数不少,这些珠宝却始终不碰到别人身上。

刘元鹤、陶百岁等见此情景,个个贴身冰壁,一动也不敢动。宝树初时还东西奔跃,后来足踝上连中了两块碧玉,就此倒地,再也站不起身,高声号叫,在地下滚来滚去。他先前只愁珍宝不多,此时却但愿珍宝越少越好。

胡斐越弹手劲越重,但避开了宝树身上要害,要让他多吃些苦头。众人缩在洞角,凝神观看,个个吓得心惊肉跳,连大气也不敢喘一口。

苗若兰听宝树叫得凄惨,心下不忍,低声道:"这人确是很坏,但也够他受的了。饶了他吧!"胡斐生平除恶务尽,何况这人正是杀父害母的大仇人,但一听苗若兰之言,突然觉得自己此刻福祉无穷,喜乐无极,对这恶人的憎恨之心,登时淡了许多,当即左手一掷,掌中余下的十余件珍宝激飞而出,叮叮当当一阵响,尽数嵌入了冰壁。

众人尽皆骇然,暗道:"这些珠宝若要宝树受用,单只一件就要了他性命。"

胡斐睁大双目,自左至右逐一望过去,眼光射到谁的脸上,谁就不自禁的低下头去,不敢与他目光相接。洞中寂静无声。宝树身上虽痛,却也不敢发出半声呻吟。

隔了良久,胡斐喝道:"各位如此贪爱珍宝,就留在这里陪伴宝藏吧!"说着携了苗若兰的手,转身便出。

众人万料不到他居然肯这么轻易罢手,个个喜出望外,但听他二人脚步声在隧道中逐渐远去,各人齐声低呼,俯身又去捡拾珠宝。

胡斐和苗若兰来到两块圆岩之外。胡斐道:"我们在这里等上一会,瞧他们出不出来。哪一个贪念稍轻,自行出来,就饶了他性命。"

洞内各人双手乱扒,拼命的执拾珠宝,只恨爹娘当时少生了自己两三只手。过了良久,突然甬道中传来一阵郁闷的轧轧之声,众人初尚不解,转念之间,个个惊得脸如土色,齐叫:"啊哟,不好啦!""他堵死了咱们出路。""快跟他拼了。"众人情急之下,争先恐后的拥出,奔到圆岩之后,果见那块巨岩已让胡斐推回原处,牢牢的堵住了洞门。

洞门甚窄,在外尚有着力之处,内面却只容一人站立,岩面光滑,无所拉扯,这么一堵上,过不多时,融化了的冰水重行冻结,若非外面有人来救,洞内诸人万万不能出来。

苗若兰心中不忍,道:"你要他们都死在里面么?"胡斐道:"你说,里面哪一个是好人,饶得他活命?"

苗若兰叹了口气,道:"这世上除了爹爹和你,我不知道还有谁是真正好人。可是,你总不能把天下的坏人都杀了啊。"胡斐一怔,道:"我哪算得是好人?"

苗若兰抬头望着他,说道:"我知道你是好的。我没见你面的时候就知道啦!大哥,你可知在什么时候,我这颗心就已交了给你?"

这是她第一次出口叫他"大哥",可是这一声叫得那么流畅自如,随随便便的脱口而出,便似已经叫了一辈子一般。胡斐再也抑制不住,张臂抱住了她。苗若兰伸手还抱,倚在他怀中。两人搂抱在一起,但愿这一刻永无穷尽。

两人这样搂抱着,也不知过了多少时候,忽然洞口传进来几下脚步之声。胡斐心道:"不好!我堵死别人,别要螳螂捕蝉,黄雀在后,另有别人来堵死了我们。"手臂搂着苗若兰不放,急步抢出洞去。

月光之下,但见雪地里有两人在发力奔逃,显然便是雪峰上与自己动过手的武林豪客。胡斐笑道:"你爹爹把那些家伙都赶跑啦。"弯腰在地下抓起一把雪,手指用劲,这把雪立时团得坚如铁石。他手臂一挥,雪团直飞过去,击中前面一人后腰。那人一交俯跌,再也站不起来。后面一人吃了一惊,回过头来,一个雪团飞到,正中胸口,立时仰天摔倒。两人跌法不同,却同样的再不站起。

胡斐哈哈一笑,忽然柔声道:"你什么时候把心交给了我?我想一定没我早。我第一眼瞧你,我……我就立誓要照顾你,保护你,让你一生平安喜乐。"苗若兰轻声道:"十年之前,那时候我还只七岁,我听爹爹说你爹妈之事,心中就尽想着你。我对自己说,若那个可怜的孩子活在世上,我要照看他一生一世,要教他快快活活,忘了小时候别人怎样欺侮他、亏待他。"

胡斐心下感激,不知说什么才好,只紧紧的将她搂在怀里,眼光从她肩上望去,忽见雪峰上几个黑影,正缘着绳索往下急溜。

胡斐叫道:"咱们帮你爹爹截住这些歹人。"说着足底加劲,搂着苗若兰急奔,片刻间已到了雪峰之下。

这时两名豪客已踏到峰下实地,尚有几名正急速下溜。胡斐放下苗若兰,双手各握一个雪团,双臂齐扬,峰下两名豪客应声倒地。

胡斐正要再掷雪团,投击尚未着地之人,忽听半山间有人朗声说道:"是我放人走路,旁人不必拦阻。"这两句话一个字一个字的从半山里飘将下来,洪亮清朗,正是苗人凤的说话。苗若兰喜叫:"爹爹!"

胡斐听苗人凤的话声尚在百丈以外,但语音遥传,若对其面,金面佛内力之深,确是己所莫及,不禁大为钦佩,双手一振,扣在掌中的雪团双双飞出,又中躺伏在地的两名豪客身上,不过上次是打穴,这次却是解穴。那二人蠕动了几下,撑持起来,发足狂奔而去。

但听半空中苗人凤叫道:"果然好俊功夫,就可惜不学好。"这十二字评语,一字近似一字,只见他又瘦又长的人形缘索直下,"好"字一脱口,人已站在胡斐身前。

两人互相对视,均不说话。但听四下里乞乞擦擦,尽是踏雪之声,这次上峰的好手中留得性命的,都四散走了。

月光下只见一人一跛一拐的走近,正是杜希孟杜庄主。他将一个尺来长的包裹递给胡斐,颤声道:"这是你妈的遗物,里面一件不少,你收着吧。"胡斐接在手中,似有一股热气从包裹传到心中,全身不禁发抖。

苗人凤见杜希孟的背影在雪地里蹒跚远去,心想此人文武全才,广交当世英豪,也算得是个人杰,与自己二十余年的交情,只因一念之差,落得身败名裂,实是可惜。他不知杜希孟与胡斐之母有中表之亲,更不知胡斐就是二十多年来自己念念不忘的孤儿,缓缓转过头来,只见女儿身披男人袍服,怯生生的站在胡斐身旁,心想眼前这男子虽救了自己性命,却玷污了女儿清白,念及亡妻失节之事,恨不得杀尽天下轻薄无行之徒,一时胸口如要迸裂,低沉着声音道:"跟我来!"说着转身大踏步便走。

苗若兰叫道:"爹,是他……"苗人凤沉默寡言,素来不喜多说一个字,也不喜多听一个字,此时盛怒之下,更不让女儿多说。他见胡斐伸手去拉女儿,喝道:"好大胆!"闪身欺近,左手倏地伸出,破蒲扇一般的手掌已将胡斐左臂握住,说道:"兰儿你留在这儿,我和这人有几句话说。"说着向右侧一座山峰一指。那山峰虽远不如玉笔峰那么高耸入云,但险峻巍峨,殊不少逊。他放开胡斐手臂,向那山峰急奔过去。

胡斐道:"兰妹,你爹既这般说,我就过去一会儿,你在这里等着。"苗若兰道:"你答允我一件事。"胡斐道:"别说一件,就千件万件,也全凭你吩咐。"苗若兰道:"我爹若要你娶我……"最后两字声若蚊鸣,几不得闻,低下了头,羞不可抑。

胡斐将适才从杜希孟手里接来的包裹交在她手里,柔声道:"你放心。我将我妈的遗物交于你手。天下再没一件文定之物,能有如此隆重的。"

苗若兰接过包裹,身子不自禁的微微颤动,低声道:"我自然信得过你。只是我知道爹爹脾气,倘若他恼了你,甚至骂你打你,你都瞧在我脸上,便让了他这一回。"胡斐笑道:"好,我答允你了。"远远望去,只见苗人凤的人影在白雪山石间倏忽出没,正自极迅捷的向山峰奔上,当下轻轻的在苗若兰的脸颊上亲了一亲,提气向苗人凤身后跟去。

他顺着雪地里的足迹,一路上山,转了几个弯,但觉山道愈来愈险,当下丝毫不敢大意,只怕一个失足,摔得粉身碎骨。奔到后来,山壁间全是凝冰积雪,滑溜异常,竟难有下足之处,心道:"苗大侠故意选此险道,必是考较我的武功来着。"展开轻功,全力施为,山道越险,他竟奔得越快。

又转过一个弯,忽见一条瘦长的人影站在山壁旁一块凸出的石上,身形衬着深蓝色的天空,犹似一株枯槁的老树,正是打遍天下无敌手金面佛苗人凤。

胡斐一怔,急忙停步,双足使出"千斤坠"功夫,将身子牢牢定住峭壁之旁。苗人凤低沉着嗓子说道:"好,你有种跟来。上吧!"他背向月光,脸上阴沉沉的瞧不清楚神色。

胡斐喘了口气,对着这个自己生平想过几千几万遍之人,一时之间竟尔没了主意:

"他是我杀父仇人,可是他又是若兰的父亲。

"他害得我一生孤苦,但听平四叔说,他豪侠仗义,始终没对不起我爹妈。

"他号称打遍天下无敌手,武功艺业,举世无双,但我偏不信服,倒要试试是他强呢还是我强?

"他苗家与我胡家累世为仇,百余年来相斫不休,然而他不传女儿武功,是不是真的要将这场世仇至他而解?

"适才我救了他性命,可是他眼见我与若兰同床共被,认定我对他女儿轻薄无礼,不知能否相谅?"

苗人凤见胡斐神情粗豪,虬髯戟张,依稀是当年胡一刀模样,不由得心中一动,但随即想起,胡一刀之子早已为人所害,投在沧州河中,此人容貌相似,只偶然巧合,想起他欺辱自己独生爱女,怒火上冲,左掌上扬,右拳呼的一声,冲拳直出,猛往胡斐胸口击去。

胡斐与他相距不过数尺,见他挥拳打来,势道威猛无比,只得出掌挡架。两人拳掌相交,身子都是剧震。

苗人凤自那年与胡一刀比武以来,二十余年来从未遇到敌手,此时自己一拳为胡斐化解,但觉对方掌法精妙,内力深厚,不禁敌忾之心大增,运掌成风,连进三招。

胡斐一一拆开,到第三招上,苗人凤掌力猛极,他虽急闪避开,但身子连晃几晃,险些堕下峰去,心道:"若再相让,非给他逼得摔死不可。"眼见苗人凤左足飞起,疾向自己小腹踢到,当即右拳左掌,齐向对方面门拍击,这一招攻敌之不得不救,是拆解他左足一踢的高招。

胡斐这一招使的虽是重手,毕竟未出全力。高手比武,半点容让不得,苗人凤伸臂相格,使的却是十成力。四臂相交,咯咯两响,胡斐只觉胸口隐隐发痛,忙运气相抵。岂知苗人凤的拳法刚猛无比,一占上风,拳势愈来愈强,再不容敌人有喘息之机。若在平地,胡斐原可跳出圈子,逃开数步,避了他掌风的笼罩,然后反身再斗,但在这巉崖峭壁之处,无地可退,只得咬紧牙关,使出"春蚕掌法",密密护住全身各处要害。

这"春蚕掌法"招招全是守势,出手奇短,抬手踢足,全不出半尺之外，但招术绵密无比，周身始终不露半点破绽。这路掌法原本用于遭人围攻而大处劣势之时，不求有功，但求无过，虽守得紧密，却有一个极大不好处，一开头即"立于不胜之地"，名目叫做"春蚕掌法"，确有作茧自缚之意，并无反击的招数，不论敌人招数中露出如何重大破绽，若非改变掌法，永难克敌制胜。

苗人凤一招紧似一招，见对方情势恶劣，不论自己如何强攻猛击，胡斐必有方法解救，只是他但守不攻，自己却无危险，当下不顾防御，十分力气全用在攻坚破敌之上。

斗到酣处，苗人凤奋拳打出，胡斐一避，那拳打上山壁，冰凌飞溅，一小块射上了他左眼。眼皮柔软，这一下又出乎意料之外，难以防备，胡斐但觉眼上剧痛，虽不敢伸手去揉，拳脚上总是稍有窒滞。苗人凤乘势抢进，背靠山壁，将胡斐逼在外档。

此时强弱优劣之势已判，胡斐半身凌空，只要足底微出，身子稍有不稳，立时掉下山谷，苗人凤却背心向着山壁，招招逼迫对手硬接硬架。胡斐甚是机伶，偏不上这个当，出手柔韧滑溜，尽力化解来势，决不正面相接。

两人武功本在伯仲之间，平手相斗，胡斐已未必能胜，现下加上甚多不利之处，如何能够持久？又斗数招，苗人凤忽地跃起，连踢三脚。胡斐急闪相避，见对手第三脚踢过，双掌齐出，直击自己胸口。这两掌难以化解，自己站立之处又无可避让，只得也双掌拍出，硬接来招。

四掌相交，苗人凤大喝一声，劲力直透掌心。胡斐身子一晃，忙运劲反击。两人都将毕生功力运到了掌上，这是硬碰硬的比拼，半点取巧不得。两人气凝丹田，四目互视，竟僵住了再也不动。

苗人凤见他武功了得，不由得暗暗惊心："近年来少在江湖上走动，竟不知武林中出了这样个厉害人物！"双腿稍弯，背脊已靠上山壁，一收一吐，先将胡斐的掌力引过，然后借着山壁之力，猛推出去，喝道："下去！"

这一推本就力道强劲无比，再加上借了山壁的厚势，更难抵挡，胡斐身子连晃，左足已然凌空。但他这些年来日夜苦练，下盘之稳，委实非同小可，右足在山崖边牢牢定住，宛似铁铸一般。苗人凤连催三次劲，也只能推得他上身晃动，却不能使他右足移动半分。

苗人凤暗暗惊佩："如此功夫,也可算得是旷世少有,只可惜走上了邪路。他年岁尚轻,今日若不杀他,日后遇上,未必再是他敌手。他恃强为恶,世上有谁能制?"想到此处,突然间左足一招"破碑脚",猛往胡斐右膝上踹去。

胡斐全靠单足支持,眼见他一脚踹到,无可闪避,叹道:"罢了,罢了,我今日终究命丧他手。"危难下死中求生,右足一登,身子斗然拔起丈余,一个鹞子翻身,凌空下击。苗人凤道:"好!"肩头一摆,撞了出去。胡斐双拳打中了他肩头,却给他巨力推撞,跌出悬崖,向下直堕。

胡斐惨然一笑,一个念头如电光般在心中一闪:"我自幼孤苦,临死之前得蒙兰妹倾心,也自不枉了这一生。"突然臂上一紧,下堕之势登时止住,原来苗人凤已抓住他手臂,将他拉上,喝道:"你曾救我性命,现下饶你相报。一命换一命,谁也不亏负了谁。来,咱们重新打过。"说着站在一旁,与胡斐并排而立,不再占倚壁之利。

胡斐死里逃生,已无斗志,拱手说道:"晚辈不是苗大侠敌手,何必再比?苗大侠要如何处置,晚辈听凭吩咐就是。"苗人凤皱眉道:"你上手时有意相让,难道我就不知?你欺苗人凤年老力衰,不是你对手么?"胡斐道:"晚辈不敢。"苗人凤喝道:"出手!"胡斐要解释与苗若兰同床共衾,实出意外,决非存心轻薄,说道:"在那厢房之中……"

苗人凤听他提及"厢房"二字,怒火大炽,劈面一掌。胡斐只得接住,经过了适才之事,知道只要微一退让,立时又给他掌力罩住,只得全力施为。两人各展平生绝艺,在山崖边拳来脚往,斗智斗力,斗拳法,斗内功,拆了三百余招,竟难分胜败。

苗人凤愈斗心下愈疑,不住想到当年在沧州与胡一刀比武之事,忽地向后跃开两步,叫道:"且住!你可识得胡一刀么?"

胡斐听他提到亡父之名,悲愤交集,咬牙道:"胡大侠乃前辈英雄,不幸为奸人所害。晚辈对胡大侠钦慕之极,我若有福气能得他教诲几句,立时死了,也所甘心。"

苗人凤心道:"是了,胡一刀去世已二十七年。眼前此人也不过二十来岁,焉能相识?他这几句话说得甚好,若不是他欺辱兰儿,单凭这几句话,我就交了他这个朋友。"顺手在山边折下两根坚硬的树枝,掂了一掂,重量相若,将一根抛给胡斐,说道:"咱们拳脚难分高下,兵刃上再决生死。"说着树枝一探,左手捏了剑诀,树枝走偏锋刺出,使的正是天下无双、武林绝艺的"苗家剑法"。虽是一根小小树枝,但刺出时势夹劲风,又狠又准,要是给尖梢刺上了,实也与中剑无异。

胡斐见来势厉害,哪敢有丝毫怠忽,树枝轻摆,向上横格,这一格刚中有柔,确是名家风范。苗人凤一怔,心道:"怎么他武功与胡一刀这般相似?"但高手相斗,刀剑既交,后着绵绵而至,决不容他有丝毫思索迟疑的余裕,但见胡斐树刀格过,跟着提手上撩,苗人凤挥树剑反削,教他不得不回刀相救。

这一番恶斗,胡斐一生从未遇过。他武功全凭父亲传下遗书修习而成,招数虽精,实战经验毕竟欠缺,功力火候因年岁所限,亦未臻上乘,好在年轻力壮,精力远过对方,是以数十招中打得难解难分。两人迭遇险招,但均在极危急下以巧妙招数拆开。胡斐奋力拆斗,心中佩服:"金面佛苗大侠果然名不虚传,倘使他年轻二十岁,我早已败了。难怪当年他和我爹爹能打成平手,当真英雄了得。"

两人均知要凭招数上胜得对方,极是不易,但只须自己背脊一靠上山壁,占了地利,这一场比拼就是胜了。因此都竭力要将对方逼向外围,争夺靠近山壁的地势。但两人招招扣得紧密,只要向内缘踏进半步,立时便受对方刀剑之伤。

斗到酣处,苗人凤使一招"黄龙转身吐须势"疾刺对方胸口,眼见他无处闪避,而树刀砍在外档,更已不及回救。

胡斐吃了一惊,忙伸左手在他树枝上横拨,右手一招"伏虎式"劈出。苗人凤叫了一声:"好!"树剑抖处,胡斐左手手指剧痛,急忙撒手。

苗人凤踏上半步,正要刺出一招"上步摘星式",哪知崖边坚壁给二人踏得久了,竟渐渐松裂熔化,他剑势向前,全身重量都放上了在后边的左足,只听喀喇声响,一块岩石带着冰雪,堕入下面深谷。

苗人凤脚底一空,身不由主的向下跌落,胡斐大惊,忙伸手去拉。但苗人凤一堕之势着实不轻,虽拉住了他袖子,可是急带之下,连自己也跌出崖边。

二人不约而同的齐在空中转身,贴向山壁,施展"壁虎游墙功",

要爬回山崖。但那山壁上全是冰雪，滑溜无比，那"壁虎游墙功"竟施展不出，莫说是人，就当真壁虎到此，只怕也游不上去。上去虽然不能，下堕之势却也缓了。

二人慢慢溜下，眼见再溜十余丈，是一块向外凸出的悬岩，如不能在这岩上停住，那非跌个粉身碎骨不可。念头甫转，身子已落上悬岩。二人武功相若，心中所想也一模一样，当下齐使"千斤坠"功夫，牢牢定住脚步。

岩面光圆，积了冰雪更滑溜无比，二人武功高强，一落上岩面立时定身，竟没滑动半步。只听格格轻响，那数万斤重的巨岩却摇晃了几下。原来这块巨岩横架山腰，年深月久，岩下沙石渐渐脱落，本就随时都能掉下谷中，现下加上了二人重量，沙石夹冰纷纷下堕，巨岩越晃越厉害。

那两根树枝随人一齐跌上岩石。苗人凤见情势危急异常，左掌拍出，右手已拾起一根树枝，随即"上步云边摘月"，挺剑斜刺。胡斐低头弯腰，避过剑招，乘势拾起树枝，还了一招"拜佛听经"。

两人这时使的全是进手招数，招招狠极险极，但听得格格之声越来越响，脚步难以站稳。两人均想："只有将对方逼将下去，减轻岩上重量，这巨岩不致立时下堕，自己才有活命之望。"其时生死决于瞬息，手下更不容情。

片刻间交手十余招，苗人凤见对方所使的刀法与胡一刀当年一模一样，疑心大盛，只是形格势禁，实无余暇相询，一招"返腕翼德闯帐"削出，接着就要使出一招"提撩剑白鹤舒翅"。这一招剑掌齐施，要逼得对方非跌下岩去不可，只是他自幼习惯使然，出招之前不禁背脊微微一耸。

其时月明如洗，长空一碧，月光将山壁映得一片明亮。那山壁上全是晶光的凝冰，犹似镜子一般，将苗人凤背心反照出来。

胡斐看得明白，登时想起平阿四详述自己父亲当年与他比武的情状，那时母亲在他背后咳嗽示意，此刻他身后放了一面明镜，不须旁人相助，已知他下一步非出此招不可，当下一招"八方藏刀式"，抢了先着。

苗人凤这一招"提撩剑白鹤舒翅"只出得半招，全身已为胡斐树刀罩住。他此时再无疑心，知道眼前此人必与胡一刀有极深渊源，叹道:"报应,报应!"闭目待死。

胡斐举起树刀,一招就能将他劈下岩去,但想起曾答应过苗若兰,决不能伤她父亲。然而若不劈他,容他将一招"提撩剑白鹤舒翅"使全了,自己非死不可,难道为了相饶对方,竟白白送了自己性命么?

霎时之间,他心中转过了千百个念头:

这人曾害死自己父母,教自己一生孤苦,可是他豪气干云,是个大大的英雄豪杰,又是自己意中人的生父,按理这一刀不该劈将下去;但若不劈,自己决无活命之望,自己甫当壮年,岂肯便死?倘使杀了他吧,回头怎能有脸去见苗若兰?要是终生避开她不再相见,这一生活在世上,心中痛楚难当,生不如死。

那时胡斐万分为难,实不知这一刀该当劈是不劈。他不愿伤了对方,却又不愿赔上自己性命。

他若不是侠烈重义之士,这一刀自然劈了下去,更无踌躇。但一个人再慷慨豪迈,却也不能轻易把自己性命送了。当此之际,要下这决断实是千难万难……

苗若兰站在雪地之中,良久良久,不见二人归来,缓缓打开胡斐交给她的包裹。只见包裹里是几件婴儿衣衫,一双婴儿鞋子,还有一块黄布包袱,月光下看得明白,包上绣着"打遍天下无敌手"七个黑字,正是她父亲当年给胡斐裹在身上的。

她站在雪地之中,月光之下,望着那婴儿的小衣小鞋,心中柔情万种,不禁痴了。

胡斐到底能不能平安归来和她相会,他这一刀到底劈下去还是不劈?

后　记

　　《雪山飞狐》的结束是一个悬疑，没有肯定的结局。到底胡斐这一刀劈下去呢还是不劈，让读者自行构想。

　　这部小说于一九五九年发表，十多年来，曾有好几位朋友和许多不相识的读者希望我写个肯定的结尾。仔细想过之后，觉得还是保留原状的好，让读者们多一些想像的余地。有余不尽和适当的含蓄，也是一种趣味。在我自己心中，曾想过七八种不同的结局，有时想想各种不同结局，那也是一项享受。胡斐这一刀劈或是不劈，在胡斐是一种抉择，而每一位读者，都可以凭着自己的个性，凭着各人对人性和这个世界的看法，作出不同的抉择。

　　李自成兵败后退出北京，西撤至西安，对清军接战不利，大顺军数十万南下。最后的结局，我国历史界本来说法甚多，社会科学院历史研究所成立专门研究课题组，并于一九七七年五月在北京举行"李自成学术研讨会"，结果归纳为两种不同意见：一、李自成死于通山九宫山；二、李自成到湖南石门夹山归隐为僧。从章太炎、郭沫若、童书业、李文田等著名史家起，两说即争论难决。本来，"通山说"较多人支持，因有官方文书及正式著作为证，但后来史家详细研究，发觉文书及史料内容含糊其辞，并不肯定，不足为据，而在石门夹山却发现了大批出土文物，证明与李自成有关。一者模糊、一者肯定，相较之下，当代史家大都倾向于"夹山禅隐说"。历史所的学者专家中,王戎笙先生一派主张"通山说",刘重白先生一派主张"夹山说",两派相持不下。

作者于二〇〇〇年九月应湖南岳麓书院之邀,前往作一次演讲,曾与石门县的历史专家及文物局负责人晤谈,又与湖南广播电视局魏文彬局长长谈,魏局长曾在陕西耽过很久(或许他是陕西人,我记不起了),我和他言谈投机,成为知友。他说一见到石门的文物,就知是陕西的乡下东西,决不是湖南东西。乡间的土物,各地都具特色,混淆不来。我没亲眼见到石门的李自成遗物,但知出土的墓葬、碑铭、铜器、铜钱、马铃、木刻残物等件,经中央及地方文物局的鉴定,证明确为真物,发给证书。

我在创作《碧血剑》及《雪山飞狐》两书时,还不知道内地史学界对"李自成的归宿"有这样重大争论,但我凭着小说作者的倾向,采取了"夹山禅隐说",这与郭沫若及姚雪垠两位先生的看法相反,而和阿英的话剧本"李闯王"的情节相一致。这不是我历史感觉的正确与否,而是小说家喜欢传奇和特异,后来在《鹿鼎记》中,李自成又再出现,自是从先前的结论中引申出来的。这次再研究历史所学者们的两派意见,从历史学的学术观点来说,我投支持"夹山禅隐说"的票。

在小说中加插一些历史背景,当然不必一切细节都完全符合史实,只要重大事件不违背就是了。至于没有定论的历史事件,小说作者自然更可选择其中的一种说法来加以发挥。但旧小说《吴三桂演义》和《铁冠图》叙述李自成故事,和众所公认的事实距离太远,如《铁冠图》中描写费宫娥所刺杀的闯军大将竟是李岩,《吴三桂演义》中说李自成为牛金星所毒杀,都未免自由得过了份。

《雪山飞狐》于一九五九年在报上发表后,没有出版过作者所认可的单行本。坊间的单行本,据我所见,共有八种,都是书商擅自翻印的。只是书中错字很多,而翻印者强分章节,自撰回目,未必符合作者原意,有些版本所附的插图,也非作者所喜。

现在重行增删改写,先在《明报晚报》发表,出书时又作了几次修改,约略估计,原书十分之六七的句子都已改写过了。原书的脱漏粗疏之处,大致已作了一些改正。只是书中人物宝树、平阿四、陶百岁、刘元鹤等都是粗人,讲述故事时语气仍嫌太文,如改得符合各人身分性格,满纸"他妈的"又未免太过不雅,抑且累赘。限于才力,那是无可如何了。

《雪山飞狐》有英文译本,曾在纽约出版之"*Bridge*"双月刊上连载。后来香港中文大学出版了莫若娴小姐(Olivia Mok)的译本,英文书名叫"*Fox Volant of the Snowy Mountain*"。

《雪山飞狐》与《飞狐外传》虽有关连,然而是两部各自独立的小说,所以内容并不强求一致。按理说,胡斐在遇到苗若兰时,必定会想到袁紫衣和程灵素。但单就《雪山飞狐》这部小说本身而言,似乎不必让另一部小说的角色出现,即使只是在胡斐心中出现。事实上,《雪山飞狐》撰作在先,当时作者心中,也从来没有袁紫衣和程灵素那两个人物。

本书于一九七四年十二月第一次修订,一九七七年八月第二次修订,二〇〇三年第三次修订,虽差不多每页都有改动,但只限于个别字句,情节并无重大修改。

《雪山飞狐》对过去事迹的回述,用了讲故事的方式。讲故事,本来是各民族文学起源的基本方式,在人类还没有发明文字之时,原始人聚集在火堆旁、洞穴里,讲述白天打猎时怎样打死了一只大象,怎样几个人围歼了一头大黑熊。讲的人兴高采烈,口沫横飞,听的人决无厌足,总觉得还不够精采,于是杀死的大象越来越多,打死的黑熊越来越大,这些脱离事实的夸张,就是文学和神话、宗教的起源。

讲故事,是任何文学的老祖宗,但后来大家渐渐忘记了。现当代文学界甚至觉得小说讲故事就不够高级,不够知识份子化,过份通俗。越是没有故事,教人读了不知所云,在大学的文学系中才有作为讨论的资格。我用几个人讲故事的形式写《雪山飞狐》,报上还没发表完,香港就有很多读者写信问我:是不是模仿电影《罗生门》?这样说的人中,甚至有一位很有学问的我的好朋友。我有点生气,只简单的回覆:请读中国的《三言二拍》,请读外国的《天方夜谭》,请读基督教圣经《旧约·列王纪上·一六—二八》,请读日本芥川龙之介小说原作《罗生门》的中文译本。

自从电影流行之后,许多人就只看电影,不读小说了。现在电视更加流行,更多的人看电视、玩电脑,不读书、不读小说了。日本电影《罗生门》在香港放映,很受欢迎,一般人受了这电影的教育,以为如果有两人说话不同,其中一人说的是假话,那就是"罗生门"。

其实,日本小说家芥川龙之介写的短篇小说《罗生门》情节极简单,只描写一种凄迷荒凉的情调,罗生门在日本京都朱雀大桥南端,是一个城楼门,古时楼上有很多无主死尸,附近只有盗贼、狐狸、乌鸦之类。有一个贫苦佣工到城楼下避雨,见到有个老太婆在拔女死尸的头发,要去卖给做假发的人,那佣工很生气,抓住老太婆,剥下她的衣服去卖。电影导演黑泽明利用了这凄迷的情调,叙述芥川另一篇小说《竹之薮》的故事:一个强盗打倒武士而强暴了他妻子。强盗、武士、女人,三个人(以及鬼魂)说同一个故事,但内容大不相同,显示人性的无常与无奈。只因导演的手法好,故事新奇,男主角三船敏郎又演得好,影片十分成功。

我常出一个趣题给朋友们猜:三条虫排成一列行走,第一条虫说:"我后面有两条虫。"第二条说:"我前面有一条虫,后面有一条虫。"第三条说:"我前面没有虫,后面也没有虫!"问题:第三条虫这样说,是什么道理?(附带说明:"小学生只用十分钟就答对了,中学生用两天时间也答对了,大学生要一个星期才答对,大学教授花一年时间也答不对。哲学教授、数学教授和物理学教授永远答不对。"为什么?)答案是:"第三条虫说谎"。

小孩子常常说谎,所以一猜就猜到第三条虫说谎,大学教授要讨论N度空间、相对论关系、排列、坐标、生物学上虫的定义、虫的视野等等问题,永远答不对。

凡是打官司、刑事或民事诉讼,必定有一造说谎,隐瞒事实,以致同一件事中几个人说法不同。数人或一人歪曲事实真相,最后真相大白,这是所有侦探小说、犯罪故事的固定结构,非此不可,毫不希奇。自古以来,一切审判、公案、破案的故事,基本结构便是各人说法不同,清官(或包公、彭公、施公、狄公、况公、所罗门王)或侦探(或福尔摩斯、或白罗、或范斯)抽丝剥茧,查明真相,那也是固定结构。

中国明代短篇小说集中,冯梦龙编的《警世通言》中有《况太守审死孩儿》,有人把个死了的小儿去抛弃,给况太守查到了,那人说是烂牛肉,再查下去,原来是个私生孩儿,是个寡妇生的,那人知晓了,想以此去逼奸寡妇,再查下去,原来是那寡妇与佣工所生,再查下去,是那佣工引诱寡妇而致成孕。另一篇《十五贯戏言成巧祸》,有个姓刘的有一妻一妾,他岳父借了十五贯钱给他做生意,他回家跟妾侍开玩笑,说将她押给了人,得到这笔钱。他妾侍不甘愿,一早开门回家要去告诉父母,没关上门,有盗贼进来,偷去了十五贯,杀了那姓刘的。那小妾在途中见到少年崔宁,两人同路而行,崔宁恰好卖了丝绸,得钱十五贯回家,追捕者捉住二人,以为二人私奔,谋杀亲夫,各人口供不同,县官胡涂,见有十五贯钱为证物,将二人判处死刑。

《圣经》中的故事,是说古时以色列有二妓女各生一子,一妓不慎将己子压死,夜中偷换,另妓见死者非己子,告到所罗门王处,二妓各执一词。所罗门王命取刀来,要将活孩劈为两半,各分一半。其母怜子,宁愿不要,另妓无动于中,觉得不妨一拍两散。所罗门王判孩子归其真母,重罚另妓。

至于《天方夜谭》中的故事,就更加复杂了。数年前在澳洲墨尔本古书店中购到伦敦在一八八三年所出版的 Richard Burton 所译的全译本,共八厚本之多,其中苏丹王妃雪哈拉查德为了延命,每夜向苏丹王讲连续故事,故事精采百出,生动之极。她是我们报刊上写连载小说人的祖先。木匠以鲁班先师为祖,演员以唐明皇为祖,我们连载小说家的祖先可美丽聪明无比,她讲了一千另一夜的连续故事,苏丹王再也舍不得杀她,只好娶了她为王妃。她的故事一个套一个,巴格达一名理发匠有六个兄弟,自己讲一个故事,六兄弟又各讲一个,故事有真有假,三姊妹中两个姊姊变成了黑狗,三姊妹固然各有故事,每只黑狗也都有奇妙故事。说到讲真假故事,世上自有《天方夜谭》之后,横扫全球,"罗生门"何足道哉!

我生性不喜说话,但自到浙江大学人文学院教书后,对着学生不得不多讲几句,以致新结交的朋友孔庆东教授在文章中说我有点"嘴碎唠叨",大概这是教书先生的不良习气吧。本来,读者们对我的小说提出批评意见是一番好意。这些意见大都甚好,最近我对小说重作修改,连并不重要的批评也都接受了而作了修改,对批评者心中也真正的感谢。但还不免加了不少"注释"和说明,对不同意的批评作了回应,那仍是教书先生唠叨的习气使然。其实小说作者不应对自己作品多作辩解,人家不同意就不同意好了。正如《笑傲江湖》中小尼姑仪琳讲《百喻经》笑话,有人以为秃子的头是石头,用犁去打,打出了血,那秃子忍不住教乖了对方:"这是我的头,不是石头!"其实,让他去打好了,何必教乖了他?

二〇〇三年六月

鴛鴦刀

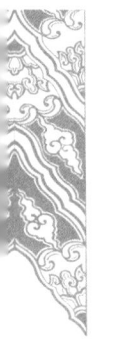

袁冠南和萧中慧使到第九招『碧箫声里双鸣凤』时,双刀便如凤舞鸾翔,灵动翻飞,招招直指要害,卓天雄哪里招架得住?

鸳鸯刀

四个劲装结束、神情凶猛的汉子并肩而立,拦在当路!

若是黑道上山寨的强人,不会只有四个,莫非在这黑沉沉的松林之中,暗中还埋伏下大批人手?如是蔚径小贼,见了这声势浩大的镖队,远避之唯恐不及,哪敢这般大模大样的拦路挡道?难道竟是武林高手,冲着自己而来?

凝神打量四人:最左一人短小精悍,下巴尖削,双手分拿一对峨嵋钢刺。第二个又高又肥,便如是一座铁塔摆在地下,身前放着一块大石碑,碑上写的是"先考黄府君诚本之墓",这自是一块墓碑了,不知放在身前有何用意?黄诚本?没曾听说江湖上有这么一位前辈高手啊!第三个中等身材,白净脸皮,若不是一副牙齿向外凸出了一寸,一个鼻头低陷了半寸,倒算得上是一位相貌英俊的人物,他手中拿的是一对流星锤。最右边的是个病夫模样的中年人,衣衫褴褛,咬着一根旱烟管,双目似睁似闭,嘴里慢慢喷着烟雾,竟没将这一队七十来人的镖队瞧在眼里。

那三人倒还罢了,这病夫定是个内功深湛的劲敌。顷刻之间,江湖上许多轶闻往事涌上了心头:一个白发婆婆空手杀死了五名镖头,劫走了一支大镖;一个老乞丐大闹太原府公堂,割去了知府的首级,倏然间不知去向;一个美貌大姑娘打倒了晋北大同府享名二十余年的张大拳师……越是貌不惊人、漫不在乎的人物,越是武功了得,江湖上有言道:"真人不露相,露相不真人。"

瞧着这个闭目抽烟的病夫,陕西西安府威信镖局的总镖头、"铁鞭镇八方"周威信不由得深自踌躇,不由自主的伸手去摸了一摸背上的包袱。

他这支镖共有十万两银子,那是西安府的大盐商汪德荣托保的。十万两银子的数目的确不小,但威信镖局过去二十万两银子的镖曾经保过,四十万两银子的也曾保过,金银财物,那算不了什么。自从一离西安,他挂在心头的只是暗藏在背上包袱中的两把刀,只是那天晚上在川陕总督府中所听到的一番话。

跟他说话的竟是川陕总督刘于义刘大人。周威信在江湖上虽赫赫有名,生平见过的官府,最大的也不过是府台大人,这一次居然是总督大人亲自接见,自然要受宠若惊,自然要战战兢兢,坐立不安。

刘大人那几句话,在心头已不知翻来覆去的重温了几百遍:"周镖头,这一对刀,叫作'鸳鸯刀',当真非同小可,你好好接下了。今上还在当贝勒爷的时候,就已密派亲信,到处寻觅。接位之后,更下了密旨,命天下十八省督抚着意查访。好容易逮到了'鸳鸯刀'的主儿,可是这对宝刀却给那两个刁徒藏了起来,不论如何侦查,始终石沉大海。天幸本督祖上积德,托了皇上洪福,终于给我得到了。嘿嘿,你们威信镖局做事还算牢靠,现下派你护送这对鸳鸯宝刀进京,路上可不许泄漏半点风声。你把宝刀平安送到北京,回头自然重重有赏。"

"鸳鸯刀"的大名,他早便听师父说过:"鸳鸯刀一短一长,刀中藏着武林的大秘密,得之者无敌于天下。""无敌于天下"这五个字,正是每个学武之人梦寐以求的最大愿望。周威信当时听了,心想这不过是说说罢了,世上哪有什么藏着"无敌于天下"大秘密的"鸳鸯刀"?哪知道川陕总督刘大人竟真的得到了"鸳鸯刀",而且差他护送进京,呈献皇上。这对刀用黄布密密包裹,封上了总督大人的火漆印信。他当然极想见识见识宝刀的模样,倘若侥幸得知了刀中秘密,"铁鞭镇八方"变成了"铁鞭盖天下",更加妙不可言,那也不用说了,但总督大人的封印谁敢拆破?周大镖头数来数去,自己总数也不过一个脑袋而已。

总督大人派了四名亲信卫士,扮作镖师,随在他镖队之中,可以说是相助,也可以说是监视。在镖队启程的前一天,总督府又派了几名戈什哈来,将他一家老小十二口,全都"请"到了驻防军的营房里,说道周总镖头赴京之后,家中乏人照料,怕他放心不下,因此接了他家眷去安置。周威信久在江湖行走,其中的过节岂有不知?那不是怕周大镖头放心不下一家老小,而是刘大人放心不下这一对宝刀,因此将他高堂老母和妻妾儿女一齐逮了去为质。这对"鸳鸯刀"若在道中有甚失闪,自己脑袋要跟身子分家,那倒不用客气了,全家老小也都不必活了。他一生经历过不少大风大浪,风头出过,钉板滚过,英雄充过,狗熊做过,砍过别人的脑袋,就差自己的脑袋没给人砍下来过,算得是见多识广的老江湖了,但从没像这一次走镖这样又惊又喜,心神不宁。如果护送宝刀平安抵京,刘大人曾亲口许下重赏,自然是"君子一言,快马一鞭",说不定皇上一喜欢,竟赏下一官半职,从此光宗耀祖,飞黄腾达,周大镖头变成了周大老爷周大人。

从西安到北京路程说远不远,说近可也不近,一路上大山小寨少说也有三四十处。寻常黑道上的人物,他铁鞭镇八方也未必便放在心上,八方镇不了,镇他妈的一方半方也还将就对付着镇他一镇,但"得了鸳鸯刀,无敌于天下"这两句话,要引起多少武林高手眼红?于是他明保盐镖,暗藏宝刀。纵然镖银有甚失闪,只要宝刀抵京,仍无大碍。一做上官,周大老爷公堂上朝外一坐,招财进宝,十万两银子还怕赔不起?再说,大老爷只有伸手要银子,哪有赔银子的?

周威信左手一按腰间铁鞭,瞪视身前的四个汉子,终于咳嗽一声,抱拳说道:"在下道经贵地,没跟朋友们上门请安问好,有点儿失礼啦,要请好朋友们恕罪。"心中打定主意:"能不动手就最好,否则那痨病鬼可有点难斗!江湖上有言道:'小心天下去得,莽撞寸步难行。'"只听得那病夫左手按胸,咳嗽起来。

那矮小的瘦子一摆峨嵋刺,细声细气的道:"磕头请安倒不用了。你保的是什么宝贝,给我们留下吧!"周威信一惊,心道:"镖车启程时,连我最亲信的镖师也只知保的是银子,怎地这人却知我保的是宝物?江湖上有言道:'善者不来,来者不善。'真须小心在意。"

抱拳又道:"请恕在下眼生,要请教四位好朋友的万儿。"

那瘦子道:"你先说吧。"周威信道:"在下姓周名威信,江湖上朋友们送了个外号,叫作'铁鞭镇八方'。"那病夫冷笑道:"嘿,这外号倒也罢了,只是这'镇'字得改一改,改一个'拜'字。"那瘦子一楞,道:"改成'拜'字?嗯,姓周的,我大哥给你改了个匪号,叫作'铁鞭拜八方'!我大哥料事如神,言之有理。"说罢四个汉子一齐捧腹大笑。

周威信心想:"江湖上有言道:'忍得一时之气,可免百日之灾。'"当下强忍怒气,说道:"取笑了!四位是哪一路好汉?在哪一座宝山开山立柜?掌舵的大当家是哪一位?"那瘦子指着那病夫道:"好,说给你听倒也不妨,只是小心别吓坏了。咱大哥是烟霞神龙逍遥子,二哥是双掌开碑常长风,三哥是流星赶月花剑影,区区在下是八步赶蟾、赛专诸、踏雪无痕、独脚水上飞、双刺盖七省盖一鸣!"

周威信越听越奇,心道:"这人的外号怎地如此啰里啰唆一大串?"只听那瘦子又道:"咱四兄弟义结金兰,行侠仗义,专门锄强扶弱,劫富济贫,江湖上人称'太岳四侠',那便是了!"周威信心想:"听这四人外号,想来这瘦子轻功了得,那壮汉掌力沉雄,这白脸汉子流星锤功夫有独到的造诣,那'烟霞神龙逍遥子'七字,更像是武林前辈、世外高人的身分。'太岳四侠'的名头虽没听见过,但定是我孤陋寡闻,不识能人。既称得上一个'侠'字,定然非同小可。江湖上有言道:'宁可不识字,不可不识人。'"抱拳说道:"久仰,久仰!敝镖局跟四侠素来没过节,便请让道,日后专诚拜谒道谢。"

盖一鸣双刺一击,叮叮作响,说道:"要让道那也不难,我们也不要你的镖银,只须借一两件宝物用用,那也行了。"周威信道:"什么宝物?"盖一鸣道:"嘿嘿,你来问我,这可奇了。你自己不知道,我怎知道?"

周威信听到这里,料知今日之事难以善罢,这"太岳四侠"自是冲着自己背上这对"鸳鸯刀"而来,心想:"江湖上有言道:'容情不动手,动手不容情。'这四人一出手必属厉害杀着。"缓缓抽出双鞭,说道:"四位既然定要赐教,却之不恭,在下便领教太岳四侠的高招,哪一位先上?"他回头一招手,五名镖师和总督府的四名卫士一齐走近。周威信低声道:"对付这些绿林盗贼,不用讲什么江湖规矩,大伙儿来个一拥而上。江湖上有言道：'只要人手多，牌楼抬过河。'"自己心中却另有主意："让他们跟四侠接战，我却夺路而行，护送鸳鸯刀赴京才是上策。江湖上有言道：'相打一蓬风，有事各西东。'"

只听盖一鸣道："大镖头，我是双刺盖七省，斗斗你的铁鞭拜八方。咱哥儿俩来打个七上八落，七荤八素！"说着身形一晃，抢将上来。周威信竟不下马，举铁鞭挡格，使一招"桃园夺槊"，将他蛾眉刺格在外门，双腿一夹，骑马窜了出去。盖一鸣叫道："好家伙，大镖头要扯呼！"周威信转头叫道："我到林外瞧瞧，是否尚有埋伏！"说着纵马向外奔出。花剑影流星锤飞出，径打他后心。周威信左鞭后挥，使一招"夜闯三寨"，当的一声响，将流星锤荡了回去。

他和花盖两人兵刃一交，只觉二人的招数并不如何精妙，内力也似平平，一转头，但见那逍遥子仍靠在树上，手持旱烟管，瞧着众镖师将太岳三侠围在垓心，竟丝毫不动声色。周威信心中一惊："待得那人一出手，我稍迟片刻，便无法脱身了。江湖上有言道：'晴天不肯走，莫等雨淋头。'"回手将铁鞭鞭梢在马臀上一戳，坐骑发足狂奔，猛听得"波"的一声大响，有人放了个响屁，这屁乃自己所放。江湖上有言道："响屁不臭，臭屁不响。"这话倒也有理，此屁果然不臭，因此之故，却也没把大敌逍遥子熏跑了。

一瞥眼间，猛见逍遥子右手一扬，叫道："看镖！"身侧风声响动，黑黝黝一件暗器打到。周威信举鞭一挡，啪的一响，那暗器竟黏在钢鞭之上，并不飞开。他心中更惊："这逍遥子果是高手，连所使暗器也大不相同。江湖上有言道：'行家一伸手，便知有没有。'"这时坐骑丝毫不停，奔出了林子。周威信见身后无人追来，定一定神，瞧钢鞭上所黏的暗器时，原来是一只沾满了泥污的破鞋，烂泥湿腻，黏在鞭上竟不脱落。

他更加吃惊，心想："武林高手飞花摘叶也能伤人，他这只破鞋飞来，没伤我性命，算得是手下留情。"一时拿不定主意，该当纵马奔驰，还是静以待变。忽听得林中有人杀猪似的大叫一声，接着一片寂静，兵刃相交之声尽皆止歇。周威信惊疑不定："难道在这顷刻之间，众镖师和四名卫士一起遭了太岳四侠的毒手？"

忽听得一人大声叫道："总镖头——总镖头——"听口音正是张镖师。周威信摸一摸背上包着鸳鸯刀的包袱，却不答应，心道："江湖上有言道：'若要精，听一听，站得远，望得清。'"过了片刻，又有人叫道："总镖头——快回来！贼子跑了，给我们赶跑啦。"

周威信一怔，心道："哪有这么容易之事？"一拉马缰，圈过马头，只见林中奔出一名趟子手来，欢天喜地的叫道："总镖头，点子走啦，脓包得紧，全不济事。"周威信惊喜交集，问道："当真？"趟子手道："大伙儿一拥而上，奋勇迎敌。那痨病鬼给张镖师一刀，砍得肩头带花，四个人便都跑了。"周威信料想事情不假，心中大喜，纵马回入林中，说道："林外有十来个点子埋伏，给我一阵赶杀，通统逃了！"说着这谎话时，不自禁脸上微微一红，心道："江湖上有言道：'做贼的心虚，放屁的脸红。'我可得定下神来，别让人瞧出了破绽。"

张镖师扬着单刀，得意洋洋的道："什么太岳四侠，原来是胡吹大气！"众镖子和卫士纵声大笑。周威信瞧着竖立在地下的那块墓碑，兀自不明所以。忽听得林子后面传来"哎哟、哎哟"的呻吟声。周威信道："是受伤的点子！"众人一阵风般奔将过去。听那呻吟声是从一片荆棘丛中发出，数十人四下散开，将棘丛团团围住。周威信喝道："小毛贼！快出来！"棘丛中呻吟声却更加响了。周威信右手一扬，啪的一声，一枝甩手箭打了进去。里面那人"啊"的一声惨叫，显已中箭。

两名趟子手齐声欢呼："打中了！总镖头好箭法！"提刀抢进，将那人揪了出来。众人一见，面面相觑，做声不得。

原来那人却是押解镖银的大胖子汪盐商，衣服已给棘刺撕得稀烂。江湖上有言道："十个胖子九个富，只怕胖子没屁股。"这个大胖子汪盐商屁股倒是有的，就是屁股上赫然插了一支甩手箭！

太岳四侠躲在密林之中，眼见威信镖局一行人走得远了，这才出来。花剑影撕下一块衣襟，给逍遥子裹扎肩头的刀伤。常长风道："大哥，不碍事么？"逍遥子道："没事，没事！咱们好汉敌不过人多，算不了什么。"花剑影道："我早说敌人声势浩大，很不好斗，二哥偏要出马，累得大哥受了伤。"盖一鸣道："这批浑人胡涂得紧，听得咱们太岳四侠响当当的英名居然不退，那有什么法子？"逍遥子道："这也怪不得二弟，要劫宝贝嘛，总得找镖局子下手。"常长风道："现下怎生是好？咱们两手空空，总不能去见人啊。"

盖一鸣道:"依我说……"话犹未了,忽听得林外脚步声响,有人自南而北,急奔而来。盖一鸣探头一望,下垂的眉毛向上一扬,说道:"来的共是两人!这一次咱们两个服侍一个,管教这两只肥羊走不了!"常长风道:"对!好歹也得弄他几十两银子!"捧起了墓碑,抱在手里。原来他外号叫作"双掌开碑",便以墓碑作兵器,仗着力大,端起大石碑当头砸将过去,敌人往往给他吓跑了。至于墓碑是谁的,倒也不拘一格,顺手牵碑,瞧是哪个死人晦气,死后不积德,撞上他老人家罢了。当下四人一打手势,分别躲在大树之后。

那两人一前一后,奔进林子。前面那人是个二十七八岁的汉子,手执单刀,大声喝骂:"贼婆娘,这么横,当真要杀人么?"太岳四侠一怔,瞧后面追来那人却是个少妇。那女子背上负着个婴儿,手执弹弓,吧吧吧吧,一阵声响,连珠弹猛向那壮汉打去。那壮汉挥单刀左挡右格,却不敢回身砍杀。

逍遥子见一男一女互斗,喝道:"来者是谁?为何动手?"盖一鸣一声唿哨,四人齐从大树后奔出,喝道:"快快住手。"那壮汉向前直冲,回头骂道:"贼婆娘,你这般狠毒,我可要出手无情了!"那少妇骂道:"狗贼!今日不打死你,我任飞燕誓不为人。"

便在此时,太岳四侠已拦在那壮汉身前。少妇任飞燕叫道:"林玉龙,你还不给我站住?"林玉龙对阻在身前的常长风喝道:"闪开!"头一低,让开身后射来的一枚弹丸,只听得"哎哟"一声,弹丸恰好打中了常长风鼻子。常长风大怒,骂道:"臭婆娘!你打中我啦!"任飞燕道:"打了你又怎样?"吧吧两响,两枚弹丸对准了他射出。常长风高举墓碑,挡了个空,两枚弹丸一中胸口,一中手臂,不由得手臂一酸,墓碑砰的一响掉在地下,"哎哟"一声,跳将起来,原来墓碑显灵,砸中了他脚趾。

盖一鸣和花剑影见二哥吃亏,齐向任飞燕扑去。任飞燕拉开弹弓,一阵连珠弹打出。盖一鸣眉心中了一弹,花剑影却给打落了一颗门牙。盖一鸣大叫:"风紧,风紧!要不要扯呼哪?"

任飞燕让四人这么一阻,眼见林玉龙已头也不回的奔出林子,心中大怒,急步抢出,回首吧的一响,飞弹打出,将逍遥子手中的烟管打落在地。这一弹手劲既强,准头更是奇佳,乃弹弓术中出名的"回马弹"。任飞燕微微一笑,转头骂道:"林玉龙你这臭贼,还不给我站住。"只听林玉龙遥遥叫道:"你真有能耐,便跟你大爷真刀真枪拼上三百回合,用弹弓赶人,算什么本事?"

耳听得两人越骂越远,向北追逐而去。花剑影道:"大哥,这林玉龙和任飞燕是什么人物?"逍遥子沉吟道:"林玉龙是使单刀的好手,那妇人任飞燕定是用弹弓的名家。"盖一鸣道:"大哥料事如神,言之有理。"花剑影道:"这少妇相貌不差,想是那姓林的瞧上了她,意图非礼。"逍遥子道:"正是,想咱们太岳四侠行侠仗义,最爱打抱不平,日后撞上了林玉龙这淫棍,定要好好叫他吃点苦头。"常长风道:"说不定那林任二人有杀父之仇,也不知谁是谁非。他妈的,脚上这一下子好痛。"说着伸手抚脚。逍遥子正色道:"那姓林的满脸横肉,一见便知不是善类。那姓任的女子虽出手鲁莽,但瞧她武功出手,该属名门正宗。"盖一鸣道:"大哥料事如神,言之有理。"

常长风还待辩驳,忽听得林外一人长声吟道:"黄金逐手快意尽,昨日破产今朝贫,丈夫何事空啸傲?不如烧却头上巾……"随着吟声,一个少年书生手中轻摇折扇,缓步入林,后面跟着个书僮,挑着一担行李。

花剑影手指间拈着一枚掉下的门牙,正没好气,见那书生自得其乐的漫步而至,口里还在吟哦,只听得他说什么黄金、白银,当下向盖一鸣使个眼色,一跃而前,喝道:"兀那书生,你在这里叽哩咕噜的噜苏什么?吵得大爷们头昏脑胀,快快赔来。"

那书生见了四人情状,吃了一惊,问道:"请问仁兄,要赔什么?"盖一鸣道:"赔我们四个的头昏脑胀啊。每个人一百两银子,一共是四百两!"那书生舌头一伸,道:"这么贵?便是当今皇上头疼,也不用这许多银子医治。"盖一鸣道:"皇帝老儿算什么东西?你拿我们比作皇帝,当真大胆,这一次不成了,四百两得翻上一番,共是八百两。"那书生道:"仁兄比皇上还要尊贵,当真令人好生佩服。请问仁兄尊姓大名,是什么来头?"盖一鸣道:"嘿嘿,在下姓盖名一鸣,江湖上人称八步赶蟾、赛专诸、踏雪无痕、独脚水上飞、双刺盖七省。太岳四侠中排行第四。"那书生拱手道:"久仰,久仰。"向花剑影道:"这一位仁兄呢?"

花剑影眉头一皱,道:"谁有空跟你这酸丁称兄道弟?"一把推开那书僮,提起他所挑的篮子一掂,入手只觉重甸甸地,心头一喜,打开篮子看时，不由得倒抽一口凉气，原来满篮子都是旧书。常长风喝道："呸！都是废物。"那书生忙道："仁兄此言差矣！圣贤之书，如何能说是废物？有道是书中自有黄金屋。"常长风道："书中有黄金？呸！这些破书一文钱一斤，也没人要。"这时盖一鸣已打开扁担头另一端行李，除布被布衣之外，亦有几本旧书，却没丝毫值钱之物。太岳四侠都好生失望。

那书生道："在下游学寻母，得见四位仁兄，幸何如之？四位号称太岳四侠，想必是扶危济困，行侠仗义，江湖上大大有名的了。"逍遥子道："你这几句话倒还说得不错。"那书生道："今日得见英侠，当真三生有幸。在下眼前恰好有一件为难之事，要请四位大侠拔刀相助，赐予援手。"逍遥子道："这个容易！我们做侠客的，若见到旁人有难而不伸手，那可空负侠义之名了。"那书生连连作揖道谢。盖一鸣道："到底是谁欺侮了你？"那书生道："这件事说来惭愧，只怕四位兄台见笑。"花剑影恍然大悟，道："啊，原来是你妹子生得美貌，给恶霸强抢去了。"那书生摇头道："不，我没妹子。"盖一鸣鼓掌道："嗯，定是什么土豪还是赃官强占了你的老婆。"那书生摇头道："也不是。我还没娶亲，何来妻室？"常长风焦躁起来，大声道："到底是什么事？快给我爽爽快快的说了吧。"那书生道："说便说了，四位大侠可别见怪。"

太岳四侠虽自称"四侠"，但江湖之上，武林之中，从来没让人这么大侠前、大侠后的恭敬称呼，这时听那书生言语之中对自己如此尊重，各人都胸脯一挺，齐道："快说，快说！有甚为难之事，太岳四侠定当为你担待。"那书生团团一揖，说道："在下江湖飘泊，道经贵地，阮囊羞涩，床头金尽，唯有求恳太岳四侠相助几十两纹银。四侠义薄云天，乐善好施，在下这里先谢过了。"

四侠一听，不由得一齐皱起眉头，说不出话来。他们本要打劫这个书生，哪知让他一番说辞，反给挤得下不了台。双掌开碑常长风伸手一拍胸口，大声道："大丈夫为朋友两肋插刀，尚且不辞，何况区区几十两纹银？大哥、三弟、四弟，拿钱出来啊。我这里有——"伸手到怀里一掏，单掌不开，原来衣囊中空空如也，连一文铜钱也没有。

幸好花剑影和盖一鸣身边都还有几两碎银子，两人掏了出来，交给书生。那书生打躬作揖,连连称谢,说道:"助银之恩,在下终身不忘,他日山水相逢,自当报德。"说着携了书僮,扬长出林。

他走出林子,哈哈大笑,对那书僮道:"这几两银子,都赏了你吧!"那书僮整理给四人翻乱了的行李,揭开一本旧书,太阳下金光耀眼,书页之间,竟夹着一片片薄薄的金叶子,笑道:"相公跟他们说书中自有黄金,他们偏偏不信。"

太岳四侠虽偷鸡不着蚀把米,但觉做了一件豪侠义举,心头倒说不出的舒畅。盖一鸣道:"这书生漫游四方,定能传扬咱们太岳四侠的名头……"话犹未了,忽听得鸾铃声响,蹄声得得,一乘马远远自南而来。四侠久在江湖,听风辨音之术倒也略知一二。逍遥子道:"各位兄弟,听这马儿蹄声清脆,倒是一匹好马。不管怎么,将马儿扣下来再说,便没什么其他宝物,这匹马也可当作礼物了。"盖一鸣道:"大哥料事如神,言之有理。"忙解下腰带,说道:"快解腰带,做个绊马索。"忙将四根腰带接起,正要在两棵大树之间拉开,那乘马已奔进林来。

马上乘客见四人蹲在地下拉扯绳索,一怔勒马,问道:"你们在干什么?"盖一鸣道:"安绊马索儿……"话一出口,知道不妥,回首瞧去,见马上乘客是个美貌少女,这一瞧之下,先放下了一大半心。那少女问道:"安绊马索干么?"盖一鸣站直身子,拍了拍手上尘土,说道:"绊你的马儿啊!好,你既已知道,这绊马索也不用了。你乖乖下马,将马儿留下,你好好去吧。咱们太岳四侠虽在黑道,素来单只劫财,决不劫色,守身如玉,有个响当当的名声。太岳四侠遇上美貌姑娘堂客,自当摆出正人君子模样,连一眼也不多瞧。"

那少女道:"你都瞧了我七八眼啦,还说一眼也不多瞧呢?"盖一鸣道:"这个不算,我是无意之中,随便瞧瞧!咱们太岳四侠决不能欺侮单身女子,自坏名头。"那少女嫣然一笑,说道:"你们要留下我马儿,还不是欺侮我吗?"盖一鸣结结巴巴的道:"这个嘛……自有道理。"逍遥子道:"我们不欺侮你,只欺侮你的坐骑。一头畜牲,算得什么?"他见这马身躯高大,毛光如油,极是神骏,兼之金勒银铃,单是这副鞍具,所值便已不菲,不由得越看越爱。

盖一鸣道:"不错,我们太岳四侠,是江湖上铁铮铮的好汉,决不能难为妇孺之辈。你只须留下坐骑,我们不碰你一根毫毛。想我八步赶蟾、赛专诸、踏雪无痕……"那少女伸手掩住双耳,忙道:"别说,别说。你们不知道我是谁,我也不知道你们是谁,是不是?"盖一鸣奇道:"是啊!不知道那便如何?"那少女微笑道:"咱们既然互不相识,若有得罪,爹爹便不能怪我。呔!好大胆的毛贼,四个儿一齐上吧!"

四人眼前一晃,只见那少女手中已多了一对双刀,这一下兵刃出手,其势如风,纵马向前一冲,俯身右手一刀割断了绊马索,左手一刀便往盖一鸣头顶砍落。盖一鸣叫道:"好男不与女斗!何必动手……"眼见白光闪动,长刀已砍向面门,急忙举起钢刺一挡。铮的一响,兵刃相交,但觉那少女的刀上有股极大黏力,一推一送,手中兵刃拿捏不住,登时脱手飞出,直射上数丈之高,钉入了一棵大树的树枝。

花剑影和常长风双双自旁抢上,那少女骑在马上,居高临下,左右双刀连砍,花常二人堪堪招架不住。那少女见了常长风手中的石碑,甚是奇怪,问道:"喂,大个子,你拿着的是什么玩意儿?"常长风道:"这是常二侠的奇门兵刃,不在武林十八般兵器之内,招数奇妙,啊哟……哎唷!"却原来那少女反转长刀,以刀背在他手腕上一敲。常长风吃痛,奇门兵刃脱手,无巧不巧,奇之又奇,又砸上先前砸得肿起了的脚趾。

逍遥子见势头不妙,提起旱烟管上前夹攻,他这烟管是精铁所铸,使的是判官笔招数,居然出手点穴打穴,只是所认穴道不大准确,未免失之毫厘,谬以尺寸。那少女瞧得暗暗好笑,卖个破绽,让他烟管点中自己左腿,只感微微生疼,喝道:"痨病鬼,你点的是什么穴?"逍遥子道:"这是'中渎穴',点之腿膝麻痹,四肢软瘫,还不给我束手待缚?"那少女笑道:"中渎穴不在这里,偏左了两寸。"逍遥子一怔,道:"偏左了,不会吧?"伸出烟管,又待来点。

那少女一刀砍下,将他烟管打落,随即双刀交于右手,左手一把抓住了他衣领,足尖在马腹上轻轻一点,那马一声长嘶,直窜出林。逍遥子给她拿住后颈,全身麻痹,四肢软瘫,只有束手待缚。太岳四侠中剩下的三侠大呼:"风紧,风紧!"没命价撒腿追来。

那马瞬息间奔出里许。逍遥子给她提着,双足在地下拖动,擦得鲜血淋漓,说道:"你抓住我的风池穴,那是足少阳和阳维脉之会,我自然没法动弹,那也不足为奇,非战之罪,虽败犹荣。"那少女格格一笑,勒马止步,将他掷落,说道:"你自身的穴道倒说得对!"冷笑一声,伸刀架在他颈中,喝道:"你对姑娘无礼,不能不杀!"

逍遥子叹了口气道:"此言错矣,老夫年逾五旬,犹是童子之身,生平决不对姑娘太太无礼。你当真要杀,最好从我天柱穴中下刀,一刀气绝,免得多受痛苦!"那少女忍不住好笑,心想这痨病鬼临死还在钻研穴道,我再吓他一吓,瞧是如何,将刀刃抵住他头颈"天柱"和"风池"两穴之间,说道:"便是这里了。"逍遥子大叫:"不,不,姑娘错了,还要上去一寸二分……"

只听得来路上三人气急败坏的赶来,叫道:"姑娘连我们三个一起杀了……"正是常长风等三侠。那少女道:"干什么自己来送死?"盖一鸣道:"我太岳四侠义结金兰,不求同年同月同日生,但愿同年同月同日死。姑娘杀我大哥,我兄弟三人不愿独生,便请姑娘一齐杀了。有谁皱一皱眉头,不算好汉!"说着走到逍遥子身旁,直挺挺的一站,竟是引颈待戮。

那少女举刀半空,作势砍落,盖一鸣咧嘴一笑,毫不闪避。那少女道:"好!你们四人武艺平常,义气却重,算得是好汉子,我饶了你们吧。"说着收刀入鞘。四人喜出望外,大为感激。盖一鸣道:"请问姑娘尊姓大名,我们太岳四侠定当牢记在心,日后以报不杀之恩。"那少女听他仍口口声声自称"太岳四侠",丝毫不以为愧,忍不住又格的一笑,说道:"我的姓名你们不用问了。我倒要请问,干么要抢我坐骑?"

盖一鸣道:"今年三月初十,是晋阳大侠萧半和的五十诞辰……"那少女听到萧半和的名字,微微一怔,道:"你们识得萧老英雄么?"盖一鸣道:"我们不识萧老英雄,只素仰他老人家英名,算得上神交已久,要乘他五十诞辰前去拜寿。说来惭愧,我们四兄弟少了一份贺礼,上不得门,因此……便……所……以……这个……"那少女笑道:"原来你们要抢我坐骑去送礼。嗯,这个容易。"从头上拔下一枚金钗,说道:"这只金钗给了你们,钗上这颗明珠很值钱,你们拿去作为贺礼,萧老英雄一定欢喜。"说着一提马缰,那骏马四蹄翻飞,远远去了。

盖一鸣持钗在手,见钗上一颗明珠又大又圆,宝光莹然,四侠虽不大识货,却也知是希世之珍。四侠呆呆望着这颗明珠,都欢喜不尽。逍遥子道:"这位姑娘慷慨豪爽,倒是我辈中人。"常长风道:"果然好一位侠义道中的女侠!哎唷!"原来给墓碑砸中的脚趾恰好发疼。盖一鸣道:"大哥、二哥料事如神,言之有理。"

那少女坐在官水镇汾安客店的一间小客房里,桌上放着把小小酒壶,壶里装的是天下驰名的汾酒。这官水镇在晋州西南,正是汾酒产地。可是她只喝了一口,嘴里便辣辣的又麻又痛,这酒实在并不好喝。为什么爹爹却这么喜欢?爹爹常说:"女孩子不许喝酒。"在家中得听爹爹的话,这次一个人偷偷出来,这汾酒非得好好喝上一壶不可。但要喝干这一壶,还真不容易。她又喝了一大口,自觉脸上有些发热,伸手一摸,竟有些烫手。

隔壁房里的镖客们却你一杯、我一杯的在不停干杯,难道他们不怕辣么?一个粗大的嗓子叫了起来:"伙计,再来三斤!"那少女听着摇了摇头。另一个声音说道:"张兄弟,这道上还是把细些的好,少喝几杯!江湖上有言道:'手稳口也稳,到处好藏身。'待到了北京,咱们再痛痛快快的大醉一场。"先前那人笑道:"总镖头,我瞧你也稳得太过了。那四个浑点子胡吹一轮什么太岳四侠,就把你吓得……嘿,嘿……伙计,快打酒来。"

那少女听到"太岳四侠"的名头,忍不住便要笑出声来,想来这批镖师也跟太岳四侠交过手。只听那总镖头说道:"我怕什么了?你哪知道我身上挑的千斤重担啊!这十万两盐镖,也没放在我姓周的心上。哼,这时也不便跟你细说,到了北京,你自会知道。"那张镖师笑道:"不错,不错!我不知道,我不知道。嘿嘿,鸳鸯刀啊鸳鸯刀!"

那少女一听到"鸳鸯刀"三字,心中怦的一跳,将耳朵凑到墙壁上去,想听得仔细些,但隔房霎时之间声息全无。那少女心里一动,从房门中溜了出去,悄步走到众镖师的窗下一站。

只听得周总镖头说道:"你怎知道?是谁泄漏了风声?张兄弟,这件事可不是闹着玩的。"他压低了嗓门,但语调却极为郑重。那张镖师轻描淡写的道:"这里的兄弟们谁人不知,哪个不晓?单就你自己,才当是个什么了不起的大秘密。"周总镖头声音发颤,忙问:"是谁说的?"张镖师道:"哈哈,还能有谁? 是你自己。"周总镖头更急了,忙道:"我几时说过了? 张兄弟,今日你不说个明明白白,咱哥儿们可不能算完。我姓周的平素待你不薄啊……"只听另一人道:"总镖头,你别急。张大哥的话没错,是你自己说的。"周总镖头道:"我? 我? 我怎么会?"那人道:"咱们镖车一离西安,每天晚上你睡着了,便尽说梦话,翻来覆去总是说:'鸳鸯刀,鸳鸯刀! 这一次送去北京,可不能出半点岔子,得了鸳鸯刀,无敌于天下……'"

周威信又惊又愧,哪里还说得出话来? 怎想得到自己牢牢守住的大秘密,只因白天里尽想着,脑中除了"鸳鸯刀"之外再没其他念头,日有所思,夜有所梦,在睡梦中竟说了出来。他向众镖师团团一揖,低声道:"各位千万不可再提'鸳鸯刀'三字。从今晚起,我用布包着嘴巴睡觉。"

那少女在窗外听了这几句话,心中大乐,暗想:"踏破铁鞋无觅处,得来全不费功夫。这一对鸳鸯刀,竟在这镖师身上。我盗了回去,瞧爹爹怎么说?"

这少女姓萧名中慧,她爹爹便是晋阳大侠萧半和。

萧半和威名远震,与江湖上各路好汉广通声气,上月间得到讯息,武林中失落有年的一对鸳鸯刀重现江湖,竟为川陕总督刘于义所得。这对刀跟萧半和大有渊源,他非夺到手不可,心下计议,料想刘于义定会将宝刀送往京师,呈献皇帝,与其赶到重兵驻守的要地抢夺,不如半途中拦路截劫。岂知刘于义狡猾多智,一得到宝刀,便大布疑阵,假差官、假贡队,派了一次又一次,使得觊觎这对宝刀的江湖豪士接连上当,反而折了不少人手。萧半和想起自己五十生辰将届,便撒下英雄帖,广邀秦晋冀鲁四省好汉来喝一杯寿酒,但有些英雄帖中却另有附言,嘱托各人务须将这对宝刀劫夺下来。当然,若不是他熟知其人性情来历的血性朋友,请帖中自无附言,否则风声泄漏,打草惊蛇,别说宝刀抢不到,只怕还累了好朋友们的性命。

萧中慧一听父亲说起这对宝刀,当即跃跃欲试。萧半和派出徒儿四处撒英雄帖,她便也要去,萧半和派人在陕西道上埋伏,她更加要去。但萧半和总摇头说道:"不成!"她求得急了,萧半和便道:"你问你大妈去,问你妈妈去。"萧半和有两位夫人,大夫人姓袁,二夫人姓杨。中慧是杨夫人所生，可是袁夫人对她十分疼爱，当她便如是自己亲生女儿一般。杨夫人说不能去，中慧还可撒娇，还可整天说非去不可，但袁夫人一说不能去，中慧便不敢辩驳。这位袁夫人对她很慈和，但神色间自有一股威严，她从小便不敢对大妈的话有半点违拗。

然而抢夺宝刀啊，又凶险，又奇妙，这可多么有趣！萧中慧一想到，无论如何按捺不住，终于在一天半夜里，留了个字条给爹爹、大妈和妈妈，偷偷牵了一匹马，便离开了晋阳。她遇到了要去给爹爹拜寿的太岳四侠，只觉天下英雄好汉，武功也不过如此；她再听到了镖师们的说话，更觉要劫夺鸳鸯刀，似乎也不是什么太大的难事。

她转过身来，要待回房，再慢慢盘算如何向镖队动手，只跨出两步，突然之间，隔着天井的对面房中传出当的一声响，这是她从小就听惯了的兵刃撞击声。她心中一惊："啊哟，不好！人家瞧见我啦！"却听得一人骂道："当真动手么？"一个女子声音叫道："那还跟你客气？"但听得乒乒乓乓之声不绝，打得甚是激烈，还夹杂一个婴儿的大声哭叫。对面房中窗格上显出两个黑影，一男一女，每人各执一柄单刀，纵横挥霍，拼命砍杀。

这么一打，客店中登时大乱。只听得周总镖头喝道："大伙儿别出去，各人戒备，守住镖车，小心歹人调虎离山之计。"萧中慧一听，心想："这般不要性命的拼斗，哪里是调虎离山的假打？只可惜他不出来瞧瞧，否则倒真是盗刀的良机。"再瞧那两个黑影时，女的显已力乏，不住倒退，那男的却步步进逼，毫不放松。她侠义之心登起，心想："这恶贼好生无礼，贪夜抢入女子房中，横施强暴，这抱不平岂可不打？"待要冲进去助那女子，但转念一想："不好！我一出手，不免露了行藏，若让那些镖师瞧见了，再下手盗刀便不容易。"强忍怒气，只听得兵刃相击之声渐缓，男女两人破口大骂起来，说的是鲁南土语，萧中慧倒有一大半不懂。

她听了一会，烦躁起来，正要回房，忽听得呀的一声，东边一间客房的板门推开，出来一个少年书生。只听他朗声说道："两位何事争吵？有话好好分辨道理，何必动刀动枪？"他一面说，一面走到男女两人窗下，似要劝解。萧中慧心道："那恶徒如此凶蛮，谁来跟你讲理？"只听得那房中兵刃相交之声又起，小儿啼哭之声越来越响，蓦地里一粒弹丸从窗格中飞出,啪的一声,正好将那书生的帽子打落在地。那书生叫道:"啊哟,不好!"接着喃喃自言自语:"城门失火,殃及池鱼。君子不立于危墙之下,还是明哲保身要紧。"说着慢慢踱回房去。

萧中慧既觉好笑,又为那女子着急,心想那恶贼肆无忌惮,这女子非吃大亏不可。但这时那房中斗殴之声已息,客店中登时静了下来。萧中慧心下琢磨:"爹爹常说,行事当分轻重缓急,眼前盗刀要紧,只好让那凶徒无法无天。"回到房中,关上了门,躺在炕上,寻思如何盗劫宝刀:"这镖队的人可真不少,我一个人怎对付得了?本该连夜赶回晋阳,去跟爹爹说知,让他来调兵遣将。可是若我用计将刀盗来,双手捧给爹爹,岂不更妙?"想到得意之处,左边脸颊上那个酒窝儿深深陷了进去。可是用什么计呢?她自幼得爹爹调教,武功不弱。但说到用计,咱们的萧姑娘可不大在行,肚里计策并不算多,简直可以说不大有。

她躺在炕上,想得头也痛了,虽想出了五六个法儿,但仔细一琢磨,竟没一条管用。蒙蒙眬眬间眼皮重了起来,静夜之中,忽听得笃、笃、笃……一声一声自远而近的响着,有人以铁杖敲击街上石板,一路行来,显是个盲人。

敲击声响到客店之前,戛然而止,接着那铁杖便在店门上突、突、突的敲响,跟着是店小二开门声、呵斥声,一个苍老的声音哀求着要一间店房。店小二要他先给钱,那老瞎子给了钱,可是还差着两吊。于是推拒声、祈恳声、店小二骂人的污言秽语,一句一句传入萧中慧耳里。

她越听越觉那盲人可怜,翻身坐起,在包袱中拿了一小锭银子,开门出去,却见那书生已在指手划脚、之乎者也的跟店小二理论,看来他虽要明哲保身,仍不免喜欢多管闲事。只听他说道:"小二哥,敬老恤贫,乃是美德,差这两吊钱,你就给他垫了,也就完啦。"店小二怒道:"相公的话倒说得好听,你既好心,那你便给他垫了啊。"那书生道:"你这话又不对了。想我是行旅之人,盘缠带得不多,宝店的价钱又大得吓人,倘若随便出手,转眼间便如夫子之厄于陈蔡了。因此,所以,还是小二哥少收两吊钱吧。"

萧中慧噗哧一笑,叫道:"喂,小二哥,这钱我给垫了,接着!"店小二一抬头,只见白光一闪,一块碎银飞了过来,忙伸手去接。他这双手银子是接惯了的,可说百不失一,这般空中飞来的银子,这次却是生平破题儿头一遭来接,不免少了习练,噗的一声,那块银子已打中了他胸口,虽说是银子,来者不拒,但打在身上不免也有点儿疼痛,忍不住"啊哟"一声,叫了出来。

那书生道:"你瞧,人家年纪轻轻一位大姑娘,尚且如此好心。小二哥,你枉为男子汉,可差得远了。"萧中慧向他扫了一眼,见他长脸俊目,剑眉斜飞,容颜间英气逼人,心中一跳,忙低下头去。只听那老瞎子道:"多谢相公好心,你给老瞎子付了房饭钱,当真多谢多谢,但不知恩公高姓大名,我瞎子记在心中,日后也好感恩报德。"那书生道:"小可姓袁名冠南,区区小事,何足挂齿?这房饭钱,其实不是我代惠的。老丈你尊姓大名啊?"那老瞎子道:"我瞎子的贱名,叫做卓天雄。"

萧中慧心中正自好笑:"这老瞎子当真眼盲心也盲,明明是我给的银子,却去多谢旁人。"突然间听到"卓天雄"三字,心头一震:"这名字好像听见过。那天爹爹和大妈似乎曾低声说过这个名字,那时我刚好走过大妈房门口,爹爹和大妈一见到我,便住了口。但说不定是同名同姓,更许是音同字不同。爹爹怎能识得这老瞎子?"

袁冠南伴了卓天雄,随着店小二走到内院。经过萧中慧身旁时,袁冠南突然躬身长揖,说道:"姑娘,你带了很多银子出来么?"萧中慧没料到他竟会跟自己说话,脸上一红,似还礼不似还礼的蹲了一蹲,说道:"怎么?"袁冠南道:"小可见姑娘如此豪阔,意欲告贷几两盘缠之资!"萧中慧更没料到他居然会单刀直入的开口借钱,越加发窘,满脸通红,不知如何回答才是,呆了一呆,转过脸去。那书生道:"好,既不肯借,那也不妨。待小可去打别人主意吧!"说着又是一揖,转身回房。

萧中慧心头怦怦而跳,一时定不下神,忽然之间,那边房里兵刃声和喝骂声又响了起来,砰的一声大响,窗格飞开,一个壮汉手持单刀,从窗中跃出,左手中却抱了个婴儿。跟着一个少妇从窗里追了出来,头发散乱,舞刀叫骂:"快还我孩子,你抱他到哪里去?"两人一前一后,直冲出店房。萧中慧见那少妇满脸惶急之情,侠义之心再也难以抑制,心道:"这凶徒抢了她孩子,如此伤天害理,非伸手管一管不可!"忙回房取了双刀,赶将出去。

远远听见那少妇不住口的叫骂:"快放下孩子,半夜三更的,吓坏他啦!你这千刀万剐的杀胚,吓坏了孩子,我……我……"萧中慧循声急追,不料这凶徒和少妇的轻身功夫均自不弱,直追出里许,来到一处荒凉的墓地,才见到两人双刀相交,正自恶斗。那凶徒怀抱孩子,形势不利,砍了几刀,逼开少妇,将孩子放在一块青石之上,才回刀砍杀。萧中慧停步站住,先瞧一瞧那凶徒的武功,但见他膂力强猛,刀法凶悍,那少妇边打边退,看来转眼间便要伤在他刀下。萧中慧提刀跃出,喝道:"恶贼,还不住手?"右手短刀使个虚式,左手长刀径刺那凶徒胸膛。

那少妇见萧中慧杀出,呆了一呆,心疼孩子,忙抢过去抱起。那凶徒举刀一架,问道:"你是谁?"萧中慧微微冷笑,道:"打抱不平的姑娘。"挥刀砍出,她除了跟爹爹及师兄们过招之外,当真与人动手第一次是独斗太岳四侠,第二次便是斗这凶徒了。这凶徒的武功可比太岳四侠强得太多,招数变幻,一柄单刀盘旋飞舞,左手不时还击出沉雄的掌力。萧中慧叫道:"好恶贼,这么横!"左手刀着着进攻,蓦地里使个"分花拂柳式",长刀急旋。那凶徒吃了一惊,侧身闪避。萧中慧叫道:"躺下!"短刀斜削,那凶徒左腿上早着。他大吼一声,一足跪倒,兀自举刀还招。萧中慧双刀齐劈,引得他横刀挡架,一腿扫去,将他踢倒在地,跟着短刀又刺他右腿。

陡然间风声飒然,一刀自后袭到,萧中慧吃了一惊,顾不到伤那凶徒,急忙回刀招架,这一招"狮子回首"分寸拿捏得恰到好处,当的一声,双刀相交,黑暗中火星飞溅。她一看之下,更惊得呆了,原来在背后偷袭的,竟是那怀抱孩子的少妇。这少妇一刀给她架开,跟着又是一刀。萧中慧识得这一招"夜叉探海"志在伤敌,竟是不顾自身安危的拼命打法,当即挥短刀挡过,叫道:"你这女人莫不是疯了?"那少妇道:"你才疯了!"单刀斜闪,溜向萧中慧长刀的刀盘,就势推拨,滑近她手指。萧中慧一惊,见这少妇力气不及那凶徒,但刀法之狡狯,却远有过之。

这时那凶徒已包扎了腿上伤口,提刀上前夹击,两人一攻一拒,招招狠辣。萧中慧暗暗叫苦:"原来这两人设下圈套,故意引我上当。"她刀法虽精,终究少了临敌的经历,这时子夜荒坟,受人夹击,不知四下里还伏了多少敌人,不由得心中先自怯了,一面打,一面骂道:"我跟你们无怨无仇,干么设下这毒计害我?"

那凶徒骂道:"谁跟你相识了?小贱人,无缘无故的来砍我一刀。"那少妇也喝道:"你到底是什么路道?不问青红皂白便出手伤人。"问那凶徒道:"龙哥,你腿上伤得怎样?"语意之间,极是关切。那凶徒道:"他妈的,痛得厉害。"萧中慧奇道:"你们不是存心害我么?"那少妇道:"你到底干什么的?这么强凶霸道,自以为武艺高强么?我瞧也不见得,可真不要脸哪。"萧中慧怒道:"我见你给这凶徒欺侮,好心救你,谁知你们是假装打架。"那少妇道:"谁说假装打架?我们夫妻争闹,平常得紧,你多管什么闲事?"

萧中慧听得"夫妻争闹"四字,大吃了一惊,结结巴巴的问道:"你们……你们是夫妻?"当即向后跃开,脑中一阵混乱。那壮汉道:"怎么啦?我们一男一女住在一房,又生下了孩子,难道不是夫妻么?"萧中慧奇道:"这孩子是你们的儿子?"那少妇道:"他是孩子爸爸,我是孩子妈妈,碍着你什么事了?他叫林玉龙,我叫任飞燕,你还要问什么?"说着气鼓鼓的举刀半空,又要抢上砍落。

萧中慧道:"你们既是夫妻,又生下了孩子,自然恩爱得紧。怎地又打又骂,又动刀子?这不奇吗?"任飞燕冷笑道:"哈哈,大姑娘,等你嫁了男人,就明白啦。夫妻不打架,那还叫什么夫妻?有道是床头打架床尾和,你见过不吵嘴不打架的夫妻没有?"萧中慧脱口而出,说道:"我爹爹妈妈就从来不吵嘴不打架。"林玉龙抚着伤腿,骂道:"他妈的,这算什么夫妻?定然路道不正!啊唷,啊唷……"任飞燕听得丈夫呼痛,忙放下孩子,去瞧他伤口,这神情半点不假,当真是一对恩爱夫妻。林玉龙兀自喃喃叫骂:"他妈的,不动刀子不拌嘴,算是什么夫妻?"

萧中慧一怔,心道:"嘿,这可不是骂我爹娘来着?"怒气上冲,又想上前教训他,但以一敌二,料想打不过,见那婴儿躺在石上,啼哭不止,心中怨气不出,一转身抱起婴儿,飞步便奔。

任飞燕为丈夫包好伤口,回头却不见了儿子,惊叫:"儿子呢?"林玉龙"啊哟"一声,跳了起来,说道:"给那贱人抱走啦。"任飞燕道:"你怎不早说?"林玉龙道:"你自己抱着的,谁教你放在地下?"任飞燕大怒,飞身上前,吧的一声,打了他个嘴巴,喝道:"我给你包伤口啊!死人!"林玉龙回了一拳,骂道:"儿子也管不住,谁要你讨好?"任飞燕道:"畜生,快去抢回儿子,回头再跟你算帐。"说着拔步狂追。林玉龙道:"不错,抢回儿子要紧。臭婆娘,自己亲生的儿子也管不住,有个屁用?"跟着追了下去。

萧中慧躲在一株大树背后,按住小孩嘴巴,不让他哭出声来,见林任夫妇边骂边追,越追越远,心中暗暗好笑,突然间身上一阵热,一惊低头,见衣衫上湿了一大片,原来那孩子拉了尿。她好生烦恼,轻轻在孩子身上一拍,骂道:"要拉尿也不说话?"那孩子未满周岁,如何会说话?给她这么一拍,放声大哭。萧中慧心下不忍,只得"乖孩子、好宝贝"的慢慢哄他。哄了一会,那孩子合眼睡着了。萧中慧见他肥头胖耳,脸色红润,傻里傻气的甚是可爱,不由得颇为喜欢,心想:"去还给他爹爹妈妈吧,吓得他们也够了。"见这对夫妇双双向北,当下也不回客店,向北追去。

行了十余里,天已黎明,那对夫妻始终不见,待得天色大明,到了一座树木茂密的林中,鸟鸣声此起彼和,野花香气扑鼻而至。萧中慧见林中景色清幽,一夜不睡,也真倦了,拣了一处柔软的草地,倚树养神,低头见怀中孩子睡得香甜,过不多时,自己竟也睡着了。

阳光渐烈,树林中浓荫匝地,花香愈深,睡梦中忽听得"威武——信义——,威武——信义——"一阵阵镖局的趟子声远远传来,萧中慧打个呵欠,双眼尚未睁开,却听得趟子声渐渐近了。

来的正是威信镖局的镖队。

铁鞭镇八方周威信率领着镖局人众,迤逦将近枣香林,只要过了这座林子,前面到晋州一直都是平阳大道,眼见红日当空,真是个好天,本来今日说什么也不会出乱子,可是他心中却不自禁的暗暗发毛。镖队后面那老瞎子的铁杖在地下笃的一声敲,他心中便突的一跳。

一早起行,那老瞎子便跟在镖队后面,初时大伙儿也不在意,但坐骑和大车赶得快了,说也奇怪,那瞎子竟始终跟在后面。周威信觉得有些古怪,向张镖师和詹镖师使个眼色,鞭打牲口,急驰疾奔,刹时间将老瞎子抛得老远。他心中一宽。但镖车沉重,快跑难以持久,一会儿便慢了下来。过不多久,笃、笃、笃声隐隐起自身后,这老瞎子居然又赶了上来。

这么一露功夫,镖队人众无不相顾失色,老瞎子这门轻功,可当真不含糊。镖队慢了,那瞎子并不追赶上前,铁杖击地,总是笃、笃、笃的,与镖队相距这么十来丈远。

眼见前面黑压压的是一片林子,周威信低声道:"张兄弟,大伙儿得留上了神,这老瞎子可真有点邪门,江湖上有言道:'念念当如临敌日,心心便似过桥时。'"张镖师昨天打跑了太岳四侠,一直飘飘然的自觉英雄了得,听周威信这么说,心道:"就算他轻身功夫不坏,一个老瞎子又怕他何来?我瞧你啊,见了耗子就当是大虫。"弯腰从地下拾起一块小石子,使出打飞蝗石手法,沉肘扬腕,瞄准向那瞎子打去。只听得嗤嗤声响,石子破空,去势甚急,那瞎子更不抬头,铁杖微抬,当的一声响,将那石子激回。张镖师叫道:"啊哟!"那石子正打中他额角,鲜血直流。镖队中登时一阵大乱。

张镖师叫道:"贼瞎子,有你没我!"纵马上前,举刀往瞎子肩头砍落。那瞎子举杖挡格,张镖师手中单刀倒翻上来,只震得手臂酸麻,虎口隐隐生疼。詹镖师叫道:"有强人哪,并肩子齐上啊。"众人虽见那瞎子武功高强,但想他终究不过单身一人,眼睛又瞎了,好汉敌不过人多,于是刀枪并举,七八名镖师、卫士一齐拥上,将他围在垓心。那瞎子似不在意,铁杖轻挥,东一敲、西一戳,只数合间,已将一名卫士打倒在地。

周威信远远瞧着,见老瞎子出手沉稳,好整以暇,竟似丝毫没将众人放在心上,蓦地里见他眼皮一翻,一对眸子精光闪烁,竟不是瞎子,跟着一转身,抬腿将詹镖师踢了个筋斗。周威信大骇,心知这瞎子决非太岳四侠中的逍遥子可比,却是当真身负绝艺的高手,想到自己身上的重任,高叫:"张兄弟,你将老瞎子拿下了,可别伤他性命。我先行一步,咱们晋州见。"心道:"江湖上有言道:'路逢险处须当避,不是才子莫吟诗。'"双腿一夹,纵马奔向林子。

刚驰进树林,只见一株大树后刀光闪烁,他是老江湖了,暗暗叫苦:"原来那瞎子并非独脚大盗,这里更伏下了帮手。"当下没命价鞭马向前急驰,只驰出四五丈,便见一个人影从树后闪出。

周威信见这人手持单刀,神情凶猛,当下更不打话,手一扬,一枝甩手箭脱手飞出,向那人射去,同时纵骑冲前。那人挥刀格开甩手箭,骂道:"什么人,乱放暗青子?"另一人跟着赶到,喝道:"你有暗青子,我便没有么?"拉开弹弓,吧吧吧一阵响,八九枚连珠弹打了过来,有两枚打在马臀上,那马吃痛,后脚乱跳,登时将周威信掀下马来。周威信早执鞭在手,在地下打个滚,刚跃起身,吧的一声,手腕上又中一枚弹丸,铁鞭拿捏不住,掉落在地。那两人一左一右,同时抢上,双刀齐落,架在他颈中,一人问道:"你是什么人?"另一个问道:"干么乱放暗青子?"先一人又道:"你瞧见我孩子没有?"另一人又问:"有没有见一个年轻姑娘走过?"先一人又问:"那年轻姑娘有没抱着孩子?"

片刻之间,每个人都问了七八句话,周威信便有十张嘴,也答不尽这许多话。原来这两人正是林玉龙和任飞燕夫妇。

林玉龙向妻子喝道:"你住口,让我来问他。"任飞燕道:"干么要我住口?你闭嘴,我来问。"两人你一言,我一语,争吵了起来。周威信为两柄单刀同时架在颈中,生怕任谁一个脾气大了,随手一按,自己的脑袋和身子不免各走各路,正是:"江湖上有言道:'你去你的阳关道,我走我的独木桥。'"又想:"江湖上有言道:'光棍不吃眼前亏,伸手不打笑脸人。'"当下满脸堆笑,说道:"两位不用心急,先放我起来,再慢慢说不迟。"林玉龙喝道:"干么要放你?"任飞燕见他右手反转,牢牢按住背上包袱,似乎其中藏着十分贵重之物,喝道:"那是什么?"

周威信自从在总督大人手中接过了这对鸳鸯刀之后,心中片刻也没忘记过"鸳鸯刀"三字,只因心无旁骛,竟在睡梦之中也不住口的叫了出来,这时钢刀架颈,情势危急,任飞燕又问得紧迫,实无思索余地,不自禁冲口而出:"鸳鸯刀!"

林任两人一听,吃了一惊,两只左手齐落,同时往他背上的包袱抓去。周威信一言既出,立时懊悔无已,当下情急拼命,百忙中脑子里转过了一个念头:"江湖上有言道:'一夫拼命,万夫莫当。'何况他们只有两夫?不,只有一夫,另一个是女不是夫。"顾不得冷森森的利刃架在颈中,向前一扑,待要滚开。林任夫妻同时运劲,猛力一扯,却将他连人带包袱提起。原来周威信以细铁链将宝刀缚在背上,林任两人虽一齐使力,仍拉不断铁链。

三个人缠作一团。周威信回手一拳,砰的一下,打在林玉龙脸上。任飞燕倒转刀柄,在周威信后颈重重的砸了一下,问道:"龙哥,你痛不痛?"林玉龙怒道:"那还用问? 自然痛啦。"任飞燕怒道:"哈,我好心问你,难道问错了?"两人一面抢夺包袱,一面又拌起嘴来。

斗然间草丛中钻出一人,叫道:"要不要孩子?"林任二人一抬头,见那人正是萧中慧,双手高举着自己儿子,心中大喜,立即一齐伸手去接。萧中慧右手递过孩子,左手短刀嗤的一声,已割开了周威信背上包袱,跟着右手探出,从包袱中拔出一把刀来,青光闪耀,寒气逼人,随手一挥,果真好宝刀,铁链应刃断绝。萧中慧抢过包袱,翻身便上了周威信的坐骑,这几下手法兔起鹘落,迅捷利落之至。

她一提马缰,喝道:"快走!"不料那马四只脚便如牢牢钉在地下,竟然不动。萧中慧伸足去踢马腹,蓦地里双足膝弯同时一麻。她暗叫:"不好!"待要跃下马背,可哪里还来得及,早已给人点中穴道,身子骑在马上,却一动也不能动了。

只见马腹下翻出一人,正是那老瞎子,也不知他何时摆脱镖队的纠缠,赶来悄悄藏在马腹之下,他一伸手便夺过萧中慧手中一对鸳鸯刀。任飞燕将孩子往地下一放,拔刀扑上。林玉龙跟着自旁侧攻。那瞎子提着出了鞘的长刃鸳刀往上挡格,叮当两响,林任夫妇手中双刀齐断。两人只一呆,腰间穴道酸麻,已让点中大穴,再也动弹不得了。

周威信势如疯虎,喝道:"贼瞎子,有你没我!"拾起地下铁鞭,使一招"呼延十八鞭"的"横扫千军",向瞎子横砸过去。那瞎子竟不闪避,提起鸳鸯长刀,向前刺出,说也奇怪,这一刺既非刺向铁鞭,也不是刺向周威信胸口,却是刺在包袱中的刀鞘之内,跟着连刀带鞘横砸而至。他竟将刀鞘当作铁鞭使,而招数一模一样,也是"呼延十八鞭"中的"横扫千军",刀鞘在铁鞭上一格,周威信这一条十六斤重的铁鞭登时给拦在半空,再也砸不下分毫。这半空不知算不算"一方",是否"铁鞭镇八方",大有商量余地。一刀一鞭略一相持,呼的一声响,那铁鞭竟给瞎子的内劲震得脱手飞出,这一招"铁鞭飞一方"使出来,周威信虎口破裂,满掌是血。那瞎子白眼一翻,冷笑道:"呼延十八鞭最后一招,你没学会吧?"

周威信这一惊非同小可,"呼延十八鞭"虽号称十八鞭,但传世的只十七招,他师父曾道,最后一招叫做"一鞭断十枪",当年北宋大将呼延赞受敌人围攻,曾以一根钢鞭震断十条长枪,这一路鞭法,不论招数,单凭内力,会者无多,当世只他师伯有此神功。周威信从未见过师伯,只知他是清廷侍卫,"大内七大高手"之首,向来深居禁宫,从不出外,因此始终无缘拜见。这时心念一动,颤声问道:"你……你老人家姓卓?"那瞎子道:"不错。"周威信惊喜交集,拜伏在地,说道:"弟子周威信,叩见卓师伯。"

那老瞎子微微一笑,道:"亏得你知道世上还有个卓天雄。"周威信道:"师父在日,常称道师伯的神威。弟子不识师伯,刚才多有冒犯。江湖上有言道:'有缘千里来相会,无缘对面不相逢。'不知师伯几时从北京出来?"卓天雄微笑道:"皇上派我来接你啊。"周威信又惶恐,又欢喜,道:"若非师伯伸手相援,这对鸳鸯刀只怕要落入匪徒手中了。"卓天雄道:"皇上明见万里,早料到这对刀上京时会出乱子。你一离西安,我便跟在镖队后面。你晚上睡着时,口中直嚷些什么啊?"周威信面红过耳,嗫嚅着说不出话来,心道:"师伯一路蹑着我们镖队,连我夜里说梦话也给听去了,我却丝毫不觉,若不是师伯而是想盗宝刀的大盗,我这条小命还在么?江湖上有言道:'万事不由人计较,一生都是命安排。'"

卓天雄道:"你的伙计们胆子都小着点儿,这会儿也不知躲到了哪儿。你去叫叫齐,咱们一块儿赶路吧。"周威信连声称是。卓天雄举起那对刀来,略一拂拭,只觉一股寒气,直逼眉目,不禁叫道:"好刀!"

周威信正要出林,忽听左边一人叫道:"喂,姓卓的,乖乖的便解开我穴道,咱们好好来斗一场。"另一个女子道:"你乘人不备,出手点穴,算是哪一门子的英雄好汉?"卓天雄转过头去,但见林玉龙、任飞燕夫妇各举半截断刀,作势欲砍,苦在全身动弹不得,空自发狠。卓天雄伸指在短刀上一弹,铮的一响,声若龙吟,悠悠不绝,说道:"不论你有多少匪徒,来一个,擒一个,来两个,捉一双。"转头向萧中慧道:"小姑娘,你也随我进京走一遭,去瞧瞧京里的花花世界吧。"

萧中慧大急,叫道:"快放了我,你再不放我,要叫你后悔无穷。"卓天雄哈哈大笑,道:"这么说,我更加不能放你了,且瞧瞧你怎地令我后悔无穷。"萧中慧暗运内息,想冲开腿上给点中的穴道,但一股内息降到腰间便自回上,心中越焦急,越觉全身酸麻,半分力气也使不出来,一张俏脸胀得通红,泪水在眼中滚来滚去,便欲夺眶而出。

忽听得林外一人纵声长吟:"天子重英豪,文章教尔曹,万般皆下品,唯有读书高……"高吟声中,一人走进林来。萧中慧看去,正是昨晚在客店中见到的那个少年书生袁冠南,自己这副窘状又多了一人瞧见,更加难受,心中一急,眼泪便如珍珠断线般滚了下来。

卓天雄手按鸳鸯双刀,厉声道:"姓袁的,这对刀便在这里,有本事不妨来拿去。你装腔作势,瞒得过别人,可乘早别在卓天雄眼前现世。"说着双刀平平一击,铮的一响,声振林梢。

袁冠南右手提着一枝毛笔,左手平持一只墨盒,说道:"在下诗兴忽来,意欲在树上题诗一首,阁下大呼小叫,未免扫人清兴。"说着东张西望,似乎寻觅题诗之处。卓天雄早瞧出他身有武功,见他如此好整以暇,怕他身负绝艺,倒也不敢轻敌,将双刀还入刀鞘,交给周威信,铁棒一顿,喝道:"你要题诗,便题在我瞎子的长衫上吧!"说着挥动铁棒,往袁冠南脑后击去。

萧中慧情不自禁,脱口而出叫道:"别打!"她见袁冠南文诌诌手无缚鸡之力,这一棒打上去,还不将他砸得脑浆迸裂?哪知袁冠南头一低,叫声:"啊哟!"从铁棒下钻过,说道:"姑娘叫你别打,怎不听话?"

卓天雄回过铁棒,平腰横扫。袁冠南扑地向前一跌,铁棒刚好从头顶掠过。卓天雄喝道:"这一下不错!"左手成掌劈出。袁冠南含胸沉肩,毛笔在墨盒中一蘸,往他手腕上点去。两人数招一过,萧中慧暗暗惊异:"这书生原来有一身武功,这一次我可走了眼啦。"但见他身形飘动,东闪西避,卓天雄的铁棒始终打不到他。她暗自祷祝:"老天爷生眼睛,保佑这书生得胜,让他助我脱困。"

林玉龙喝采道:"秀才相公,瞧不出你武功还这样强,快杀了这瞎子,解开我们穴道。"任飞燕道:"你这不是一厢情愿吗?我瞧这小秀才未必便是老瞎子对手。"林玉龙喝道:"臭婆娘,尽说不吉利话,你懂得什么?"任飞燕道:"嘿,我瞧得见他们动手,你瞧见么?"原来她面对卓袁两人,林玉龙却是背向。林玉龙道:"瞧得见便又怎地?我听那瞎子的铁棒乱挥,一味呼呼风响,全不管事。"任飞燕啐了一口,道:"不管事,不管事!哼,他可点得你动弹不得。"林玉龙道:"那你呢?你倒动给我瞧瞧!"两人你一言,我一语,越吵越凶,苦于身子转动不得,否则早又相互拳脚交加。任飞燕气忿不过,一口唾液向丈夫吐了过去。林玉龙无法闪避,眼睁睁的任那唾沫飞过来黏在自己鼻梁正中,当即波的一声,也吐了一口唾沫过去。夫妻俩你一口,我一口,相互吐得满头满脸都是唾沫。

萧中慧见他夫妻身在危难之中,兀自不停吵闹,又好气,又好笑,斜目再瞧袁卓二人时,不由得芳心暗惊,但见袁冠南不住倒退,似乎已非卓天雄敌手,心道:"但愿他这是装腔作势,故意戏弄老瞎子,其实并非真败!"

可是事与愿违,卓天雄的武功,其实比袁冠南高出颇多。初时卓天雄见他以毛笔与墨盒作武器,心想他如此有恃无恐,定有惊人艺业,因而小心翼翼,不敢强攻,待得试了几招,见他身法虽快,终究稚嫩,而毛笔的招数之中更无异状,当下铁棒横扫直砸,使出"呼延十八鞭"中的精妙家数。袁冠南没料到竟遇上如此厉害对手,手里又没武器,立时左支右绌,迭遇险着,不由得暗暗叫苦:"我忒也托大,把这假瞎子瞧得小了,哪知他竟是这等硬手?"眼见铁棒斜斜砸来,忙缩肩闪避。卓天雄叫声:"躺下!"铁棒翻起,打中了袁冠南左腿。萧中慧心中怦的一跳,叫道:"啊哟!"

袁冠南强自支撑,脚步略一踉跄,退出三步,却不跌倒,知道今日之事凶险万状,腿上既已受伤,便欲全身退走,亦已不能,情急智生,叫道:"好啊!小爷有好生之德,不愿用这'腐骨穿心膏'。你既无礼,说不得,只好叫你尝尝滋味。"说着将毛笔在墨盒中蘸得饱饱的,提笔往卓天雄脸上抹去。卓天雄听得"腐骨穿心膏"五字,吃了一惊,叫道:"且住!五毒圣姑是你何人?"

五毒圣姑是贵州安香堡出名的女魔头,武林中闻名丧胆,她所使的毒药之中,尤以"腐骨穿心膏"最为驰名,据说只要肌肤略沾半分,十二个时辰烂肉见骨,廿四个时辰毒血攻心,天下无药可救。袁冠南数年前曾听人说过,当时也不在意,这时给卓天雄逼得无法,信口胡吹,见他一听之下,立时脸色大变,心下暗喜,说道:"五毒圣姑是我姑母,你问她怎的?"卓天雄将信将疑,说道:"既是如此,我也不来难为你,快给我走吧。"袁冠南冷笑道:"你打了我一棒,难道就此了局?"说着走上两步。卓天雄望着他左手所端的墨盒,如见蛇蝎,心想:"毛笔墨盒原本不能用作武器,他如此跟我相斗,其中定有古怪。"见他上前,不自禁的退了两步。他哪知袁冠南倜傥自喜,仗着武功了得,往往空手制胜,手拿笔墨,只不过意示闲暇,今日撞到卓天雄如此扎手人物,心中其实早已叫苦不迭,不知几十遍的在自骂该死了。

袁冠南又走上两步,说道:"我姑母武功又不怎样,也不过会配制一些儿毒药,你又何必吓成这样?"见卓天雄迟迟疑疑的又退了一步,突然转身,向左一闪,欺到周威信身畔,提起毛笔,便往他双眼抹去。周威信大骇,举臂来格。袁冠南手肘一撞,墨盒交在右手,左手探出,已将鸳鸯双刀抢过。卓天雄大吃一惊,心想皇上命我来迎接宝刀进京,如给这小子夺去,那是多大罪名?纵然冒犯五毒圣姑,可也说不得了,当下飞身来抢,右掌斜劈袁冠南肩头,左手五指成爪,往鸳鸯双刀抓落。

袁冠南早防到这一着,自知硬抢硬夺,必败无疑,提起毛笔,对准他左手一抹,跟着便哈哈大笑。卓天雄猛觉手背上一凉,一惊之下,见手背上已给浓浓的抹了一大条墨痕,以前听人所说五毒圣姑如何害人惨死的话,霎时间在脑中闪过,不由得全身大震。他五根手指虽已碰到双刀的刀鞘,竟抓不下去,一呆之下,越想越怕,大叫一声,飞奔出林。周威信见师伯尚且如此,哪里还敢逗留,跟在卓天雄后面冲了出去。

袁冠南暗叫:"惭愧!"生怕卓天雄察觉真相,重行追来,不敢在林中多耽,拿起鸳鸯双刀,转身便行。林玉龙叫道:"喂,小秀才,你怎不给我们解开穴道?"袁冠南道:"过了六个时辰,穴道自解。"萧中慧大急,叫道:"再等六个时辰,人也死了。"袁冠南笑道:"别心急,死不了!"萧中慧嗔道:"好,坏书生!下次你别撞在我手里。"袁冠南想起卓天雄棒击自己之时,这姑娘曾出言阻止,良心倒好,但她三人显然也是为了鸳鸯刀而来,若给他们解开穴道,只怕又起枝节,微一沉吟,从地下捡起两块小石子,右手挥动,两块石子先后飞出,分击林任夫妇穴道,虽相隔数丈,认穴之准,仍不爽分毫,两人受封的穴道立时便解开了。

林任夫妇各自积着满腔怒火,穴道一解,提着半截单刀,登时乒乒乒乓乓的打了起来。袁冠南再掷出一枚石子,击中萧中慧腰间的"京门穴"。萧中慧"啊"的一声,从马上倒摔下来,横卧在地,双目紧闭,一动也不动了。袁冠南吃了一惊,自忖这枚石子并未打错穴道,如何竟会伤了她?忙走近身去,弯腰看时,见她脸色有异,似乎呼吸也没有了。袁冠南这一下更加心惊,问道:"姑娘,你怎么啦?"伸手去探她鼻息。萧中慧突然大叫一声,翻身跃起,从他手中抢过了短刃的鸳刀,偷袭得手,不敢再转长刀的念头,格格一笑,转身便逃。

林玉龙叫道:"啊,鸳鸯刀!"任飞燕从地下抱起孩子,叫道:"快追!"两人向萧中慧追去。袁冠南骂道:"好丫头,恩将仇报!"提气疾追,但他左腿中了卓天雄一棒,伤势不轻,一跷一拐,轻功只剩下五成,眼看萧林任三人向西北荒山疾驰而去,竟追赶不上,但想鸳鸯刀少了一把,不能成为鸳鸯,腿上虽痛,仍穷追不舍。

奔出二十余里,地势越来越荒凉,他奔上一个高冈,四下张望,见西北方四五里外,树木掩映中露出一角黄墙,似是一座小庙,心想这三人别处无可藏身,多半在这庙中,于是折了一根树干当作拐杖,撑持着奔去。

走近庙来,见匾额上写着"紫竹庵"三字,原来是座尼庵。袁冠南走进庵去,见大殿上站着一个老尼姑,衣履洁净,面目慈祥。袁冠南作了一揖,说道:"师太请了,可有一位蓝衫姑娘,来到宝庵随喜么?"那老尼道:"小庵地处荒僻,并没施主到来。"袁冠南不信,道:"师太不必隐瞒……"话未说完,忽听得门外笃、笃、笃连响,传来铁棒击地之声,正是卓天雄追到了。

袁冠南大吃一惊,忙道:"师太,请你做做好事。我有仇人找来,千万别说我在此处。"也不等那老尼回答,向后院直窜进去,见东厢有座小佛堂,推门进去,见供着一座白衣观音的神像。这时不暇思索,纵身上了佛座,揭开帷幕,便躲在神像之后。

岂知神像之后,早有人在,定睛一看,正是萧中慧。她似笑非笑的向袁冠南瞧了一眼,说道:"好吧,算你有本事,找到这里,这刀拿去吧!"说着将短刀递过。只听他身后一人说道:"别给他,要动手,咱三人打他一个。"原来林任夫妇带着孩子,也躲在神像左侧。

袁冠南此时逃命要紧,无暇夺刀,低声道:"别作声,老瞎子追了来啦!"萧中慧一惊,道:"他不是中了你毒药?"袁冠南微笑道:"毒药是假的。"萧中慧还待再问,只听卓天雄粗声粗气的道:"四下里并没人家,不在这里,又在何处?"那老尼道:"施主再往前面找找,想必是已走过了头。"卓天雄道:"好!四下里我都伏下了人,也不怕这小子逃到天边去。要是找不到,回头跟你算帐,那时我一把火烧了你这臭尼姑庵。"林玉龙和任飞燕听得心头火起,便欲反唇相稽,口还未张,袁冠南和萧中慧双指齐出,已点了二人穴道。卓天雄走进后院,待了片刻,料想是在东张西望,听得他喃喃咒骂,铁棒拄地,转身出庵去了。

原来卓天雄手背上为黑墨抹中,心惊胆战,忙到溪水中去洗,墨渍一洗即去,不留丝毫痕迹。他放心不下,拚命擦洗,这用力一擦,皮肤破损,真的隐隐作疼起来。他更加吃惊,呆了良久,不再见有何异状,才知是上了当,于是随后追来。他虽轻功了得,奔驰如飞,但这么一耽搁,却给袁冠南等躲到了紫竹庵中。

袁冠南和萧中慧待他走远,这才解开林任夫妇穴道,从观音大士的神像后跃下地来。四人想起卓天雄之言,都皱起了眉头,心想此人轻功了得,追出数十里后不见踪迹,又必寻回,四下里无房无舍,没地可躲,打是打不过,逃又逃不了,难道束手待毙不成?袁萧二人相对无言,寻思脱逃之计。

林玉龙骂道:"都是你这臭婆娘不好,咱们若练成了夫妻刀法,二人合力,又何必怕这老瞎子?"任飞燕道:"练不成夫妻刀法,到底是你不好,还是我不好?那老和尚明明要你就着我点儿,怎地你一练起来便只顾自己?"两人你一言,我一语,又吵个不休。萧中慧听他二人仍然不住口的争吵,说道:"咱们四个,连着你们孩子,还有那老尼姑,个个大祸临头,只要老瞎子一回来,谁都活不成。你俩还吵什么?"袁冠南问道:"到底夫妻刀法是怎么回事?"林任夫妇俩又说又吵,半天才说了个明白。

原来三年之前,林任夫妇新婚不久,便大打大吵,恰好遇到了一位高僧,他瞧不过眼,传了他夫妇俩一套刀法。这套刀法传给林玉龙和传给任飞燕的全然不同,要两人练得纯熟,共同应敌,两人的刀法阴阳开阖,配合得天衣无缝,一个进,另一个便退,一个攻,另一个便守。那老和尚道:"以此刀法并肩行走江湖,任他敌人武功多强,都奈何不了你夫妇。但若单独一人使此刀法,却半点也没用处。"他见这对夫妇天性良善纯朴,为人侠义,只是卤莽暴躁,不断吵架,只怕最后反目分手,便可惜了,因此教他二人练这套奇门刀法,令他夫妇长相厮守,谁也离不了谁。这路刀法原是古代一对恩爱夫妻所创,两人形影不离,心心相印,双刀施展之时,也是互相回护照应。哪知林任两人性情急躁,虽都学会了自己的刀法,但要相辅相成,配成一体,始终格格不入,只练得三四招,别说互相回护,夫妻俩自己就砍砍杀杀的斗将起来。

袁冠南听两人说完,心念一动,向萧中慧说道:"姑娘,我有一句不知进退的话,原不该说,只事在危急,此处人人有性命之忧……"萧中慧接口道:"我知道啦,你要我和你学这夫妻……夫妻……"说到这里,满脸红晕。袁冠南道:"嗯,小可决不敢有意冒犯,实在……实因……"萧中慧不再跟他多说,向任飞燕道:"大嫂,请你指点我,倘若我和他……和他都学会了,抵挡得了老瞎子,便可救得大家性命。"

任飞燕道:"这路刀法学起来很难,可非一朝一夕之功。"萧中慧道:"学得多少,便是多少,总胜于白白在这里等死。"任飞燕道:"好,我便教你。只不知他还记不记得?"林玉龙怒道:"我怎么不记得?"林任夫妇分别口讲指划,舞动给卓天雄用宝刀斩去了半截的断刀,一招一式的演将起来。袁萧二人在旁各瞧各的,用心默记。

袁萧二人武功虽均不弱,但这套夫妻刀法招数繁复,一时实不易记得许多。林任夫妇教得几招,百忙中又拌上几句嘴。两个人教,两个人学,还只教到第十二招,忽听得门外大喝一声:"贼小子,你躲到哪里去?"人影一闪,卓天雄手持铁棒,闯进殿来。

林玉龙见他重来,不惊反怒,喝道:"我们刀法尚未教完,你便来了,多等一刻也不成么?"提刀向他砍去。卓天雄举铁棒一挡,任飞燕也已从右侧攻到。林玉龙叫道:"使夫妻刀法!"他意欲在袁萧两人跟前一显身手,断刀斜挥,向卓天雄腰间削了下去。这时任飞燕本当散舞刀花,护住丈夫,哪知她急于求胜,不使夫妻刀法中的第一招,却使了第二招中的抢攻,变成双刀齐进的局面。卓天雄一见对方刀法露出老大破绽,铁棒一招"偷天换日",架开两柄断刀,左手手指从棒底伸出,咄咄两声,林任夫妇又让点中了穴道。他二人倘若不使夫妻刀法，尚可支持得一时，但一使将出来，一来配合失误，二来断刀太短，难及敌身，仅一招便已受制。

林玉龙大怒，骂道："臭婆娘，咱们这是第一招。你该散舞刀花，护住我腰胁才是。"任飞燕怒道："你干么不跟着我使第二招？非得我跟着你不可？"二人双刀僵在半空，口中却兀自怒骂不休。

袁冠南知道今日事已无幸，低声道："萧姑娘，你快逃走，让我来缠住他。"萧中慧没料到他竟有这等侠义心肠，一怔之间，心中便热，说道："不，咱们合力斗他。"袁冠南急道："你听我话，快走！若我逃得性命，再跟姑娘相见。"萧中慧道："不成啊……"话未说完，卓天雄已挥铁棒抢上。袁冠南唰的一刀砍去。萧中慧见他这一刀左肩露出空隙，不待卓天雄对攻，抢着挥刀护住他肩头。两人事先并未拆练，只因适才一个要对方先走，另一个却定要留下相伴，均动了舍己为人之念，正合"夫妻刀法"的要旨，临敌时自然而然互相回护。林玉龙看得分明，叫道："好，'女貌郎才珠万斛'，这夫妻刀法的第一招，用得妙极！"

袁萧二人脸上都一红，没想到情急之下，各人顺手使出一招新学刀法，竟配合得天衣无缝。卓天雄横过铁棒，正要砸打，任飞燕叫道："第二招，'天教艳质为眷属'！"萧中慧依言抢攻，袁冠南横刀守御。卓天雄势在不能以攻为守，只得退了一步。林玉龙叫道："第三招，'清风引珮下瑶台'！"袁萧二人双刀齐飞，飒飒生风。任飞燕道："'明月照妆成金屋'！"袁萧二人相视一笑，心中均有喜意，刀光如月，照映娇脸。卓天雄给逼得又退了一步。

只听林任二人不住口的吆喝招数。一个叫："刀光掩映孔雀屏。"一个叫："喜结丝萝在乔木。"一个叫："英雄无双风流婿。"一个叫："却扇洞房燃花烛。"一个叫："碧箫声里双鸣凤。"一个叫："今朝有女颜如玉。"林玉龙叫道："千金一刻庆良宵。"任飞燕叫道："占断人间天上福。"

喝到这里，那夫妻刀法的起手十二招已经使完，余下尚有六十招，袁萧二人却未学过。袁冠南叫道："从头再来！"挥刀砍出，又是第一招"女貌郎才珠万斛"。二人初使那十二招时，搭配未熟，已杀得卓天雄手忙脚乱，招架为难。这时从头再使，二人灵犀暗通，想起这路夫妻刀法每一招都有个风光旖旎的名字，不自禁又惊又喜，鸳鸯双刀的配合更加紧了。使到第九招"碧箫声里双鸣凤"时,双刀便如凤舞鸾翔,灵动翻飞,招招直指要害,卓天雄哪里招架得住?"啊"的一声,肩头中刀,鲜血迸流。他自知难敌,再打下去定要将这条老命送在尼庵之中,铁棒急封,纵身出墙而逃。

袁萧二人脉脉相对,情愫暗生,一时不知说什么好。忽听得林玉龙大声叫道:"妙极,妙极!女貌郎才珠万斛!"

他其实是在称赞自己那套夫妻刀法,萧中慧却羞得满脸通红,轻声道:"请你到萧半和大侠家中来找我。"低头奔出尼庵,远远的去了。

袁冠南追出庵门,但见萧中慧的背影在一排柳树边一晃,随即消失。忽听得身后有人叫道:"相公!"袁冠南回过头来,只见小书僮笑嘻嘻的站着,打开了的书篮中睡着个婴儿,正是林任夫妇的儿子,篮中书籍上湿了一大片,自不免"书中自有孩儿尿"了。

三月初十,这一天是晋阳大侠萧半和的五十寿诞。

萧府中贺客盈门,群英济济。萧半和长袍马褂,在大厅上接待来贺的各路英雄,白道上的侠士、黑道上的豪客、前辈名宿、少年新进……还有许多跟萧半和本不相识、却是慕名来致景仰之意的生客。

在后堂,袁夫人、杨夫人、萧中慧也都喜气洋洋,穿戴一新。两位夫人在收拾外面不断送进来的各式各样寿礼。萧中慧正对着镜子簪花,突然之间,镜中的脸上满是红晕,她低声念道:"清风引珮下瑶台,明月照妆成金屋。"

袁夫人和杨夫人对望了一眼,均想:"这小妮子自从抢了那把短刃鸯刀回家,一忽儿喜,一忽儿愁,满怀心事。她今年十八岁啦,定是在外边遇上了一个合她心意的少年郎君。"杨夫人见她簪花老不如意,忽然又发觉她头上少了一件物事,问道:"慧儿,大妈给你的那枝金钗呢?"中慧格格一笑,道:"我给了人啦。"袁夫人和杨夫人又对望一眼,心想:"果然不出所料,这小妮子连定情之物也给了人家。"杨夫人问道:"给了谁啦?"中慧笑得犹似花枝乱颤,说道:"他……他么?今儿多半会来跟爹拜寿,人家是大名鼎鼎的人物,非同小可。"

杨夫人还待再问,只见佣妇张妈捧了一只锦缎盒子进来,说道:

"这份寿礼当真奇怪,怎地送一枝金钗给老爷?"袁杨二夫人一齐走近,只见盒中所盛之物珠光灿烂,赫然是中慧的那枝金钗。杨夫人一转头,见女儿喜容满脸,笑得甚欢,忙问:"送礼来的人呢?"张妈道:"正在厅上陪老爷说话呢。"

袁杨二夫人心急着要瞧瞧到底是怎么样的一位人物,居然能令女儿如此颠倒,一听得他到来便心花怒放,相互一颔首,一同走到大厅的屏风背后。只听得一人结结巴巴的道:"小人名叫盖一鸣,外号人称八步赶蟾、赛专诸、踏雪无痕、独脚水上飞、双刺盖七省,今日特地和三个兄弟来向萧老英雄拜寿。"

二位夫人悄悄一张,见那人是个形容委琐的瘦子,身旁还坐着三个古里古怪的人物。萧半和抚须笑道:"太岳四侠大驾光临,还赠老夫金钗厚礼,可真何以克当。"盖一鸣道:"好说,好说!"袁杨二夫人满心疑惑,难道女儿看中了的,竟是这个矮子?两位夫人见多识广,知道人不可以貌相,那人的外号说来甚是响亮,想来武艺必是好的,既称得上一个"侠"字,人品也必是好的。

鼓乐声中,门外又进来三人,齐向萧半和行下礼去。一个英俊书生朗声说道:"晚辈林玉龙、任飞燕、袁冠南,恭祝萧老前辈福如东海,寿比南山。薄礼一件,请老前辈笑纳。"说着呈上一只开了盖的长盒。萧半和谢了,接过看时,盒中赫然是一柄青光闪闪的利刃,长刃鸳刀,和女儿日前夺回来的短刃鸯刀正是一对。

萧府的后花园中,林玉龙在教袁冠南刀法,任飞燕在教萧中慧刀法。耗了大半天功夫,林任二人已将余下的六十路夫妻刀法,倾囊相授。

袁冠南和萧中慧用心记忆,但要他们这时专心致志,确实大不容易。因萧半和问明了得刀经过,再细问袁冠南的师从来历,知他自小跟父母失散,又问了他学艺过程,以及生平志向和所结交的友好,由此而推知他的人品行事,跟两位夫人一商量,当下将女儿许配给了袁冠南。言明今晚喜上加喜,就在寿诞之中,给两人订亲。两人心花怒放,若不是知道这路刀法威力无穷,也真的无心在这时候学武习艺;再说,若不是武学之士不拘世俗礼法,未婚夫妻也当避嫌,不该在此日还相聚一堂。

"刀光掩映孔雀屏,喜结丝萝在乔木……碧箫声里双鸣凤,今朝有女颜如玉……"

林玉龙和任飞燕教完了,让他们这对未婚夫妇自行对刀练习。两夫妇居然收了这样一对徒弟,私心大慰,而且从教招之中,领会了一些夫妻互相扶持的道理,居然一整天没有争吵。

太岳四侠一直在旁瞧他们练刀,逍遥子和盖一鸣不断指指点点,说这一招有破绽,那一招有漏洞。林玉龙心头有气,抹了抹头上的汗水,道:"盖兄,咱夫妇以一路刀法,送给袁兄夫妻作新婚贺礼。你们太岳四侠,送什么礼物啊?"太岳四侠一听此言,心头都是一凛,一时无言可对。要知说到送礼,实是他们最要命的罩门要穴,四人面面相觑,从对方脸上,看到了人人脸色大变。

任飞燕有意开开他们玩笑,说道:"那边污泥河中,产有碧血金蟾,学武之士服得一只,可抵十年功力,只不过甚难捉到。盖兄号称八步赶蟾、独脚水上飞,这赶蟾嘛,原是盖兄成名的绝技。何不去捉几只来,送给了新夫妇,岂不是一件重礼?"盖一鸣大喜,道:"当真?"林玉龙道:"我们怎敢相欺?只可惜咱夫妇的轻功不行,又不通水性,不敢下水去捉。"盖一鸣道:"说到轻功水性,那是盖某的拿手好戏。大哥、二哥、三哥,咱们这就捉去。"任飞燕笑道:"哈哈,盖兄,这个你可又外行了。那碧血金蟾须得半夜子时,方从洞中出来吸取月光精华。大白天哪里捉得到?"盖一鸣道:"是,是。我本就知道,只不过一时忘了。倘若白天能随便捉到,那还有什么希罕?"

大厅上红烛高烧,中堂正中的锦轴上,贴着一个五尺见方的金色大"寿"字。

这时客人拜寿已毕,寿星公萧半和抚着长须,笑容满面的宣布了一个喜讯:他的独生爱女萧中慧,今晚与少年侠士袁冠南订亲,请列位高朋喝一杯寿酒之后,再喝一杯喜酒。众宾朋喝采声中,袁冠南跪倒在红毡毯上,拜见岳父岳母。萧半和笑嘻嘻的摸出了一柄沉香扇,作为见面礼,袁冠南谢着接过了。袁夫人也笑嘻嘻的摸出了一只玉斑指,袁冠南谢着伸手接过……

突然之间,铮的一响,那玉斑指掉到了地下,袁冠南脸色大变,望着袁夫人的右手。原来袁夫人右手小指上,生着一个支指。他抓起袁夫人的左手,只见小指上也有一个支指。袁冠南颤声道:"岳……岳母大人,你……你可识得这东西么?"说着伸手到自己项颈之中,摸出一只串在一根细金链上的翡翠狮子。袁夫人抓住狮子,全身如中雷电,叫道:"你……你是狮官?"袁冠南道:"妈,正是孩儿,我想得你好苦!"两人抱在一起,放声大哭。

寿堂上众人肃静无声,瞧着他母子相会这一幕,人人心里又难过,又欢喜,更杂着几分惊奇。只听得袁夫人哭道:"狮官,狮官,这十六年来,你在哪里啊?我无时无刻不在牵记着你。"袁冠南道:"妈,我已走遍了天下十八省,到处在打听你下落。我只怕,只怕今生今世,再也见不到妈了。"

萧中慧听得袁冠南叫出一声"妈"来,身子一摇,险些跌倒,脑海中只响着一个声音:"原来他是我哥哥,原来他是我哥哥……他是我哥哥……"

林玉龙悄声问妻子:"怎么?袁相公是萧太太的儿子?我弄得胡涂啦。"任飞燕道:"袁相公不是说出来寻访母亲么?他还托了咱们帮他寻访,说他母亲每只手的小指头上都有一根支指。这萧太太不也认了他么?"林玉龙摇头道:"怎么他姓袁,他爹爹又姓萧?"任飞燕道:"蠢人,袁相公他三岁时就跟母亲失散,三岁的孩子,怎知道自己姓什么,胡乱安个姓,不就是了。"林玉龙道:"这么说来,萧姑娘是他妹子。兄妹俩怎能成亲?"任飞燕道:"既是兄妹,怎么还能成亲?你这不是废话?"林玉龙怒道:"呸!你说的才是废话!你是我老婆,我却宁可你是我妹子。"

鸳鸯刀

他夫妻俩越争越大声。萧中慧再也忍耐不住,"啊"的一声,掩面奔出。

萧中慧心中茫然一片,只觉眼前黑蒙蒙的,了无生趣。她奔出大门,发足狂走,突然间砰的一下,肩头与人一撞。她"啊哟"一声叫,暗道:"不妙!我一身武功,只怕撞伤了人。"忙伸手去扶,突然手腕一紧,左臂酸麻,竟给人扣住了脉门。她一惊之下,抬起头来,右掌自然而然的击了出去。那人反腕擒拿,一带一扣,又抓住了她右腕脉门。这时她已看清,眼前之人正是卓天雄。

卓天雄哈哈大笑,叫道:"威信,先收一把!"周威信应声而上,解下了萧中慧腰间挂着的短刃鸳刀。卓天雄道:"萧半和名满江湖,今日五十寿辰,府中高手如云。威信,你有没有胆子去取那一把长刃鸯刀?"周威信道:"弟子有师伯撑腰,便龙潭虎穴,也敢去一闯。江湖上有言道:'路大好跑马,树大好遮荫。'"

卓天雄哼的一声,笑道:"没出息,先得把师伯拉扯上!"他生平自负罕逢敌手,但让袁冠南和萧中慧以"夫妻刀法"联手击败后,不禁心怯气馁,此时无意间与萧中慧相遇,暗想他男女两人双刀联手固然厉害,但我既已擒住了一人,只剩下袁冠南一个小子,就不足为惧。何况萧中慧落入自己手中,萧府上人手再多,也不怕萧半和不乖乖的将长刃鸯刀交出。

当下卓天雄押着萧中慧,知会了知府衙门,与周威信等一干镖师,径投萧府而来。

那"卓天雄"三字的名刺递将进去,萧半和矍然一凛,叫道:"快请!"过不多时,只见卓天雄昂首阔步,走进厅来。萧半和抢上相迎,一瞥眼,见女儿双手反剪,一名大汉手执短刃鸯刀,抵在她背心。

萧半和心中虽惊疑不定,却丝毫不动声色,脸含微笑,说道:"村夫贱辰,敢劳侍卫大人玉趾?"卓天雄在京师久闻萧半和的大名,但见他躯体雄伟,满腮虬髯,果然极为威武,当即伸出右手,说道:"萧大侠千秋华诞,兄弟拜贺来迟,望乞恕罪。"萧半和笑道:"好说,好说。"伸手与他相握。两人一运劲,手臂一震,均感半身酸麻。这一下较量,两人竟功力悉敌,谁也不输于谁,心下均各钦服,便携手同进寿堂。

两人之中,却以卓天雄更加惊异,他以"震天三十掌"与"呼延十八鞭"称雄武林,那"震天三十掌"惟有"混元炁"可与匹敌,适才萧半和所使的,正是"混元炁"功夫。但"混元炁"必须童子身方能修习,不论男女,成婚后即行消失,因练时艰辛,散失却又极易,因此武林中向来极少人练。他来萧府之前,早打听明白,知萧半和一妻一妾,女儿也已是及笄之年,怎么还能保有这童子功的"混元炁"功夫,岂非武学中的一大奇事?

袁冠南见萧中慧受制于人,自情急关心,从人丛中悄悄绕到众镖师身后,待要伺机相救。但卓天雄眼力何等厉害,早已瞧见,喝道:"姓袁的,你给我站住!"又向周威信道:"有谁动一动手,你就一刀在这女娃子身上戳个透明窟窿！"周威信道："是。江湖上有言道：'强中更有强中手,恶人自有……'"一想这句话不大对头,下面"恶人磨"三字便吞入了肚中。袁冠南深恐这些人真的伤了萧中慧,哪敢上前一步？

卓天雄道："萧大侠,咱们打开天窗说亮话。兄弟今日造访尊府,一来是跟萧大侠磕头拜寿,二来是想以一件无价之宝,跟萧大侠换一件有价之宝。"萧半和道："小人愚鲁,不明卓大人言中之意。"卓天雄白眼一翻,笑道："那无价之宝嘛,便是令爱千金,有价之宝却是那柄长刃鸳鸯刀。兄弟跟萧大侠无冤无仇,只求能在皇上御前交得了差,保全了这许多兄弟们的身家性命,还盼萧大侠高抬贵手,救一救兄弟。"说着拱了拱手。他的话说得似乎低声下气,但神色之间却极倨傲。

萧半和伸手在椅背上一按,喀喇一响,椅背登时碎裂,笑道："卓大人望重武林,今日却如何这等胡涂？鸳鸯刀既不在小人手中,这位姑娘更不是小人的女儿。难道练童子功混元氖的人,还能生儿育女么？"说着衣袖拂动,一股疾风激射而出。卓天雄侧身避开,心道："半点不假,这果然是童子功混元氖。"

萧中慧初时听说袁冠南是自己同胞兄长,已心如刀绞,这时见父亲为了相救自己,更咬定了不肯认是父女,忍不住叫道："爹爹！"

便在此时,只听得外面齐声呐喊："莫走了反贼萧义！"人喧马嘶,不知府门外来了多少军马。萧府几名仆人气急败坏的奔了进来,叫道："老爷……不好了！无数官兵……官兵堵住了府门,四下里围住了！"

卓天雄听得"莫走了反贼萧义"这句话,心念一动,立时省悟,喝道："好啊！什么萧半和？原来你便是皇上追捕了十六年的反贼萧义。"只见大门口人影晃动,抢进来四名清宫侍卫,当先一人叫道："卓大哥,这便是反贼萧义,还不动手么？"

萧半和哈哈大笑,说道："乔装改扮一十六年,今日还我萧义的本来面目。"伸手在脸上一抹,众人一看,无不惊得呆了。大厅上本已乱成一团,但顷刻之间,人人望着萧半和的脸,竟鸦雀无声。

原来瞬息之间,萧半和竟尔变了副容貌,本来浓髯满腮,但手掌只这一抹,下巴登时光秃秃的,一根胡须也没有了,便连根拔去,也没这等光法,更没这等快法。

这时袁冠南的书僮提着两只书篮,从内堂奔将出来,说道:"公子爷,快走!"袁冠南心念一动,从书篮中抓起一本书来,向外抖扬,只见金光闪闪,飘出了数十张薄薄的金叶子。众镖师和官兵见黄金耀眼,如何能不动心?何况那金叶子直飘到身前,各人伸手便抓。袁冠南扬动破书,不住手的向周威信打去,大厅上便如穿花蝴蝶一般,满空飞舞的都是金叶。周威信倒想着"鸳鸯刀"不可有失,心想:"江湖上有言道:'光棍教子,便宜莫贪。'"虽见金叶飞到,却不去抓。袁冠南手上运劲,啪的一声,一本数斤重的夹金破书掷去,击中了他面门。

周威信叫声:"啊哟!"身子晃动。袁冠南双足一登,扑了过去。卓天雄横掌阻截,只觉胁下风声飒然,萧半和使混元氕击到。卓天雄知道厉害,只得反掌回挡,真力碰真力,砰的一响,两人各自倒退两步。便在此时,袁冠南左手使刀将周威信杀得晕头转向,右手已解开了萧中慧穴道。

贺客之中,一小半怕事的远远躲开,一大半却是萧半和的知交好友,或舞兵刃,或挥拳脚,和来袭的清宫侍卫、镖师官兵恶斗起来。

萧中慧蹩了半天气,欺到周威信身边,左手斜引,右手反勾,啪的一声,结结实实的打了他个耳括子,顺手扭住他手腕,已将他手中的短刃鸯刀夺过。袁冠南大喜,叫道:"慧妹!清风引珮下瑶台!"萧中慧眼眶一红,心道:"我还能和你使这劳什子的夫妻刀法吗?"游目四顾,见爹爹和卓天雄四掌飞舞,打得难解难分,其余各人,也均找上了对手厮杀,但两名清宫侍卫却迫得袁杨两夫人不住倒退,险象环生。袁冠南叫道:"慧妹,快救妈妈!"两人双刀联手,一招"碧箫声里双鸣凤",一名侍卫肩头中刀,重伤倒地,再一招"今朝有女颜如玉",又一名侍卫为萧中慧刀柄击中颧骨,大叫晕去。

鸳鸯双刀联手,一使开"夫妻刀法",果真威不可当,两人并肩打到哪里,哪里便有侍卫或镖师受伤,七十二路刀法没使得一半,来袭的敌人已纷纷夺门而逃。

打到后来,敌人中只剩下卓天雄一个兀自顽抗。袁冠南和萧中慧双刀倏至,一攻左肩,一削右腿。卓天雄从腰里抽出钢鞭一架,铮的一声,将萧中慧的短刃鸯刀刀头打落。夫妻刀法那一招"喜结丝萝在乔木"何等神妙,袁冠南长刀晃处,嗤的一声,卓天雄小腿中刀,深及胫骨,鲜血长流。

卓天雄小腿受伤不轻,不敢恋战,向萧中慧挥掌拍出,待她斜身闪避,双足力登,已闪入天井,跟着窜高上了屋顶。本来袁萧二人双刀合璧,使一招"英雄无双风流婿",便能将卓天雄截住,但萧中慧刀头既折,这一招便用不上了。

萧半和见满厅之中打得落花流水,幸好己方只有七八个人受伤,无人丧命,大声叫道:"各位好朋友,官兵虽然暂退,少时定当重来,这地方是不能安身的了。咱们急速退向中条山,再定后计。"众人轰然称是。

当下萧半和率领家人,收拾了细软,在府中放起火来。乘着火焰冲天,城中乱成一片,众人冲出东门,径往中条山而去。

在一个大山洞前的乱石冈上,萧半和、袁杨二夫人、袁冠南、萧中慧、林玉龙夫妇、二十来个家人弟子、三百余位宾客朋友团团围着几堆火。火堆上烤着獐子、黄麂,香气送入了每个人的鼻管。

萧半和咳嗽一声,伸手一摸胡子,这是他十多年来的惯例,每次有什么要紧话说,总是先摸胡子。可是这一次却摸了个空,他下巴光秃秃地,一根胡子也没有了。他微微一笑,说道:"承江湖上朋友们瞧得起,我萧义在武林中还算是一号人物。可是有谁知道,我萧义是个太监。"

众人耸然惊讶,"我萧义是个太监"这句话传入耳中,人人都道是听错了,但见萧半和脸色郑重,决非玩笑。袁杨二夫人相互望了一眼,低下头去。

萧半和道:"不错,我萧义是个太监。我在十六岁上便净了身子,进宫服侍皇帝,为的是要刺死满清皇帝,为先父报仇。我父亲平生跟满清鞑子势不两立,终于惨遭害死。我父亲的七个结义兄弟歃血为盟,誓死要给先父报仇,但满清势大,我这七位伯父叔父无一能得善终,不是在格斗中为清宫的侍卫杀死,便是给捕到了凌迟处死,这一场冤仇越结越深。我细细思量,要练到父亲和这七位伯叔一样的功夫,便竭一生之力也未必能够,便算练成了,也未必能报得了血海深仇,于是我甘心净身,去做一个低三下四、为人人瞧不起的太监。"众人听到这里,想起他的苦心孤诣,无不钦佩。

萧半和接着道:"可是禁宫之中,警卫何等森严,实非我初时所能想像。别说走近皇帝跟前,便想见皇帝一面,也着实不容易。在十多年之中,虽然我每日每夜都在想刺杀皇帝,始终找不到一个机会。十六年前的一天晚上,我听得宫中的两名侍卫谈起,皇帝得知世上有一对'鸳鸯宝刀',得之者可无敌于天下,这对刀分别在一位姓袁和一位姓杨的英雄手中。于是皇帝将袁杨二人全家捕来,勒逼二人交出宝刀。两位大英雄不屈而死,两位英雄的夫人却给逮进了天牢。"他说到这里,袁杨二夫人珠泪滚滚而下,突然相抱大哭。

袁冠南和萧中慧对望了一眼,心中又悲又喜。只听得萧半和说道:"当时我心中细一琢磨,为死人报仇,实不如救活人要紧,于是混进天牢,杀了几名狱卒,将二位夫人救出牢来。狱官以二位夫人是女流之辈,本来看守不紧,又万万料不到一个太监居然会去相救钦犯,因此给我一举得手。只是敌人势大,仓皇奔逃之时,袁夫人的公子竟在途中失落了。这件事我生平耿耿于怀,想不到袁公子已长大成人,并且学得一身高强武艺,当真是天大的喜事。至于中慧呢,你今年十八岁啦,我初见到你时,还只两岁。你爹爹姓杨,乃名震当世的三湘大侠杨伯冲杨大侠。"袁冠南和萧中慧(应该说杨中慧了)分别抱着自己母亲,想起父仇时不胜悲愤,想起萧半和的义薄云天,又感激无已。

萧半和又道:"我们逃出北京,皇帝自是侦骑四出,严加搜捕。为了瞒过清廷耳目,我老萧装上了一大丛假胡子,又委屈袁杨两位夫人做了我夫人。好在老萧是个太监,这一时权宜之计,也不致辱了袁杨两位大侠的英名。"袁冠南和萧中慧终于相视一笑,二人均如释重负,心道:"谁说咱俩是亲兄妹啊?"

萧半和一拍大腿,道:"老萧是太监,羡慕大明三宝太监郑和远征异域,宣扬我中华的德威,因此上将名字改为'半和',意思说盼望有郑和的一半英雄,嘿嘿,那是老萧的痴心妄想。这些年来,倒也太平无事,哪知鸳鸯刀出世,老萧一心要夺回宝刀,以慰袁杨二位英雄之灵,没再小心掩饰行藏,终于给清廷识破了真相。事到如今,那也没什么了。不过鸳鸯双刀只剩下一柄鸳刀,慧儿那柄短刃鸯刀,自然是假的,否则怎能折断?定是给卓天雄这奸贼调了去,只可惜咱们没能截住他。"

这时烤獐子的香气愈来愈浓了,任飞燕取出刀子,一块一块的割切。林玉龙忽地向杨中慧大声道:"我说的不错么?你说你爹爹妈妈从来不吵架,我说不吵架的夫妻便不是真夫妻,定有些儿邪门。你林大哥可不是料事如神,言之有理?"任飞燕刀尖上带着一块獐肉,一刀送进了他的口中,喝道:"吃獐子肉,胡说八道什么?"林玉龙待要反驳,却满口是肉,说不出话来。

众人正觉好笑,忽听得林外守望的一个弟子喝道:"是谁?"跟着另一人喝道:"太岳四侠!"杨中慧噗哧一笑。只见太岳四侠满身泥泞,用一根木棒抬着一只大渔网,渔网中黑黝黝地一件巨物,不知是什么东西。杨中慧笑道:"太岳四侠,你们抬的是什么宝贝啊?"

盖一鸣得意洋洋的道:"袁公子、萧姑娘,咱兄弟四个到那污泥河中去捉碧血金蟾,想给两位送份大礼。哪知道金蟾还没捉到,一个人闯了过来,这人腿上受了伤,口中哼哼唧唧,行路一跛一拐。咱太岳四侠一瞧,嘿,这可不是卓天雄么?江湖上有言道:'送上门的买卖,不做白不做!'咱们抖起渔网,悄悄给他这么一罩,将他老人家给拿了来啦。"

众人惊喜交集。袁冠南伸手到卓天雄腰间一摸,抽出一柄短刀来,精光耀眼,污泥不染,自是真正的鸳刀了。

袁夫人将鸳鸯双刀拿在手中,仔细瞧了一会,叹道:"满清皇帝听说这双刀之中,有一个能无敌于天下的大秘密,这果然不错,可是他便知道了这秘密,又能依着行么?各位请看!"众人凑近看时,只见鸳刀的刀刃上刻着"仁者"两字,鸯刀上刻着"无敌"两字。

"仁者无敌"!这便是无敌于天下的大秘密。

白馬嘯西風

李文秀转过身来，见眼前那人是个老翁，身上穿的是汉人装束。李文秀道：「老伯伯，请问你尊姓大名？这里是什么地方？」

白马啸西风

得得得,得得得……

得得得,得得得……

在黄沙莽莽的回疆大漠之上,尘沙飞起两丈来高,两骑马一前一后的急驰而来。前面是匹高腿长身的白马,马上骑着个少妇,怀中搂着个七八岁的小姑娘。后面是匹枣红马,马背上伏着的是个高瘦汉子。

那汉子左边背心上插着一枝羽箭。鲜血从他背心流到马背上,又流到地下,渗入了黄沙之中。他不敢伸手拔箭,只怕这枝箭一拔下来,就会支持不住,立时倒毙。谁不死呢?那也没什么。可是谁来照料前面的娇妻幼女?在身后,凶悍毒辣的敌人正紧紧追杀。

他胯下的枣红马奔驰了数十里地,早已筋疲力尽,在主人没命价的鞭打催踢之下,逼得气也喘不过来了,这时嘴边已全是白沫,猛地里前腿一软,终于跪倒在地。那汉子用力提缰,那红马一声哀嘶,抽搐了几下,便即脱力而死。那少妇听得声响,回过头来,忽见红马倒毙,吃了一惊,叫道:"大哥……怎……怎么啦?"那汉子皱眉摇了摇头。但见身后数里外尘沙飞扬,大队敌人追了上来。

那少妇圈转马来,驰到丈夫身旁,蓦然见到他背上的羽箭,背心上的大片鲜血,不禁大惊,险些晕了过去。那小姑娘失声惊叫:"爹,爹,你背上有箭!"那汉子苦笑了一下,说道:"不碍事!"一跃而起,轻轻巧巧的落在妻子身后鞍上,他虽身受重伤,身法仍轻捷利落。那少妇回头望着他,满脸关怀痛惜之情,轻声道:"大哥,你……"那汉子双腿一夹,扯起马缰。白马四蹄翻飞,向前疾驰。

白马虽然神骏,但不停不息的长途奔跑下来,毕竟累了,何况这时背上乘了三人。白马似乎知道这是主人的生死关头,不用催打,竟自不顾性命的奋力奔跑。

然而再奔驰得数里,终于渐渐慢了下来。

后面追来的敌人一步步迫近了。一共六十三人,却带了一百九十多匹健马,只要马力稍乏,就换一匹马乘坐。那是志在必得,非追上不可。

那汉子回过头来,在滚滚黄尘之中,看到了敌人身形,再过一阵,连面目也看得清楚了。那汉子一咬牙,说道:"虹妹,我求你一件事,你答不答允?"那少妇回过头来,温柔一笑,说道:"这一生之中,我违拗过你一次么?"那汉子道:"好,你带了秀儿逃命,保全咱俩的骨血,保全这幅高昌迷宫地图。"说得十分坚决,便如是下令一般。

那少妇声音发颤,说道:"大哥,把地图给了他们,咱们认输便是。你……你身子要紧。"那汉子低头亲了亲她左颊,声音突然变得十分温柔,说道:"我俩一起经历过无数危难,这次或许也能逃脱。'吕梁三杰'不但要地图,他们……他们还为了你。"那少妇道:"他……他总该还有几分同门之情,说不定,我能求他们……"那汉子厉声道:"难道我夫妇还能低头向人哀求?这马负不起我们三个。快去!"提身纵起,大叫一声,摔下马来。

那少妇勒定了马,想伸手去拉,却见丈夫满脸怒容,跟着听得他厉声喝道:"快走!"她一向对丈夫顺从惯了的,只得拍马提缰,向前奔驰,一颗心却已如寒冰一样,不但是心,全身的血都似乎已结成了冰。

自后追到的众人望见那汉子落马,一齐大声欢呼:"白马李三倒啦!白马李三倒啦!"十余人纵马围上。其余四十多人继续追赶少妇。

那汉子蜷曲着卧在地下,一动也不动,似乎已经死了。一人挺起长枪,嗤的一声,在他右肩刺了进去。拔枪出来,鲜血直喷,白马李三仍然不动。领头的骠悍汉子道:"死得透了,还怕什么?快搜他身上。"两人翻身下马,去扳他身子。猛地里白光闪动,白马李三长刀回旋,嚓嚓两下,已将两人砍翻在地。

众人万料不到他适才竟是装死,连长枪刺入身子都浑似不觉,斗然间又会忽施反击,一惊之下,六七人勒马退开。那骠悍凶狠的大汉挥动手中雁翎刀,喝道:"李三,你当真是个硬汉!"呼的一刀向他头顶砍落。李三举刀挡架,他双肩都受了重伤,手臂无力,腾腾腾退出三步,哇的一口鲜血喷了出来。十余人纵马围上,刀枪并举,劈刺下去。

白马李三一生英雄,一直到死,始终没屈服,在最后倒下去之时,又手刃了两名强敌。

那少妇远远听得丈夫的一声怒吼,当真心如刀割:"他已死了,我还活着干么?"从怀中取出一块羊毛织成的手帕,塞在女儿怀里,说道:"秀儿,你好好照料自己!"挥马鞭在白马臀上一抽,双足一撑,身子已离马鞍。白马鞍上一轻,那少妇见马驮着女孩儿如风疾驰,心中略感安慰:"此马脚力天下无双,秀儿身子又轻,这一下,他们再也追她不上了。"前面女儿的哭喊声"妈妈,妈妈"渐渐隐去,身后马蹄声却越响越近,心中默默祷祝:"老天啊老天,愿你保佑秀儿像我一般,嫁着个好丈夫,虽一生颠沛流离,却一生快活!"

她整了整衣衫,掠好了头发,转瞬间数十骑马先后驰到,当先一人是吕梁三杰中老二史仲俊。

吕梁三杰是结义兄弟。老大"神刀震关西"霍元龙,便是杀死白马李三的那骠悍凶狠汉子。老二"梅花枪"史仲俊是个瘦瘦长长的汉子。老三"青蟒剑"陈达海高大虬髯,原是辽东马贼出身,后来却在山西落脚,和霍史二人意气相投,合伙在山西省太谷县开设了一家晋威镖局。

史仲俊和白马李三的妻子上官虹原是同门师兄妹,两人自幼一起学艺。史仲俊心中一直爱着这个娇小温柔的小师妹,师父也有意从中撮合,因此同门的师兄弟们早把他们当作是一对未婚夫妇。岂知上官虹无意中和白马李三相遇,竟尔一见钟情,家中不许他俩的婚事,上官虹便跟着他跑了。史仲俊伤心之余,大病了一场,性情也从此变了。他对师妹始终余情不断,一直并没娶亲。

一别十年,想不到吕梁三杰和李三夫妇竟在甘凉道上重逢,更为了争夺一张地图而动起手来。他们六十余人围攻李三夫妇，边打边追，从甘凉直追逐到了回疆。史仲俊妒恨交迸，出手尤狠，李三背上那枝羽箭，就是他暗中射的。

这时李三终于丧身大漠之中，史仲俊骑马驰来，见上官虹孤另另的站在一片黄沙大漠之中，不由得隐隐有些内疚："我们杀了她丈夫。从今而后，这一生中我要好好待她。"大漠上西风吹动着她衣带，就跟十年以前，在师父的练武场上看到她时一模一样。上官虹的兵刃是一对短剑，一把金柄，一把银柄，江湖上有个外号，叫作"金银小剑三娘子"。这时她手中却不拿兵刃，脸上露着淡淡微笑。

史仲俊心中蓦地升起了指望，胸口发热，苍白的脸上涌起了一阵红潮。他将梅花枪往马鞍一搁，翻身下马，叫道："师妹！"

上官虹道："李三死啦！"史仲俊点了点头，说道："师妹，我们分别了十年，我……我天天在想你。"上官虹微笑道："真的吗？你又在骗人。"史仲俊一颗心怦怦乱跳，这个笑靥，这般娇嗔，跟十年前那小姑娘没半点分别。他柔声道："师妹，以后你跟着我，永远不教你受半点委屈。"上官虹眼中忽然闪出了奇异的光芒，叫道："师哥，你待我真好！"张开双臂，往他怀中扑去。

史仲俊大喜，伸开手将她紧紧的搂住了。霍元龙和陈达海相视一笑，心想："老二害了十年相思病，今日终于得偿心愿。"

史仲俊鼻中只闻到一阵淡淡的幽香，心里迷迷糊糊的，又感到上官虹的双手也还抱着自己，真不相信这是真的。突然之间，小腹上感到一阵剧痛，像什么利器插了进来。他大叫一声，运劲双臂，要将上官虹推开，哪知她双臂紧紧抱着他死命不放，终于两人一起倒地。

这一下变起仓卒，霍元龙和陈达海一惊之下，急忙翻身下马，上前抢救。扳起上官虹的身子时，只见她胸口一摊鲜血，插着一把小小的金柄短剑，另一把银柄短剑，却插在史仲俊的小腹之中，原来金银小剑三娘子决心一死殉夫，在衣衫中暗藏双剑，一剑向外，一剑向己。史仲俊一抱着她，四臂互搂不放，两人同时中剑。

上官虹当场气绝，史仲俊却一时不得毙命，想到自己命丧师妹之手，心中的悲痛，比身上创伤更加难受，叫道："三弟快帮我了断，免我多受痛苦。"陈达海见他伤重难治，眼望大哥。霍元龙点点头。

陈达海一咬牙，挺剑对准了史仲俊的心口刺入。

霍元龙叹道："想不到金银小剑三娘子竟这般烈性。"这时手下一名镖头驰马来报："白马李三的尸身上又搜了一遍，没地图。"霍元龙指着上官虹道："那么定是在她身上。"

一番细细搜索，上官虹身上除了零碎银两、几件替换衣服之外，再无别物。霍元龙和陈达海面面相觑，又失望，又奇怪。他们从甘凉道上追到回疆，始终紧紧盯着李三夫妇，地图如在中途转手，决不能逃过他们数十人的眼睛，何况他夫妇舍命保图，绝无随便交给旁人之理！陈达海再将上官虹小包裹中之物细细检视一遍，翻到一套小女孩的衫裤时，猛地想起，说道："大哥，快追那小女孩！"霍元龙"哦"了一声，说道："不用慌，谅这女娃娃在大漠上逃得到哪里？"左臂一挥，叫道："留下两人把史二爷安葬了，余下的跟我来！"一提马缰，当先驰去。蹄声杂沓，吆喝连连，百余匹马追了下去。

那小女孩驰出已久，这时早在二十余里之外。但在平坦无垠的大漠之上，一眼望去看得到十余里远近，那小女孩虽已逃远，时候一长，终能追上。果然赶到傍晚，陈达海忽然大声欢呼："在前面！"

只见远远一个黑点，正在天地交界处移动。那白马虽然神骏，但自朝至晚足不停蹄的奔跑，终于也支持不住了。霍元龙和陈达海不住更换生力坐骑，渐渐追近。

小女孩李文秀伏在白马背上，心力交瘁，早已昏昏睡去。她一整日不饮不食，在大沙漠的烈日下晒得口唇都焦了。白马甚有灵性，知道后面追来的敌人将不利于小主人，迎着血也似红的夕阳，奋力奔跑。突然之间，前足提起，长嘶一声，它嗅到了一股特异的气息，嘶声中隐隐有恐惧之意。

霍元龙和陈达海都武功精湛，长途驰骋，原不在意，但这时两人都感到胸口塞闷，气喘难当。霍元龙道："三弟，好像有点不对！"陈达海游目四顾，打量周遭情景，只见西北角上血红的夕阳之旁，升起一片黄蒙蒙的云雾，黄云中不住有紫色的光芒闪动，景色奇丽，实为生平从所未睹。

那黄云大得好快，不到一顿饭时分，已将半边天都遮住了。这时马队中数十人个个汗如雨下，气喘连连。陈达海道："大哥，像是有大风沙。"霍元龙道："不错，快追，先把女娃娃捉到，再想法躲……"一句话未毕，突然一股疾风刮到，带着一大片黄沙，只吹得他满口满鼻都是沙土，下半截话也说不出来了。

大漠上的风沙说来便来，霎时间大风卷地而至。七八人身子晃动，都让大风吹下马来。霍元龙大叫："大伙儿下马，围拢来！"

众人力抗风沙，将一百多匹健马拉了过来，围成个大圈子，人马一齐卧倒。各人手挽着手，靠在马腹之下，只觉疾风带着黄沙刮到脸上，啪啪作声，有如刀割一般，脸上手上，登时起了一条条血痕。

这一队虽人马众多，但在无边无际的大沙漠之中，在那遮天铺地的大风沙下，便如大海洋中的一叶小舟一般，只能听天由命，全无半分自主之力。

风沙越刮越猛，人马身上的黄沙越堆越厚……

连霍元龙和陈达海那样什么也都不放在心上的剽悍汉子，这时在天地变色的大风暴威力之下，也只有战栗的份儿。这两人心底，同时闪起一个念头："没来由的要找什么高昌迷宫，从山西巴巴的赶到这大沙漠中来，却葬身在这儿。"

大风呼啸着，咆哮着，像千千万万个恶鬼在同时发威。

大漠上的大风暴呼啸了一夜，直到第二天早晨，才渐渐平静了下来。

霍元龙和陈达海从黄沙中爬起身来，检点人马，总算损失不大，死了两名伙伴，五匹马。但人人都已熬得筋疲力尽，更糟的是，白马背上的小女孩不知到了何处，十九是葬身在大风沙中了。身负武功的粗壮汉子尚且抵不住，何况娇娇嫩嫩的一个小女孩儿。

众人在沙漠上生火做饭，休息了半天，霍元龙传下号令："谁发现白马和小女孩的踪迹，赏黄金五十两！"跟随他来到回疆的，个个都是晋陕甘凉一带的江湖豪客，出门千里只为财，五十两黄金可不是小数目。众人欢声呼啸，五十多人在莽莽黄沙上散了开去，像一面大扇子般。"白马，小女孩，五十两黄金！"每个人心中，都转着这三个念头。

有的人一直向西，有的向西北，有的向西南，约定天黑之时，在正西六十里处会合。

镖师"两头蛇"丁同跨上一匹健马，纵马向西北方冲去。他是晋威镖局中已干了十七年的镖师，武功虽算不上了得，但精明干练，是吕梁三杰手下一名得力助手。他一口气驰出二十余里，众同伴都已影踪不见，在茫茫的大漠中，突然起了孤寂和恐惧之感。纵马上了一个沙丘，向前望去，只见西北角上一片青绿，高耸着七八棵大柳树。在寸草不生的大沙漠中忽然见到这一大块绿洲，当真说不出的欢喜："这大片绿洲中必有水泉，就算没人家，大队人马也可好好将息一番。"他胯下坐骑也望见了水草，陡然间精神百倍，不等丁同提缰催逼，泼剌剌放开四蹄，奔了过去。

十余里路程片刻即到，远远望去，但见一片绿洲，望不到边际，遍野都是牛羊。极西处搭着一个个帐篷，密密层层的竟有六七百个。

丁同见到这等声势，不由得一惊。他自入回疆以来，所见到的帐篷人家，聚在一起的最多不过三四十个，这样的一个大部族却第一次见到。瞧那帐篷式样，显是哈萨克族人。

哈萨克人在回疆诸族中最为勇武，不论男女，六七岁起就长于马背之上。男子身上人人带刀，骑射刀术，威震西陲。向来有一句话说道："一个哈萨克人，抵得一百个懦夫；一百个哈萨克人，就可横行回部。"

丁同听见过这句话，寻思："在哈萨克部族之中，可得小心在意。"

只见东北角的一座小山脚下，孤另另的有座茅屋。这茅屋外形简陋，远远离开了帐篷群。丁同仔细打量这座茅屋，心想："这间屋似乎是汉人的式样，莫非住的是汉人？"茅屋的屋顶上堆满戈壁边缘所生的硬茅草，墙壁是泥砖砌成，远远瞧去，似乎颇为粗糙，颜色黄黑相杂，并未刷以石灰。他想："先到这茅屋去瞧瞧。"纵马往茅屋走去。他胯下的坐骑已饿了一日一夜，忽见满地青草，走一步，吃两口，行得甚为缓慢。

丁同提脚狠命在马肚上一踢，那马吃痛，一口气奔向茅屋。丁同一斜眼，只见茅屋后面系着一匹高头白马，健腿长鬣，正是白马李三的坐骑。他忍不住叫出声来："白马，白马在这儿！"心念一动，翻身下马，从靴桶中抽出一柄锋利短刀，笼在左手衣袖之中，悄悄掩向茅屋之后,正想探头从窗子向屋内张望,冷不防那白马"呜哩哩……"一声长嘶,似是发觉了他。

丁同心中怒骂:"畜生!"定一定神,再度探头望窗中张去时,窗内竟有一张脸同时探了上来。丁同的鼻子刚好要和他的鼻子相碰,但见这人满脸皱纹,目光炯炯。丁同大吃一惊,双足一点,倒纵出去,喝问:"是谁?"那人冷冷的道:"你是谁?到这里干什么?"说的却是汉语。

丁同惊魂略定,满脸笑容,说道:"在下姓丁名同,无意间到此,惊动了老丈。请问老丈高姓大名。"那老人道:"老汉姓计。"丁同陪笑道:"原来是计老丈,大沙漠中遇到乡亲,真是见到亲人了。在下斗胆要讨口水喝。"计老人道:"你有多少人同来?"丁同道:"便在下一人在此。"计老人哼了一声,似是不信,冷冷的眼光在他脸上来回扫视。丁同给他瞧得心神不定,只有强笑。

一个冷冷的斜视,一个笑嘻嘻地十分尴尬,僵持片刻。计老人道:"要喝水,便走大门,不用爬窗子吧!"丁同笑道:"是,是!"转身绕到木板门前,推门走了进去。屋中陈设简陋,但桌椅整洁,地下铺了毡毯,打扫得干干净净。丁同坐下后四下打量,只见后堂转出一个小女孩来,手中捧着一碗茶。两人目光相接,那女孩吃了一惊,呛啷一响,茶碗失手掉在地下,茶水茶叶都溅在地毡上。

丁同登时心花怒放。这小女孩正是霍元龙悬下重赏要追寻之人,他见到白马后,本已有八分料到那女孩会在屋里,斗然间见到,仍高兴得一颗心似乎要从胸口跳了出来。

昨夜一晚大风沙,李文秀昏晕在马背之上,人事不省,白马闻到水草气息,冲风冒沙,奔到了这绿草原上。计老人见小女孩是汉人装束,忙把她救了下来。半夜中李文秀醒转,不见了父母,不住啼哭。计老人见她玉雪可爱,不禁大起怜惜之心,问她怎么会到大漠来,她父母是谁。李文秀说父亲叫"白马李三",妈妈就是妈妈,听到追赶他们的恶人远远叫她"三娘子",有的还叫"金银小剑三娘子",到回疆来干什么,她却说不上来了。计老人喃喃的道:"白马李三,白马李三,那是横行江南的侠盗,怎地到回疆来啦?"

他给李文秀饱饱的喝了一大碗乳酪,让她睡了。老人心中,却翻来覆去的想起了十年来的往事，思潮起伏，再也睡不着了。

李文秀这一觉睡到次日辰时才醒，一起身，便求计爷爷带她去寻爸爸妈妈。就在此时，两头蛇丁同鬼鬼祟祟的过来，在窗外探头探脑，这一切全看在计老人眼中。

李文秀手中的茶碗一摔下，计老人应声过来。李文秀奔过去扑在他怀里，叫道："爷爷，他……他就是追我的恶人。"计老人抚摸着她头发，柔声道："不怕，不怕。他不是恶人。"李文秀道："是的，是的。他们几十个人追我们，打我爸爸、妈妈。"计老人心想："白马李三跟我无亲无故，不知结下了什么仇家，我可不必卷入这是非圈子。"

丁同侧目打量计老人，见他满头白发，竟没一根是黑的，身材高大，只弓腰曲背，颤颤巍巍，衰老已极，寻思："这糟老头就没一百岁，也有九十，屋子里如没别人，将他一下子打晕，带了女孩和白马便走，免得夜长梦多，再生变故。"突然将手掌放在右耳旁边，作倾听之状，说道："有人来了。"跟着快步走到窗边。

计老人却没听到人声，听丁同说得真切，走到窗口外望，只见原野上牛羊低头嚼草，四下里一片寂静，并无生人到来，刚问了一句："哪里有人啊？"忽听得丁同一声狞笑，头顶掌风飒然，一掌猛劈下来。

计老人虽老态龙钟，身手却十分敏捷，丁同的手掌与他头顶相距尚有数寸，他身形略侧，已滑了开去，跟着反手勾出，施展大擒拿手，将他右腕勾住了。丁同变招贼滑，右手一挣没挣脱，左手向前疾送，藏在衣袖中的匕首已刺了出去，白光闪处，波的一响，匕首锋利的刃口已刺入计老人左背。

李文秀大叫一声："啊哟！"她跟父母学过两年武功，见计老人中刀，纵身而上，两个小拳头便往丁同背心腰眼里打去。便在此时，计老人左手一个肘捶回撞，捶中了丁同心口，这一捶力道极猛，丁同低哼一声，身子软软垂下，委顿在地，口中喷血，便没气了。

李文秀颤声道："爷爷，你……你背上有刀子……"计老人见她泪光莹然，心想："这女孩儿心地倒好。"李文秀又道："爷爷，你的伤……我给你把刀子拔下来吧？"说着伸手去握刀柄。计老人脸色一沉，怒道："你别管我。"扶着桌子，身子晃了几晃，颤巍巍走向内室,啪的一声,关上了板门。李文秀见他突然发怒,心中害怕,又见丁同在地下蜷缩成一团,只怕他起来加害自己,越想越怕,只想飞奔出外,但想起计老人身受重伤,没人服侍,又不忍置之不理。

她想了一想,走到室门外,轻拍几下,听得室中没半点声音,叫道:"爷爷,爷爷,你痛吗?"只听得计老人粗声道:"走开,走开!别来吵我!"这声音和他原来慈和的说话大不相同,李文秀吓得不敢再说,怔怔坐在地下,抱着头呜呜咽咽的哭了起来。忽然呀的一声,室门打开,一只手抚摸她头发,低声道:"别哭,别哭,爷爷的伤不碍事。"手势和语音都甚温柔。李文秀抬起头来,见计老人脸带微笑,心中一喜,登时破涕为笑。计老人笑道:"又哭又笑,不害羞么?"李文秀把头藏在他怀里。从这老人身上,她又找到了一些父母的亲情温暖。

计老人皱起眉头,打量丁同的尸身,心想:"他跟我无冤无仇,为什么忽下毒手?"李文秀挂怀关心,轻声问道:"爷爷,你背上的伤好些了么?"这时计老人已换过一件长袍,也不知他伤得如何。

他听李文秀重提此事,似乎适才给刺了这一刀实为奇耻大辱,脸上又现恼怒,粗声道:"你啰唆什么?"听得屋外那白马嘘溜溜一声长嘶,略一沉吟,到屋后柴房中提了一桶黄色染料出来。那是牧羊人在牲口身上涂染记号所用,使得各家的牛羊不致混杂,虽经风霜,亦不脱落。他牵过白马,用刷子自头至尾都刷上了黄色,又到哈萨克人的帐篷之中,讨了一套哈萨克男孩的旧衣服来,叫李文秀换上了。李文秀很聪明,说道:"爷爷,你要那些恶人认不出我,是不是?"计老人点了点头,叹了口气,道:"爷爷老了。唉,刚才竟给他刺了一刀。"这一次他自己提起,李文秀却不敢接口了。

计老人埋了丁同的尸体,又宰了他乘来的坐骑,马皮、鞍镫、蹄铁也都埋了,没留下丝毫痕迹,然后坐在大门口,拿着一柄长刀在磨刀石上不住磨砺。

他这番功夫果然没白做,就在当天晚上,霍元龙和陈达海所率领的豪客,冲进了这片绿洲,大肆掳掠。这一带素来没盗匪,哈萨克人虽勇武善战,但事先全没防备,族中精壮男子又刚好大举在北边猎杀为害牛羊的狼群,在帐篷中留守的都是老弱妇孺,竟给这批来自中原的豪客攻了个措手不及。七名哈萨克男子遭杀,五名妇女给掳了去。这群豪客也曾闯进计老人的茅屋里,但谁也没对一个老人、一个哈萨克孩子起疑。李文秀满脸泥污,躲在屋角落中,谁也没留意到她眼中闪耀着仇恨和悲哀的光芒。她却看得清清楚楚,父亲的佩刀悬在霍元龙腰间,母亲的金银小剑插在陈达海腰带之中。这是她父母决不离身的兵刃,她年纪虽小,却也猜到父母定然遭到了不幸。

第四天上,哈萨克的男子们从北方拖了一批狼尸回来了,当即聚集了队伍,去找这批汉人强盗报仇。但在茫茫大漠之中,却已失却了他们的踪迹,只找到了那五个遭掳去的妇女。那是五具尸身,全身衣服给脱光了,惨死在大漠之上。他们也找到了白马李三和金银小剑三娘子的尸身,一起都带了回来。

李文秀扑在父母尸身上哀哀痛哭。一个粗暴的哈萨克人提起穿着皮靴的大脚,重重踢了她一脚,粗声骂道:"真主降罚的强盗汉人!"

计老人抱了李文秀回家,不去跟这个哈萨克人争闹。李文秀小小心灵之中,只是想:"为什么恶人这么多?谁都来欺侮我?"

半夜里,李文秀又从睡梦中哭醒了,一睁开眼,只见床沿上坐着一个人。她惊呼一声,坐了起来,却见计老人凝望着她,目光中爱怜横溢,神情温柔,抚摸她头发,说道:"别怕,别怕,是爷爷。"李文秀泪水如珍珠断线般流了下来,伏在计老人怀里,把他衣襟全哭湿了。计老人道:"孩子,你没了爹娘,就当我是你亲爷爷,跟我住在一起。爷爷会好好照料你。"

李文秀哭着点头,想起了那些杀害爸爸妈妈的恶人,又想起踢了她一脚的那个凶恶的哈萨克汉子。这一脚踢得好重,令她腰里肿起了一大块,她不禁又问:"为什么谁都来欺侮我?我又没做坏事?"

计老人叹口气,说道:"这世界上给人欺侮的,总是那些没做坏事的好人。"他从瓦壶里倒了一碗热奶茶,瞧着她喝下了,又给她拢好被窝,说道:"秀儿,那个踢了你一脚的,叫做苏鲁克。他也是个正直的好人。"李文秀睁着圆圆的眼珠,很是奇怪,问道:"他……他是好人么?"计老人点头道:"不错,他是好人。他跟你一样,一天之中死了两个最亲爱的人,一个是他妻子,一个是他大儿子。都是给那批恶人强盗害死的。他只道汉人都是坏人。他用哈萨克话骂你,说你是'真主降罚的强盗汉人'。你别恨他,他心里的悲痛,实在跟你一模一样。不,他年纪大了,心里的悲痛,可比你更加多得多,深得多。"

李文秀怔怔听着,她本来也没怎么恨这个满脸胡子的哈萨克人,只是见了他凶狠的模样很害怕,这时忽然想起,那个大胡子双眼之中满含着眼泪,只差没掉下来。她不懂计老人说的,为什么大人的悲痛会比小孩子更深更多,但对这个大胡子却不自禁的生了同情,觉得他也很可怜。

窗外传进来一阵奇妙的宛转的鸟鸣,声音很远,但听得很清楚,又甜美,又凄凉,便像一个少女在唱着清脆而柔和的歌。

李文秀侧耳听着,鸣歌之声渐渐远去,终于低微得听不见了。她悲痛的心灵中得到了一丝安慰,呆呆出了一会神,低声道:"爷爷,这鸟儿唱得真好听。"

计老人道:"是的,唱得真好听!那是天铃鸟,鸟儿的歌声像是天上的银铃。这鸟儿只在晚上唱歌,白天睡觉。有人说,这是天上的星星掉下来之后变的。又有些哈萨克人说,这是草原上一个最美丽、最会唱歌的少女死了之后变的。她的情郎不爱她了,她伤心死的。"李文秀迷惘地道:"她最美丽,又最会唱歌,为什么不爱她了?"

计老人出了一会神,长长的叹了口气,说道:"世界上有许多事,你小孩子不懂的。"这时候,远处草原上的天铃鸟又唱起歌来了。

唱得令人心中又甜蜜,又凄凉。

就这样,李文秀住在计老人家里,帮他牧羊煮饭,两个人就像亲爷爷、亲孙女一般。晚上,李文秀有时候从梦中醒来,听着天铃鸟的歌唱,又在天铃鸟的歌声中回到梦里。她梦中有江南的杨柳和桃花,爸爸的怀抱,妈妈的笑脸……

过了秋天,过了冬天,李文秀平平静静过着日子,她学会了哈萨克话,学会了草原上的许许多多事情。

计老人会酿又香又烈的美酒,哈萨克的男人就最爱喝又香又烈的美酒。计老人会医牛羊马匹的疾病,哈萨克人那些受了重伤、生了重病的牲口,说什么也治不好,往往就让他治好了。牛羊马匹是哈萨克人的性命,他们虽不喜欢汉人,却少他不得,只好用牛羊来换他又香又烈的美酒,请了他去给牲口治伤治病。

哈萨克人的帐篷在草原上东西南北的迁移。计老人通常不跟着他们迁移,多半留在绿洲中自己的茅屋里,等着他回来。他只养少少几头牛、十几头羊,用不着经常迁游,追逐水草。

一天晚上,李文秀又听到了天铃鸟的歌声,只是它越唱越远,隐隐约约地,随着风声飘来了一些,跟着又听不到了。李文秀悄悄穿衣起来,到屋外牵了白马,生怕惊醒计老人,将白马牵得远远地,这才跨上马,跟着歌声走去。

草原上的夜晚,天很高、很蓝,星星很亮,青草和小花散播着芳香。

歌声很清晰了,唱得又婉转,又娇媚。李文秀的心跟着歌声而狂喜,轻轻跨下马背,让白马自由自在的嚼着青草。她仰天躺在草地上,沉醉在歌声之中。

那天铃鸟唱了一会,便飞远几丈。李文秀在地下爬着跟随,她听到了鸟儿扑翅的声音,看到了这只淡黄色的小小鸟儿,见它在地下啄食。它啄了几口,又向前飞一段路,又找到了食物。

天铃鸟吃得很高兴,突然间啪的一声,长草中飞起黑黝黝的一件东西,将天铃鸟罩住了。

李文秀的惊呼声中,混和着一个男孩的欢叫,只见长草中跳出来一个哈萨克男孩,得意地叫道:"捉住了,捉住了!"他用外衣裹着天铃鸟,鸟儿惊慌的叫声,郁闷地隔着外衣传出来。

李文秀又吃惊,又愤怒,叫道:"你干什么?"那男孩道:"我捉天铃鸟。你也来捉么?"李文秀道:"干么捉它?让它快快活活的唱歌不好么?"那男孩笑道:"捉来玩。"将右手伸到外衣之中,再伸出来时,手里已抓着那只淡黄色的小鸟。天铃鸟不住扑着翅膀,却哪里飞得出男孩的掌握?

李文秀道:"放了它吧,你瞧它多可怜?"那男孩道:"我一路撒了麦子,引得这鸟儿过来。谁叫它吃我的麦子啊?哈哈!"

李文秀一呆,在这世界上,她第一次懂得"陷阱"的意义。人家知道小鸟儿要吃麦子,便撒了麦子,引着它走进了死路。她年纪还小,不知道几千年来,人们早便在说着"人为财死,鸟为食亡"这两句话。她只隐隐的感到了机谋的可怕,觉到了"引诱"的令人难以抗拒。当然,她只感到了一些极模糊的影子,想不明白中间包藏着的道理。

那男孩玩弄着天铃鸟,使它发出一些痛苦的声音。李文秀道:"你把小鸟儿给了我,好不好?"那男孩道:"那你给我什么?"李文秀伸手到怀里一摸,她什么也没有,不禁有些发窘,想了一想,道:"赶明儿我给你缝一只好看的荷包,给你挂在身上。"那男孩笑道:"我才不上这个当呢。明儿你便赖了。"李文秀胀红了脸,道:"我说过给你,一定给你,为什么要赖呢?"那男孩摇头道:"我不信。"月光之下,见李文秀左腕上套着一只玉镯,发出晶莹柔和的光芒,随口便道:"除非你把这个给我。"

玉镯是妈妈给的,除了这只玉镯,已没纪念妈妈的东西了。她很舍不得,但看了那天铃鸟可怜的样子,终于把玉镯褪了下来,说道:"给你!"

那男孩没想到她居然会肯,接过玉镯,道:"你不会再要回吧?"李文秀道:"不!"那男孩道:"好!"于是将天铃鸟递了给她。李文秀双手合着鸟儿,手掌中感觉到它柔软的身体,感觉到它迅速而微弱的心跳。她用右手的三根手指轻轻抚摸一下鸟儿背上的羽毛,张开双掌,说道:"你去吧!下次要小心了,可别再给人捉住。"天铃鸟展开翅膀,飞入了草丛之中。男孩很奇怪,问道:"为什么放了鸟儿?你不是用玉镯换了来的么?"他紧紧抓住了镯子,生怕李文秀又向他要还。李文秀道:"天铃鸟又飞,又唱歌,不是很快活么?"

男孩侧着头瞧了她一会,问道:"你是谁?"李文秀道:"我叫李文秀,你呢?"男孩道:"我叫苏普。"说着便跳了起来,扬着喉咙大叫了一声。

苏普比她大了两岁,长得很高,站在草地上很有点威武。李文秀道:"你力气很大,是不是?"苏普很高兴,这小女孩随口一句话,正说中了他最引以为傲的事。他从腰间拔出一柄短刀来,说道:"上个月,我用这把刀砍伤了一头狼,差点儿就砍死了,可惜给逃走了。"

李文秀很惊奇,有点儿不信,说道:"你这么厉害?"苏普更加得意了,道:"有两头狼半夜里来咬我家的羊,爹不在家,我便提刀出去赶狼。大狼见了火把便逃了,我一刀砍中了另外一头。"李文秀道:

"你砍伤了那头小的?"苏普有些不好意思,点了点头,但随即加上一句:"那大狼倘使不逃走,我就一刀杀了它。"他话虽这么说,自己却实在没把握。但李文秀深信不疑,道:"恶狼来咬小绵羊,那是该杀的。下次你杀到了狼,来叫我看,好不好?"苏普大喜,昂然道:"好啊!等我杀了狼,就剥了狼皮送给你。"李文秀道:"谢谢你啦,那我就给爷爷做一条狼皮垫子。他自己那条已给了我啦。"苏普道:"不!我送给你的,你自己用。你把爷爷的还给他便了。"李文秀点头道:"那也很好。"

在两个小小的心灵之中,未来的还没实现的希望,跟过去的事实没多大分别。他们想到要杀狼,好像那头恶狼真的已经杀死了。

便这样,两个小孩子交上了朋友。哈萨克男性的粗犷豪迈,和汉族女孩的温柔仁善,相处得很和谐。

过了几天,李文秀做了一只小小荷包,装满了麦糖,拿去送给苏普。这一件礼物使这小男孩很出乎意料之外,他用小鸟儿换了玉镯,已觉得占了很大便宜。哈萨克人天性的正直,使他认为应当有所补偿,于是他一晚不睡,在草原上捉了两只天铃鸟,第二天拿去送给李文秀。这一件慷慨的举动未免是会错了意。李文秀费了很多唇舌,才使这男孩明白,她所喜欢的是让天铃鸟自由自在,而不是要捉了来让它受苦,所以她把两只小鸟放了。苏普最后终于懂了,但在心底,总觉得她的善心有些傻气,古怪而可笑。

日子一天天的过去,在李文秀的梦里,爸爸妈妈出现的次数渐渐稀了,她枕头上的泪痕也渐渐少了。她脸上有了更多的笑靥,嘴里有了更多的歌声。当她和苏普一起牧羊的时候,草原上常常飘来了远处青年男女对答的情歌。李文秀觉得这些情致缠绵的歌儿很好听,听得多了,随口便能哼了出来。当然,她还不懂歌里的意义,为什么一个男人会对一个女郎这么念念不忘?为什么一个女郎要对一个男人这么倾心?为什么情人的脚步声令心房剧烈地跳动?为什么窈窕的身子叫人整晚睡不着?只是她清脆地动听地唱了出来。听到的人都说:"这小女孩的歌儿唱得真好,那不像草原上的一只天铃鸟么?"

到了寒冷的冬天,天铃鸟飞到南方温暖的地方去了,但在草原

上,李文秀的歌儿仍然响着:

"啊,亲爱的牧羊少年,
请问你多大年纪?
你半夜里在沙漠独行,
我跟你作伴愿不愿意?"

歌声在这里顿了一顿,听到的人心中都在说:"听着这样美丽的歌儿,谁不愿意要你作伴呢?"

跟着歌声又响了起来:

"啊,亲爱的你别生气,
谁好谁坏一时难知。
要戈壁沙漠变为花园,
只须一对好人聚在一起。"

听到歌声的人心底里都开了一朵花,便是最冷酷最荒芜的心底,也升起了温暖:"倘若是一对好人聚在一起,戈壁沙漠自然成了花园,谁又会来生你的气啊?不管怎样,我一生一世也不会生你的气!"老年人年轻了几十岁,年轻人心中洋溢欢乐。但唱着情歌的李文秀,却不懂得歌中的意思。

听她歌声最多的,是苏普。他也不懂这些草原上情歌的含义,直到有一天,他们在雪地里遇上了一头恶狼。

这一头狼来得非常突然。苏普和李文秀正并肩坐在一个小丘上,望着散在草原上的羊群。

就像平时一样,李文秀跟他说着故事。这些故事有些是妈妈从前说的,有些是计老人说的,另外的是她自己编的。苏普最喜欢听计老人那些惊险的出生入死的故事,最不欣赏李文秀自己那些孩子气的女性故事,但一个惊险故事反来覆去的说了几遍,便变成了不惊不险,于是他也只得耐心的听着:白兔儿怎样找不到妈妈,小花狗怎样去帮它寻找。突然之间,李文秀"啊"的一声,向后翻倒,一头大灰狼尖利的牙齿咬向她咽喉。

这头狼从背后悄无声息的袭来,两个小孩谁都没发觉。李文秀曾跟妈妈学过一些武功,自然而然的将头一侧,避开了凶狼对准着她咽喉的一咬。苏普见这头恶狼这般高大,吓得脚也软了,但他立即想起:"非救她不可!"从腰间拔出短刀,扑上去一刀刺在大灰狼的背上。

灰狼的骨头很硬,短刀从它背脊上滑开了,只伤了一些皮肉。但灰狼也察觉了危险,放开了李文秀,张开血盆大口,突然跃起,双足搭在苏普的肩头,便往他脸上咬了下去。

苏普一惊之下,向后便倒。那灰狼来势似电,双足跟着按了下去,白森森的獠牙已触到苏普脸颊。李文秀吓得几乎动弹不得,但仍鼓起勇气,拉住灰狼尾巴用力向后拉扯。大灰狼给她一拉之下,退了一步,但它饿得慌了,后足牢牢据地,叫李文秀再也拉它不动,跟着又是一口咬落。

只听得苏普大叫一声,凶狼已咬中他左肩。李文秀惊得几乎要哭了出来,鼓起平生之力一拉。灰狼吃痛,张口呼号,却把咬在苏普肩头的牙齿松了。苏普迷迷糊糊的送出一刀,正好刺中灰狼肚腹上柔软之处,这一刀直没至柄。他想要拔出刀来再刺,那灰狼猛地跃起,在雪地里打了几个滚,仰天死了。

灰狼这一翻滚,带得李文秀也摔了几个筋斗,可是她兀自拉住灰狼的尾巴,始终不放。苏普挣扎着站起身来,见这巨大的一头灰狼死在雪地之中,不禁惊得呆了,过了半晌,才欢然叫道:"我杀死了大狼,我杀死了大狼!"伸手扶起李文秀,骄傲地道:"阿秀,你瞧,我杀了大狼!"得意之下,虽肩头鲜血长流,一时竟也不觉疼痛。李文秀见他的羊皮袄子左襟上染满了血,忙翻开他皮袄,从怀里拿出手帕,按住他伤口中不住流出的鲜血,问道:"痛不痛?"苏普倘若独自一个儿,早就痛得大哭大喊,但这时心中充满了英雄气概,摇摇头道:"我不怕痛!"

忽听得身后一人说道:"阿普,你在干什么?"两人回过头来,只见一个满脸虬髯的大汉,骑在马上。

苏普叫道:"爹,你瞧,我杀死了一头大狼。"那大汉大喜,见儿子脸上溅满了血,眼光又掠过李文秀的脸,问苏普道:"你给狼咬了?"苏普道:"我在这儿听阿秀说故事,忽然这头狼来咬她……"突然之间,那大汉脸上罩上了一层阴影,望着李文秀冷冷道:"你便是那个真主降罚的汉人女孩儿么?"

这时李文秀已认出他来,那便是踢过她一脚的苏鲁克。她记起了计老人的话:"他的妻子和大儿子,一夜之间都给汉人强盗杀了,因此他恨极了汉人。"她点了点头,正想说:"我爹爹妈妈也是给那些强盗害的。"话还没出口,突然唰的一声,苏普脸上肿起了一条长长的红痕,是给父亲用马鞭重重的抽了一下。

苏鲁克喝道:"我叫你世世代代,都要憎恨汉人,你忘了我的话,偏去跟汉人的女孩儿玩,还为汉人的女儿拼命流血!"唰的一声,夹头夹脑的又抽了儿子一鞭。

苏普竟不闪避,只呆呆的望着李文秀,问道:"她是真主降罚的汉人么?"苏鲁克吼道:"难道不是?"回过马鞭,唰的一下又抽在李文秀脸上。李文秀退了两步,伸手按住了脸。苏普给灰狼咬后受伤本重,跟着又给狠狠的抽了两鞭,再也支持不住,身子一晃,摔倒在地。

苏鲁克见他双目紧闭,晕了过去,也吃了一惊,忙跳下马来,抱起儿子,跟着和身纵起,落在马背之上,一个绳圈甩出,套住死狼头颈,双腿一夹,纵马便行。死狼在雪地中给一路拖着跟去,雪地里两行蹄印之间,留着一行长长的血迹。苏鲁克驰出十余丈,回过头来恶毒地望了李文秀一眼,眼光中似乎在说:"下次你再撞在我手里,瞧我不狠狠的打你个半死不活!"

李文秀倒不害怕这眼色,只是心中一片空虚,知道苏普从今之后,再不会做她朋友,再也不会来听她唱歌、来听她说故事了。只觉得朔风更加冷得难受,脸上的鞭伤随着脉搏的跳动,一抽一抽地更加剧烈疼痛。

她茫茫然的赶了羊群回家。计老人看到她衣衫上许多鲜血,脸上又肿起一条鞭痕,大吃一惊,忙问她什么事。李文秀只淡淡的说:"是我不小心摔的。"计老人当然不信。可是一再相询,李文秀只这样回答,问得急了,她哇的一声大哭起来,竟一句话也不肯再说。

那天晚上,李文秀发着高烧,小脸蛋儿烧得血红,说了许多胡话,什么"大灰狼!""苏普,苏普,快救我!"什么"真主降罚的汉人。"计老人猜到了几分,很是焦急,在屋中走来走去,搥胸抱头,苦无善策。幸好到黎明时,她烧退了,沉沉睡去。

这一场病直生了一个多月,到她起床时,寒冬已经过去,天山上的白雪开始融化,一道道雪水汇成的小溪,流到草原上来。原野上已茁起了一丝丝嫩草。

这一天，李文秀一早起来，打开围栅的栅门，想赶了羊群出去吃草，只见栅里门边抛着一张大狼皮，做成了垫子的模样。李文秀吃了一惊，看这狼皮的毛色，正是那天在雪地中咬她的那头大灰狼。她俯下身来，见狼皮的肚腹处有个刀孔。她心中怦怦跳着，知道苏普并没忘记她，也没忘记他自己说过的话，半夜里偷偷将这狼皮抛进她家的木栅。她将狼皮收在自己房中，不跟计老人说起，赶了羊群，便到惯常和苏普相会的地方去等他。

但她一直等到日落西山，苏普始终没来。她认得苏普家里的羊群，这一天却由一个十七八岁的青年放牧。李文秀想："难道苏普的伤还没有好？怎地他又送狼皮给我？"她很想到他帐篷里去瞧瞧他，可是跟着便想到了苏鲁克的鞭子。

这天半夜里，她终于鼓起了勇气，走到苏普的帐篷后面。她不知道为什么要去，是为了想说一句"谢谢你的狼皮"？为了想瞧瞧他的伤好了没有？她自己也说不上来。她躲在帐篷后面。苏普的牧羊犬识得她，过来在她身上嗅了几下便走开了，一声也没吠。帐篷中还亮着牛油烛的烛光，苏鲁克粗大的嗓子在大声咆哮：

"你的狼皮拿去送给了哪一个姑娘？好小子，小小年纪，也懂得把第一次的猎物拿去送给心爱的姑娘。"他每呼喝一句，李文秀的心便剧烈地跳动一下。苏普在讲故事时说过哈萨克人的习俗，每一个青年最宝贵自己第一次的猎物，总是拿去送给他心爱的姑娘，以表示情意。这时她听到苏鲁克这般喝问，小小的脸蛋儿红了，心中感到了骄傲。他们二人年纪都还小，不知道真正的情爱是什么，但隐隐约约的，也尝到了初恋的甜蜜和苦涩。

"你定是拿去送给了那个真主降罚的汉人姑娘，那个叫做李什么的贱种，是不是？好，你不说，瞧是你厉害，还是你爹爹的鞭子厉害？"

只听得唰唰唰唰，几下鞭子抽打在肉体上的声音。像苏鲁克这一类的哈萨克人，素来相信只有鞭子下才能产生强悍的好汉子，管教儿子不能用温和的法子。他祖父这样鞭打他父亲，他父亲这样鞭打他，他自己便也这样鞭打儿子，父子之爱并不因此而减弱。男儿汉对付男儿汉，在朋友和亲人是拳头和鞭子，在敌人便是匕首和长刀。但对于李文秀，她爹爹妈妈从小连重话也不对她说一句，只要脸上少了一丝笑容，少了一些爱抚，便是痛苦的惩罚了。这时每一鞭都如打在她身上一般痛楚。"苏普的爹爹一定恨极了我,自己亲生的儿子都打得这么凶狠,会不会打死了他呢?"

"好!你不回答!你回不回答?我猜到你定是拿去送给了那个汉人姑娘。"鞭子不住的往下抽打。苏普起初咬着牙硬忍,到后来终于哭喊起来:"爹爹,别打啦,别打啦,我痛,我痛!"苏鲁克道:"那你说,是不是将狼皮送给了那个汉人姑娘?你妈死在汉人强盗手里,你哥哥是汉人强盗杀的,你知不知道?他们叫我哈萨克第一勇士,可是我的老婆儿子却让汉人强盗杀了,你知不知道?为什么那天我偏偏不在家?为什么总是找不到这群强盗,好让我给你妈妈哥哥报仇雪恨?"

苏鲁克这时的鞭子早已不是管教儿子,而是在发泄心中的狂怒。他每一鞭下去,都似在鞭打敌人,"为什么那狗强盗不来跟我明刀明枪的决一死战?你说不说?难道我苏鲁克是哈萨克第一勇士,还打不过几个汉人的毛贼……"

霍元龙、陈达海他们所杀死的那个少年,是他最心爱的长子,遭他们强暴而死的妻子,是自幼和他一起长大的爱侣。而他自己,二十余年来人人都称他是哈萨克族的第一勇士,不论对刀、比拳、斗力、赛马,他从来没输过给人。

李文秀只觉苏普给父亲打得很可怜,苏鲁克带着哭声的这般叫喊也很可怜。"他打得这样狠,一定永远不爱苏普了。他没儿子了,苏普也没爹爹了。都是我不好,都是我这个真主降罚的汉人姑娘不好!"忽然之间,她也可怜起自己来。

她不能再听苏普这般哭叫,于是回到了计老人家中,从被褥底下拿出那张狼皮来,看了很久很久。她和苏普的帐篷相隔两里多地,但隐隐的似乎听到了苏普的哭声,听到了苏鲁克的鞭子在噼啪作响。她虽然很喜欢这张狼皮,但是她不能要。

"如果我要了这张狼皮,苏普会给他爹爹打死的。只有哈萨克的女孩子,他们伊斯兰的女孩子才能要这张大狼皮。哈萨克那许多女孩子中,哪一个最美丽?我很喜欢这张狼皮,是苏普打死的狼,他为了救我才不顾自己性命去打死的狼。苏普送了给我,可是……可是他爹爹要打死他……"

第二天早晨,苏鲁克带着满布红丝的眼睛从帐篷中出来,只听得车尔库大声哼着山歌,哩啦哩啦的唱了过来。他侧着头向苏鲁克望着,脸上的神色很古怪,笑咪咪的,眼中透着亲善的意思。车尔库也是哈萨克族中出名的勇士,千里外的人都知道他驯服野马的本领。他奔跑起来快得了不得,有人说在一里路之内,任何骏马都追他不上,即使在一里路之外输给了那匹好马,但也只相差一个鼻子。原野上的牧民们围着火堆闲谈时,许多人都说,如果车尔库的鼻子不是这样扁的话,那么还是他胜了。

苏鲁克和车尔库之间向来没多大好感。苏鲁克的名声很大,刀法和拳法都所向无敌,车尔库暗中很有点妒忌。他比苏鲁克要小着六岁。有一次两人比试刀法,车尔库输了,肩头上给割破长长一条伤痕。他说:"今天我输了,但五年之后,十年之后,咱们再走着瞧。"苏鲁克道:"再过二十年,咱哥儿俩又比一次,那时我下手可不会像这样轻了!"

今天,车尔库的笑容之中却丝毫没敌意。苏鲁克心头的气恼还没有消,狠狠的瞪了他一眼。车尔库笑道:"老苏,你的儿子很有眼光啊!"苏鲁克道:"你说苏普么?"他伸手按住刀柄,眼中发出凶狠的神色来,心想:"你嘲笑我儿子将狼皮送给了汉人姑娘。"

车尔库一句话已冲到了口边:"倘若不是苏普,难道你另外还有儿子?"但这句话却没说出口,他只微笑着道:"自然是苏普!这孩子相貌不差,人也挺能干,我很喜欢他。"做父亲的听到旁人称赞他儿子,自然忍不住高兴,但他和车尔库一向口角惯了,说道:"你眼热吧?就可惜你生不出一个儿子。"车尔库却不生气,笑道:"我女儿阿曼也不错,否则你儿子怎么会看上了她?"

苏鲁克"呸"的一声,道:"你别臭美啦,谁说我儿子看上了阿曼?"车尔库伸手挽住了他膀子,笑道:"你跟我来,我给你瞧一件东西。"苏鲁克心中奇怪,便跟他并肩走着。车尔库道:"你儿子前些时候杀死了一头大灰狼。小小孩子,真了不起,日后大了,可不跟老子一样?父是英雄儿好汉。"苏鲁克不答腔,认定他是摆下了什么圈套,要引自己上当,心想:"一切须得小心在意。"

在草原上走了三里多路,到了车尔库的帐篷前面。苏鲁克远远便瞧见一张大狼皮挂在帐篷外边。他奔近几步,嘿,可不是苏普打死的那头灰狼的皮是什么？这是儿子生平打死的第一头猎物，他认得清清楚楚。他心下一阵混乱，随即又高兴，又迷惘："我错怪了阿普，昨晚这么结结实实的打了他一顿，原来他把狼皮送了给阿曼，却不是给那汉人姑娘。该死的，怎么他不说呢？孩子脸嫩，没得说的。要是他妈妈还在，她就会劝我了。唉，孩子有什么心事，对妈妈一定肯讲……"

车尔库粗大的手掌在他肩上一拍，说道："喝碗酒去。"

车尔库的帐篷中收拾得很整洁，一张张织着红花绿草的羊毛毯挂在四周。一个身材苗条的女孩子捧了酒浆出来。车尔库微笑道："阿曼，这是苏普的爹。你怕不怕他？这大胡子可凶得很呢！"阿曼羞红了的脸显得更美了，眼光中闪烁着笑意，好像是说："我不怕。"苏鲁克呵呵笑了起来，笑道："老车，我听人家说过的，说你有个女儿，是草原上一朵会走路的花。不错，一朵会走路的花，这话说得真好。你是一匹两只脚的快马，哈哈……"

两个争闹了十多年的汉子，突然间亲密起来了。你敬我一碗酒，我敬你一碗酒。苏鲁克终于喝得酩酊大醉，眯着眼伏在马背，回到家中。

过了些日子，车尔库送来了两张精致的羊毛毯子。他说："这是阿曼织的，一张给老的，一张给小的。"

一张毛毯上织着一个大汉，手持长刀，砍翻了一头豹子，远处一头豹子正夹着尾巴逃走。另一张毛毯上织着一个男孩，刺死了一头大灰狼。那二人一大一小，都威风凛凛，英姿飒爽。苏鲁克一见大喜，连赞："好手艺，好手艺！"原来回疆之地本来极少豹子，那一年却不知从哪里来了两头，为害人畜。苏鲁克当年奋勇追入雪山，砍死了一头大豹，另一头负伤远遁。这时见阿曼在毛毯上织了他生平最得意的英勇事迹，自然大为高兴。

这一次，喝得大醉而伏在马背上回家去的，却是车尔库了。苏鲁克叫儿子送他回去。在车尔库的帐篷之中，苏普见到了自己的狼皮。他正在大惑不解，阿曼已红着脸在向他道谢。苏普喃喃的说了几句话，全然不知所云，他不敢追问为什么这张狼皮竟会到了阿曼手中。第二天，他一早便到那个杀狼的小丘去，盼望见到李文秀问她一问。可是李文秀没有来。

他等了两天,都是一场空。到第三天上,终于鼓起了勇气走到计老人家中。李文秀出来开门,一见是他,说道:"我从此不要见你。"啪的一声,便把板门关上了。苏普呆了半晌,莫名其妙的回到自己家里,心里感到一阵怅惘:"唉,汉人的姑娘,不知她心里在想些什么?"

他自然不会知道,李文秀是躲在板门之后掩面哭泣。此后一直哭了很久很久。她很喜欢再和苏普在一起玩,说故事给他听,可是她知道只要给他父亲发觉了,他又得狠狠挨一顿鞭子,说不定会给他父亲打死的。

日子一天一天的过去,三个孩子给草原上的风吹得高了,给天山脚下的冰雪冻得长大了,会走路的花更加袅娜美丽,杀狼的小孩变成了英俊的青年,那草原上的天铃鸟呢,也唱得更加娇柔动听了。不过她很少唱歌,只在夜半无人的时候,独自在苏普杀过灰狼的小丘上唱一支歌儿。她没一天忘记过这个儿时的伴侣,常常望到他和阿曼并骑出游,有时,也听到他俩互相对答,唱着情致缠绵的歌儿。

这些歌中的含意,李文秀小时候并不懂得,这时候却嫌懂得太多了。如果她仍然不懂,岂不是少了许多伤心?少了许多不眠的长夜?可是不明白的事情,一旦明白之后,永远不能再回到从前幼小时胡里胡涂、却又甜甜蜜蜜那样的迷惘了。

是一个春深的晚上,李文秀骑了白马,独自到那个杀狼的小山上去。白马给染黄了的毛早已脱尽,全身又是像天山顶上的雪那样白。

她悄立在那个小山丘上,远远望见哈萨克人的帐篷之间烧着一堆大火,音乐和欢闹的声音一阵高一阵低的传来。原来这天是哈萨克人的节日,青年男女已玩过了"姑娘追"游戏,都聚在火堆之旁,跳舞唱歌,极尽欢乐。

李文秀心想:"他和她今天一定特别快乐,这么热闹,这么欢喜。"她心中的"他",没第二个人,自然是苏普,那个"她"自然是那朵会走路的花,阿曼。

但这一次李文秀却没猜对,苏普和阿曼这时候并不特别快乐,却是在特别的紧张。在火堆之旁,苏普正在和一个瘦长的青年摔跤。这是节日中最重要的一个项目,摔跤第一的有三件奖品:一匹骏马、一头肥羊,还有一张美丽的毛毯。

苏普已接连胜了四个好汉,那个瘦长的青年叫做桑斯尔。他是苏普的好朋友,可也要分一个胜败。何况,他心中一直在爱着那朵会走路的花。这样美丽的脸,这样婀娜的身材,这样巧妙的手艺,谁不爱呢?桑斯尔明知苏普和阿曼从小便很要好,但他是倔强的高傲的青年。草原上谁的马快,谁的力大,谁便处处占了上风。他心中早便在这样想:"只要我在公开的角力中打败了苏普,阿曼便会喜欢我的。"他已用心的练了三年摔跤和刀法。他的师父,便是阿曼的父亲车尔库。

至于苏普的武功,当然是父亲亲传的。

两个青年扭结在一起。突然间桑斯尔肩头中了重重的一拳,他脚下一个踉跄,向后便倒,但他在倒下时右足一勾,苏普也倒下了。两人一同跃起,两对眼睛互相凝视,身子左右盘旋,找寻对方的破绽,谁也不敢先出手。

苏鲁克坐在一旁瞧着,手心中全是汗水,只是叫道:"可惜,可惜!"车尔库的心情却很难说得明白。他知道女儿的心意,就算桑斯尔打胜了,阿曼喜欢的还是苏普,说不定只有喜欢得更加厉害些。可是桑斯尔是他的徒弟,这一场角力,就如是他自己和"哈萨克第一勇士"苏鲁克的比赛。车尔库的徒弟如果打败了苏鲁克的儿子,那可有多光采!这件事会传遍数千里草原。当然,阿曼将会很久很久的郁郁不乐,可是这些事不去管它。他还是盼望桑斯尔打胜。虽然苏普是个好孩子,他一直很喜欢他。

围着火堆的人们为两个青年呐喊助威。这是一场势均力敌的角斗。苏普身壮力大,桑斯尔却更加灵活,到底谁会最后获胜,谁也说不上来。

只见桑斯尔东一闪,西一避,苏普数次伸手扭他,都给躲开了。青年男女们呐喊助威的声音越来越响。"苏普,快些,快些!""桑斯尔,反攻啊!别尽逃来逃去的。""啊哟,苏普摔了一交!""不要紧,用力扳倒他。"

声音远远传了出去,李文秀隐隐听到了大家叫着"苏普,苏普"。她有些奇怪:"为什么大家叫苏普?"于是骑了白马,向着呼叫的声音奔去。在一棵大树的后面,她看到苏普正在和桑斯尔搏斗,旁观的人兴高采烈地叫嚷着。突然间,她在火光旁看到了阿曼的脸,脸上闪动着关切和兴奋,泪光莹莹,一会儿担忧,一会儿欢喜。李文秀从来没这样清楚的看过阿曼,心想:"原来她是这样的喜欢苏普。"

蓦地里众人一声大叫,苏普和桑斯尔一齐倒了下去。隔着人墙,李文秀看不到地下两个人搏斗的情形。但听着众人的叫声,可以想到一时是苏普翻到了上面,一时又是给桑斯尔压了下去。李文秀手中也是汗水,因为瞧不见地下的两人,她只有更加焦急。忽然间,众人的呼声全部止歇,李文秀清清楚楚听到相斗两人粗重的呼吸声。只见一个人摇摇晃晃的站了起来。众人欢声呼叫:"苏普,苏普!"

阿曼冲进人圈之中,拉住了苏普的手。

李文秀觉得又高兴,又凄凉。她圈转马头,慢慢走了开去。众人围着苏普,谁也没留心到她。

她不再拉缰绳,任由白马在沙漠中漫步而行。也不知走了多少时候,她蓦地发觉,白马已走到了草原的边缘,再过去便是戈壁沙漠了。她低声斥道:"你带我到这里来干么?"便在这时,沙漠上出现了两乘马,接着又是两乘。月光下隐约可见,马上乘客都是汉人打扮,手中握着长刀。

李文秀吃了一惊:"莫非是汉人强盗?"一迟疑间,只听一人叫道:"白马,白马!"纵马冲来,又叫:"站住!站住!"李文秀喝道:"快奔!"纵马往来路驰回,但听得蹄声急响,迎面又有几骑马截了过来。这时东南北三面都有敌人,她不暇细想,只得催马往西疾驰。

但向西是永没尽头的大沙漠。

她小时候曾听苏普说过,大沙漠中有鬼,走进了大沙漠的,没一个人能活着出来。不,就是变成了鬼也不能出来。走进了大沙漠,就会不住的大兜圈子,在沙漠中不住的走着走着,突然之间,在沙漠中发现了一行足迹。那人当然大喜若狂,以为找到了道路,跟着足迹而行,但走到后来,他终于会发觉,这足迹原来就是自己留下的,他走来走去,只是在兜圈子。这样死在大沙漠中的人,变成了鬼也不得安息,他不能进天上的乐园,因为真主不保佑他,他始终要足不停步的大兜圈子,千年万年、日日夜夜的兜下去,永远不停。

李文秀曾问过计老人,大沙漠是不是真的这样可怕,是不是走进去之后,永远不能再出来。计老人听到她这样问,突然间脸上的肌肉痉挛起来,露出了非常恐怖的神色,眼睛向着窗外偷望,似乎见到了鬼怪一般。李文秀从来没有见过他会吓得这般模样,不敢再问了,心想这事一定不假,说不定计爷爷还见过那些鬼呢。

她骑着白马狂奔,眼见前面黄沙莽莽,无穷无尽都是沙漠,想到了大沙漠中永远在兜圈子的鬼魂,越来越害怕,但后面的强盗在飞驰着追来。她想起了爸爸妈妈,想起了苏普的妈妈和哥哥,知道要是给那些强盗追上了,那是有死无生,甚至要比死还惨些。可是走进大沙漠呢,那是变成了鬼也不得安息。她真想勒住白马不再逃了,回过头来,哈萨克人的帐篷和绿色的草原早不见了,两个强盗已落在后面,但还是有五个强盗吆喝着紧紧追来。李文秀听到粗暴的、充满了喜悦和兴奋的叫声:"是那匹白马,错不了!捉住她,捉住她!"

隐藏在胸中的多年仇恨突然间迸发了出来,她心想:"爹爹和妈妈是他们害死的。我引他们到大沙漠里,跟他们同归于尽。我一条性命,换了五个强盗,反正……反正……便活在世上,也没什么乐趣。"她眼中含着泪水,心中再不犹豫,催动白马向着西方疾驰。

这些人正是霍元龙和陈达海镖局中的下属,他们追赶白马李三夫妇来到回疆,虽将李三夫妇杀了,但那小女孩却从此不知下落。他们确知李三得到了高昌迷宫的地图。这张地图既在李三夫妇身上遍寻不获,那么定是在那小女孩身上。高昌迷宫中藏着数不尽的珍宝,晋威镖局一干人谁都不死心,在这一带到处游荡,找寻那小女孩。这一耽便是十年,他们不事生产,仗着有的是武艺,牛羊驼马,自有草原上的牧民给他们牧养。他们只须拔出刀子来,杀人、放火、抢劫、奸淫……

这十年之中,大家永远不停的在找这小女孩,草原千里,却往哪里找去?只怕这小女孩早死了,骨头也化了灰,但在草原上做强盗,自由自在,可比在中原走镖逍遥快活得多,又何必回中原去?

有时候,大家谈到高昌迷宫中的珍宝,谈到白马李三的女儿。这小姑娘就算不死,也长大得认不出了,只有那匹白马才不会变。

这样高大的全身雪白的白马希有之极,老远一见就能认出。但如白马也死了呢?马匹的寿命可比人短得多。时候一天天过去,谁都不存了指望。

哪知道突然之间,竟又见到了这匹白马。那没错,正是这匹白马!

白马这时候年齿已增,脚力已不如少年之时,但仍比常马奔跑起来快得多,到得黎明时,竟把五个强盗抛得影踪不见,后面追来的蹄声也已不再听到。但李文秀知道沙漠上留下马蹄印,那五个强盗虽一时追赶不上,终于还是会依循足印追来,因此竟丝毫不敢停留。

又奔出十余里,天已大明,过了几个沙丘,突然之间,西北方出现了一片山陵,山上树木苍葱,在沙漠中突然看到,真如见到世外仙山一般。大沙漠上沙丘起伏,几个大沙丘将这片山陵遮住了,因此远处全然望不见。李文秀心中一震:"莫非这是鬼山?为什么沙漠上有这许多山,却从来没听人说过?"转念又想:"是鬼山最好,正好引这五个恶贼进去。"

白马脚步迅捷,不多时到了山前,跟着驰入山谷。只见两山之间流出一条小溪。白马一声欢嘶,直奔到溪边。李文秀翻身下马,捧了些清水洗去脸上沙尘,再喝几口,溪水微带甜味,清凉可口。

突然之间,后脑上忽给一件硬物顶住了,只听得一个嘶哑的声音问道:"你是谁?到这里干么?"说的是哈萨克语。李文秀大吃一惊,待要转身,那声音道:"我这杖头对准了你后脑,只须稍一用劲,你立时便重伤而死。"李文秀但觉那硬物微向前一送,果觉头脑一阵晕眩,当下不敢动弹,心想:"这人会说话,想来不是鬼怪。他又问我到这里干么,那么自是住在此处之人,不是强盗了。"

那声音又道:"我问你啊,怎地不答?"李文秀道:"有坏人追我,我逃到了这里。"那人道:"什么坏人?"李文秀道:"是许多汉人强盗。"那人道:"什么汉人强盗?叫什么名字?"李文秀道:"我不知道。他们从前是保镖的,到了回疆,便做了强盗。"那人道:"你是汉人吗?你叫什么名字?父亲是谁?师父是谁?"李文秀道:"我是汉人。我叫李文秀,我爹爹是白马李三,妈妈是金银小剑三娘子。我没师父。"那人"哦"的一声,道:"唔,原来金银小剑嫁了白马李三。你爹爹妈妈呢?"李文秀道:"都给那些强盗害死了。他们还要杀我。"

那人"唔"了一声,道:"站起来!"李文秀站起身来。那人道:"转过身来。"李文秀慢慢转身,那人木杖的尖端离开了她后脑,一缩一伸,又点在她喉头。但他杖上并不使劲,只虚虚的点着。李文秀向他一看,心下很是诧异,听到那嘶哑冷酷的嗓音之时,料想背后这人定然十分的凶恶可怖,哪知眼前这人却是个平平常常的老翁,身形瘦弱,形容枯槁,愁眉苦脸,身上穿的是汉人装束,衣帽都已破烂不堪。但他头发鬈曲,却又不大像汉人。

李文秀道:"老伯伯,请问你尊姓大名?这里是什么地方?"这些客套话,是计爷爷在跟她讲故事时说过的,她便照着学了。那老人眼见李文秀容貌娇美,也大出意料之外,一怔之下,冷冷的道:"我没名字,也不知道这里是什么地方。"说的是汉语。他居然会说汉语,李文秀大为诧异。

便在此时,远处蹄声隐隐响起。李文秀惊道:"强盗来啦,老伯伯,快躲起来。"那人道:"干么要躲?"李文秀道:"那些强盗恶得很,会害死你的。"那人冷冷的道:"你跟我素不相识,何必管我死活?"这时马蹄声更加近了。李文秀也不理他将杖尖点在自己喉头,一伸手便拉住他手臂,道:"老伯伯,咱们一起骑马快逃,再迟就来不及了。"

那人将手一甩,要挣脱李文秀的手,哪知他这一甩微弱无力,竟挣之不脱。李文秀奇道:"你有病么?我扶你上马。"说着双手托住他腰,将他送上了马鞍。这人瘦骨伶仃,虽是男子,身重却还不及骨肉停匀的李文秀,坐在鞍上摇摇晃晃,似乎随时都会摔下鞍来。李文秀跟着上马,坐在他身后扶着他,纵马向丛山之中进去。

两人这一耽搁,只听得五骑马已驰进了山谷,五个强人的呼叱之声也隐约可闻。那人突然回头,喝道:"你跟他们是一起的,是不是?你们安排了诡计,想骗我上当。"李文秀见他本来脸色憔悴,满脸病容,猛地转为狰狞可怖,眼中也射出凶光,不禁大为害怕,说道:"不是的,不是的,我从来没见过你,骗你上什么当?"那人厉声道:"你要骗我带你去高昌迷宫……"一句话没说完,突然住口。

这"高昌迷宫"四字,李文秀幼时随父母逃来回疆之时,曾听父母亲谈话中提过几次,但当时不解,并未特别在意,现在事隔十年,这老人又忽然说及,她一时想不起什么时候似乎曾听到人说过,茫然道:"高昌迷宫?那是什么啊?"老人见她神色真诚,不似作伪,声音缓和一些,道:"你当真不知高昌迷宫?"

李文秀摇头道:"不知道,啊,是了……"老人厉声问道:"是了什么?"李文秀道:"我小时候跟着爹爹妈妈逃来回疆,曾听他们说过'高昌迷宫'。那是很好玩的地方么?"老人疾言厉色的问道:"你爹娘还说过什么?可不许瞒我。"李文秀凄然道:"但愿我能够多记得一些爹妈说过的话,便只一个字,也是好的。就可惜再也听不到他们声音了。老伯伯,我常常这样傻想,只要爹爹妈妈能活过来一次,让我再见上一眼。唉!只要爹妈活着,便天天不停的打我骂我,我也很快活啊。当然,他们永远不会打我的。"突然之间,她耳中似乎出现了苏鲁克狠打苏普的鞭子声,愤怒的斥骂声。

那老人脸色稍转柔和,"嗯"了一声,突然又大声问:"你嫁了人没有?"李文秀红着脸摇了摇头。老人道:"这几年你跟谁住在一起?"李文秀道:"跟计爷爷。"老人道:"计爷爷?他多大年纪了?相貌怎样?"李文秀对白马道:"好马儿,强盗追来啦,快跑快跑。"心想:"在这紧急当儿,你老是问这些不相干的事干么?"但见他满脸疑云,终于还是说了:"计爷爷总有八十多岁了吧,他满头白发,脸上全是皱纹,比你还老。他待我很好的。"老人道:"你在回疆又识得什么汉人?计爷爷家里还有什么人?"李文秀道:"计爷爷家里再没别人了。我连哈萨克人也不识得,别说汉人啦。"最后这两句话却是愤激之言,她想起了苏普和阿曼,心想虽识得他们,也等于不识。

白马背上乘了两人,奔跑不快,后面五个强盗追得更加近了,只听得飕飕几声,三枝羽箭接连从身旁掠过。那些强盗想擒活口,并不想用箭射死她,这几箭只是威吓,要她停马。

李文秀心想:"横竖我已决心和这五个恶贼同归于尽,就让这位伯伯独自逃生吧!"当即跃下地来,在马臀一拍,叫道:"白马,白马!快带了伯伯先逃!"老人一怔,没料到她心地如此仁善,竟会舍己助人,叫自己独自逃开,稍一犹豫,低声道:"接住我手里的针,小心别碰着针尖。"李文秀低头一看,只见他右手两根手指间夹着一枚细针,当下伸手指拿住了,却不明其意。老人道:"这针尖上沾了非常毒的毒药,那些强盗倘若捉住你,只要轻轻一下刺在他们身上,强盗就死了。"李文秀吃了一惊,适才早见到他手中持针,当时也没在意,看来先前这番对答倘若不满他意,他已将毒针刺在自己身上了。

那老人催马快步而去。白马要停下来等李文秀,那老人提缰挥鞭,不让白马等候。

五乘马驰近身来,团团将李文秀围在垓心。五个强人见到了这般年轻貌美的姑娘,谁也没想到去追那老头儿了。

五个强盗纷纷跳下马来,脸上都是狞笑。李文秀心中怦怦乱跳,暗想那老伯伯虽说这毒针能制人死命,但这样小小一枚针儿,如何挡得住眼前这五个凶横可怖的大汉,便算真能刺得死一人,可还有四个。还是一针刺死了自己吧,也免得遭强人的凌辱。只听得一人叫道:"好漂亮的妞儿!"便有两人向她扑了过来。

左首一个汉子砰的一拳,将另一个汉子打翻在地,厉声道:"你跟我争么?"跟着便抱住了李文秀的腰。李文秀慌乱之中,将针在他右臂一刺,大叫:"恶强盗,放开我。"那大汉呆呆的瞪着她,突然不动。摔在地下的汉子伸出双手,抱住李文秀小腿,使劲一拖,将她拉倒在地。李文秀左手撑拒,右手前伸,顺手一针刺入他胸膛。那大汉正在哈哈大笑,忽然间笑声中绝,张大了口,也是身形僵住,一动也不动了。

李文秀爬起身来,抢着跃上一匹马的马背,纵马向山中逃去。余下三个强盗见那二人突然僵住,宛似中邪,都道给李文秀点中了穴道,心想这少女武功奇高,不敢追赶。这三人都不会点穴解穴,要带两个同伴去见首领,岂知一摸二人身子,竟在渐渐冰冷,再一探鼻息,已然气绝身死。

三人大惊之下,半响说不出话来。一个姓宋的较有见识,解开两人衣服看时,见一人手臂上有一块钱大黑印,黑印中有个细小针孔,另一人却是胸口有个黑印。他登时省悟:"这妞儿用针刺人,针上喂有剧毒。"一个姓全的道:"那就不怕!咱们远远的用暗青子打,不让这小贱人近身便是。"另一个强人姓云,说道:"知道了她的鬼手段,便不怕再着她道儿!"话是这么说,三人终究不敢急追,一面商量,一面提心吊胆的追进山谷。

李文秀两针奏功,不禁又惊又喜,但也知其余三人必会发觉,只要有了防备,决不容自己再施毒针。纵马正逃之间,忽听得左首有人叫道:"到这儿来!"正是那老人的声音。

李文秀急忙下马,听那声音从一个山洞中传出,当即奔进。那老人站在洞口,问:"怎么样?"李文秀道:"我……我刺中了两个……两个强盗,逃了出来。"老人道:"很好,咱们进去。"进洞后见山洞甚深,李文秀跟随在老人之后,那山洞越行越窄。

行了数十丈,山洞豁然开朗,竟可容得一二百人。老人道:"咱们守住狭窄的入口之处,那三个强人便不敢进来。这叫一夫当关,万夫莫开。"李文秀愁道:"可是咱们也走不出去了。这山洞里面另有通道么?"老人道:"通道是有的,不过终究通不到山外去。"

李文秀想起适才之事,犹然心中惊怕,问道:"伯伯,那两个强盗给我一刺,忽然一动也不动了,难道当真死了么?"老人傲然道:"在我毒针之下,岂有活口留下?"李文秀伸过手去,将毒针递给他。老人伸手欲接,突然又缩回了手,道:"放在地下。"李文秀依言放下。老人道:"你退开三步。"李文秀觉得奇怪,便退了三步。那老人这才俯身拾起毒针,放入一个针筒。李文秀这才明白,原来他疑心很重,怕自己突然用毒针刺他。

那老人道:"我跟你素不相识,为什么刚才你让马给我,要我独自逃命?"李文秀道:"我也不知道啊。我见你身上有病,怕强盗害你。"那老人身子晃了晃,厉声道:"你怎么知道我身上……身上有……"说到这里,突然间满脸肌肉抽动,神情痛苦不堪,额头不住渗出黄豆般大的汗珠来,又过一会,忽然大叫一声,在地下滚来滚去,高声呻吟。

李文秀只吓得手足无措,但见他身子弯成了弓形,手足痉挛,柔声道:"是背上痛得厉害么?"伸手在他腰间轻轻敲击,又在他臂弯膝弯关节处推拿揉拍。老人痛楚渐减,点头示谢,过了一炷香时分,这才疼痛消失,站了起来,问道:"你可知我是谁?"李文秀道:"不知道。"老人道:"我是汉人,姓华名辉,江南人氏,江湖上人称'一指震江南'的便是。"

李文秀道:"唔,是华老伯伯。"华辉道:"你没听见过我的名头么?"言下微感失望,心想自己"一指震江南"华辉的名头当年轰动大江南北,武林中无人不知,但瞧李文秀的神情,竟毫无惊异的模样。

李文秀道:"我爹爹妈妈一定知道你名字,我到回疆来时还只八岁,什么也不懂。"华辉脸色转愉,道:"那就是了。你……"一句话没说完,忽听洞外山道中有人说道:"定是躲在这儿,小心她毒针!"跟着脚步声响,三个人一步一停的进来。

华辉忙取出一枚毒针,将针尾插入木杖的杖头,交了给她,指着进口之处,低声道:"等人进来后刺他背心,千万不可性急而刺他前胸。"

李文秀心想:"这进口处如此狭窄,乘他进来时刺他前胸,不是易中得多么?"华辉见她脸有迟疑之色,说道:"生死存亡,在此一刻,你敢不听我的话么?"说话声音虽轻,语气却十分严峻。便在此时,只见进口处一柄明晃晃的长刀伸了进来,急速挥动,护住了面门前胸,以防敌人偷袭,跟着便见一个黑影慢慢爬进。

李文秀记着华辉的话,缩在一旁,丝毫不敢动弹。华辉冷冷道:"你看我手中是什么东西?"伸手虚扬。第二个跟着进来的人急叫:"云大哥,快退!"那姓云的一闪身,横刀身前,凝神瞧着华辉,防他发射暗器。华辉喝道:"刺他!"李文秀手起杖落,杖头在他背心上一点,毒针已入肌肤。那姓云的只觉背上微微一痛,似乎被蜜蜂刺了一下,大叫一声,就此僵毙。那姓全的紧随在后,见他又中毒针而死,只道是华辉手发毒针,只吓得魂飞天外,不及转身逃命,倒退着手脚齐施的爬了出去。

华辉叹道:"倘若我武功不失,区区五个毛贼,何足道哉!"李文秀心想他外号"一指震江南",自是武功极强,怎地见了五个小强盗,竟没法对付,说道:"华伯伯,你因为生病,因此武功施展不出,是么?"华辉道:"不是的,不是的。我……我立过重誓,如不到生死关头,决不轻易动武。"李文秀"嗯"的一声,觉得他言不由衷,刚才明明说"倘若武功不失",却又支吾掩饰,但他既不肯说,也就不便追问。

华辉也察觉自己言语中有了破绽,当即岔开话头,说道:"我叫你刺他后心,你明白这中间的道理么?他攻进洞来,全神防备的是面前敌人,你不会武功,袭击他正面是不能得手的。我引得他凝神提防我,你在他背心一刺,自是应手而中。"李文秀点头道:"伯伯的计策很好。"华辉的江湖阅历何等丰富,要摆布这样一个小毛贼,自是游刃有余。

华辉从怀中取出一大块蜜瓜的瓜干,递给李文秀,道:"先吃一些。那两个毛贼再也不敢进来了,可是咱们也不能出去。待我想个计较,须得一举将两人杀了。要是只杀一人,余下那人必定逃去报讯,大队人马跟着赶来,可就棘手得很。"李文秀见他思虑周详,智谋丰富,反正自己决计想不出比他更高明的法子,那也不用多伤脑筋了,于是饱餐了一顿瓜干,靠在石壁上养神。

约莫过了半个时辰,李文秀突然闻到一阵焦臭,跟着便咳嗽起来。华辉道:"不好!毛贼用烟来薰!快堵住洞口!"李文秀捧起地下的沙土石块,堵塞进口之处,好在洞口甚小,一堵之下,涌进洞来的烟雾便大为减少,而且内洞甚大,烟雾吹进来之后,又从后洞散出。

如此又相持良久,从后洞映进来的日光越来越亮,似乎已是正午。突然间华辉"啊"的一声叫,摔倒在地,又即全身抽动。但这时比上次似乎更加痛楚,手足狂舞,竟似不可抑制。李文秀心中惊慌,忙又走近去给他推拿揉拍。华辉痛楚稍减,喘息道:"姑……李姑娘,这一次我只怕好不了啦。"李文秀安慰道:"快别这般想,今日遇到强人,不免劳神,休息一会便好了。"华辉摇头道:"不成,不成!我反正要死了,我跟你实说,我是后心的穴道上中了……中了一枚毒针。"

李文秀道:"啊,你中了毒针,几时中的?是今天么?"华辉道:"不是,中了十二年啦!"李文秀骇道:"也是这么厉害的毒针么?"华辉道:"一般无异。只是我运功抵御,毒性发作较慢,后来又服了解药,这才挨了一十二年,但照今天这样痛得厉害,只怕再也挨不下去了。唉!身上留着这枚鬼针,这一十二年中,每天总要大痛两三场,早知如此,倒是当日不服解药的好,多痛这一十二年,到头来又有什么好处?"

李文秀胸口一震,这句话勾起了她的心事。十年前倘若跟着爹爹妈妈一起死在强人手中,后来也少受许多苦楚。

然而这十年之中,都是苦楚么?不,也有过快活的时光。十七八岁的年轻姑娘,虽然寂寞伤心,花一般的年月之中,总有不少的欢笑和甜蜜。尤其,以前和苏普在一起的时光。

只见华辉咬紧牙关,竭力忍受全身的疼痛,李文秀道:"伯伯,你设法把毒针拔了出来,说不定会好些。"华辉斥道:"废话!这谁不知道？我独个儿在这荒山之中,有谁来跟我拔针？进山来的就没一个安着好心,哼,哼……"李文秀满腹疑团:"他为什么不到外面去求人医治,一个人在这荒山中一住便是十二年,有什么意思？"显见他对自己还是存着极大的猜疑提防,但眼看他痛得实在可怜,说道:"伯伯,我来试试。你放心,我决不会害你。"

华辉凝视着她,双眉紧锁,心中转过了无数念头,似乎始终打不定主意。李文秀拔下杖头上的毒针,递了给他,道:"让我瞧瞧你背上的伤痕。倘若你见我想要害你,你便用毒针刺我吧!"华辉道:"好!"解开衣衫,露出背心。李文秀一看之下,忍不住低声惊呼,但见他背上点点斑斑,不知有几千百处伤疤。华辉道:"我千方百计要挖毒针出来,总是取不出。"

这些伤疤有的似乎是在尖石上撞破的,有的似乎是用指尖硬生生剜破的,李文秀瞧着这些伤疤,想起这十二年来他不知受尽了多少折磨,心下大是恻然,问道:"那毒针刺在哪里？"华辉道:"一共有三枚,一在'魄户穴',一在'志室穴',一在'至阳穴'。"一面说,一面反手指点毒针刺入的部位,只因时日相隔已久,又加满背伤疤,早已瞧不出针孔的所在。

李文秀惊道:"共有三枚么？你说是中了一枚？"华辉怒道:"先前你又没说要给我拔针,我何必跟你说实话？"李文秀知他猜忌之心极重,实则是中了三枚毒针后武功全失,生怕自己加害于他,故意说曾发下重誓,不得轻易动武,便是所中毒针之数,也少说了两枚,那么自己如有害他之意,也可多一些顾忌。她实在不喜他这些机诈疑忌的用心,但想救人救到底,这老人也实在可怜,一时也理会不得这许多,心中沉吟,盘算如何为他拔出深入肌肉中的毒针。

华辉问道:"你瞧清楚了吧？"李文秀道:"我瞧不见针尾,你说该当怎样拔才好？"华辉道:"须得用利器剖开肌肉,方能见到。毒针深入数寸,很难寻着。"说到这里,声音已是发颤。李文秀道:"嗯,可惜我没带着小刀。"华辉道:"我也没刀子。"忽然指着地下摔着的那柄长刀说道:"就用这柄刀好了!"那长刀青光闪闪,甚是锋锐,横在那姓云的强人身旁,此时人亡刀在,但仍令人见之生惧。

李文秀见要用这样一柄长刀剖割他的背心,大为迟疑。华辉猜知了她的心意,语转温和,说道:"李姑娘,你只须助我拔出毒针,我要给你许许多多金银珠宝。我不骗你,真的是许许多多金银珠宝。"李文秀道:"我不要金银珠宝,也不用你谢。只要你身上不痛,那就好了。"华辉心知她天性仁善,虽觉不合情理,仍道:"好吧,那你快些动手。"

李文秀过去拾起长刀,在那姓云强人衣服上割撕下十几条布条,以备止血和裹扎伤口,说道:"伯伯,我是尽力而为,你忍一忍痛。"咬紧牙关,以刀尖对准了他所指点的"魄户穴"旁数分之处,轻轻一割。

刀入肌肉,鲜血迸流,华辉竟哼也没哼一声,问道:"见到了吗?"这十二年中他熬惯了痛楚,对这利刃一割,竟丝毫不以为意。李文秀从头上拔下发簪,在伤口中一探,果然探到一枚细针,牢牢的钉在骨中。

她两根手指伸进伤口,捏住针尾,用力一拉,手指滑脱,毒针却拔不出来,直到第四下出尽全力抓牢针尾,才将毒针拔出。华辉大叫一声,痛得晕去。李文秀心想:"他晕了过去,倒可少受些痛楚。"剖肉露针,跟着将另外两枚毒针拔出,用布条给他裹扎伤口。

过了好一会,华辉才悠悠醒转,一睁开眼,便见面前放着三枚乌黑的毒针,恨恨的道:"鬼针,贼针!你们在我肉里待了十二年,今日总出来了罢。"向李文秀道:"李姑娘,你救我性命,老夫无以为报,便将这三枚毒针赠送于你。这三枚毒针虽在我体内潜伏一十二年,毒性依然尚在。"李文秀摇头道:"我不要。"华辉奇道:"毒针的威力,你亲眼见过了。你有此一针在手,谁都会怕你三分。"李文秀低声道:"我不要别人怕我。"她心中却是想说:"我只要别人喜欢我,这毒针可无能为力。"

毒针取出后,华辉虽因流血甚多,十分虚弱,但心情畅快,精神健旺,闭目安睡了一个多时辰。睡梦中忽听得有人大声咒骂,他一惊而醒,只听得那姓宋的强人在洞外污言秽语的辱骂,所说的言词恶毒不堪。显然他不敢进来,却要激敌人出去。

华辉越听越怒,站起身来,说道:"我体内毒针已去,一指震江南还惧怕区区两个毛贼?"但一加运气,劲力竟提不上来,叹道:"毒针在我体内停留过久,看来三四个月内武功难复。"耳听那强盗"千老贼,万老贼"的狠骂,怒道:"难道我要等你辱骂数月,再来宰你?"又想:"他们要是始终不敢进洞,再僵下去,终于回去搬了大批帮手前来,那可糟了。这便如何是好?"

突然间心念一动,说道:"李姑娘,我来教你一路武功,你出去将这两个毛贼收拾了。"李文秀道:"要多久才能学会?没这么快吧。"华辉沉吟道:"如教你独指点穴、刀法拳法,至少也得半年才能奏功,眼前非速成不可,那只有练见功极快的旁门兵刃,必须一两招间便能取胜。只是这山洞之中,哪里去找什么偏门的兵器?"一抬头间,突然喜道:"有了,去把那边的葫芦摘两个下来,要连着长藤,咱们来练流星锤。"

李文秀见山洞透光入来之处,悬着十来个枯萎已久的葫芦,不知是哪一年生在那里的,于是用刀连藤割了两个下来。华辉道:"很好!你用刀在葫芦上挖一个孔,灌沙进去,再用葫芦藤塞住了小孔。"李文秀依言而为。两个葫芦中灌满了沙,每个都有七八斤重,果然是一对流星锤模样。华辉接在手中,说道:"我先教你一招'星月争辉'。"当下提起一对葫芦流星锤,慢慢的练了一个姿势。

这一招"星月争辉"左锤打敌人胸腹之交的"商曲穴",右锤先纵后收,弯过来打敌人背心的"灵台穴",虽只一招,但其中包含着手劲眼力、荡锤认穴的诸般法门,又要提防敌人左右闪避,借势反击,因此李文秀足足学了一个多时辰,方始出锤无误。

她抹了抹额头汗水,歉然道:"我真笨,学了这么久!"华辉道:"你一点也不笨,可说是聪明得很。你别小觑这一招'星月争辉',虽是偏门功夫,但变化奇幻,大有威力,寻常人学它十天八天,也未必能有你这般成就呢。以之对付武林好手,单是一招自不中用,但要打倒两个毛贼,却已绰绰有余。你休息一会,便出去宰了他们吧。"

李文秀吃了一惊,道:"只这一招便成了?"华辉笑道:"我虽只教你一招,你总算已是我的弟子,一指震江南的弟子,对付两个小毛贼,还要用两招么?你也不怕损了师父的威名?"李文秀应道:"是。"华辉道:"你不想拜我为师么?"李文秀实在不想拜什么师父,不由得迟迟不答,但见他脸色显得失望,到后来更似颇为伤心,甚感不忍,于是跪下来拜了几拜,叫道:"师父。"

华辉又欢喜,又难过,怆然道:"想不到我九死之余,还能收这样一个聪明灵慧的弟子。"李文秀凄然一笑,心想:"我在这世上除了计爷爷外,再没一个亲人。学不学武功,那也罢了。不过多了个师父,总是多了一个不会害我、肯来理睬我的人。"

华辉道:"天快黑啦,你用流星锤开路,冲将出去,到了宽敞的所在,便收拾了这两个贼子。"李文秀很有点害怕。华辉怒道:"你既信不过我的武功,何必拜我为师?当年闽北双雄便双双丧生在这招'星月争辉'之下。这两个小毛贼的本事,比起闽北双雄却又如何?"李文秀哪知道闽北双雄的武功如何,见他发怒,只得硬了头皮,搬开堵在洞口的石块,右手拿了那对葫芦流星锤,左手从地下拾起一枚毒针,喝道:"该死的恶贼,毒针来了!"

那姓宋和姓全的两个强人守在洞口,听到"毒针来了"四字,只吓得魂飞魄散,急忙退出。那姓宋的原也想到,她若要施放毒针,决无先行提醒一句之理,既然这般呼喝,那便是不放毒针,可是眼见三个同伴接连命丧毒针之下,却教他如何敢于托大不理?

李文秀慢慢追出,心中的害怕实在不在两个强人之下。三个人胆战心惊,终于都过了那十余丈狭窄的通道。

那姓全的一回头,李文秀左手便是一扬,姓全的一慌,脚下一个踉跄,摔了个筋斗。那姓宋的还道他中了毒针,脚下加快,直冲出洞。姓全的跟着也奔到了洞外。两人长刀护身,一个道:"还是在这里对付那丫头!"一个道:"不错,她发毒针时也好瞧得清楚些。"

这时夕阳在山,闪闪金光正照在宋全二人的脸上,两人微微侧头,不令日光直射进眼,猛听得山洞中一声娇喝:"毒针来啦!"两人急忙向旁闪避,只见山洞中飞出两个葫芦,李文秀跟着跳了出来。两人先是吃惊,待见她手中提着的竟是两个枯槁的葫芦,不由得失笑,不过笑声之中,却也免不了有几分戒惧。

李文秀心中怦怦而跳,她只学了一招武功,实不信单是一招便能管用,幼时虽跟父母学过一些武艺,但父母死后就抛荒了,早已忘记干净。她对这两个面貌凶恶的强人委实害怕之极,若能不斗,能虚张声势的将他们吓跑,那就最妙不过,于是大声喝道:"你们再不逃走,我师父一指震江南便出来啦!他老人家毒针杀人,犹如探囊取物一般,你们胆敢和他作对,当真好大的胆子!"

这两个强人都是寻常角色,"一指震江南"的名头倒也似乎听见过,但跟他们毫无瓜葛,听了也不放在心上,相互使个眼色,心中都想:"乘早抓了这丫头去见霍大爷、陈二爷,至少便是五十两黄金,管他什么震江南、震江北?"齐声呼叱,分从左右扑上。

李文秀大吃一惊:"他二人一齐上来,这招星月争辉却如何用法?"也是华辉一心一意的教她如何出招打穴,竟忘了教她怎生对付两人齐上。要知对敌过招,千变万化,一两个时辰之中,又能教得了多少?

李文秀手忙脚乱,向右跳开三尺。那姓全的站在右首,抢先奔近,李文秀不管三七二十一,两枚葫芦挥出,惶急之下,这一招"星月争辉"只使对了一半,左锤倒是打中了他胸口的"商曲穴",右锤却正碰在他的长刀口上,唰的一响,葫芦送上去让刀锋割开,黄沙飞溅。

那姓宋的正抢步奔到,没料到葫芦中竟会有大片黄沙飞出,十数粒沙子钻入了眼中,忙伸手揉眼。李文秀又是一锤击出,只因右锤破裂,少了借助之势,只打中了他的背心,却没中"灵台穴"。但这一下七八斤重的飞锤击在身上,那姓宋的也站不住脚,向前一扑,眼也没睁开,便抱住了李文秀的肩头。李文秀叫声:"啊哟!"左手忙伸手出去推,慌乱中忘了手中还持着一枚毒针,这一推,却是将毒针刺入了他肚腹。那姓宋的双臂一紧,便此死去。

这强人虽死,手臂却抱得极紧,李文秀猛力挣扎,始终摆脱不了。华辉叹道:"蠢丫头,学的时候倒头头是道,使将起来,却这般乱七八糟!"在那姓宋的尾闾骨上踢了一脚。那死尸松开双臂,往后便倒。

李文秀惊魂未定,转头看那姓全的强人时,只见他直挺挺的躺在地上,双目圆睁,一动也不动,竟已让她以灌沙葫芦击中要穴而死。李文秀一日之中连杀五人,虽说是报父母之仇,又为抵御强暴,终究惊惧不安,怔怔的望着两具尸体,忍不住哭了出来。

华辉微笑道:"为什么哭了?师父教你的这一招'星月争辉',可好不好?"李文秀呜咽道:"我……我又杀了人。"华辉道:"杀几个小毛贼算得了什么?我武功回复之后,就将一身功夫都传了于你,待此间大事一了,咱们回归中原,师徒俩纵横天下,有谁能当?来来来,到我屋里去歇歇,喝两杯热茶。"说着引导李文秀走去左首丛林之后,行得里许,经过一排白桦树,到了一间茅屋前。

李文秀跟着他进屋,见屋内陈设虽然简陋,却颇雅洁,堂中悬着一副木板对联,每一块木板上刻着七个字,上联道:"白首相知犹按剑。"下联道:"朱门早达笑弹冠。"她自来回疆之后,从未见过对联,也从来没人教过她读书,好在这十四个字均不艰深,小时候她母亲都曾教过的,文义却全然不懂,喃喃的道:"白首相知犹按剑……"华辉道:"你读过这首诗么?"李文秀道:"没有。这十四个字写的是什么?"

华辉文武全才,说道:"这是王维的两句诗。上联说的是,你如有个知己朋友,跟他相交一生,两个人头发都白了,但你还是别相信他,他暗地里仍会加害你的。他走到你面前,你还是按着剑柄的好。这两句诗的上一句,叫做'人情翻覆似波澜'。至于'朱门早达笑弹冠'这一句,那是说你的好朋友得意了,青云直上,要是你盼望他来提拔你、帮助你,只不过惹得他一番耻笑罢了。"

李文秀自跟他会面以后,见他处处对自己猜疑防,直至给他拔去体内毒针,他才相信自己并无相害之意,再看了这副对联,想是他一生之中,曾受到旁人极大损害,而且这人恐怕还是他的知交好友,因此才如此愤激,如此戒惧。这时也不便多问,当下自去烹水泡茶。

两人各自喝了两杯热茶。李文秀道:"师父,我得回去啦。"华辉一怔,露出十分失望的神色,道:"你要走了? 你不跟我学武艺了?"

李文秀道:"不! 我昨晚整夜不归,计爷爷一定很牵记我。待我跟他说过之后,再来跟你学武艺。"华辉突然发怒,胀红了脸,大声道:"你如果跟他说了,那就永远别来见我。"李文秀吓了一跳,低声道:"不能跟计爷爷说么? 他……他很疼我的啊。"华辉道:"跟谁也不能说。你快立下一个毒誓,今日之事,对谁也不许说起,否则的话,我不许你离开此山……"他一怒之下,背上伤口突然剧痛,"啊"的一声,晕了过去。

李文秀忙将他扶起,在他额头泼了些清水。过了一会,华辉悠悠醒转,奇道:"你还没走?"李文秀却问:"你背上很痛么?"华辉道:"好一些啦。你说要回去,怎么还不走?"李文秀心想:"计爷爷最多不过心中记挂,但师父重创之后,我如不留着照料,说不定他竟会死了。"便道:"师父没大好,让我留着服侍你几日。"华辉大喜。

当晚两人便在茅屋中歇宿。李文秀找些枯草,在厅上做了个睡铺,睡梦之中接连惊醒了几次,不是梦到突然给强人捉住,便是见到血淋淋的恶鬼来向自己索命。

次晨起身,见华辉休息了一晚,精神已大为健旺。早饭后,华辉便指点她修习武功,说道:"你年纪已大,这时起始练上乘武功,已经迟了些。但徒儿资质聪明,师父更不是泛泛之辈。明师收了高徒,还怕些什么?五年之后,叫你武林中罕遇敌手。"李文秀心道:"我不要罕遇敌手。只要学了武功之后,教恶人不能再欺侮我,那就好了。"

如此练了七八日,李文秀练功的进境很快,华辉背上的创口也逐渐平复,她这才拜别师父,骑了白马回去。华辉没再逼着她立誓。她回去之后,却也没有跟计爷爷说起,只说在大漠中迷了路,越走越远,幸好遇到一队骆驼队,才不致渴死在沙漠之中。

自此每过十天半月,李文秀便到华辉处居住数日。她生怕再遇到强人,出来时总是穿了哈萨克的男子服装。这数日中华辉悉心教导她武功。李文秀心灵无所寄托,便一心一意的学武,学了外功又练内功,果然是高徒得遇明师,进境奇快。

这般过了两年,华辉常常赞她:"以你今日的本事,江湖上已可算得是一流好手,回到中原,一出手,立时便可扬名立万。"但李文秀却一点也不想回去中原,在江湖上干什么"扬名立万"的事,但要报父母的大仇,要免得再遇上强人时受他们侵侮,武功却非练好不可。在她内心深处,另有一个念头在激励:"学好了武功,我能把苏普抢回来。"只不过这个念头从来不敢多想,每次想到,自己就会满脸通红。她虽不敢多想,这念头却深深藏在心底,于是,在计老人处的时候越来越少,在师父家中的日子越来越多。计老人问了一两次见她不肯说,知她从小便性情执拗,打定了主意再也不会转弯回头,也就不问了。

这一日李文秀骑了白马,从师父处回家,走到半路,忽见天上彤云密布,大漠中天气说变就变,但见北风越刮越紧,看来转眼便有一场大风雪。她纵马疾驰,只见牧人们赶着羊群急速回家,天上的鸦雀也一只都没有了。快到家时,蓦地里蹄声得得,一乘马快步奔来。李文秀微觉奇怪:"眼下风雪便作,怎么还有人从家里出来?"那乘马一奔近，只见马上乘者披着一件大红羊毛披风，是个哈萨克女子。

李文秀这时的眼力和两年前已大不相同，远远便望见这女子身形袅娜，面目姣好，正是阿曼。李文秀不愿跟她正面相逢，转过马头，到了一座小山丘之南，勒马树后。却见阿曼骑着马也向小丘奔来，她驰到丘边，口中嗯哨一声，小丘上树丛中竟也有一下哨声相应。阿曼翻身下马，一个男人向她奔了过去，两人拥抱在一起，传出了阵阵欢笑。那男人道："转眼便有大风雪，你怎地还出来？"却是苏普的声音。

阿曼笑道："小傻子，你知道有大风雪，又为什么大着胆子在这里等我？"苏普笑道："咱两个天天在这儿相会，比吃饭还要紧。便落刀落剑，我也会在这里等你。"

他二人并肩坐在小丘之上，情话绵绵，李文秀隔着几株大树，不由得痴了。他俩的说话有时很响，便听得清清楚楚，有时变成了嗫嚅低语，就一句也听不见。蓦地里，两人不知说到了什么好笑的事，一齐纵声大笑。

但即使是很响的说话，李文秀其实也听而不闻，她不是在偷听他们说情话。她眼前似乎看见一个小男孩，一个小女孩，也这么并肩的坐着，也坐在草地上。小男孩是苏普，小女孩却是她自己。他们在讲故事，讲什么故事，她早忘记了，但十年前的情景，却清清楚楚地出现在眼前……

鹅毛般的大雪一片片的飘下来，落在三匹马上，落在三人的身上。苏普和阿曼笑语正浓，浑没在意；李文秀却是没觉得。雪花在三人的头发上堆积起来，三人的头发都白了。

几十年之后，当三个人的头发真的都白了，是不是苏普和阿曼仍这般言笑晏晏，李文秀仍这般寂寞孤单？她仍牢牢记着别人，别人心中却早没了一丝她的影子？

突然之间，树枝上唰啦啦的一阵急响，苏普和阿曼一齐跳起，叫道："落冰雹啦！快回去！"两人翻身上了马背。

李文秀听到两人的叫声，一惊醒觉，手指大的冰雹已落在头上、脸上、手上，感到疼痛，忙解下马鞍下的毛毡，兜在头上，这才驰马回家。

将到家门口时，只见廊柱上系着两匹马，其中一匹正是阿曼所乘。李文秀一怔:"他们到我家来干什么?"这时冰雹越下越大,她牵着白马,从后门走进屋去,只听得苏普爽朗的声音说道:"老伯伯,冰雹下得这么大,我们只好多耽一会啦。"计老人道:"平时请也请你们不到。我去冲一壶茶。"

自从晋威镖局一干豪客在这带草原上大肆劫掠之后,哈萨克人对汉人甚为憎恨,虽然计老人在当地居住已久,哈萨克人又生性好客,尚不致将他驱逐离群,但大家对他却颇为疏远,若不是逢到大喜庆事,谁也不向他买酒;若不是当真要紧的牲口得病难治,谁也不会去请他来医。苏普和阿曼的帐篷这时又迁得远了,若不是躲避风雪,只怕再过十年,也未必会到他家来。

计老人走到灶边,见李文秀满脸通红,正自怔怔出神,说道:"啊……你回……"李文秀纵起身来,伸手按住他嘴,在他耳边低声说道:"别让他们知道我在这儿。"计老人很奇怪,点了点头。

过了一会,计老人拿着羊乳酒、乳酪、咸奶茶出去招待客人。李文秀坐在火旁,隐隐听得苏普和阿曼的笑语声从厅堂上传来,她心底一个念头竟不可抑制:"我要去见见他,跟他说几句话。"但跟着便想到了苏普父亲的斥骂和鞭子,十二年来,鞭子的声音无时无刻不在她心头响着。

计老人回到灶下,递了一碗混和着奶油和盐的热茶给她,眼光中流露出慈爱的神色。两人共居了十二年,便像是亲爷爷和亲生的孙女一般,互相体贴关怀,可是对方的心底深处到底想着些什么,却谁也不明白。

终究,他们不是骨肉,没有那一份与生俱来的、血肉相连的感应。

李文秀突然低声道:"我不换衣服了,假装是个哈萨克男子,到你这儿来避冰雪,你千万别说穿。"也不等计老人回答,从后门出去牵了白马,冒着漫天遍野的大风雪,悄悄走远。

一直走出里许,才骑上马背,兜了个圈子,驰向前门。大风雪之中,只觉天上的黑云像要压到头顶来一般。她在回疆十二年,从没见过这般古怪的天色,心下也不自禁的害怕,忙纵马奔到门前,伸手敲门,用哈萨克语说道:"借光,借光!"计老人开门出来,也以哈萨克语大声问道:"兄弟,什么事?"

李文秀道："这场大风雪可了不得,老丈,我要在贵处躲一躲。"计老人道："好极,好极!出门人哪有把屋子随身带的,已先有两位朋友在这里躲避风雪。兄弟请进罢!"说着让李文秀进去,又问："兄弟要上哪里去?"李文秀道："我要上黑石围子,打从这里去还有多远?"心中却想："计爷爷装得真像,一点破绽也瞧不出来。"计老人假作惊讶,说道："啊哟,要上黑石围子?天气这么坏,今天无论如何到不了的啦,不如在这儿耽一晚,明天再走。要是迷了路,可不是玩的。"李文秀道："这可打扰了。"

她走进厅堂,抖去了身上雪花。见苏普和阿曼并肩坐着,围着一堆火烤火。苏普笑道："兄弟,我们也是来躲风雪的,请过来一起烤吧。"李文秀道："好,多谢!"走过去坐在他身旁。阿曼含笑招呼。苏普和她八九年没见,李文秀从小姑娘变成了少女,又改了男装,苏普哪里还认得出?计老人送上饮食,李文秀一面吃,一面询问三人的姓名,自己说叫作阿斯托,是二百多里外一个哈萨克部落的牧人。

苏普不住到窗口去观看天色,其实,单是听那撼动墙壁的风声,不用看天,也知道走不了。阿曼担心道："你说草屋顶会不会给风揭去?"苏普道："我倒是担心这场雪太大,屋顶吃不住,待会我爬上屋顶去铲一铲雪。"阿曼道："可别让大风把你刮下来。"苏普笑道："地下的雪已积得这般厚,便摔下来,也跌不死。"阿曼又道："墙壁会不会给风吹倒?"苏普道："墙壁要是倒了,我站在你身前给你挡风!"其实茅屋的墙壁是用泥砖砌的,泥砖用戈壁滩上的黑泥烧成,很是结实,轻易不会倒垮。

李文秀拿着茶碗的手微微发颤,心中念头杂乱,不知想些什么才好。儿时的朋友便坐在自己身边。他是真的认不出自己呢,还是认出了假装不知道?他已把自己全然忘了,还是心中并没忘记,不过不愿让阿曼知道?

天色渐渐黑了,李文秀坐得远了些。苏普和阿曼手握着手,轻轻说着一些旁人听来毫无意义、但在恋人的耳中心头却甜蜜无比的情话。火光忽暗忽亮,照着两人的脸。

李文秀坐在火光的圈子之外。

突然间,李文秀听到了马蹄践踏雪地的声音。一乘马正向着这屋子走来。草原上积雪已深,马足拔起来时很费力,已经跑不快了。

马匹渐渐行近,计老人也听见了,喃喃的道:"又是个避风雪的人。"苏普和阿曼或者没听见,或者便听见了也不理会,两人四手握着,偎倚着喁喁细语。

过了好一会,那乘马到了门前,接着便砰砰砰的敲起门来。打门声很粗暴,不像是求宿者的礼貌。计老人皱了皱眉头,去开了门。只见门外站着一个身穿羊皮袄的高大汉子,虬髯满腮,腰间挂着一柄长剑,大声道:"外边风雪很大,马走不了啦!"说的哈萨克语很不纯正,目光炯炯,向屋中各人打量。计老人道:"请进来。先喝碗酒吧!"说着端了一碗酒给他。那人一饮而尽,坐到了火堆之旁,解开了外衣,只见他腰带上左右各插着一柄精光闪亮的短剑。两柄剑的剑把一柄金色,一柄银色。

李文秀一见到这对小剑,心中一凛,喉头便似一块什么东西塞住了,眼前一阵晕眩,心道:"这是妈妈的双剑!"金银小剑三娘子逝世时李文秀虽还年幼,但这对小剑却认得清清楚楚,决不会错。她斜眼向这汉子一瞥,认得分明,这人正是当年指挥人众、追杀他父母的三个首领之一,经过了十二年,她自己的相貌体态全然变了,但一个三十多岁的汉子长了十二岁年纪,却没多大改变。她生怕他认出自己,不敢向他多看,暗想:"倘若不是这场大风雪,我见不到苏普,也见不到这贼子。"

计老人道:"客人从哪里来?要去很远的地方吧?"那人道:"嗯,嗯!"自己又倒了一碗酒喝了。

这时火堆边围坐了五个人,苏普已不能再和阿曼说体己话儿,他向计老人凝视了片刻,忽道:"老伯伯,我向你打听一个人。"计老人道:"谁啊?"苏普道:"那是我小时候常跟她在一起玩儿的,一个汉人小姑娘……"他说到这里,李文秀心中突的一跳,将头转开了,不敢瞧他。只听苏普续道:"她叫做阿秀,后来隔了八九年,一直没再见到她。她是跟一位汉人老公公住在一起的。那一定就是你了?"计老人咳嗽了几声,想从李文秀脸上得到一些示意。但李文秀转开了头,他不知如何回答才好,只得"嗯、嗯"的几声,不置可否。

苏普又道:"她的歌唱得最好听的了,有人说她比天铃鸟唱得还好。但这几年来,我一直没听到她唱歌。她还住在你这里么?"计老人很尴尬,道:"不,不,她不……她不在了……"李文秀插口道:"你说的那个汉人姑娘,我倒也识得。她早死了好几年啦!"

苏普吃了一惊,道:"啊,她死了,怎么会死的?"计老人向李文秀瞧了一眼,说道:"是生病……生病……"苏普眼眶微湿,说道:"我小时候常和她一同去牧羊,她唱了很多歌给我听,还说了很多故事。好几年不见,想不到她……她竟死了。"计老人叹道:"唉,可怜的孩子。"

苏普望着火焰,出了一会神,又道:"她说她爹妈都给恶人害死了,孤苦伶仃的到这地方来……"阿曼道:"这姑娘很美丽吧?"苏普道:"那时候我年纪小,也不记得了。只记得她的歌唱得好听,故事说得好听……"

那腰中插着小剑的汉子突然道:"你说是一个汉人小姑娘?她父母遭害,独个儿到这里来?"苏普道:"不错,你也认得她么?"那汉子不答,又问:"她骑一匹白马,是不是?"苏普道:"是啊,那你也见过她了。"那汉子突然站起身来,对计老人厉声道:"她死在你这儿的?"计老人又含糊的答应了一声。那汉子道:"她留下来的东西呢?你都好好收着么?"

计老人向他横了一眼,奇道:"这干你什么事?"那汉子道:"我有一件要紧物事,给那小姑娘偷了去。我到处找她不到,不料她竟已死了……"苏普霍地站起,大声道:"你别胡说八道,阿秀怎会偷你的东西?"那汉子道:"你知道什么?"苏普道:"阿秀从小跟我一起,她是个很好很好的姑娘,决不会拿人家的东西。"那汉子嘴一斜,做个轻蔑的脸色,说道:"可是她偏巧便偷了我的东西。"苏普伸手按住腰间佩刀的刀柄,喝道:"你叫什么名字?我看你不是哈萨克人,说不定便是那伙汉人强盗。"

那汉子走到门边,打开大门向外张望。门一开,一阵疾风卷着无数雪片直卷进来。但见原野上漫天风雪,人马已无法行走。那汉子心想:"外面不会再有人来了。这屋子里一个女子,一个老人,一个瘦骨伶仃的少年,都是手一点便倒。只有这粗豪少年,要费几下手脚打发。"当下也不放在心上,说道:"是汉人怎样?我姓陈,名达海,江湖上外号叫做青蟒剑,你听过没有?"

苏普根本不懂这些汉人的规矩,摇了摇头,道:"我没听见过。

你是汉人强盗么?"陈达海道:"我是镖师,是靠打强盗吃饭的。怎么会是强盗了?"苏普听说他不是强盗,脸上神色登时便缓和了,说道:"不是汉人强盗,那便好啦!我早说汉人中也有很多好人,可是我爹爹偏偏不信。你以后别再说阿秀拿你东西。"

陈达海冷笑道:"这个小姑娘人都死啦,你还记着她干么?"苏普道:"她活着的时候是我好朋友,死了之后仍旧是我好朋友。我不许人家说她坏话。"陈达海没心思跟他争辩,转头又问计老人道:"那小姑娘的东西呢?"

李文秀听到苏普为自己辩护,心中十分激动:"他没忘了我,没忘了我!他还是对我很好。"但听陈达海一再查问自己留下的东西,不禁奇怪:"我没拿过他什么物事啊,他要找寻些什么?"只听计老人也问道:"客官失落了什么东西?那个小姑娘自来诚实,老汉很信得过的,她决计不会拿别人的物事。"

陈达海微一沉吟,道:"那是一张图画。在常人是得之无用,但因为那是……那是先父手绘的,我定要找回那幅图画。这小姑娘既曾住在这里,你可曾见过这幅图么?"计老人道:"是怎么样的图画,画的是山水还是人物?"陈达海道:"是……是山水吧?"

苏普冷笑道:"是什么样的图画也不知道,还诬赖人家偷了你的。"陈达海大怒,唰的一声拔出腰间长剑,喝道:"小贼,你可是活得不耐烦了?老爷杀个把人还不放在心上。"苏普也从腰间拔出短刀,冷冷的道:"要杀一个哈萨克人,只怕没这么容易。"阿曼道:"苏普,别跟他一般见识。"苏普听了阿曼的话,把拔出的刀子缓缓还入鞘内。

陈达海一心一意要得到那张高昌迷宫的地图,他们在沙漠上耽了十二年,踏遍了数千里的沙漠草原,便是为了找寻李文秀,眼下好容易听到了一点音讯,他虽生性悍恶,却也知道小不忍则乱大谋的道理,向苏普狠狠的瞪了一眼,转头向计老人说:"那幅画嘛,也可说是一幅地图,绘的是大漠中一些山川地形之类。"

计老人身子微微一颤,说道:"你怎……怎知这地图是在那姑娘的手中?"陈达海道:"此事千真万确。你若将这幅图寻出来给我,自当重重酬谢。"说着从怀中取出两只银元宝来放在桌上,火光照耀之下,闪闪发亮。

计老人沉思片刻,缓缓摇头,道:"我从来没见过。"陈达海道:"我要瞧瞧那小姑娘的遗物。"计老人道:"这个……这个……"陈达海左手一起,拔出银柄小剑,登的一声,插在木桌之上,说道:"什么这个那个的?我自己进去瞧瞧。"说着点燃了一根羊脂蜡烛,推门进房。他先进去的是计老人的卧房,一看陈设不似,随手在箱笼里翻了一下,便到李文秀的卧室中去。

他看到床上摆着几件少女服饰,说道:"哈,她长大了才死啊。"这一次他可搜检得十分仔细,连李文秀幼时的衣物也都翻了出来。李文秀因这些孩子衣服都是母亲的手泽,自己年纪虽然大了,不能再穿,但还是一件件好好的保存着。陈达海一见到这几件小孩的花布衣服,依稀记得十二年前在大漠中追赶她的情景,欢声叫道:"是了,是了,便是她!"可是他将那卧室几乎翻了一个转身,每一件衣服的里子都割开来细看,却哪里找得到地图的影子?

苏普见他这般糟蹋李文秀的遗物,几次按刀欲起,每次均给阿曼阻住。计老人偶尔斜眼瞧李文秀一眼,只见她眼望火堆,对陈达海的暴行似乎视而不见。计老人心中难过:"在这暴客的刀子之前,她有什么法子?"

李文秀看看苏普的神情,心中又凄凉,又甜蜜:"他一直记着我,他为了保护我的遗物,竟要跟人动刀子拼命。"但心中又很奇怪:"这恶强盗说我偷了他的地图,到底是什么地图?"当日她母亲逝世之前,将一块羊毛手帕塞在她怀内,其时危机紧迫,母亲只叫她好好照料自己,别的什么也来不及说,母女俩就此分手,从此再不相见。晋威镖局那一干强人十二年来足迹遍及天山南北,找寻她的下落,李文秀自己却半点也不知情。

陈达海翻寻良久,全无头绪,心中沮丧之极,回到厅堂后厉声问道:"她的坟葬在哪里?"计老人一呆,道:"葬得很远,很远。"陈达海从墙上取下一柄铁锹,说道:"你带我去!"苏普站起身来,喝道:"你要去干么?"陈达海道:"你管得着么?我要去挖开她的坟来瞧瞧,说不定那幅地图给她带到了坟里?"

苏普横刀拦在门口,喝道:"你不能去动她坟墓。"陈达海举起铁锹,劈头打去,喝道:"闪开!"苏普向左一让,手中刀子递了出去。陈达海抛开铁锹,从腰间拔出长剑,叮当一声,刀剑相交,两人各自向后跃开一步，随即同时攻上，斗在一起。

这屋子的厅堂本不甚大，刀剑挥处，计老人和阿曼都退在一旁，靠壁而立，只李文秀仍站在窗前。阿曼抢过去拔起陈达海插在桌上的小剑，想要相助苏普，但他二人斗得正紧，却插不下手去。

苏普这时已尽得他父亲苏鲁克的亲传，刀法变幻，招数甚为凶悍，初时陈达海颇落下风，暗暗惊异："想不到这个哈萨克小子，武功竟不在中原的好手之下。"便在此时，背后风声微响，一柄小剑掷了过来，却是阿曼忽施偷袭。陈达海向右一让避开，嗤的一声响，左臂已给苏普的短刀划了一道口子。陈达海大怒，唰唰唰连刺三剑，使出他成名绝技"青蟒剑法"来。苏普但见眼前剑尖闪动，犹如蟒蛇吐信一般，不知他剑尖要刺向何处，一个挡架不及，敌人的长剑已刺到面门，忙侧头避让，颈旁已然中剑，鲜血长流。陈达海得理不让人，又是一剑，刺中苏普手腕，当啷一声，短刀落地。

眼见他第三剑跟着刺出，苏普无可抵御，势将死于非命，李文秀踏出一步，只待他刺到第三剑时，便施展"大擒拿手"抓他手臂，却见阿曼一跃而前，拦在苏普身前，叫道："不能伤他！"

陈达海见阿曼容颜如花，却满脸是惶急的神色，心中一动，这一剑便不刺出，剑尖指在她的胸口，笑道："你这般关心他，这小子是你情郎么？"阿曼脸上一红，点了点头。陈达海道："好，你要我饶他性命也使得，明天风雪一止，你便得跟我走！"

苏普大怒，吼叫一声，从阿曼身后扑了出来。陈达海长剑抖动，已指住他咽喉，左脚又在他小腿上一扫，苏普扑地摔倒，那长剑仍指在他喉头。李文秀站在一旁，看得甚准，只要陈达海真有相害苏普之意，她立时便出手解救。

李文秀看了陈达海的剑招，知道这时以自己武功，要对付这人可说轻而易举。她明知自己一出手便可杀了眼前这恶强盗，既报了父母的大仇，又救了心上人的危难，但她竭力忍耐，要看看当苏普危难之际，阿曼如何反应？当陈达海要强掳阿曼而去之时，苏普又怎生处置？

但阿曼怎知大援便在身旁，情急之下，只得说道："你别刺，我答允了便是。"陈达海大喜，剑尖却不移开，说道："你答允明天跟着我走，可不许反悔。"阿曼咬牙道："我不反悔，你把剑拿开。"陈达海哈哈一笑,道:"你便要反悔,也逃不了!"将长剑收入鞘中,拾起银柄小剑,插回腰带,又把苏普的短刀捡起,握在手中。这么一来,屋中便只他一人身上带有兵刃,更加不怕各人反抗。他拉起遮住窗户的毛毡向外瞧了瞧风雪,说道:"这会儿不能出去,只好等天晴了再去掘坟。"

阿曼将苏普扶在一旁,见他头颈中汩汩流出鲜血,很是慌乱,便要撕下自己衣襟给他裹伤。苏普从怀中掏出一块大手帕来,说道:"用这手帕包住吧!"阿曼接住手帕,给他包好了伤口,想到自己落入了这强人手里,不知是否有脱身之机,不禁掉下泪来。苏普低声骂道:"狗强盗,贼强盗!"这时早已打定了主意,如果这强盗真的要带阿曼走,便是明知要送了性命,也要决死一拼。

经过了适才这一场争斗,五个人围在火堆之旁,心情都甚为紧张。陈达海一手持刀,一手拿着酒碗,时时瞧瞧阿曼,又瞧瞧苏普。屋外北风怒号,卷起一团团雪块,拍打着墙壁屋顶。谁都没说话。

李文秀心中在想:"且让这恶贼再猖狂一会,不忙便杀他。"突然火堆中一个柴节爆裂了起来,啪的一响,火头暗了一暗,跟着便十分明亮,照得各人的脸色清清楚楚。李文秀看到了苏普头颈中裹着的手帕,心中一凛,目不转瞬的瞧着。计老人见到她目光有异,也向那手帕望了几眼,问道:"苏普,你这手帕哪里来的?"

苏普一楞,手抚头颈,道:"你说这手帕么?就是那死了的阿秀给我的。小时候我们在一起牧羊,有一只大灰狼来咬我们,我杀了那头狼,但也给狼咬伤了。阿秀就用这手帕给我裹伤……我爹爹不许我见她,我却一直把她的手帕带在身边……"

李文秀听着这些话时,看出来的东西都模糊了,原来眼中已充满了泪水。

陈达海一听,从怀里摸出一条青布汗巾,交给苏普,说道:"你用这块布裹伤,把手帕解下来给我瞧瞧。"苏普道:"为什么?"陈达海喝道:"叫你解下来便解下来。"苏普怒目不动。阿曼怕陈达海用强,给苏普解下手帕,交给了他,随即又用汗巾为苏普裹伤。

陈达海将那染了鲜血的手帕铺在桌上,剔亮油灯,俯身细看。他瞪视了一会,突然喜呼:"是了,是了,这便是高昌迷宫的地图!"伸手抓起手帕,哈哈大笑,喜不自胜。

白马啸西风

计老人右臂一动,似欲抢夺手帕,终于强自忍住。

便在此时,忽听得远处有人叫道:"苏普,苏普……"又有人大声叫道:"阿曼,阿曼哪……"苏普和阿曼同时跃起,齐声叫道:"爹爹在找咱们。"苏普奔到门边,待要开门,突然后颈一凉,一柄长剑架在颈中。陈达海冷冷的道:"给我坐下,不许动!"苏普无奈,只得颓然坐下。

过了一会,两个人的脚步声走到了门口。只听苏鲁克道:"这是那贼汉人的家吗?我不进去。"车尔库道:"不进去?却到哪里避风雪去?我耳朵都冻得快掉下来啦。"

苏鲁克手中拿着个酒葫芦,一直在路上喝酒以驱寒气,这时已有八九分酒意,醉醺醺的道:"我宁可冻掉脑袋,也不进汉人家里。"车尔库道:"你不进去,在风雪里冻死了吧,我可要进去了。"苏鲁克道:"我儿子和你女儿都没找到,怎么就到贼汉人的家里躲避?你……你半分英雄气概也没有。"车尔库道:"一路上没见他二人,定是在哪里躲起来了,不用担心。别要两个小的没找到,两个老的先冻死了。"

苏普见陈达海挺起长剑躲在门边,只待有人进来便是一剑,情势颇为危急,叫道:"爹,不能进来!"陈达海瞪目喝道:"你再出声,我立时杀了你。"苏普见父亲处境危险,提起凳子向陈达海扑将过去。陈达海侧身避开,唰的一剑,正中苏普大腿。苏普大叫一声,翻倒在地。他身手甚是敏捷,生怕敌人又再砍下,一个打滚,滚出数尺。

陈达海却不追击,只举剑守在门后,心想这哈萨克小子转眼便能料理,且让他多活片刻,外面来的二人却须先行砍翻。李文秀看在眼里,默默走前一步,倘若陈达海当真挥剑偷袭,便决意抢先把他杀了。

只听门外苏鲁克大着舌头叫道:"你要进该死的汉人家里,我就打你!"说着一拳打在车尔库胸口。车尔库若在平时,知他醉了,虽吃了重重一拳,自也不会计较,但这时肚里酒也涌了上来,伸足一勾。苏鲁克本已站立不定,给他一绊,登时摔倒,趁势抱住了他小腿。两人便在雪地中翻翻滚滚的打了起来。

蓦地里苏鲁克抓起地下一团雪,塞在车尔库嘴里,车尔库忙伸手乱抓乱挖,苏鲁克乐得哈哈大笑。车尔库吐出了嘴里的雪,砰的一拳,打得苏鲁克鼻子上鲜血长流。苏鲁克并不觉痛,仍笑声不绝,却揪住了车尔库的头发不放。两人都是哈萨克族中千里驰名的勇士,酒醉之后相搏,竟如顽童打架一般。

苏普和阿曼焦急异常,都盼苏鲁克打胜,便可阻止车尔库进来。但听得门外砰砰嘭嘭之声不绝,你打我一拳,我打你一拳,又笑又骂,醉话连篇。突然之间,轰隆一声大响,板门撞开,寒风夹雪扑进门来,同时苏鲁克和车尔库互相搂抱,着地翻滚而进。板门这一下蓦地撞开,却将陈达海夹在门后,他这一剑便砍不下去。苏鲁克和车尔库进了屋里,仍扭打不休。

车尔库道:"你这不进来了吗?"苏鲁克大怒,手臂扼住他脖子,只嚷:"出去,出去!"两人在地下乱扭,一个要拖对方出去,另一个却想按住对方,不让他动弹。忽然间苏鲁克唱起歌来,又叫:"你打我不过,我是哈萨克第一勇士,苏普第二,苏普将来生的儿子第三……你车尔库第五……"

陈达海见是两个醉汉,心想不足为惧。其时风势甚劲,只刮得火堆中火星乱飞,陈达海忙用力推上了门。苏普和阿曼见自己父亲滚向火堆,忙过去扶,同时叫:"爹爹,爹爹。"但两人身躯沉重,却哪里扶得起来?

苏普叫道:"爹,爹!这人是汉人强盗!"

苏鲁克虽然大醉,但十二年来心中念念不忘于深仇大恨,一听"汉人强盗"四字,登时清醒了三分,一跃而起,叫道:"汉人强盗在哪里?"苏普向陈达海一指。苏鲁克伸手便去腰间拔刀,但他和车尔库二人一阵乱打,将刀子都掉在门外雪地之中,他摸了个空,叫道:"刀呢,刀呢?我杀了他!"

陈达海长剑一挺,指在他喉头,喝道:"跪下!"苏鲁克大怒,和身扑上,但酒后乏力,没扑到敌人身前,便已摔倒。陈达海一声冷笑,挥剑砍下,登时苏鲁克肩头血光迸现。苏鲁克大声惨叫,要站起拼命,可是两条腿便如烂泥相似,说什么也站不起来。

车尔库怒吼纵起,向陈达海奔过去。陈达海一剑刺出,正中他右腿,车尔库也立时摔倒。

计老人转头向李文秀瞧去,见她神色镇定,竟无惧怕之意。

陈达海冷笑道："你们这些哈萨克狗，今日一个个都把你们宰了。"阿曼奔上去挡在父亲身前，颤声道："我答应跟你去，你就不能杀他们。"车尔库怒道："不行！不能跟这狗强盗去，让他杀我好了。"

陈达海从墙上取下一条套羊的长索，将圈子套在阿曼颈里，狞笑道："好，你是我的俘虏，是我奴隶！你立下誓来，从今不得背叛我，那就饶了这几个哈萨克狗子！"

阿曼泪水扑簌簌的流下，心想自己若不答允，父亲和苏普都要给他杀了，只得起誓道："阿拉真主在上，从今以后，我是我主人的奴隶，听他一切吩咐，永远不敢逃走，不敢违背他命令！否则死后堕入火窟，真主……真主永远降罚！"

陈达海哈哈大笑，得意之极，今晚既得高昌迷宫地图，又得了这个如此美貌的少女，当真幸运无比。他久在回疆，知道哈萨克人虔信回教，只要凭着真主阿拉的名起誓，终生不敢背叛，一拉长索，说道："过来，坐在你主人脚边！"阿曼心中委屈万分，只得走到他足边坐下。陈达海伸手抚摸她头发，又抚摸她脸蛋头颈，阿曼不敢推让，忍不住放声大哭。

苏普这时怎还忍耐得住，纵身跃起，向陈达海扑去。陈达海长剑挺出，指住他胸膛。苏普只须再上前半尺，便是将自己胸口刺入了剑尖。阿曼叫道："苏普，退下！"苏普双目中如要喷出火来，咬牙切齿，站在当地，过了好一会，终于一步步的退回，颓然坐倒在地。

陈达海斟了一碗酒，喝了一口，将那块手帕取出，放在膝头细看。

计老人忽问："你怎知道这是高昌迷宫的地图？"说的是汉语。陈达海心想："反正你们这些人一个个都活不过今晚，跟你说了也不妨。"他寻访十二年，心愿终于得偿，满腔欢喜，原是不吐不快，计老人就算不问，他自言自语也要说了出来，他双手拿着手帕，也以汉语说道："我们查得千真万确，高昌迷宫的地图是白马李三夫妇得了去。他二人尸身上找不到，定是在他们女儿手里。这块手帕是那姓李小姑娘的，上面又有山川道路，那自然决计不会错了。"指着手帕，说道："你瞧，手帕是丝的，山川沙漠的图形，是用棉线织在中间。丝是黄丝，棉线也是黄线，平时瞧不出来，但一染上血，棉线吸血比丝多，便分出来了。"

李文秀凝目向手帕看去,果如他所说,黄色的丝帕上染了鲜血,便显出图形,不染血之处,却是一片黄色。当日苏普受了狼咬,流血不多,手帕上所显图形只是一角,今晚中了剑伤,图形便显了一大半出来。她至此方始省悟,原来这手帕之中,还藏着这样的一个大秘密。

苏鲁克和车尔库所受的伤都不重,两人均想:"等我酒醒了些,定要将这汉人强盗杀了。"车尔库道:"老人,给我些水喝。"计老人道:"好!"站起来要去拿水。陈达海厉声喝道:"给我坐着,谁都不许动。"计老人哼了一声,坐了下来。

陈达海心下盘算:"这几人如合力对付我,一拥而上,那可不妙。乘着这两条哈萨克老狗还没醒,先行杀了,以策万全。"慢慢走到苏鲁克身前,突然拔出长剑,一剑便往他头上斩落。这一下拔剑挥击,既突如其来,行动又快极,苏鲁克全无闪避余地。苏普大叫一声,待要扑上相救,哪里来得及?

陈达海一剑正要砍到苏鲁克头上,蓦听得呼的一声响,一物掷向自己面前,来势奇急,慌乱中顾不得伤人,忙挥剑挡开,乒乓一声响亮,长剑将那物劈开,登时粉碎,原来是一只茶碗,一定神,才看清楚用茶碗掷他的是李文秀。

陈达海大怒,一直见这哈萨克少年瘦弱白皙,有如女子,没去理会,哪知竟敢来老虎头上拍苍蝇,挺剑指着她骂道:"哈萨克小狗,你活得不耐烦了?"

李文秀慢慢解开哈萨克外衣,除了下来,露出里面的羊皮短袄,以哈萨克语说道:"我不是哈萨克人。我是汉人。"左手指着苏鲁克道:"这位哈萨克伯伯,以为汉人都是强盗坏人。我要他知道,我们汉人并非个个都是强盗,也有好人。"

适才陈达海那一剑,人人都看得清楚,若非李文秀掷碗相救,苏鲁克此刻早已毙命,听得她这么说,苏普首先说道:"多谢你救我爹爹!"苏鲁克却十分倔强,大声道:"你是汉人,我不要你救,让这强盗杀了我好啦。"

陈达海踏上一步,问李文秀:"你是谁?你是汉人,到这里来干什么?"李文秀微微冷笑,道:"你不认得我,我却认得你。抢劫哈萨克部落,害死不少哈萨克人的,就是你这批汉人强盗。"说到这里,声音变得甚是苦涩,心中在想:"如不是你们这些强盗作了这许多坏事,苏鲁克也不会这样恨我们汉人。"陈达海大声道:"是老子便又怎样?"

李文秀指着阿曼道:"她是你的女奴,我要夺她过来,做我的女奴!"

此言一出,人人都大出意料之外。

陈达海一怔之下,哈哈大笑,道:"好,你有本事便来夺吧。"长剑一扬,剑刃抖动,嗡嗡作响。

李文秀转头对阿曼道:"你凭着真主阿拉之名,立过了誓,一辈子跟着他做女奴。如果他打我不过,你给我夺过来,那么你一辈子就是我的女奴了,是不是?"哈萨克人与别族人打仗,俘虏了敌人便当作奴隶,回教的可兰经中明文规定:奴隶的身分和牲口无别,全无自主之权,听凭主人支配买卖,主人若给人制服,他的家产、牲口、奴隶都不免属于旁人。阿曼听她这么说,心想:"我反正已成女奴,与其跟了这恶强盗去受他折磨,不如奉你为主人。"点头道:"是的。"跟着又道:"你……你打他不过的。这强盗武功很好。"李文秀道:"那你不用担心,我打他不过,自然会给他杀了。"双手一拍,对陈达海道:"上吧!"

陈达海奇道:"你空手跟我斗?"李文秀道:"杀你这恶强盗,用得着什么兵器?"陈达海心想:"这里个个都是敌人,多挨时刻,便多危险,他自己托大,再好不过。"喝道:"看剑!"利剑挺出,一招"毒蛇出洞",向李文秀当胸刺去,势道劲急。

计老人叫道:"快退下!"他料想李文秀万难抵挡,哪知李文秀身形一晃,轻轻巧巧的避过了,抢到陈达海左首,左肘后挺,撞向他腰间。陈达海叫道:"好!"长剑圈转,削向她手臂。李文秀飞起右足,踢他手腕,这一招"叶底飞燕"是华辉的绝招之一,李文秀苦练了七八天方才练成,轻巧迅捷,甚是了得。陈达海急忙缩手,已然不及,手腕一痛,已给踢中,总算对方脚力不甚强劲,陈达海长剑这才没脱手。他大声怒吼,跃后一步。计老人"咦"的一声,惊奇之极。

陈达海抚了抚手腕,挺剑又上,和李文秀斗在一起。这时他心中已丝毫不敢小觑了这瘦弱少年,眼见他出手投足,武功着实了得,当下施展"青蟒剑法",招招狠毒,要奋力将这少年刺死。李文秀得师父华辉传授，身手灵敏，招式精奇，只从未与人拆招相斗，临阵全无经验，初时全凭着一股仇恨之意，要杀此恶盗为父母报仇，斗到后来，对敌人的剑法已渐渐摸到了门路，心神慢慢宁定。

计老人这茅屋本甚狭窄，厅中又生了火堆，陈李二人在火堆旁纵跃相搏，剑锋拳掌相去往往间不逾寸，似乎陈达海每一剑都能制李文秀死命，可是她必定或反打、或闪避，一一拆解。苏鲁克等只看得张大了嘴。计老人却越看越怕，全身不住簌簌发抖。

两人斗到酣处，陈达海一剑"灵蛇吐信"，剑尖点向李文秀咽喉。李文秀一低头，从剑底下扑了上去，左臂一格敌人的右臂，将他长剑掠向外门，双手已抓住陈达海腰间的两柄金银小剑，缩手拔出，挺臂前送，噗的一声响，同时插入了他左右肩窝。

陈达海"啊"的一声惨呼，长剑脱手，踉踉跄跄的接连倒退，背靠墙壁，只是喘气。这两柄小剑插入肩窝，直没至柄，剑尖从背心穿了出来，鲜血直流。他筋脉已断，双臂更无半分力气，想伸右手去拔左肩的小剑，右臂却哪里抬得起来？

只听得屋中众人欢呼之声大作，大叫："打败了恶强盗，打败了恶强盗！"连苏鲁克也纵声大叫。苏普和阿曼拥抱在一起，喜不自胜。只计老人仍不住发抖，牙关相击，格格有声。

李文秀知他为自己担心而害怕，走过去握住他粗大的手掌，将嘴巴凑到他耳畔，低声道："计爷爷，别害怕，这恶强盗打我不过。"只觉他手掌冰冷，仍抖得十分厉害。

李文秀转过头来，见苏普紧紧搂着阿曼，心中本来充溢着的胜利喜悦霎时间化为乌有，只觉自己也在发抖，计老人的手掌也不冷了，原来自己的手掌也变成了冰凉。

她放开了计老人的手，走过去牵住仍是套在阿曼颈中的长索，冷冷的道："你是我的女奴，得一辈子跟着我。"

苏普和阿曼心中同时一寒，相搂相抱的四只手臂松了开来。他们知道这是哈萨克世世代代相传的规矩，是无可违抗的命运。两人的脸色都转成惨白！

李文秀叹了口气，将索圈从阿曼颈中取出，说道："苏普喜欢你，我……我不会让他伤心的。你是苏普的人！"说着轻轻将阿曼一推，让她偎倚到苏普怀里。

苏普和阿曼几乎不相信自己的耳朵,齐声问道:"真的么?"李文秀苦笑道:"自然是真的。"苏普和阿曼分别抓住了她一只手,不住摇晃,道:"多谢你,多谢你!"

他们狂喜之下,全没发觉自己的手臂上多了几滴眼泪,是从李文秀眼中落下来的泪水。

苏鲁克挣扎着站起,大手在李文秀肩头重重一拍,说道:"汉人之中,果然也有好人。不过……不过,恐怕只有你一个!"

车尔库叫道:"拿酒来,拿酒来。我请大家喝酒,请哈萨克的好人喝酒,请汉人的好人喝酒,庆祝抓住了恶强盗,咦!那强盗呢?"

众人回过头来,却见陈达海已然不知去向。原来刚才计爷爷吓得魂不附体,苏鲁克与车尔库酒醉未醒,苏普与阿曼大喜若狂,李文秀瞧着苏普的模样,暗自神伤,各有各的心事,没人去瞧陈达海,竟给这强盗乘机溜开,从后门逃走了。

苏鲁克大怒,叫道:"咱们快追!"打开板门,一阵大风刮进来,他脚下兀自无力,身子一晃,摔倒在地。

寒风夹雪,猛恶难当,人人都觉得气也透不过来。阿曼道:"这般大风雪中,谅他也走不远,他双臂受了重伤,勉强挣扎,非死在雪地中不可。待天明后风小了,咱们到雪地中找这恶贼的尸首便了。"苏普点点头,关上了门。

苏鲁克瞪视着李文秀,过了半晌,说道:"小兄弟,你是哈萨克人,是不是?"李文秀摇头道:"不,我是汉人!"苏鲁克道:"不可能的,你是汉人,为什么反而打倒那汉人强盗,救我们哈萨克人?"

李文秀道:"汉人中有坏人,也有好人。我……我不是坏人。"

苏鲁克喃喃的道:"汉人中也有好人?"缓缓摇了摇头。可是他的性命,他儿子的性命,明明是这个少年汉人救的,却不由得他不信。

他一生憎恨汉人,现今这信念在动摇了。他恼怒自己,为什么偏偏昨晚喝醉了酒,不能跟汉人强盗拼斗一场,却要另一个汉人来救了自己性命?

他一生之中,什么事情到了紧要关头,总是那么不巧,总是运气不好。然而,刚才那强盗的长剑已砍到了自己头顶,幸好那少年及时相救,难道这也是不巧吗?也是运气不好么?

到得黎明时,大风雪终于止歇了。

苏鲁克和车尔库立即出发去召集族人追踪那汉人强盗。雪地里有血迹,足印更十分清楚,何况他受了重伤,一定逃不远。最好是他去和其余的汉人强盗相会,十二年来的大仇,这次就可得报了。

哈萨克人的精壮男子三百多人立即组成了第一批追踪队,其余第二、第三批的陆续追来。单是捉拿陈达海一人,当然用不着这许多人,然而主旨是在一鼓歼灭为祸大草原的汉人强盗。

苏鲁克和车尔库作先锋。他们要其余族人远远的相隔十几里路,在后慢慢跟来,免得给陈达海发觉了,就此不去和同伙相会。苏普昨晚受了伤,但伤势不重,要跟着父亲。阿曼坚持也要跟着父亲,但谁都知道,她是不愿离开苏普。车尔库挑了两个徒弟相随,一个是敏捷的桑斯尔;一个是力大如骆驼的青年,绰号就叫作"骆驼",人人都叫他骆驼,本名反给人忘记了。

李文秀也要参加先锋队,苏普首先欢迎。经过了昨晚的事后,李文秀已成为众所尊敬的英雄。车尔库热心赞成她参加。苏鲁克有些不愿,但反对的话却说不出口。

计老人似乎给昨晚的事吓坏了,早晨喝羊奶时,失手打碎了奶碗。李文秀斟茶给他,他双手发抖,接过茶碗时将茶溅泼在衣襟上。李文秀问他怎样,他眼光中露出又恐惧又气恼的神色,突然回身进房,重重关上了房门。

遍地积雪甚深,难以乘马,先锋队七人都是步行,沿着雪地里的足印一路追踪。眼见陈达海的足印笔直向西,似乎一直通往戈壁沙漠。料是他双臂虽然受伤,脚下功夫仍十分了得。六个哈萨克人想起自来相传大沙漠中多有恶鬼,都不禁心下嘀咕。

苏鲁克大声道:"今日便明知要撞到恶鬼,也非去把强盗捉住不可。苏普,你要不要为你妈和你哥报仇?"苏普道:"我自然跟爹爹同去。阿曼,你还是回去吧!"阿曼道:"你去得,我也去得。"她心中却是说:"要是你死了,难道我一个人还能活么?"苏鲁克道:"阿曼,你还是跟你爹爹回家的好。车尔库胆小得很,最怕鬼!"车尔库狠狠瞪了他一眼,抢先便走。

大沙漠中最教人害怕的事是千里无水,只要携带的清水一喝干,便非渴死不可,但这场大雪一下,俯身即是冰雪,少了主要的顾虑。虽不能乘坐牲口,却也少了黄沙扑面之苦。越向西行,眼见陈达海留下的足迹越明显,到后来他足印之上已无白雪掩盖,那自是风雪停止之后所留下的。车尔库喃喃的道:"这恶贼倒也厉害,这场大风雪竟困他不死。"苏鲁克忽然叫道:"咦,又有一个人脚印!"他指着足印道:"这人每一步都踏在那强盗的脚印之中,不留心就瞧不出来。"众人仔细一瞧,果见每个足印中都有深浅两层。

大家纷纷猜测,不知是什么缘故。桑斯尔忽然道:"难道是鬼?"这是人人心里早就想说的话,给他突然说出,各人忍不住都打了个寒噤。

一行人鼓勇续向西行。大雪深没及胫,行走甚慢,当晚便在雪地中露宿。扫开积雪,挖掘沙坑,以毛毯裹身,卧在坑中,便不如何寒冷。

李文秀的沙坑是骆驼给掘的。他膂力很大,心中敬重这位汉人英雄,便给她掘了沙坑,那是在骆驼和苏普的沙坑之间,七个沙坑围成一个圆圈,中间生着一堆大火。

头顶的天很蓝,明亮的星星眨着眼睛。一阵风刮来,卷起了地下白雪,在风中飞舞。李文秀望着两片上下飞舞的白雪,自言自语:"真像一对玉蝴蝶。"

苏普接口道:"是,真像!很久以前,有个汉人小姑娘,曾跟我说了个蝴蝶的故事。说有个汉人少年,有个汉人姑娘,两个儿很要好,可是那姑娘的爸爸不许那少年娶他女儿。那少年很伤心,生了一场病便死了。有一天,那姑娘经过情郎的坟墓,就伏在坟上痛哭。"

说到这里,在苏普和李文秀心底,都出现了八九年前的情景:在小山丘上,一个男孩和一个女孩并肩坐着照顾羊群。女孩说着故事,男孩悠然神往地听着,说到那汉人姑娘伏在情郎坟上哭泣,女孩眼中充满了眼泪,男孩也感到伤心难受。

只是,李文秀知道那男孩便是眼前的苏普,苏普却以为那个小女孩已经死了。

苏普继续道:"那姑娘伏在坟上哭得很悲伤,突然之间,坟墓裂开了一条大缝,那个美丽的姑娘就跳了进去。后来这对情人变成了一双蝴蝶,总飞在一起,永远不再分离。"阿曼插口道:"这故事真好。说这故事的,就是给你地图手帕的小姑娘么?她死了么?"苏普黯然道:"不错,就是她。那老汉人说她已经死了。"李文秀道:"你还记得她么?"苏普道:"自然记得。那怎么会忘记?"李文秀道:"你怎么不去瞧瞧她的坟墓?"苏普道:"对!等我们杀了那批强盗,我要那卖酒的老汉人带我去瞧瞧。"李文秀问道:"要是那墓上也裂开了一条大缝,你会不会跳进去?"她本不想问这句话,可是忍不住,还是问了。

苏普笑道:"那是故事中说的,不会真是这样。"李文秀道:"如果那小姑娘很想念你,日日夜夜盼望你去陪她,因此坟上真的裂开了一条大缝,你肯跳进坟去,永远陪她么?"苏普叹了口气道:"不。那个小姑娘只是我小时的好朋友。这一生一世,我是要陪阿曼的。"说着伸出手去,和阿曼双手相握。

李文秀不再问了。这几句话她本来不想问的,她其实早已知道了答案,可是忍不住还是要问。现下听到答案,徒然增添了伤心。

忽然间,远处有一只天铃鸟轻轻的唱起来,唱得那么宛转动听,那么凄凉哀怨。

苏普道:"从前,我常常去捉天铃鸟来玩,玩完之后就弄死了。但那小女孩很喜欢天铃鸟,送了一只玉镯子给我,叫我放了鸟儿。从此我不再捉了,只听天铃鸟在半夜里唱歌。你们听,唱得多好!"李文秀"嗯"了一声,问道:"那只玉镯子呢,你带在身边么?"苏普道:"那是很久很久以前的事了,早就打碎了,不见了。"

李文秀幽幽的道:"唔,那是很久很久以前的事了,早就打碎了,不见了。"

天铃鸟不断的在唱歌。在寒冷的冬天夜晚,天铃鸟本来不唱歌的,不知道它有什么伤心的事,忍不住要倾吐?

苏鲁克、车尔库、骆驼他们的鼾声,可比天铃鸟的歌声响得多。

第二日天一亮,七人起身吃了干粮,跟着足印又追。阳光淡淡的,照在身上只微有暖气。但有了太阳光,谁也不怕恶鬼了。

追到下午,沙漠中的一道足印变成了两道。那第二个人显然不耐烦再踏在前人的脚印之中走路。苏鲁克都欢呼起来。这是人,不是鬼。然而那是谁?

七人这时所走的方向,早已不是李文秀平日去师父居所的途径。她忽然想起:"这强盗恐怕不是去和盗伙相会,而是照着手帕上所织的地图,独自寻高昌迷宫去了。"她说出了心中的推测,苏鲁克等呆了一阵,齐声称是。桑斯尔道:"这一带沙漠平日半滴水也没有,汉人强盗不会到这里来的。"苏鲁克大声道:"他逃去迷宫,咱们就追到迷宫。就追到天边,也要捉到这恶强盗。"

部族中世代相传,大沙漠中有座迷宫,宫里有数不尽的珍宝,只谁也不认识去迷宫的道路,在大沙漠中迷了路可不是玩的,因此从来没人敢冒险寻访。现今汉人强盗有了地图在前领路,沙漠中的冰雪二三十天也不会消尽,后面又有大队人马接应,那还怕什么?

何况,苏鲁克向来自负是大草原上的第一勇士。他只盼车尔库示弱,退缩了不敢再追。可是车尔库丝毫没害怕的模样。

李文秀道:"对,我们一起去瞧瞧,到底世上是不是真的有座高昌迷宫。"她想父母为此丧身,如果自己能找到迷宫,也算是完成了父母的遗志。

阿曼道:"族里的老人们都说,高昌迷宫中的宝物,能让天山南北千千万万人永远过快活日子。千百年来这样传说,可是谁也找不到。"苏普喜道:"要是我们找到了,大家都过快活日子,那可真好!"阿曼道:"难道我们现在的日子不快么?"苏普摇摇头,笑道:"快活得很,快活得很。"他实在想不出,世上还有什么东西,能令他过的日子比现在更快活。最好,妈妈没死,哥哥也仍活着。

李文秀却在想:"不论高昌迷宫中有多少珍奇的宝物都给了我,也决不能让我的日子过得真正快活。"

在第八天上,七人依着足迹,进入了丛山。山石嶙峋,越行越难走,好在雪地里足迹明显,只山势险恶,道路崎岖,其实根本就没路,不过跟着前人足印在山坡山谷间穿行而已,眼见前面路程无穷无尽,雪地里的两行足迹似乎直通向地狱中去。

苏鲁克和车尔库见四周情势凶险,心中也早发毛,但两人你一句我一句兀自斗口。苏鲁克说:"车尔库,你在浑身发抖,吓破了胆子可不是玩的。不如就在这里等我吧,倘若找到财宝,一定分给你一份。"车尔库说:"你这会儿大逞英雄好汉,待会儿恶鬼出来,瞧是你先逃呢,还是你儿子先逃?"苏鲁克道:"不错,咱爷儿俩见了恶鬼还有力气逃走,总不像你那样,吓得跪在地下发抖。"

两个说来说去,总离不开沙漠的恶鬼,再走一会,四下里已黑漆漆一团。苏普道："爹,便在这里歇宿,明天再走罢!"苏鲁克还没回答,车尔库笑道："很好,你爷儿俩在这里歇着,以免危险。阿曼,你跟爹爹来,骆驼、桑斯尔,咱们不怕鬼,走!"苏鲁克"呸"的一声,在地下吐口唾液,当先迈步便行。李文秀见他二人斗气逞强,谁也不肯示弱,只得也跟随在后。阿曼却累得支持不住了。

苏普、桑斯尔捡些枯枝,做成火把,七人在森林中寻觅足印而行。黑夜里走在这般鬼气森森的所在,谁都心惊肉跳,偶尔夜鸟一声啼叫,或树枝上掉下一块积雪,都令人吓一大跳。奇怪的是,森林中竟有道路,虽长草没径,但古道痕迹仍依稀可辨。

七人在森林中走了良久,阿曼忽然叫道："啊哟,不好!"苏普忙问："怎么?"阿曼指着前面路旁的一只闪闪发光的银镯,说道："你瞧!这是我先前掉下的镯子。"那镯子在七人之前两三丈处,却不知何以忽然会在这里出现。阿曼道："我掉了镯子,心想只得回来时再找,怎么又会到了这里?"车尔库道："你瞧瞧清楚,到底是不是你的。"阿曼不敢去拾,苏普上前拾起,不等阿曼辨认,他早已认出,说道："没错,是她的!"说着将镯子递给她。

阿曼不敢去接,颤声道："你……你丢在地下,我不要了。"苏普道："难道真是恶鬼玩的把戏?"火光之下,七人脸色都十分古怪。

隔了半晌,李文秀道："说不定比恶鬼还糟,咱们走上老路来啦。这条路咱们先前走过的。"霎时之间,人人都想起了那著名的传说:沙漠中的旅人迷了路,走啊走啊,突然发现了足迹,他大喜若狂,跟着足迹走去,却不知那便是他自己的足迹,循着旧路兜了一个圈子又一个圈子,直走到死。

大家都不愿信李文秀的话,可是明明阿曼掉下镯子已经很久,走了半天,忽然在前面路上见到镯子,那自是兜了个圈子,重又走上了老路。黑暗之中,疲累之际,谁也没辨明刚才路上的足印到底只两人的,还是已加上了七人的。骆驼走上几步,拿火把一照雪地里的脚印,叫道："好多人的脚印,是咱们自己的!"声音中充满了惧意。七个人面面相觑。苏鲁克和车尔库再也不能自吹自擂、讥笑对方了。

李文秀道："咱们是跟着那强盗和另外一人的足迹走的,倘若他们也在兜圈子,那么过了一会,他们还会走到这里。咱们就在这里歇宿,且瞧他们来是不来。"到这地步,人人都同意了她。当下扫开路上积雪,打开毛毯,坐了下来。骆驼和桑斯尔生了一堆火,七人团团坐着。谁也睡不着,谁也不想说话。他们等候陈达海和另外一人走来,可是又害怕他们真的出现,倘若他们兜了个圈子又回到老路上来,只怕自己的命运和他们也会一样。

等了良久良久,忽然,听到了脚步声。

七人听到脚步声,一齐跃起,却听那脚步声突然停顿。在这短短的一忽儿之间,七个人连自己的心跳都听见了。突然间,脚步声又响了起来,却是向西北方逐渐远去。便在此时,一阵疾风吹来,刮起地下一大片白雪,都打入了火堆,火堆登时熄了,四下里黑漆一团。

只听得唰唰唰几响,苏鲁克、李文秀等六人刀剑出鞘。阿曼"啊"的一声惊呼,扑入苏普怀里。白雪映照下,刀剑刃锋发出一闪闪光芒。脚步声渐远,终于听不见了。

直到天明,森林中没再有什么异状。早晨第一缕阳光从树叶间射进来,众人精神一振,又再觅路前行。走了一会,阿曼发觉左首的灌木压折了几根,叫道:"瞧这里!"苏普拨开树木,见地下有两行脚印,欢呼道:"他们从这里去了!"阿曼道:"那强盗定是看错了地图,兜了个圈子,再从这里走去,累得咱们惊吓了一晚。"

苏鲁克哈哈大笑,道:"是啊,车尔库家的胆小鬼吓了一晚。苏鲁克家的两个勇士却只盼恶鬼出现,好揪住恶鬼的耳朵来瞧个明白。"车尔库一眼也没瞧他,似乎没听见,突然之间,反过手来揪住了他耳朵。苏鲁克大叫一声,砰的一拳,打在他背心。车尔库身子一晃,揪住苏鲁克耳朵的手却没放开,只拉得他耳朵上鲜血长流,再一使力,只怕耳朵也拉脱了。

李文秀见这两人都已四十来岁年纪,兀自和顽童一般争闹不休,一半是真,一半是假,当真好笑。只见苏鲁克和车尔库砰砰砰的互殴数拳,这才分开。一个鼻青,一个眼肿。

两人一路争吵,一路前行。这时道路高低曲折,甚为难行,一时绕过山脊,一时钻进山洞,若非雪地中足迹领路,万难辨认。李文秀心想:"这迷宫果然隐秘之极,若无地图指引,怎找寻得到?"

行到中午,各人一晚没睡,都已疲累之极,只李文秀此时内功修为已颇有根基，仍神采奕奕。苏普道："爹，阿曼走不动啦，咱们歇一歇吧！"苏鲁克还未回答，只听得走在最前的车尔库大叫一声："啊！"苏鲁克抢上前去，转过了一排树木，见对面一座石山上嵌着两扇铁铸大门。门上铁锈斑驳，显是历时已久的旧物。

七人齐声欢呼："高昌迷宫！"快步奔近。苏鲁克伸手力推铁门，两扇门纹丝不动，车尔库道："那恶贼在里面上了闩。"阿曼细看铁门周围有无机括，但见那门宛如天生在石山中一般，竟没半点缝隙。阿曼拉住门环，向左一转，转之不动，这迷宫建成已不知有几百年，虽大漠中甚为干燥，但铁门也必生锈，就算有机括也该转不动了，不料她再向右转，居然松动。她转了几转，苏鲁克和车尔库本在大力推门，突然铁门向里打开，两人出其不意，一齐摔了进去。两人一惊之下，大笑着爬起。

门内是条黑沉沉的长甬道，苏普点燃火把，一手执了，另外一手拿着长刀，当先领路。走完甬道，眼前出现了三条岔路。迷宫之内没雪地足迹指引，不知那两人向哪一条路走去。各人俯身细看，见左首和右首两条路上都有淡淡的足印。

苏鲁克道："四个走左边的，三个走右边的，待会儿再在这里会合。"李文秀道："那不好！这地方既叫作迷宫，前面只怕还有岔路，咱们还是一起走的好。"苏鲁克摇头道："谅这山洞之中，能有多大地方？汉人生来胆小，真没法子。"他话这么说，但七人还是一齐走了，见右首一条路宽些，便都向右行。

只走出十余丈远，苏鲁克便想："这汉人的话倒也不错。"前面又出现了岔路。七人细细辨认脚印，一路跟踪而进，有时岔路上两边都有脚印，只得任意选一条路。走了好半天，山洞中岔路不知凡几，每到一处岔路，阿曼便在山壁上用刀划下记号，以免回出来时找不到原路。突然之间，眼前豁然开朗，出现一大片空地，尽头处又有两扇铁门，嵌在大山岩中。

七个人走过空地，来到门前。苏鲁克又去转门环，不料这扇门却是虚掩的，轻轻一碰，便"呀"的一声开了。七人走了进去，见里面是间殿堂，四壁供的都是泥塑木雕的佛像，壁上绘有飞天仙女及头上生角、青面尖嘴的妖魔鬼怪、巨龙大鸟，从这殿堂进去，连绵不断的是一列房舍。每间房中大都供有佛像。偶然在壁上有几个汉字，李文秀识得写的是"高昌国国王"、"文泰"、"大唐贞观十三年"等等字样。有一座殿堂中供的都是汉人塑像，中间一个老人，匾上写的是"大成至圣先师孔子位"，左右各有数十人，写着"颜回"、"子路"、"子贡"、"曾子"、"子张"等名字。苏鲁克一见到这许多汉人塑像，眉头一皱，转头便走。

　　李文秀心想："这里的人都信回教，怎么迷宫里供的既有佛像，又有汉人？壁上写的又都是汉字，当真奇怪之极。"

　　七人过了一室，又有一室，见大半宫室已然毁圮，有些殿堂中堆满了黄沙，连门户也有堵塞的。迷宫中道路本已异常繁复曲折，再加上墙倒沙阻，更令人晕头转向。有时通道上出现几具白骨骷髅，宫中的器物用具却都不是回疆所有，李文秀依稀记得，这些都是中土汉人的寻常物事。只把各人看得眼花缭乱，称异不止。但传说中的什么金银珠宝却半件也无。

　　七人沿着一条黑沉沉的甬道向前走去，突然之间，前面一个阴森森的声音喝道："我在这里已安安静静的住了一千年，谁也不敢来打扰我。哪一个大胆过来，立刻就死！"说的是哈萨克语，音调纯正，声音并不甚响，却听得清清楚楚。

　　阿曼惊道："是恶鬼！他……他说在这里已住了一千年。"拉着苏普的手，退了几步。骆驼叫道："这是人，不是鬼！"高举火把，向前走去。桑斯尔不甘示弱，抢上几步，和他并肩而行，刚走到一个弯角上，蓦地里两人齐声大叫，身子向后摔出。众人大惊，苏鲁克和车尔库抛去手中火把，抢上扶起。只听得前面传来一阵桀桀怪笑，那声音喝道："我在这里已住了一千年，住了一千年。进来的一个个都死。"

　　车尔库更不多耽，抱着骆驼急奔而出，苏鲁克抱了桑斯尔，和余人跟着出去，但听得怪笑声充塞甬道。来到一处天井的有光所在，看骆驼和桑斯尔时，两人口角流出鲜血，竟已一齐毙命。五人面面相觑，又难过，又惊恐。

　　阿曼道："这恶鬼不许人去……去打扰，咱们快走吧！"

　　到这地步，苏鲁克和车尔库哪里还敢逞什么刚勇？抱着两具尸体，循着先前所划记号，回到了迷宫之外。

车尔库死了两名心爱弟子,心里难过,不住拭泪。苏鲁克再也不讥讽他了,反而出言安慰,又道:"那两个汉人强盗进了迷宫之后影踪全无,一定也给宫里恶鬼弄死了,那也好,叫这两个强盗没好下场。"阿曼道:"咱们从原路回去吧,以后……以后永远别来这地方了。"车尔库道:"咱们族人大队人马就快到来,可得告诉他们,别让兄弟们闯进宫去,一个个死于非命。"苏鲁克道:"对!只要是在迷宫之外,那……那就没干系。"

是不是真的没干系,可谁也不知道。为了稳妥起见,五个人直退出六七里地,到了一大片旷地上,这才停住。苏鲁克道:"恶鬼怕太阳,要走过这片旷地,非晒到太阳不可。"阿曼道:"晚上呢?"苏鲁克搔了搔头皮,无法回答。

幸好没到晚上,第一队人马已经赶到。苏鲁克等忙将发现迷宫、宫中有恶鬼害人的事说了。

虽人多胆壮,毕竟没有谁提议前去探险。过得两个时辰,第二队、第三队先后到来,数百人便在旷地上露宿。每隔得十余人,便点起一堆大火,料想恶鬼再凶,也必怕了这许多火堆。

李文秀倚在一块岩石之旁,心想:"我爹爹妈妈万里迢迢的从中原来到回疆,为的是找高昌迷宫。他们没找到迷宫,就送了性命。其实就算找到了,多半也会给宫里的恶鬼害死,除非他们一听到恶鬼的声音立刻就退出。可是爹爹妈妈一身武功,一定不怕恶鬼。唉,人的武功再高,又怎斗得过鬼怪?"忽然背后脚步声轻响,一人走了过来,低声叫道:"阿秀。"

李文秀大喜,跳起身来,叫道:"计爷爷,你也来了。"计老人道:"我不放心你,跟着大伙儿来瞧着你。"李文秀心中感激,拉住他手,说道:"道上很难走,你年纪这么大了,辛苦得很,快坐下歇歇。"

计老人刚在她身边坐下,忽听得西方响起几下尖锐的枭鸣之声,异常刺耳难听。众人不禁齐向鸣声来处望去,只见白晃晃一团物事,从黑暗中迅速异常的冲来,冲到离众人约莫四丈之处,猛地直立不动,看上去依稀是个人形,火光映照下,只见这鬼怪身披白色罩袍,满脸鲜血,白袍上也血迹淋漓,身形高大之极,比常人至少高了五尺。静夜看来,恐怖无比,那鬼怪陡然间双手前伸,十根指甲比手指还长,满手也都是鲜血。

众人屏息凝气,寂无声息的望着他。

那鬼怪桀桀怪笑,尖声道:"我在迷宫里已住了一千年,不许谁来打扰,谁叫你们这样大胆?"说的是哈萨克语,正是李文秀日间在迷宫中听到的声音。那鬼怪慢慢转身,双手对着三丈外的一匹马,叫道:"给我死!"突然回身,大步而去,片刻间走得无影无踪。

这鬼怪突然而来,突然而去,气势慑人,直等他走了好一会,众人方始惊呼。只见他双手指过的那匹马四膝跪倒,翻身毙命。众人拥过去看时,但见那马周身没半点伤痕,口鼻亦不流血,却不知如何,竟中了魔法而死。

众人都说:"是鬼,是鬼。"有人道:"我早说大沙漠中有鬼。"有人道:"那迷宫千年没人进去,自然有鬼怪看守。"又有人道:"听说鬼怪无脚,瞧瞧那鬼有没脚印。"众人拿了火把,顺着那鬼怪的去路瞧去,但见沙地上每隔五尺便有个小小圆洞,人的脚印既不会这样细细一点,而两点之间,相距又不会这么远。

如此一来,各人再无疑惑,都认定是迷宫中鬼怪作祟,大家都说:"不论迷宫中有什么宝贵东西,那也不能要了。明天一早,大家快快回去。"

整晚人人心惊胆战,但第二天太阳一出来,忽然之间,每个人心里都不怎么怕了。有些年轻人商量着要去迷宫瞧瞧。苏鲁克和车尔库厉声喝阻,说道便是要去迷宫,也得商议出个好法子。

可是商议了一整天,七张八嘴,议论多端,又有什么好法子?唯一的结果,是大家同意在这里住一晚,明天再从长计议。

将近亥时,便是昨晚鬼怪出现的时刻,听得西方又响起三下尖锐的枭鸣,众人毛骨悚然。但见那白衣长腿、满身血污的鬼怪又快步而来,在数丈外远远站定,尖声说道:"你们还不回去?哼,再在这里附近逗留一晚,一个一个,叫他都不得好死,我在宫里住了一千年,谁都不能进来,你们这般大胆!"说到这里,慢慢转身,双手指着远处一个青年,叫道:"给我死!"说了这三个字,猛地里回身,大步而去,月光下但见他越走越远,终于不见。

只见那青年慢慢委顿,一句话也不说,就此毙命,身上仍没半点伤痕。昨晚还不过害死一匹马,今日却害死了一个壮健的青年。

这样一来,还有谁敢再逗留?何况听得苏鲁克他们说,迷宫中根本没有什么珍宝,连一块金子银子也没有。若非天黑,大家早就往来路疾奔了。次日天色微明,众人就乱哄哄的快步回去。

　　李文秀昨天已去仔细看过了那匹马的尸体,这时再去看那青年的尸体,心下更无怀疑,自言自语:"这不是恶鬼!"忽然身后有人颤声道:"是恶鬼,是恶鬼!阿秀,他比恶鬼还要可怕,咱们快走。"原来不知什么时候,计老人已到了她身后。

　　李文秀叹了口气,道:"好,咱们走吧!"

　　忽然间听得苏普长声大叫:"阿曼,阿曼,你在哪里?"车尔库惊道:"阿曼没跟你在一起吗?"他也纵声大叫:"阿曼,阿曼!咱们回去啦。"来回奔跑寻找女儿。

　　苏普一面大叫"阿曼!"一面奔上小丘,四下瞭望,忽然望见西边路上有块花头巾,似是阿曼之物,忙奔过去拾起,正是阿曼的头巾。他这一急非同小可,嘶声大叫:"阿曼给恶鬼捉去了!"

　　这时众族人早已远去,连骆驼、桑斯尔,以及另一个青年的尸身都已抬去,当地只剩下苏鲁克、车尔库、苏普、李文秀、计老人五人。苏鲁克等听得苏普惊呼,忙奔过去询问。

　　苏普拿着那个花头巾,气急败坏的道:"这是阿曼的。她……她……她给恶鬼捉去了。"李文秀问道:"什么时候捉去的?"苏普道:"我不知道。一定是昨晚半夜里。她……她跟女伴们睡在一起的,今早我就找她不到了。"他呆了一阵,忽然向着迷宫的方向发足狂奔,叫道:"我要去跟阿曼死在一起。"

　　阿曼给恶鬼捉去了,他自然没本事救她回来。但阿曼死了,他也不想活了。

　　苏鲁克叫道:"苏普,苏普,傻小子,快回来,你不怕死吗?"见儿子越奔越远,爱子之情终于胜过了对恶鬼的恐惧,便随后追去。车尔库一呆,叫道:"阿曼,阿曼!"也跟了去。

　　计老人摇摇头,道:"阿秀,咱们回去吧。"李文秀道:"不,计爷爷,我得去救他们。"计老人道:"你斗不过恶鬼的。"李文秀道:"不是恶鬼,是人。"计老人伸出左手,紧紧握住李文秀的手臂,颤声道:"阿秀,就算是人,他也比恶鬼还可怕。你听我话,咱们回去吧,走得远远的。咱们是汉人,别在回疆住了,你和我一起回中原去。"

李文秀见苏普等三人越奔越远,心中焦急,用力一挣,不料计老人虽然年迈,手劲竟大得异乎寻常,她接连使劲,都没能挣脱。她叫道:"快放开我!苏普,苏普会给他害死的!"

计老人见她胀红了脸,神情紧迫,不由得叹了口气,放开了她手臂,轻声道:"你为了这哈萨克少年,不顾自己了!"

李文秀手臂上一松,立即转身飞奔,也没听到计老人的话。一口气奔到迷宫之前,只见苏普手舞长刀,正大叫大嚷:"该死的恶鬼,你害死了阿曼,连我也一起害死吧!阿曼死了,我也不要活了!我是苏普,你出来,我跟你决斗!你怕了我吗?"他伸手去转门环,但心神混乱之下,转来转去都推不开门。

苏鲁克在一旁叫道:"苏普,傻小子,别进去!"苏普却哪里肯听?

李文秀见到他这般痴情的模样,心中又是一酸,大声道:"阿曼没死!"

苏普陡然听到这句话,登时清醒了,转身问道:"阿曼没死?你怎……怎知道?"李文秀道:"迷宫里的不是恶鬼,是人!"苏普、苏鲁克、车尔库三人齐声道:"明明是恶鬼,怎么是人?"

李文秀道:"这是人扮的。他用一种极微细的剧毒暗器射死了马匹和人,伤痕不容易看出来。他脚下踩了高跷,外面用长袍罩住了,因此在雪地里行走没脚印,身裁又这么高,走起来这么快。"她另外有两句话却没有说:"我知道这人是谁,因为我认得他放暗器的手法。在死马和那青年的尸体上,我也已找到了暗器的伤痕。"

这些解释合情合理,可是苏鲁克等一时却难相信。这时计老人也已到了,他缓缓的道:"我知是厉害的恶鬼,大家别进迷宫,免得送了性命。我是老人,说话一定不错的。"

苏普道:"是恶鬼也罢、是人也罢,我总是要去……要去救阿曼。"他盼望这恶鬼果真如李文秀所说是人扮的,那么便有了搭救阿曼的指望。他又去旋转门环,这一次却转开了。

李文秀道:"我跟你一起去。"苏普转过头来,心中说不出的感激,说道:"李英雄,你别进去了,很危险的。"李文秀道:"不要紧,我陪着你,就不会有危险。"苏普热泪盈眶,颤声道:"多谢,谢谢你。"李文秀心想:"你这样感激我,只不过是为了阿曼。"转头对计老人道:"计爷爷,你在这里等我。"计老人道:"不!我跟你一起进去,那……

那人很凶恶的。"李文秀道："你年纪这么大了，又不会武功，在外面等着我好了。我不会有危险的。"计老人道："你不知道，非常非常危险的。我要照顾你。"

李文秀拗不过他，心想："你能照顾我什么？反而要我来照顾你才是。"当下五人点起火把，循着旧路又向迷宫里进去。

五人跟着前天划下的记号，曲曲折折的走了良久。苏普一路上大叫："阿曼，阿曼，你在哪里？"始终听不见回音。李文秀心想："还是把他吓走了的好。"说道："咱们一起大叫，说大队人马来救人啦，说不定能将那恶人吓走。"苏鲁克、车尔库和苏普依计大叫："阿曼，阿曼，你别怕，咱们大队人马来救你啦。"迷宫中殿堂空廓，一阵阵回声四下震荡。

又走了一阵，忽听得一个女子尖声大叫，依稀正是阿曼。苏普循声奔去，推开一扇门，只见阿曼缩在屋角之中，双手给反绑在背后。两人惊喜交集，齐声叫了出来。

苏普抢上去松开了她绑缚，问道："那恶鬼呢？"阿曼道："他不是鬼，是人。刚才他还在这里，听到你们声音，想抱了我逃走，我拼命挣扎，他听得你们人多，就匆匆忙忙逃走了。"

苏普舒了口气，又问："那……那是怎么样一个人？他怎么会将你捉了来？"阿曼道："一路上他绑住了我眼睛，到了迷宫，黑沉沉的，始终没能见到他相貌。"苏普转头瞧着李文秀，眼光中满是感激。

阿曼转向车尔库，说道："爹，这人说他名叫瓦耳拉齐，你认……"她一言未毕，车尔库和苏鲁克齐声叫了出来："瓦耳拉齐！"这两人一声叫唤，含意非常明白，他们不但知道瓦耳拉齐，而且还对他十分熟悉。

车尔库道："这人是瓦耳拉齐？决计不会的。他自己说叫做瓦耳拉齐？你没听错？"

阿曼道："他说他认得我妈。"

苏鲁克道："那就是了，是真的瓦耳拉齐。"车尔库喃喃的道："他认得你妈？是瓦耳拉齐？怎……怎么会变成了迷宫里的恶鬼？"阿曼道："他不是鬼，是人。他说他从小就喜欢我妈，可是我妈不生眼珠子，嫁了我爹爹这个大混蛋……啊哟，爹，你别生气，是这坏人说的。"苏鲁克哈哈大笑,说道:"瓦耳拉齐是坏人,这句话却没说错,你爹果然是个大混……"车尔库一拳打去。苏鲁克一笑避开,又道:"瓦耳拉齐从前跟你爹爹争你妈,瓦耳拉齐输了。这人不是好汉子,半夜里拿了刀子去杀你爹爹。你瞧,他耳朵边这个刀疤,就是给瓦耳拉齐砍的。"众人一齐望向车尔库,果见他左耳边有个长长刀疤。这疤痕大家以前早就见到了,不过不知其来历而已。

　　阿曼拉着父亲的手,柔声道:"爹,那时你伤得很厉害么?"车尔库道:"你爹虽然中了他的暗算,还是打倒了他,把他揿在地下,绑了起来。"说这几句话时,语气中颇有自豪之意,又道:"第二天族长聚集族人,宣布将这坏蛋逐出本族,永远不许回来,倘若偷偷回来,便即处死。这些年来一直就没见他。这家伙躲在这迷宫里干什么?你怎么会给他捉去的?"

　　阿曼道:"今朝天快亮时,我起来到树林中解手,哪知道这坏人躲在后面,突然扑出来,按住我嘴巴,一直抱着我到了这里。他说他得不到我妈,就要我来代替我妈。我求他放我回去,我说我妈不喜欢他,我也决计不会喜欢他的。他说:'你喜欢也好,不喜欢也好,总之你是我的人了。那些哈萨克胆小鬼,没一个敢进迷宫来救你的。'他的话不对,爹,苏鲁克伯伯,你们都是英雄,还有李英雄,苏普,计爷爷也来了,幸亏你们来救我。"车尔库恨恨的道:"他害死了骆驼、桑斯尔,咱们快追,捉到他来处死。"

　　李文秀本已料到这假扮恶鬼之人是谁,哪知道自己的猜想完全错了,不禁暗自惭愧,实不该冤枉了好人,幸好心里的话没说出口来,又想:"怎么这个哈萨克人也会发毒针?发针的手法又一模一样?难道他也是跟我师父学的?"

　　苏鲁克等既知恶鬼是瓦耳拉齐假扮,哪里还有什么惧怕?何况素知这人武功平平,一见面,还不手到擒来?车尔库为了要报杀徒之仇,高举火把,当先而行。

　　计老人一拉李文秀的衣袖,低声道:"这是他们哈萨克人自己族里的事,咱们不用理会,在外面等着他们吧。"李文秀听他语音发颤,显是害怕之极,柔声道:"计爷爷,你坐在那边天井里等我,好不好?那个哈萨克坏人武功很强的,只怕苏……苏鲁克他们打不过,我得帮着他们。"计老人叹了口气,道:"那么我也一起去。"李文秀向他温柔一笑,道:"这件事快完结了,你不用担心。"计老人和她并肩而行,道:"这件事快完结了,完结之后,我要回中原去了。阿秀,你和我一起回去吗?"语音中充满了热切。

李文秀一阵难过,中原故乡的情形,在她心里早不过是一片模糊影子,她在这大草原上已住了十二年,只爱这里的烈风、大雪、黄沙、无边无际的平野、牛羊、半夜里天铃鸟的歌声……

计老人见她不答,又道:"我们汉人在中原,可比这里好得多了,穿得好,吃得好。你计爷爷已积了些钱,回去咱们可以舒舒服服的。中原的花花世界,比这里繁华百倍,那才是人过的日子。"李文秀道:"中原这么好,你怎么一直不回去?"

计老人一怔,走了几步,才缓缓的道:"我在中原有个仇家对头,我到回疆来,是为了避祸。隔了这么多年,那仇家一定死了。再说,阿秀,我一直要照顾你呢。咱们在外面等他们吧。"李文秀道:"不,计爷爷,咱们得走快些,别离他们太远。"计老人"嗯、嗯"连声,脚下却丝毫没加快。李文秀见他年迈,不忍催促。

计老人道:"回到了中原,咱们去江南住。咱们买座庄子,四周种满了杨柳桃花,一株间着一株,一到春天,红的桃花,绿的杨柳,黑色的燕子在柳枝底下穿来穿去,还有许多许多别的花儿。阿秀,咱们再起一个大鱼池,要养满金鱼,金色的、红色的、白色的、黄色的,你一定会非常开心……可比这儿好得多了……"

李文秀缓缓摇了摇头,心里在说:"不管江南多么好,我还是喜欢住在这里,可是……这件事就要完结了,苏普就会和阿曼结婚,那时候他们会有盛大的叼羊大会、姑娘追、摔角比赛、火堆旁的歌舞……"她抬起头来,说道:"好的,计爷爷,咱们回家之后,第二天就动身回中原。"计老人眼中突然闪出了光辉,那是喜悦无比的光芒,大声道:"好极了!咱们回家之后,第二天就动身回中原。"

忽然之间,李文秀有些可怜那个瓦耳拉齐起来。他得不到自己心爱的人,又给逐出了本族,一直孤另另的住在这迷宫里。阿曼十八岁,他在这迷宫里已住了二十年吧?或许还更长久些。

"瓦耳拉齐!站住!"

突然前面传来了车尔库的怒喝。李文秀顾不得再等计老人,急步循声奔去。

走到一座大殿门口,只见殿堂之中,一人窜高伏低,正在和手舞长刀的车尔库恶斗。那人空着双手,身披白色长袍,头上套着白布罩子,只露出两个眼孔,头罩和长袍上都染满了血渍,正是前两晚假扮恶鬼那人的衣服,自便是掳劫阿曼的瓦耳拉齐了,只是这时候他脚下不踩高跷,长袍的下摆便翻了上来缠在腰间。

苏鲁克、苏普父子见车尔库手中有刀而对方只是空手,料想必胜,便不上前相助,两人高举火把,吆喝着助威。

李文秀只看得数招,便知不妙,叫道:"小心!"正欲出手,只听得砰的一声,车尔库右胸已中了一掌,口喷鲜血,直摔出来。苏鲁克父子大惊,一齐抛去手中火把,挺刀上前,合攻敌人。两根火把掉在地下兀自燃烧,殿中却已黑沉沉地仅可辨物。

李文秀提着流星锤,叫道:"苏普,退开!苏鲁克伯伯,退开,我来斗他。"苏鲁克怒道:"你退开,别大呼小叫的。"一柄长刀使将开来,呼呼生风。他哈萨克的刀法另成一路,却也刚猛狠辣。瓦耳拉齐身手灵活之极,蓦地里飞出一腿,将苏鲁克手中的长刀踢飞了。

李文秀忙将流星锤往地下一掷,纵身而上,接住半空中落下的长刀,唰唰两刀,向瓦耳拉齐砍去。她跟师父学的主要是拳脚和流星锤,刀法学的时日不久,但此刻四人缠斗,她锤法未臻一流之境,使开流星锤,多半会误伤了苏鲁克父子,只得在拳脚中夹上刀砍,凝神接战。苏鲁克失了兵刃,出拳挥击。瓦耳拉齐以一敌三,仍占上风。

斗得十余合,瓦耳拉齐大喝一声,左拳挥出,正中苏普鼻梁,跟着一腿,踢中了苏鲁克的小腹。苏鲁克父子先后摔倒,爬不起来。原来瓦耳拉齐的拳脚中内力深厚,击中后极难抵挡,苏鲁克虽然悍勇,又皮粗肉厚,却也经受不起。

这一来,变成了李文秀独斗强敌的局面,左支右绌,便落下风。瓦耳拉齐喝道:"快出去,就饶你小命。"李文秀见自己若撤退一逃,最多拉了计老人同走,苏普等三人非遭毒手不可,当下奋不顾身,拼力抵御。瓦耳拉齐左手一扬,李文秀向右一闪,哪知他这一下却是虚招,右掌跟着疾劈而下,噗的一声,正中她左肩。李文秀一个踉跄,险些摔倒,心中如电光般闪过一个念头:"这一招'声东击西',师父教过我的,怎地忘了?"瓦耳拉齐喝道:"你再不走,我要杀你了!"

李文秀忽然间起了自暴自弃的念头,叫道:"你杀死我好了!"纵身又上,不数招,腰间中了一拳,痛得抛下长刀蹲下身来,心中正叫:"我要死了!"忽然身旁呼的一声,有人扑向瓦耳拉齐。

李文秀在地下一个打滚,回头看时,几乎不相信自己眼睛,却原来计老人右手拿着一柄短刀,展开身法,已和瓦耳拉齐斗在一起。但见计老人身手矫捷,出招如风,竟丝毫没龙钟老态。

更奇的是,计老人举手出足,招数和瓦耳拉齐全无分别,也便是她师父华辉所授的那些武功。李文秀随即省悟:"是了,中原的武功都是这样的。计爷爷和这哈萨克恶人都学过中原武功,计爷爷原来会武功的,我可一直不知道。"又想:"那为什么我小时候刚逃到他家里时,那恶人用刀子刺他背心,他却没能避开?只是凑巧才用手肘把那恶人撞死了?嗯,那不是凑巧,计爷爷是会武功的,不过他不想让我知道。现今怎么又让我知道呢?嗯,他是为了救我……"

二人越斗越紧,瓦耳拉齐忽然尖声叫道:"马家骏,你好!"计老人身子一颤,退了一步,瓦耳拉齐左手一扬,使的正是半招"声东击西"。计老人却不上他当,短刀向右戳出,哪知瓦耳拉齐却不使全这下半招"声东击西",左手疾掠而下,一把抓住计老人的脸,硬生生将他的一张面皮揭了下来。

李文秀、苏鲁克、阿曼三人齐声惊呼。李文秀更险些便晕了过去。

瓦耳拉齐跳起身来,左一腿,右一腿,双腿鸳鸯连环,都踢在计老人身上,便在这时,白光一闪,计老人短刀脱手激射而出,插入了敌人小腹。

瓦耳拉齐惨呼一声,双拳一招"五雷轰顶",往计老人天灵盖猛击下去。李文秀知道这两拳击下,计老人再难活命,奋起生平之力,跃过去举臂挡格,喀喇一声,双臂只震得如欲断折。霎时之间两人僵持不动,瓦耳拉齐双拳击不下来,李文秀也不能将他格开。

苏鲁克这时已可动弹,跳起身来,奋起平生之力,一拳打在瓦耳拉齐下颏。瓦耳拉齐向后掼出,在墙上一撞,软倒在地。

李文秀叫道:"计爷爷,计爷爷。"扶起计老人,她不敢睁眼,料想他脸上定是血肉模糊,可怖之极,哪知眼开一线,看到的竟是一张壮年男子的脸孔。她吃了一惊,眼睛睁大了些,只见这张脸胡子剃得精光,面目颇为英俊,在时明时暗的火把光芒下,看来一片惨白,全无血色,这人不过三十多岁,只有一双眼睛的眼神,却是向来所熟悉的,但配在这张全然陌生的脸上,反而显得说不出的诡异。

李文秀呆了半晌,这才"啊"的一声惊呼,将计老人的身子一推,向后跃开。她身上受了拳脚之伤,落下来时站立不稳,坐倒在地,说道:"你……你……"

计老人道:"我……我不是你计爷爷,我……我……"忽然哇的一声,喷出一大口鲜血来,说道:"不错,我是马家骏,一直扮作了个老头儿。阿秀,你不怪我吗?"这一句"阿秀",仍是和十年来一般的充满了亲切关怀之意。李文秀道:"我不怪你,当然不怪你。你一直待我是很好很好的。"她瞧瞧马家骏,瞧瞧靠在墙上的瓦耳拉齐,心中充满了疑团。

这时阿曼已扶起父亲,为他推拿胸口的伤处。苏鲁克、苏普父子拾起了长刀,两人一跛一拐的走到瓦耳拉齐身前。

瓦耳拉齐道:"阿秀,刚才我叫你快走,你为什么不走?"

他说的是汉语,声调又和她师父华辉完全相同,李文秀想也没想,当即脱口而出:"师父!"

瓦耳拉齐道:"你终于认我了。"伸手缓缓取下白布头罩,果然便是华辉。

李文秀又惊讶,又难过,抢过去伏在他脚边,叫道:"师父,师父,我真的不知道是你。我……我起初猜到是你,但他们说你是哈萨克人瓦耳拉齐,你自己又认了。"瓦耳拉齐涩然道:"我是哈萨克人,我是瓦耳拉齐!"李文秀奇道:"你……你不是汉人?"瓦耳拉齐道:"我是哈萨克人,族里赶了我出来,我回去就要杀我。我到了中原,汉人的地方,学了汉人武功,嘿嘿,收了个汉人做徒弟,马家骏,你好,你好!"

马家骏道:"师父,你虽于我有恩,可是……"李文秀又是大吃了一惊,道:"计爷爷,你……他……他也是你师父?"

马家骏道:"你别叫我计爷爷。我是马家骏。他是我师父,教了我一身武功,同我一起来到回疆,半夜里带我到哈萨克的铁延部来,他用毒针刺死了阿曼的妈妈……"他说的是汉语。李文秀越听越奇,用哈萨克语问阿曼道:"你妈是给他用毒针刺死的?"

阿曼还没回答,车尔库跳起身来,叫道:"是了,是了。阿曼的妈,我亲爱的雅丽仙,一天晚上忽然全身乌黑,得急病死了,原来是你瓦耳拉齐,你这恶棍,是你害死她的。"他要扑过去和瓦耳拉齐拼命,但重伤之余,稍一动弹便伤口剧痛,又倒了下来。

瓦耳拉齐道:"不错。雅丽仙是我杀死的,谁教她没生眼珠,嫁了你这大混蛋,又不肯跟我逃走?"车尔库大叫:"你这恶贼,你这恶贼!"

马家骏以哈萨克语道:"他本来要想杀死车尔库,但这天晚上车尔库不知到哪里去了,到处找他不到,我师父自己去找寻车尔库,要我在水井里下毒,把全族的人一起毒死。可是我在一家哈萨克人家里借宿,主人待我很好,尽他们所有的款待,我想来想去,总是下不了手。我师父回来,说找不到车尔库,一问之下,知道我没听命在水井里下毒,他就大发脾气,说我一定会泄漏他秘密,定要杀了我灭口。他逼得实在狠了,于是我先下手为强,出其不意的在他背心上射了三枚毒针。"瓦耳拉齐恨恨的道:"你这忘恩负义的狗贼,今日总教你死在我的手里。"

马家骏对李文秀道:"阿秀,那天晚上你跟陈达海那强盗动手,一显示武功,我就知道你是跟我师父学的,就知道那三枚毒针没射死他。"瓦耳拉齐道:"哼,凭你这点儿臭功夫,也射得死我?"马家骏不去理他,对李文秀道:"这十多年来我躲在回疆,躲在铁延部里,装作了个老人,就是怕师父没死。只有这地方,他是不敢回来的。我一知道他就在附近,我第一个念头,就想要逃回中原去。从前我不敢回中原。我在中原家大族大,我师父一问就找到了我。就算找不到我,他必定会杀了我全家老小。"

李文秀见他气息渐渐微弱,知他给瓦耳拉齐以重脚法接连踢中两下,内脏震裂,已难活命,回过头来看瓦耳拉齐时,他小腹上那把短刀直没至柄,也已无活理。自己在回疆十二年,只有这两人是真正照顾自己、关怀自己的,哪知他两人恩怨牵缠,竟致自相残杀,两败俱伤。她眼眶中充满了泪水,问马家骏道:"计……马大叔,你……你既知道他没死,而且就在附近,为什么不立刻回中原去?"

马家骏嘴角边露出凄然的苦笑,轻轻的道:"江南的杨柳,已抽出嫩芽了,阿秀,你独自回去吧,以后……以后可得小心,计爷爷,计爷爷不能再照顾你了……"声音越说越低,终于没了声息。

李文秀扑在他身上,叫道:"计爷爷,计爷爷,你别死。"

马家骏没回答她的问话就死了,可是李文秀心中却已明白得很。马家骏非常非常的怕他的师父,非但不立即逃回中原,反而跟着她来到迷宫;只要他始终扮作老人,瓦耳拉齐永远不会认出他来,可是他终于出手,去和自己最惧怕的人动手。那全是为了她!

这十二年之中,他始终如爷爷般爱护自己,其实他是个壮年人。世界上亲祖父对自己的孙女,也有这般好吗?或许有,或许没有,她不知道。

殿上地下的两根火把,一根早熄灭了,另一根也快烧到尽头。

苏鲁克忽道:"真奇怪,刚才两个汉人跟一个哈萨克人相打,我想也不想,过去一拳,就打在那哈萨克人的脸上。"李文秀问道:"那为什么?为什么你忽然帮汉人打哈萨克人?"苏鲁克搔了搔头,道:"我不知道。"隔了一会,说道:"你是好人,他是坏人!"

他终于承认:汉人中有做强盗的坏人,也有李英雄那样的好人,(那个假扮老头儿的汉人,不肯在水井中下毒,也该算好人吧?)哈萨克人中有自己那样的好人,也有瓦耳拉齐那样的坏人。

李文秀心想:"如果当年你知道了,就不会那样狠狠的鞭打苏普,一切就会不同了。可是,真的会不同吗?就算苏普小时候跟我做好朋友,他年纪大了之后,见到了阿曼,还是会爱上她的。人的心,真太奇怪了,我不懂。"

苏鲁克大声道:"瓦耳拉齐,我瞧你也活不成了,我们也不用杀你,再见了!"瓦耳拉齐突然目露凶光,右手一提。李文秀知他要发射毒针,叫道:"师父,别——"

就在这时,一个火星爆了开来,最后一个火把也熄灭了,殿堂中伸手不见五指。瓦耳拉齐就是想发毒针害人,也已取不到准头。李文秀叫道:"你们快出去,谁也别发出声响。"

苏鲁克、苏普、车尔库和阿曼四人互相扶持,悄悄的退出。大家知道瓦耳拉齐的毒针厉害,他虽命在顷刻,却还能发针害人。四人退出殿堂,见李文秀没出来,苏普叫道:"李英雄,李英雄,快出来。"

李文秀答应了一声。

瓦耳拉齐道:"阿秀,你……你也要去了吗?"声音甚是凄凉。李文秀心中不忍,暗想他虽做了许多坏事,对自己可毕竟是很好的,让他一个人在这黑暗中等死,实在太残忍了,于是坐了下来,说道:"师父,我在这里陪你。"

苏普在外面又叫了几声。李文秀大声道:"你们先出去吧,我等一会出来。"苏普叫道:"这人很凶恶的,李英雄,你可得小心了。"李文秀不再回答。

阿曼道:"你怎么老是叫她李英雄,不叫李姑娘?"苏普奇道:"李姑娘,她是女子吗?"阿曼道:"你是装傻,还是真的看不出来?"苏普道:"我装什么傻,他……他武功这样好,怎么会是女子?"

阿曼道:"那天大风雪的晚上,在计老人家里,她夺了我做女奴,后来又放了我还你。那时候我就知道她是女子了。"苏普拍手道:"啊,是了。如果她是男人,怎肯放了像你这样美丽的女奴?"阿曼脸上微微一红,道:"不是的。那时候我见到了她瞧着你的眼色,就知道她是姑娘。天下哪会有一个男子,用这样的眼光痴痴的瞧着你!"

苏普搔了搔头,傻笑道:"我可一点也没瞧出来。"阿曼欢畅地笑了,笑得真像一朵花。她知道苏普的眼光一直停在自己身上,便有一万个姑娘痴情地瞧着他,他也永不会知道。

殿堂中一片漆黑,李文秀和瓦耳拉齐谁也见不到谁。李文秀坐在师父身畔,在万籁俱寂之中,听到苏普和阿曼的嬉笑声渐渐远去,听到四个人的脚步声渐渐远去。

殿堂里只剩下了李文秀,陪着垂死的瓦耳拉齐,还有,"计爷爷"的尸身。

瓦耳拉齐又问:"刚才我叫你出去,你为什么不听话?要是你出去了……唉!"

李文秀轻轻的道:"师父,你得不到心爱的人,就将她杀死。我得不到心爱的人,却不忍心让他给人杀了。"

瓦耳拉齐冷笑了一声,道:"原来是这样。"沉默半晌,叹道:"你们汉人真奇怪。有马家骏那样忘恩负义、杀害师父的恶棍,有霍元龙、陈达海他们那样杀人不眨眼的强盗,也有你这样心地仁善的姑娘。"

李文秀问道:"师父,陈达海那强盗怎样了?我们一路追踪他,却在雪地里看到了两个人的脚印。另一个是你的吗?"瓦耳拉齐道:"不错,是我的。自从我给马家骏这逆徒射了毒针之后,身子衰弱,十多年来在山洞里养伤,只道这一生就此完了,想不到竟会有你来救我,给我拔去了毒针。我伤愈之后,半夜里时常去铁延部的帐篷外窥探,我要杀了车尔库,杀了驱逐我的族长。只是为了你,我才没在水井里下毒。那天大风雪的晚上,我守在你屋子外,见到你拿住了陈达海,听到你们发现了迷宫的地图。陈达海一逃走,我就跟在他后面,一直跟进了迷宫。我在他后脑上一拳,打晕了他,把他关在迷宫里,前天下午,我从他怀里拿了那幅手帕地图出来,抽去了十来根毛线,放回他怀里,再蒙了他眼睛,绑他在马背之上,赶他远远的去了。"

李文秀想不到这个性子残酷的人居然肯饶人性命,问道:"你为什么要抽去地图上的毛线?"瓦耳拉齐干笑数声,十分得意:"他不知道我抽去了毛线的。地图中少了十几根线,这迷宫再也找不到了。这恶强盗,他定要去会齐了其余盗伙,依照地图又来找寻迷宫。他们就要在大沙漠中兜来兜去,永远回不去草原。这批恶强盗一个个的要在沙漠中渴死,一直到死,还是想来迷宫发财,哈哈,嘿嘿,有趣,有趣!"

想到一群人在烈日烤炙之下,在数百里内没一滴水的大沙漠上不断兜圈子的可怖情景,李文秀忍不住低低的呼了一声。这群强盗是杀害她父母的大仇人,但如此遭受酷报,却不由得为他们难受。要是她能有机会遇上了,会不会对他们说:"这张地图是不对的?"

她多半会说的。只不过,霍元龙、陈达海他们决计不会相信。他们一定满怀着发财的念头,要在大沙漠里不停的兜圈子,直到一个个的渴死。他们还是相信在走向迷宫,因为陈达海曾凭着这幅地图,亲身到过迷宫,那决不会错。迷宫里有数不尽的珍珠宝贝,大家都这么说的,那还能假么?

瓦耳拉齐吃吃的笑个不停,说道:"其实,迷宫里一块手指大的黄金也没有,迷宫里所藏的每一件东西,中原都多得不得了。桌子、椅子、床、帐子,许许多多的书本、围棋啦、七弦琴啦、毛笔、砚台、灶头、碗碟、镬子、衣服、帽子……什么都有,就是没珍宝。在汉人的地方,这些东西遍地都是,那些汉人却拼了性命来找寻,嘿嘿,真笑死人了。"

李文秀两次进入迷宫,见到了无数日常用具,回疆气候干燥,历时虽久,诸物并未腐朽,遍历殿堂房舍,果然没见到丝毫金银珠宝,说道:"人家的传说,大都靠不住的,这座迷宫虽大,却没宝物。唉,连我的爹爹妈妈,也因此而枉送了性命。"

瓦耳拉齐道:"你可知道这迷宫的来历?"李文秀道:"不知道。师父,你知道么?"瓦耳拉齐道:"迷宫外面有两座石碑,上面刻明了建造迷宫的经过,原来是唐太宗时候建造的。"李文秀也不知道唐太宗是什么人,瓦耳拉齐指明了那两座石碑的所在,要李文秀自己去看。

李文秀听瓦耳拉齐气息渐弱,说道:"师父,你歇歇吧,别说了。"瓦耳拉齐轻声道:"阿秀,师父快死了,师父死了之后,就没人照顾你了。世界上的人都坏得很,大家只想害你,没人会真心的待你。你真心待人家好,也没有用……你一转头,人家就忘了你啦。"李文秀道:"师父,有时候人家有苦衷的,他爹爹心里好恨汉人,不许他跟汉人见面,否则就会打死他的。他……他只好听爹爹的话,其实呢……汉人中有坏人,也有好人。"

瓦耳拉齐道:"我又不是汉人,那车尔库也是哈萨克人,他只不过比我跑得快了些而已……我的鼻子比他高,相貌好得多了,可是雅丽仙的爹,却说车尔库家里的牛羊比我家多,要雅丽仙嫁他。从此以后,雅丽仙就不睬我了。我在她帐篷外唱歌,她爹和她妈,还有她自己,三个人一起大声骂我……"他说到这里,眼泪一滴滴的落在衣襟上。李文秀也听得心中酸楚。

瓦耳拉齐道:"阿秀,我……我孤单得很,从来没人陪我说过这么久的话,你肯……肯陪着我么?"李文秀道:"师父,我在这里陪着你。"瓦耳拉齐道:"我快死了,我死了后,你就要走了,永远不会回来了。"李文秀无言可答,只感到一阵凄凉伤心,伸出右手去,轻轻握住了师父的左手,只觉他的手掌在慢慢冷下去。

瓦耳拉齐道:"我要你永远在这里陪我,永远不离开我……"

他一面说,右手慢慢的提起,拇指和食指之间握着两枚毒针,心道:"这两枚毒针在你身上轻轻一刺,你就永远在迷宫里陪着我,也不会离开我了。"轻声道："阿秀,你又美丽又温柔,真是个好女孩,你永远在我身边陪着。我一生寂寞孤单得很,谁也不来理我……阿秀,你真乖,真是个好孩子……"

两枚毒针慢慢向李文秀移近,黑暗之中,她什么也看不见。

瓦耳拉齐心想："我手上半点力气也没有了,得慢慢的刺她,出手快了,她只要一推,我就再也刺她不到了。"毒针一寸一寸的向着她的面颊移近,相距只有两尺,只有一尺了……

李文秀丝毫不知道毒针离开自己已不过七八寸了,问道："师父,阿曼的妈妈,很美丽吗?"

瓦耳拉齐心头一震,说道："阿曼的妈妈……雅丽仙……"突然间全身的力气消失得无影无踪,提起了的右手垂了下来,他一生之中,再也没力气将右手提起来了。

李文秀道："师父,你一直待我很好,我会永远记着你。"

李文秀出了迷宫,找到了那两座大石碑。石碑上清清楚楚,刻的都是汉字。文字倒很浅近,大概是为了便于西域之人阅读,一切烦难深奥的文字都不用,不过还是有很多字她不识得,但混在很多她识的字中间,她终于大致明白了碑文的意思。

碑文中说,这地方在唐朝时是高昌国的所在。

那时高昌是西域大国,物产丰盛,国势强盛。唐太宗贞观年间,高昌国的国王叫做鞠文泰,臣服于唐。唐朝派使者到高昌,要他们遵守许多汉人的规矩。鞠文泰对使者说："鹰飞于天,雉伏于蒿,猫游于堂,鼠噪于穴,各得其所,岂不能自生邪?"意思说,虽然你们是猛鹰,在天上飞,但我们是野鸡,躲在草丛之中,虽然你们是猫,在厅堂上走来走去,但我们是小鼠,躲在洞里啾啾的叫,你们也奈何我们不得。大家各过各的日子,为什么一定要强迫我们遵守你们汉人的规矩习俗呢?唐太宗听了这话,很是气恼,认为他们野蛮,不服王化,派了交河行军大总管、吏部尚书侯君集带兵去讨伐。

鞠文泰得到消息,对百官道："大唐离我们七千里,中间二千里是大沙漠,地无水草,寒风如刀,热风如烧,怎能派大军到来?他来打我们,如果兵派得很多,粮运便接济不上。要是派兵在三万人以下,便不用怕。咱们以逸待劳,坚守都城,只须守到二十日,唐兵食尽，便会退走。"他知道唐兵厉害，定下了只守不战的计策，于是大集人夫，在极隐秘之处，造下了一座迷宫，万一都城不守，还可退避到迷宫来。当时高昌国力殷富，国中西域巧匠很多。这座迷宫建造得曲折奇幻，国内的珍奇宝物，尽数藏在宫中。鞠文泰心想，便算唐军攻进了迷宫，也未必能找到我所在。

侯君集曾跟李靖学习兵法，善能用兵，一路上势如破竹，渡过了大沙漠。鞠文泰听得唐朝大军到来，忧惧不知所为，就此吓死。他儿子鞠智盛继立为王。侯君集率领大军，攻到城下，连打几仗，高昌军每战皆败。唐军有一种攻城高车，高十丈，因高得如同鸟巢，所以名为巢车。这巢车推到城边，军士居高临下，投石射箭，高昌军难以抵御。鞠智盛来不及逃进迷宫，都城已遭攻破，只得投降。高昌国自鞠嘉立国，传九世，共一百三十四年，至唐贞观十四年而亡。当时国土东西八百里，南北五百里，算是西域的大国。

侯君集俘虏了国王鞠智盛及其文武百官、大族豪杰，回到长安，将迷宫中所有的珍宝也都搜了去。唐太宗说，高昌国不服汉化，不知中华上国文物衣冠的好处，于是赐了大批汉人的书籍、衣服、用具、乐器等给高昌。高昌人私下说："野鸡不能学鹰飞，小鼠不能学猫叫，你们中华汉人的东西再好，我们高昌野人也不喜欢。"将唐太宗所赐的书籍文物、诸般用具，以及佛像、孔子像、道教的老君像等等都放在迷宫之中，谁也不去多瞧上一眼。

千余年来，沙漠变迁，树木丛生，这本来就已十分隐秘的古宫，更加隐秘了。若不是有地图指引，谁也找寻不到。现今当地所居的哈萨克人，和古时的高昌人也已毫不相干。

李文秀站在两座石碑之前，呆呆沉思："这个汉人皇帝也真多事，人家喜欢怎么过日子，就让他们自己喜欢，何必一定勉强？难道你以为好的，别人也必须以为好？唉，你心里真正喜欢的，常常得不到。别人硬要给你的，就算好得不得了，你不喜欢，终究不喜欢。"

苏鲁克等见她怔怔的站在石碑之前，呆呆出神，过了好一会，见她始终不动。苏鲁克叫道："李英雄，那瓦耳拉齐怎么了？"李文秀道："他……他死了！"声音有些哽咽。苏普和阿曼手携着手走到她面前，说道："李姑娘，咱们回去吧！"阿曼伸出手来，拉住了她手。

在通向玉门关的沙漠之中,一个姑娘骑着一匹白马,向东缓缓而行。

她心中在想着和哈萨克铁延部族人分别时他们所说的话:

苏鲁克道:"李姑娘,你别走,在我们这里住下来。我们这里有很好的小伙子,我们给你挑一个最好的做丈夫。我们要送你很多牛,很多羊,给你搭最好的帐篷。"

李文秀红着脸,摇了摇头。

苏鲁克道:"你是汉人,那不要紧,汉人之中也有好人的。汉人可以跟哈萨克人结婚吗?嗯。"他摇了摇头,说道:"咱们去问长老哈卜拉姆。"

哈卜拉姆是铁延部中精通《可兰经》的阿訇,是最聪明最有学问的老人。

他低头沉思了一会,道:"我是个卑微的人,什么也不懂。"苏鲁克道:"如果有学问的哈卜拉姆也说不懂,那么别人就更加不懂了。"哈卜拉姆道:"可兰经第四十九章上说:'众人啊,我确已从一男一女创造你们,我使你们成为许多民族和宗族,以便你们互相认识。在阿拉看来,你们之中最善良的,便是你们之中最尊贵的。'世界上各个民族和宗族,都是真神阿拉创造的。他只说凡是最善良的,便是最尊贵的。可兰经第四章上说:'你们当亲爱近邻、远邻、伴侣,当款待旅客。'汉人是我们的远邻,如果他们不来侵犯我们,我们要对他们亲爱,款待他们。"

苏鲁克道:"你说得很对。我们的女儿能嫁给汉人么?我们的小伙子,能娶汉人的姑娘吗?"哈卜拉姆道:"真经第二章第二百廿一节说:'你们不要娶崇拜多神的妇女,直到她们信道。你们不要把自己的女儿,嫁给崇拜多神的男子,直到他们信道。'真经第四章第廿三节中,严禁去娶已有丈夫的妇女,不许娶自己的直系亲属,除此之外,都是合法的。便是娶奴婢和俘虏也可以,为什么不能和汉人婚嫁呢?"

当哈卜拉姆背诵可兰经的经文之时,众族人都恭恭敬敬的肃立倾听。经文为他们解决疑难,大家心中明白了,都说:"穆圣的指示,那是再也不会错的。不论是什么部族的人,不论是汉人还是哈萨克人,只要是最善良的,便是最尊贵的,大家要对他们恭敬。"有人便称赞哈卜拉姆聪明有学问："我们有什么事情不明白，只要去问哈卜拉姆，他总能好好的教导我们。"

可是哈卜拉姆再聪明、再有学问，有一件事他却不能解答，因为包罗万有的《可兰经》上也没答案：如果你深深爱着的人，却深深的爱上了别人，有什么法子？

白马带着她一步步的回到中原。白马已经老了，只能慢慢的走，但终是能回到中原的。

江南有杨柳、桃花，有燕子、金鱼……汉人中有的是英俊勇武的少年，倜傥潇洒的少年……但这个美丽的姑娘就像古高昌国人那样固执："那都是很好很好的，可是我偏不喜欢。"

（完）

白马啸西风

敬告读者

为了维护读者、著作权人和出版发行者的合法权益,本书采用了新型数码防伪技术。正版图书的定价标示处及外包装盒上均贴有完好的防伪标签。刮开涂层,可见到一组数码,您可以通过两种途径查验真伪。

1. 拨打全国免费电话4008301315,按语音提示从左到右依次输入相应数码并按#键结束。
2. 扫描防伪标上的二维码,按提示输入相应数码。

读者如发现盗版图书,可向当地"扫黄打非"办公室、新闻出版局、公安机关、市场监督管理局等部门举报,或直接与我们联系。

联系电话:020-34297719   13570022400

我们对举报盗版、盗印、销售盗版图书等侵权行为的有功人员将予以重奖。

广州市朗声图书有限公司

飛雪連天射白鹿

笑書神俠倚碧鴛

金庸